움직이는

시 와

상상
력

조/태/일/시/연/구

움직이는

시와

상상력

— 이동순 지음

한국학술정보㈜

나는 조태일 시인을 두 번 정도 만난 적이 있다. 아니, 더 많이 만났을테지만, 정확한 기억으로 자리잡은 것이 두 번이라는 것이다. 소모임과 강연회장이었던 것으로 기억된다. 논문을 준비하면서 또 만났다. 잘 되고 있냐는 토닥거림으로, 그리고 잘 될 거라는 격려의 목소리로 말이다. 이 만남은 큰 힘이자 무거운 짐이 되었다. 그래서인지 몰라도 탈식민주의 방법론으로 쓰고 있던 논문은 폐기되었고 처음부터 다시 시작이었다. 모든 발표원문을 찾아 헤매기 시작했다. 애써 찾았다 싶으면 원문이 절취 되어 없기 일쑤였고, 온몸은 시커먼 먼지와 땀으로 범벅이 된 채 허탈하게 되돌아온 날도 많아졌다. 그래도 누군가는 꼭 해야 할 일이라는 사명감 아닌 사명감에 도취되어 다음날이면 또 집을 나서 여러 도서관을 찾아 다녔다. 이 책은 그런 수고의 결실인 「조태일 시 연구」라는 박사 논문을 일부 수정·보완하여 묶은 것이다.

따라서 이 책은 조태일의 전 생애를 체계적으로 정리함과 아울러, 시 발표 원문과 시집에 대한 실증적인 고찰을 통하여 원전을 확정하고 시세계의 변모 양상을 규명하였다. 이것은 기본적으로 조태일의 시 연구를 위한 종합적이고 체계적인 토대를 제공할 것이다.

Ⅰ장에서는 연구목적과 연구방법 및 선행 연구를 검토하였다.

Ⅱ장에서는 역사전기적 방법으로 문학적 생애를 재구성하고 시 의식의 형성 과정을 밝혔다. 또한 조태일의 시에 대한 원전비평을 시도하여 시 텍스트의 발표 양상과 개작 현황을 파악하고 원전을 확정하였다.

시의 제목이 바뀐 것들은 정리하여 혼란을 방지할 수 있도록 하였으며, 제목이 같은 시들은 비교·대조하여 한 작품이 아닌 것을 알게 하였고 연작 번호를 부여하자는 제안을 하였다. 또한 시집에 수록되지 않은 작품과 기념시, 축시들을 찾아 목록화함으로써 이후의 조태일 시연구에서 제외되지 않도록 하였다. 제목만 존재하는 것은 그 현황을 제시하여 발굴의 여지를 남겼다. 이런 과정을 거쳐 총 521편의 작품을 조태일 시 원전으로 확정하였으며 모든 작품에 대한 연보를 정리하여 부록에 첨부하였다. 나아가, 텍스트의 발표 양상과 개작 과정을 실증적으로 고찰하여 원전 확정에 정확성을 기하였다.

Ⅲ장에서는 시어 분석과 이에 대한 지수비평을 토대로 조태일 시의 시세계 변모 양상을 고찰하였다. 시집에 실린 시 전체를 대상으로 하여 시어를 분석한 후, 이를 지수 유형에 따라 시간과 공간, 전쟁과 정치, 날씨, 여성, 눈물, 신체 등으로 분류하여 그 의미화 양상과

시세계를 밝혔다. 초기시는 '전복적 상상력의 세계', 중기시는 '사회적 상상력의 세계', 후기시는 '생태적 상상력의 세계'를 형성하고 있었다.

Ⅳ장에서는 조태일의 문학사적 위치와 의의를 밝혔다.

조태일은 등단 이후 쉼 없는 시작 여정을 통하여 한국현대시사를 견인해 왔을 뿐만 아니라, 신체를 감금당하면서도 변함없는 시세계를 구축해온 보기 드문 시인이자 문학운동가였다. 그만의 시세계와 함께 문학운동가로서 걸출한 시인들을 배출하였고, 참된 삶을 위해 문학인들이 취해야 할 태도와 시대를 이겨나가는 방법적 실천을 모색해 나갔다는 점은 한국현대시상에서 유래를 찾아보기 힘들다. 따라서 한국현대시사에서 실천적 시인으로서의 확고한 위치를 갖게 되었다.

독재와 분열의 시대, 감금과 형벌의 시대를 지나 그토록 꿈꾸었던 자유와 민주의 시대가 도래하였는가 하였으나 여전히 촛불을 들고 거리에 나서야 하는 시대를 살고 있다. 만약 그가 아직 생존해 있다면 또 어떤 시로 이 시대를 거슬러 행동하게 하였을지 그의 빈자리가 아쉬울 뿐이다. 서슬퍼런 시대를 날카로운 시어로 맞선 그의 시에 대한 연구가 이 시점에서 더 활발해지기를 기대한다.

그가 서거한 지 10주년이 되는 올해까지 그의 시에 대한 연구가 본격화되지 않고 있다는 점이 아쉽기만 하다. 이 책의 출간을 계기로 자료의 미비 등 여러 가지 이유로 접근이 불가능했을 많은 연구자들의 연구에 작으나마 도움이 되었으면 하는 바람과 함께 이 책의 부족한 점들에 대해 선배 및 동료 연구자들의 각별한 가르침을 바란다.

끝으로 이 책이 나오기까지 많은 도움을 주신 분들에 대한 고마움을 잊을 수 없다. 먼저 학문적으로 정신적으로 늘 아버지가 되어 주시며, 아낌없는 격려로 공부의 결실을 맺게 해주신 김동근 교수님께 감사드린다. 임환모 교수님, 노철 교수님, 여러 은사님들, 조선대학교 백수인 교수님, 목포대학교 김선태 교수님께도 감사드린다. 그리고 자료 제보를 위해 애써주신 미망인 진정순 여사님과 유족들, 조태일 시문학기념관 관장님께도 감사를 드린다. 어려운 출판 여건 속에서도 선뜻 출판을 맡아주신 한국학술정보에도 감사의 마음을 잊을 수 없다. 또한 나를 지켜주는 수호자인 가족들과 전남대 현대시연구회에도 고마움을 전한다.

2009년 8월 무등산 자락에서
이동순

I

서　론

▉▍▍ 1. 연구 목적

조태일(1941 - 1999)은 1964년 <경향신문>에 「아침船舶」이 당선되어 등단했다. 조태일은 1965년에 첫 시집 『아침船舶』을 출간함으로써 본격적인 작품 활동을 시작한 후 정치모순과 사회현실에 꾸준하게 목소리를 낸 시인이다. 그는 정치·사회적 현실에 대한 투철한 문학적 응전을 통해 사회적 모순과 억압 속에서 고뇌하는 민중들의 삶과 민족문제를 시에 담아왔다. 그런 점에서 그의 시는 문학적 상상력이 사회·역사적 현실에 어떻게 대응해 왔는가를 잘 보여준다.

그의 시가 보여주는 현실대응 양상은 자아형성 과정에서부터 이미 자리 잡았다고 할 수 있다. 고향에서 겪은 일제의 식민체험, 여순사건으로 인한 좌우익의 치열한 대립, 광주로 피난 와서 겪은 6·25한국전쟁과 자유를 갈구했던 4·19의 체험, 그리고 5·16쿠데타와 유신체제는 개인사이면서 동시에 한국현대사였다. 이런 역사적 체험이 고스란히 시에 녹아있다고 단정하기는 어렵지만 자아

형성과 시적 상상력의 동인이었음은 분명하다. 따라서 그의 삶을 강력하게 지배해온 것은 우리의 한국 현대사였음을 부인할 수 없을 것이다.

그동안 그의 시에 대한 평가가 1970년대를 중심으로 이루어졌고 사회·역사적 현실에 대한 실천적 지식인의 면모가 부각되어온 것도 이런 역사적 체험과 무관하지 않다. 다만 이런 점이 지나치게 부각되었기 때문에 특정한 시기에 국한된 평가라는 한계를 지닐 수밖에 없다. 저항적인 시와 더불어 또 하나의 축을 형성하게 되는 것이 자연과 고향이 이룩한 생명성이 살아있는 시들이다. 생명성이 살아있는 시는 저항시인이라는 면모 뒤에 가려져 제대로 평가받지 못했다. 정치와 사회현실에 대해 투철하게 목소리를 내오면서 동시에 원초적인 자연에서도 눈을 떼지 않은 시인이었다는 점이 간과되었다는 것은 문제적이다. 이러한 점은 그의 삶과 작품에 대한 다각적이고 종합적인 연구의 필요성을 제기한다.

작가의 삶과 문학 세계를 조망한다는 것은 문학사를 정립하는데 중요한 작업 중의 하나이다. 작가를 이해하는 것이 중요한가, 작품 세계를 이해하는 것이 중요한가에 따라 연구방향이 달라지겠지만, 작품의 온전한 이해를 전제한다면 작가의 생애와 관련된 연구는 필수적이다. 이에 본 논문은 그의 문학적 생애를 통해 형성된 시의식을 밝히고 발표 원문과 시집의 실증적인 고찰을 통하여 원전을 확정하고 시세계를 밝혀 조태일 시의 가치와 문학사적 의의를 규명하는 것을 목적으로 한다.

시인의 시의식은 세계를 인식하는 정신적 태도를 반영하는 동시에 작품을 형성하는 요인이자 원리이다. 외부세계의 자극을 수용하고 대응하는 시인의 생애는 시인의 의식과 태도, 작품의 창작에도 그대로 반영된다는 점에서 문학적 생애와 시의식의 형성 과정을 살피는 작업은 시세계를 온전하게 조명하는 의미 있는 작업이 될 것이다. 그리고 문헌들을 추적하여 원본과 시집 수록본을 비교, 대조하는 실증적인 작업을 통해 시 텍스트의 발표 양상과 개작 과정을 확인하여 원전을 확정하고 시어의 유형과 용법을 분석함으로써 시세계의 변모 양상을 해명하고자 한다.

본 논문은 조태일의 문학사적인 위치와 명성에 비해 지금까지 종합적인 연구가 미진했다는 점을 보완하는 의미를 지님과 동시에 자리매김 되지 못했던 문학사에서의 위치를 찾는 일이 될 것이다.

▌▌▌ 2. 연구사 검토

조태일은 1970년대 대중적인 인기와 문단의 주목을 함께 받아온, 현대시사의 대표적 참여시인 중의 한 사람이다. 그러나 1960년대부터 1990년대까지 민족의 현대사와 함께 한 시적 여정에 비해 그에 대한 논의와 연구 성과는 아직 미미한 수준에 머물러 있다. 따라서 그동안의 연구를 자세히 검토하는 일은 한국 현대시 연구의 현황과 방향을 가늠하는 작업의 일환이 될 것이며, 조태일의 시를 본격적이고 종합적으로 연구하기 위해 요구되는 것이기도 하다.

그의 시 연구의 주된 흐름을 연구 방향에 따라 몇 가지로 분류하여 살펴보고자 한다. 이를 통해 기존의 연구 성과를 개략적으로 파악하면서 연구의 방향 설정에 참고하고자 한다.

먼저, 작품이 발표되면서 신문이나 잡지의 월평[1]과 시평[2]에 실

---

1) 김현승, 「6월의 시단 시평」, <동아일보>, 1969. 6 .19.
　염무웅, 「4월의 시단」, <동아일보>, 1970. 4. 27.
　이형기, 「11월의 시단」, <동아일보>, 1970. 11. 16
　박재삼, 「이달의 시」, <동아일보>, 1971. 9. 20.
　이선영, 「이달의 문학」, <경향신문>, 1972. 1. 22.

렸던 논의들인데 모두 한두 작품에, 또는 한 권의 시집에 국한된 논의들이어서 연구사로서의 가치를 논하기에는 미흡하다. 그러나 발표 당시 문단이나 독자들의 반응을 알 수 있다는 점에서는 나름 대로 의의가 있다.

문예지의 평론들은 월평이나 시평에 비해 논의가 상당히 진척되 었다고 할 수 있다. 그러나 작품에 관한 논의보다는 개인적인 회 고담의 성격3)을 지니고 있거나 단편적 서평4)이 주를 이룬다. 그럼

　　정한모, 「이달의 시」, <동아일보>, 1972. 1. 26.
　　윤병노, 「이달의 시」, <중앙일보>, 1972. 3. 21.
　　황동규, 「이달의 시」, <중앙일보>, 1972. 10. 11.
　　염무웅, 「올해 上半期의 시」, <경향신문>, 1973. 6. 28.
　　신경림, 「7월의 시」, <경향신문>, 1974. 7. 10.
　　신동욱, 「5월의 시」, <경향신문>, 1975. 5. 14
　　염무웅, 「절망하지 않는 발성」, <서울신문>, 1975. 6. 23.

2) 김수영, 『김수영전집』2, 민음사, 1981. 이하는 이 전집에 실린 글이다.
　　조태일 시에 관련한 김수영의 논의는 「변한 것과 변하지 않은 것」(1966. 12.), 「윤곽 잡혀가는 시지와 동인지들」(1966. 2.), 「지성의 가능성」(1966. 4.), 「진도없는 개성들」 (1966. 5.), 「체취의 신뢰감」(1966. 7.), 「젊고 소박한 작품들」(1966. 11.), 「진전 속의 실패」(1966. 2.), 「새로운 세련의 차원발견」(1967. 7.) 등이다.

3) 임동확, 「넘을 수 없는 거대한 산 같은」, 『실천문학』, 1996. 봄.
　　김준태, 「구산선문, 동리산의 품성을 닮은 시인」, 『문예중앙』, 1999. 겨울.
　　_____, 「조태일 시인의 삶과 문학」, 『작가사회』, 2001. 전반기.
　　_____, 「구산선문, 동리산의 품성을 닮은 시인이었다」, 『시인』1, 2003. (이 세편의 글 은 모두 같은 글이다.)
　　신경림, 「크고 다감한 시, 남성적이면서 섬세한 조태」, 『시인을 찾아서』2, 우리교육, 2002.
　　박남준, 「나는 자꾸 소주병을 바로 세우려 애썼다」, 『시인』1, 2003.
　　박석무, 「그리운 죽형 시인」, 『시인』1, 2003.
　　이성부, 「조태일 생각, 그리고 「시인」지 생각」, 『시인』1, 2003.
　　이호철, 「거시기 산우회와 조태일형」, 『시인』1, 2003.

4) 김현승, 「60년대 시의 방향과 한계」, 『문학과지성』, 1970. 가을.
　　고정희, 「인간회복과 민중시의 전개」, 『기독교사상』, 1983. 8.
　　김영무, 「시의 언어와 삶의 언어」, 『창작과비평』부정기 간행물 1호, 1985.
　　이희중, 「시와 '나'의 기원」, 『창작과비평』, 1999. 여름.
　　송희복, 「생명력의 근원과 시적 감응」, 『창작과비평』, 1995. 가을.
　　강순구, 「경계지우기: 조태일 시인의 마지막 시집 『혼자타오르고 있었네』를 중심으로」, 『풍자문학』, 2002. 겨울.
　　강형철, 「자연을 보는 몇 개의 눈」, 『녹색평론』, 1999. 12.
　　김경복, 「생명의 힘, 생명의 역사: 조태일 시의 의미」, 『작가사회』, 2001. 전반기.

에도 불구하고 작품의 본질에 접근하고자 하는 방법론이 다양하게 논의되고 있다는 점에서는 성과가 인정된다.

그의 시에 관한 연구는 크게 시세계의 변모 양상에 관한 연구, 눈물과 바람 등의 이미지 연구, 시인의 현실 인식태도에 대한 사회역사적 연구 등으로 구분할 수 있다.

먼저, 시세계 변모양상에 관한 연구로 이은봉은 조태일의 시세계를 3단계로 나누어 살피고 있다. 초기시는 순결 혹은 원초적 정의에의 몸부림으로, 중기시는 민족현실의 반영 혹은 눈물과 울음의 세계로, 후기시는 대지와 자연 혹은 동심의 구현으로 보면서도 민족현실이 처해 있는 그때그때의 사회적 상황에 즉자적으로 대응하는 리얼리즘정신과 대지와 자연에 뿌리박고 있는 낭만주의 정신이 있다고 보았다. 그리고 리얼리즘의 정신과 낭만주의 정신이 상호 침투된 활기찬 기개의 정서가 조태일 시의 핵심내용이라고 보고 있다. 이 연구는 기존의 참여시인으로서의 면모뿐만 아니라 시세계 전반을 논의하고 있다는 점에서 성과가 인정된다.[5]

유성호는 조태일을 민중적 생명력에 대한 일관된 긍정과 자연 사물에 대한 섬세한 관찰을 통해, 단절과 억압의 역사 속에서 낙관적이고 근원 지향적인 시적 사유를 완성해 나간 우리 시대의 탁월한 서정시인으로 평가했다. 그리고 남성적 음역과 선 굵은 시적 생애는 1960년대 이후 억압의 근대사와 서정시의 미학이 얼마나 긴밀하게 조응하는지를 선명하게 보여준 뜻 깊은 표지라고 보았다. 조태일의 시세계가 초기, 중기, 후기로 구분되지만 일관된 지속성은

---

5) 이은봉, 「조태일의 시 세계: 자연, 고향, 사랑, 그리고 시」, 『진실의 시학』, 태학사, 1998.
　　　, 「조태일 시의 의식지향」, 『한국현대시인론』2, 박현수·최승호엮음, 다운샘, 2005.

생명에 대한 갈망과 추구였으며, 민중적 삶을 직접적 소재로 삼던 데서 자연 사물로 시선을 돌린 것이 변이 양상의 핵심이라고 분석했다. 초기시는 원초적 심상과 현실 전복적 사유로, 중기시는 구체적 현실 인식과 민중적 숨결의 복원으로, 후기시는 자연에서 완성한 자기 긍정과 회귀로 설명하면서 조태일의 시적 여정을 저항성과 천진성이 공존하고 길항한 세계라고 보았다.[6]

구모룡은 조태일의 시를 상황의 현실에 충실한 '이해되기 전에 경험되는' 시로 보았다. 조태일의 시작 여정을 미학적 성취보다는 시대와의 불화로 설명하고 미학보다는 삶을 중시한 시인으로 규정했다. 끊임없이 운동하는 활동 가운데 내재한 일관성을 움직임의 미학이라고 본 것이다. 그것을 토대로 조태일의 시가 초기에는 감각적인 언어에, 중기시는 의지와 행위에, 후기시는 자연에 대한 경배를 낳았다고 보았다.[7] 그러나 이 논의는 미학보다 삶을 중시한다는 점에서 초기시의 논의에는 타당하지만 이후 시에서 보이는 미학적 성취를 배제하고 만 문제점을 내포하고 있다.

염무웅은 추모특집으로 실린 글을 통해 80년대 후반부터 사회적 차원과의 연결이 느슨해지고 대신 어떤 근원적 존재 감각이라고 할 만한 심오한 정신성을 획득하기 시작한다고 시세계의 변화에 주목하고 있다.[8] 그것은 강제로 떠났던 고향산천을 내면에 재구성하여 유년시절의 원초적 체험이 제공했던 자연과의 합일을 시 속

---

6) 유성호, 「조태일 시 연구 – 저항성과 천진성의 시학」, 『청람어문교육』29, 청람어문교육학회, 2004.
　　　　, 「1960년대 리얼리즘시의 전개, 현실지향의 시정신과 비판적 주체」, 『한국현대시의 형상과 논리』, 국학자료원, 1997.
7) 구모룡, 「생명의지와 행위의 은유」, 『시의 옹호』, 천년의 시작, 2006.
8) 염무웅, 「자유정신으로 이슬로 벼려진 칼빛언어」, 『창작과비평』, 1999. 겨울.

에 천천히 복원한다고 본 것이다. 그러나 조태일의 시는 이미 초기시에서부터 고향이 내면화되어 표출되고 있고, 굳이 따지자면 시의 변모는 80년대 후반부터가 아니라 고향을 방문한 70년대 후반부터라고 봐야 타당하다. 조태일의 시세계 변모 양상에 대한 이상의 연구 외에, 조태일 사망 후에 이루어진 석사학위논문으로는 김현석 등이 있다.9)

두 번째, 조태일 시의 이미지에 관한 연구로, 김화영은 조태일의 시를 식칼과 눈물의 시학이라고 명명한다. 그는 조태일의 시에 대한 초창기 논의에서 이미 시인의 유년체험이 시에 습윤되고 그것이 눈물의 시적 변용을 가져왔다고 지적했다.10) 이러한 김화영의 지적은 이후 논지의 전개에 많은 영향을 미쳤다고 하겠다.

이동순은 김화영의 논의를 더욱 진전시켰다. 먼저 민족 시인들의 '눈물'을 계보적으로 일별한 다음 조태일 시에 나타난 눈물의 의미를 논하고 있다. 일단 눈물의 시인이라고 명명하고 시세계에 자주 쓰이고 있는 '눈물'이나 '울음'이라는 이미지에 집중하여 눈물의 다양한 변용을 시적 성취와 연관시켜 '국토'를 포함하는 시적 공간으로 어떻게 확대되어 가는지를 살피고 있다. 『아침선박』에 나타난 눈물은 시대에 지치지 않고 쓰러진 시간들을 하나씩 깨워 일으키는 예지와 끈기의 시간에 충실히 복무하다가도 때때로 시적 대상에 대한 연민, 혹은 유년시절 고통의 기억을 되새기며 우는

  9) 김현석, 「조태일 시 연구」, 경희대 교육대학원 석사논문, 2001.
     방인석, 「조태일 시 연구」, 경희대대학원 석사논문, 2001.
     민경헌, 「조태일 시 연구」, 전북대대학원 석사논문, 2004.
     이오봉, 「조태일시의 변모과정 연구」, 고려대 인문정보대학원 석사논문, 2004.
  10) 김화영, 「식칼과 눈물의 시학」, 『서울평론』, 1975. 6.

울음으로 보았다. 『식칼론』의 경우엔 시인으로서의 분명한 자아 인식을 하게 되면서 자기표현의 확고함, 선언적 어투, 일종의 자기 과시, 시위, 각성의 촉구 등으로 사회의식·현실의식이 강하게 담보된 것으로 보았다. 또 『국토』에서 강렬한 사회의식과 유년시절의 교직이 조화로움과 일치를 보일 때를 '황홀한 범람'이라 명시하면서, 시인이 지향하는 세계는 눈물의 경지이며 이 눈물은 사방으로 자신의 울음소리가 퍼져 나가기를 기대하는 일종의 확산 지향적 성격을 지닌다고 하였다. 『가거도』의 경우엔 비극적 사회현실에 대한 비탄이나 절규, 노호, 불의에 대한 질타, 진실한 고뇌 등으로 변용되고 사회의식이나 고향의식을 다룬 두 세계가 어김없이 눈물 이미지로 연결 통합된다고 보았다. 『자유가 시인더러』에서는 서러움·분노를 표현한 것이 많은데, 이미 눈물은 생활 및 생존 그 자체로서의 일정한 방식이 되고 있는 듯하고, 『풀꽃은 꺾이지 않는다』에서는 눈물을 시로 만들려는 시인의 일관된 의지가 결실을 거둔 것으로, 그에게 눈물은 고향이고 거기에 언제까지나 그대로 현존해 계시는 부모님의 영상이며 자신의 삶에서 만나게 되는 모든 존재들의 애틋한 실루엣으로 자리한다고 보았다. 그리하여 결국 보석과도 같은 시인의 눈물이 생성된 것이라고 정리했다.[11] 그러나 눈물이라는 시어가 사회의식이나 현실비판의 측면에서 어떤 자리를 차지하고 있는가에 대한 언급이 부족하다는 점에서 아쉬움을 남긴다.

노용무는 지금까지의 논의들과는 상당히 다른 측면에서 조태일

---

11) 이동순(李東洵), 「눈물, 그 황홀한 범람의 시학」, 『창작과비평』, 1996. 봄.
　　　　　　, 「조태일론」, 『한국어문학연구』24, 영남대한국어문학연구회, 1996. 12.
　　(이 두 편의 글은 같은 내용이다.)

의 시세계를 조망했다. 조태일을 '바람의 시인'이라 명명한 후 그의 시를 바람 이미지에 초점을 맞추고 있다. '바람'의 이미지와 그 이중성 즉 바람의 부드러움과 난폭함, 바람의 순수성과 열광, 바람의 파괴적이고 활기를 주는 특성을 통해서 바람이 어떤 측면에서 작동되는지를 살피고 있다.[12] 새로운 시각으로 조태일의 시를 바라봄으로써 다양한 논의의 출발을 보이고 있다는 점에서 시사하는 바 크다. 그러나 모든 초점을 바람의 이미지에 맞추어 논의하다 보니 특정 작품에만 국한하는 한계를 가지고 있다.

송기한은 조태일을 산의 이미지를 가진 시인으로 명명했다. 그리고 초기의 참여적인 시세계와 후기의 친자연적인 세계는 형상화되는 부면이 다를 뿐 세계를 추동시키는 근원은 태안사와 동리산에 있다고 보았다.[13] 고향인 태안사와 동리산의 원체험이 시 속에 끊임없이 길항하고 있다는 점은 동의하나 조태일 시의 근원을 태안사와 동리산에서만 찾는 것은 무리라고 생각한다. 참여시는 삶의 현장의 소리이지 기억 속의 원체험이 아니기 때문이다. 기타 이미지에 관한 연구로 이주열의 논의가 있다.[14]

세 번째, 조태일 시의 현실인식과 사회 역사적인 연구로, 최현식은 국토의 심미화와 민족이념의 상관성에 주목하여 조태일의 시집 『국토』를 이상화, 서정주, 신동엽 시와의 계보학적인 차원에서 검토하고 있다. 『국토』에서 '국토'의 심미화는 자연과 당대의 현실 결합에 의해 매개 된다고 보았다. 그에 의하면 '국토'는 수난받거

---

12) 노용무, 「바람의 시인, 조태일론」, 『작가연구』, 2004. 전반기.
13) 송기한, 「반란의 언어를 넘어 생명의 언어로: 조태일론」, 『현대시』, 2006. 6.
14) 이주열, 「조태일의 「국토」에 나타난 이미지 연구」, 중앙대 예술대학원 석사논문, 2000.

나 억압받는 땅이며, 그 건강성과 생명성은 부정한 현실을 초극하는 희망 원리이다. 이때의 자연물은 주체의 내면이 투사된 일종의 대리물 역할을 하게 되는데, 이 때문에 자연의 비유적 의미를 부정적 현실에 대한 알레고리라고 보았다. 또 다른 측면으로 '국토'를 탈식민의 실천으로 보아 그것을 분단체제에 대한 저항과 극복으로 해석하고 있다. 주체의 차원으로 보면 온몸의 시학으로 사랑과 행동이 하나 된 실천을 뜻하고, 국토의 차원으로 보면 탈식민화 된 주체가 새롭게 되찾아야 할 '국토'가 된다고 정리하고 있다.15) 그러나 『국토』에서 내장하고 있는 의미망들을 탈식민의 실천으로 보고 있는 확실한 이론적 근거가 없다는 점이 문제적이며, 조태일의 시를 '국토'의 의미 확장과 변이로만 보는 결정적 한계를 지니고 있다.

박몽구는 조태일의 시세계를 모더니즘적 현실에 대한 자각으로, 탈식민의식과 왜곡된 현실에의 저항으로 구분하여 살피고 있다. 『국토』는 조태일 시의 신식민지 잔재 청산과 매판세력의 척결이라는 주제로 집약된다고 보았다.16) 그러나 이 논문은 조태일 시 전체를 『국토』라는 시집 한 권으로 축약하여 논의될 수 있다고 보는 한계를 가지고 있다. 이는 저항적 시인이라는 점에 초점이 맞추어진 논의이지 조태일의 시 전체를 탈식민적 관점에서 조망하고 있지는 않다. 그 밖에 사회역사적인 시각으로 연구된 것은 김재영과 이동순의 연구가 있다.17)

---

15) 최현식, 「민족과 국토, 그리고 미 – 조태일의 국토의 경우」, 『한국문학이론과 비평』28, 한국문학이론과비평학회, 2005.
16) 박몽구, 「탈식민주의 관점에서 본 조태일의 시세계」, 『현대문학이론연구』29, 현대문학이론학회, 2006.

이 밖에도 조태일 시의 리듬에 주목한 손택수,[18] 판소리 양식의 해학성에 주목한 이주열,[19] 민중의 의미화에 주목한 곽명숙[20]등이 있다. 이주열과 곽명숙은 조태일의 초기시편에 국한하여 논의하고 있을 뿐 조태일 시 전체를 의미화하고 있지는 못하다. 그리고 조태일 시 연구가 주로 70년대에 국한되어 있기 때문에 부분적인 논의에 불과하다.

이상에서 고찰한 연구사를 종합하여 검토한 결과 다음과 같은 한계가 있었다. 첫째 시집 『國土』를 중심으로 한 초기시 연구에 주로 집중되어 있다는 점, 둘째 조태일 시의 사회역사적 의미에만 집착한다는 점, 셋째 작품론보다는 사변적인 이야기와 시인의 인간적인 모습이 시 연구에 선행하고 있다는 점, 넷째 시집의 서평이나 발문 등 특정 시기에 집중된 논의들이 대부분이라는 점은 조태일 시에 대한 연구가 아직 본격적이고 종합적인 단계에 이르지 못했음을 시사하는 것이다. 따라서 본 논문은 이 선행 연구들이 전체적인 틀 속에서 유기적으로 접근하지 못한 한계들을 극복하면서 연구를 진행하고자 한다.

---

17) 김재영, 「조태일 시의 현실인식 연구」, 군산대 교육대학원 석사논문, 2007.
   이동순(李東淳), 「조태일 시정신 연구」, 단국대 교육대학원 석사논문, 2005.
18) 손택수, 「대지의 향기, 꽃 속에서 터진 말」, 『창작과비평』, 2005. 봄.
19) 이주열, 「한국 현대시의 해학성 연구」, 한국외국어대 박사논문, 2004.
20) 곽명숙, 「1970년대 한국시에 나타난 민중의 의미화와 재현양상」, 서울대 대학원 박사논문, 2006.

▌▌▌ 3. 연구 범위 및 방법

조태일의 명성이나 문학사적인 위치에 비하면 지금까지의 연구 성과는 미흡하다. 따라서 조태일의 생애와 문헌을 실증적으로 검토하고, 시어 분석을 통해 시세계를 고찰함으로써 부분적으로 논의되어 왔던 한계를 극복할 수 있도록 종합적인 연구를 수행하고자 한다.

먼저 생애와 함께 시의식 형성의 과정을 살필 것이다. 아울러 원자료를 찾아 서지적이고 실증적인 고증을 시도하고자 한다. 여기에는 역사전기비평과 원전비평의 방법이 적용될 것이다. 나아가 시세계를 고찰함에 있어서는 지수비평의 방법을 원용하게 될 것이다. 즉 조태일의 시집에 실린 전 작품을 대상으로 시어를 분석하고 이를 지수 유형으로 분류하여 시세계의 변모 양상을 밝힐 것이다. 지금까지 조태일 시에 대한 실증적인 연구 성과가 미진했던 까닭에, 본 연구가 후속 연구 담론을 위한 객관적 토대를 제공할 수 있을 것으로 기대한다.

Ⅱ장에서는 조태일의 문학적 생애를 정리하고 그것을 토대로 하

여 시의식 형성 과정을 밝히는 역사전기비평을 시도하고자 한다. 문학적 생애는 자칫하면 시인의 일화집 또는 연대기적 사실을 나열하고 만 단순한 회고록에 지나지 않을 수 있기 때문에, 그것들을 경계하면서 시의식의 형성과정까지 밝혀보고자 한다.

시인은 작품의 창조자이어서 시인을 떠나서는 작품이 존재할 수 없다. 그래서 작품의 이해는 시인에 대한 이해로부터 시작되어야 한다. 텍스트 분석만으로는 온전히 드러나지 않는 작품 세계가 시인의 생애를 통해 규명될 수 있기 때문에 텍스트 이해를 위한 보완으로도 시인의 생애는 중요하다고 하겠다. 시인의 생애는 그 전체성이 문학적으로 형상화된다는 점에서 작품과 결코 떼어 놓을 수 없다. 그리고 시인은 텍스트 밖에서나 안에서나 어떤 형태로든 존재해 있으면서 긴밀하게 영향 관계를 맺고 있기 때문에 작품과의 관계를 파악할 수 있다. 따라서 시인의 생애는 작품이 당대의 사회나 역사와 어떤 상관성을 지니며, 어떻게 시인의 시의식이 형성되었는지를 알게 하는 통로인 것이다.

따라서 조태일의 보편적인 문학세계를 규명하고 문학사의 실체를 구성하기 위해 생애를 추적하고 정리할 것이다. 이 과정에서 유가족과 주변 인물들의 인터뷰, 시인의 산문, 그리고 대외활동 자료 등을 활용할 것이다. 이를 토대로 하여 생애의 시기별 특징과 시의식의 형성 배경 및 과정도 함께 밝힐 수 있을 것이다.

또한 조태일의 시에 대한 서지적이고 문헌적인 검토를 시도하여 원전을 확정하는 원전비평을 시도하고자 한다. 원전을 확정하는 일은 시 연구에 앞서 가장 먼저 선행되어야 할 일이다. 원전을 확정하기 위한 작업은 현존하는 텍스트들을 근거로 하여 가장 순수하고 정확한 형태를 검증하는 일이다. 모든 문학 연구에서 기본이 되는 것은 작품이다. 작품이 원작이냐 위작이냐 이본이냐 하는 문제는 문학 연구의 출발점인 것이며, 원전 검증의 과정은 시인의 전기와도 결부된다. 원전 확정을 위하여 1차적으로 등단에서부터 마지막 발표된 작품까지 원문을 추적하고 정리할 것이다. 다음으로는 추적된 원문과 시집을 실증적으로 비교 대조하여 시 텍스트의 발표 유형과 개작의 정도를 파악하여 통계 분류할 것이다. 이 과정을 통하여 작품의 연보와 정확한 편수를 산정할 것이며 산문의 연보도 정리할 것이다.

Ⅲ장에서는 조태일의 시집에 실린 시 전편을 대상으로 시어 분석을 시도하여 시세계를 밝히고자 한다. 실증적이고 객관적인 계량화의 방법으로 시어의 유형과 용법을 분석하기 위해 지수비평을 원용하고자 한다. 문학에서 지수란 특별한 이미지나 상징, 혹은 원형 이상의 의미를 내포하는 것이다.

시어의 지수 분석 결과를 토대로 문학사회학적 의미를 도출하여 조태일의 시세계를 밝히되, 이를 생애와 관련시켜 초기, 중기, 후기로 나누어 고찰할 것이다. 초기에는 역사적인 조건에 대항하는 시가 주류를 이루기 때문에 전복적 상상력의 언어 기능이라는 점에서, 중기에는 시대적 상황에 대처하는 시가 주류를 형성하고 있어 사회적 상상력의 언어 기능이라는 점에서 논의할 것이며, 후기에는 자연의 의미와 인간 존재성에 대한 탐구로 전환하고 있어 생태적 상상력의 언어 기능이라는 측면에서 시세계를 규명할 것이다. 이는 작품을 구성하는 지수, 즉 의미의 패턴이나 반복되는 관념, 정서, 태도 등을 암시하는 시어를 통해 시세계를 규명하는 방법으로, 시어의 변화에 따라 시세계의 변모 양상을 살피고자 하는 것이다.

이와 같은 방법으로 도출해낸 결과는 조태일의 문학사적 위치와 명성에 비해 그에 대한 연구가 미진했던 점을 보완하게 될 것이며, 조태일과 그의 시를 한국 현대시문학사에 올바로 자리매김하는 일이 될 것으로 기대한다.

Ⅱ

문학적 생애와 원전 확정

1. 문학적 생애

1) 문학적 원체험기

竹兄[21] 조태일은 1941년 9월 30일 (음력 8월 10일) 전남 곡성군 죽곡면 원달 1리 동리산 태안사에서 대처승인 부친 조봉호와 모친 신정임의 칠남매 중 넷째로 태어났다. 부친 조봉호는 옥천 조씨 24대 절제공파인데 조실부모하여 전남 곡성군 삼기면 원등에서 자라다가 여덟 살에 오삼면 관음사 동자승으로 들어갔다. 그곳에서 대모를 만나 광주보통소학교를 졸업하고 서울의 불교전문학교를 수료했다. 그리고 순천사범학교 교사로 있다가 전남 곡성군 삼기면 원등 한 동네 처녀 18살 연하의 신정순과 34세에 결혼하고 대처승 인 태고종의 스님으로 들어가 태안사의 주지까지 지냈다.[22] 그리

---

21) 김준태, 「조태일 시인과의 대화」, 『시와 함께』, 1999. 봄, 19쪽.
   "竹兄이라는 호는 미당 서정주 선생이 지어준 것이다."
22) 진헌성, 「고 조태일 시인의 그 뜨겁던 한여름날의 꽃구름길을 찾아서」, 『시인』1, 시

고 여기저기 야학을 다니기도 했는데 여순사건을 만나 7남매를 데리고 광주로 피난을 와 살던 중 화병으로 세상을 떠났다.

그가 태어난 태안사는 "서기 742년 (경덕왕 1년) 신라의 혜철선사가 창건한 이후 1,200여 년의 역사를 간직하고 있는 절이다. 그 후 구산선문의 개조인 혜철국사가 주석을 하고부터 산세를 떨친 남녘의 소림"으로 국운이 기울기 시작한 신라 말, 불경 중심 혹은 귀족 중심의 교종과는 달리 일반 민중 속에 널리 뿌리 내리기 시작한 서민 중심의 선종에서 비롯된 산문이다. 이 구산선문 선종이 오늘날 대한 불교 조계종의 모태가 되고 등뼈를 이룬다.[23] 이름 중의 첫 자인 '태(泰)'자도 '태안사(泰安寺)'의 첫 자를 따서 아버지 조봉호가 지어준 이름으로 항렬을 따르지는 않았다.[24] 그는 이름에 관한 일화를 소개하기도 했다.[25]

인, 2003. 165 – 169쪽. 진헌성은 조태일의 가족과 어머니에 대한 것들을 소상히 적고 있다. 조태일의 가족이 곡성에서 피난와 살았던 광주시 광천동의 같은 동네에서 살았고 어머니들끼리도 아주 절친한 사이로 두 분의 어머니는 서울에서 젓갈장사를 시작으로 행상을 하면서 자식들 뒷바라지를 했다. 아버지에 대한 것은 조태일의 형 조기수에게 들은 것이라고 한다.

23) 김준태, 「구산선문, 동리산의 품성을 닮은 시인」, 『문예중앙』, 1999. 겨울.

24) 원래는 기(基)자 항렬을 써서 이름을 지어야 맞다. 실제로 형님은 조기수(趙基洙)이고 남동생은 조기선(趙基善)이다. 형 조기수는 여순사건으로 피난 와 살았던 광주광역시 광천동에 살고 있으며 광주시 기초의회 의원을 지내기도 했다. 동생 조기수는 4·19에 가담한 며칠 후 집을 나간 뒤 행방불명되었다.

25) 조태일, 「오늘의 나의 문학을 말한다」, 『고여있는 시와 움직이는 시』, 전예원, 1980. 222 – 226쪽.
조해일(趙海一)과 이름이 비슷해서 겪었던 일화들을 소개하면서 자신의 이름에 대해 이렇게 말한다. 이것은 아버지가 지어주신 이름에 대한 자부심이기도 하다. "기왕에 이름 타령이 나왔으니 나온 김에 이름자랑을 한번 하겠습니다. 이희승 박사의 국어대사전을 보면 태일의 뜻이 나의 사람됨됨이에 비해 어마어마하게 풀이되어 있는데 태일(泰一)이란 첫째는 중국철학에서 '천지만물의 출현 또는 성립의 근원 혹은 우주의 본체'라고 설명되어 있고, 둘째, 태일이란 이름 밑에 성(星)을 붙여 태일성(泰一星)하면 '신령스런 별인데 하늘 북쪽에 있으면서 병란, 재화, 생사를 맡아 다스리는 별'이라고 풀이되어 있고, 또 중국에는 태일교(泰一敎)라는 종교가 있는데 그 종교는 '중도(中道)를 숭상하고 대처(帶妻) 즉 마누라 갖는 것을 금하고 음주를 금하는 종교'라

그가 태어난 시기는 일제의 착취와 탄압이 극에 달하던 때였다. 강제로 할당된 송진을 채취하기 위해 온 가족이 산을 헤매기도 했고 순사들이 나타나면 놋요강·숟가락·젓가락·놋대접·놋화로 등 쇠붙이로 된 것들은 모조리 숨겨야 했다. 그곳에서 그는 동계국민학교에 입학하여 2학년까지 다녔다. 태어나서 자란 시기는 얼마 되지 않지만 태안사에서의 원초적인 체험은 시의 원동력이자 근간을 이루게 된다.

> 내가 태어나서 자라던 원달1리의 태안사 턱밑에 있는 마을은 모두 10여 호에 지나지 않는 산골의 작은 마을이었다. 나는 이곳에서 한 20여리 떨어진 동계국민학교를 2학년까지 다녔다. 이리·멧돼지·늑대·노루 따위의 산짐승들 때문에 항상 친구들과 떼지어 다녔는데 한 손엔 작대기나 돌멩이들이 들려 있었다. 그리고 짚신이나 검정고무신은 칡넝쿨 같은 것으로 친친 동여매었는데, 산짐승들의 공격을 효과적으로 방어해 내기 위한 배려에서였다. 물론 책보따리는 어깨띠 두르듯이 메고 다녔다.(중략)방학때가 되면 앞산 뒷산 옆산을 온종일 쏘다니며 토끼사냥 꿩사냥 멧돼지사냥에 해가 지는 줄도 몰랐다. 꿩은 돌팔매질을 혹은 나무를 휘어 올가미를 설치해서 잡았으며 토끼나 노루, 멧돼지 등은 그들이 다닐 성싶은 길목에다가 함정을 파거나 덫을 만들어 놓으면 며칠에 한 마리씩은 잡히기 일쑤였다.[26]

이런 고향 태안사에서의 원초적이고 티 없는 원체험들은 그의 시 전반을 관통하면서 생명성이 살아 있는 시를 쓰는 기반이자 시정신의 바탕을 형성한다. 온갖 짐승들과 함께 어울리며 원초적인 체험들을 쌓았던 동리산 태안사 시절[27]도 그곳이 여순사건의 격전지가

고 풀이되어 있습니다."

26) 조태일, 「유년기의 自傳的 詩論」, 『戀歌』, 1985. 11 – 12쪽.

27) 동리산 태안사에서의 유년기의 추억은 조태일의 산문집 『戀歌』에 실린 여러 편의 글에도 나타난다.

됨으로써 끝이 나고 만다. 삶과 죽음을 넘나드는 현장이 되어버린 태안사를 떠나 조태일의 가족들은 광주로 피난을 가서 살게 된다.

광주에서 자리 잡은 곳은 광천동 88번지였다. 광천동에 살면서 조태일은 수창국민학교에 다니다가 6·25한국전쟁을 겪으면서 3년 동안 학업을 중단하게 된다. 전쟁이 끝난 후 학교에 다시 복학하려 했으나 학적부가 소실되었고 나이가 많다는 이유로 복학이 거절되자 극락국민학교에 편입한다. 극락국민학교에서 다시 수창국민학교로 전학하여 졸업한다. 국민학교에 다니면서도 아버지를 도와 밭일, 집안일, 두레로 물을 품어 올리는 일, 멀리 무등산에 가서 땔감 나무를 해야 하는 힘든 생활을 했다.

6·25한국전쟁 직후 아버지 조봉호는 어린 조태일의 손을 잡고 "고향 떠난 지 30년이 지나면 고향땅을 밟아라."라는 유언을 남기고 화병으로 세상을 뜨고 만다. 어린 그가 혼자서 지킨 임종이었다. 그는 후에 아버지 조봉호의 유언대로 30년 지난 1977년 여름에 고향땅을 찾았고 이때부터 그의 시세계가 변모하기 시작한다. 따라서 그의 시적 여정에서 고향 방문은 특별한 의미를 지니게 된다. 아마도 그의 아버지는 전쟁의 참화를 입을까 염려하여 세상이 조용해지는데 한 세대는 지나야 한다고 생각했던 듯하다.

어머니 신정임은 생사공장에 다니면서 질남매를 키우며 생계를 꾸려야 했다. 조태일의 기록에 따르면 자식들에게 줄 음식을 들고 오다가도 다리 밑의 거지에게 음식을 모두 주고 올 정도로 인정이 많은 어머니였다. 어머니의 자비심은 그의 삶의 자세와 태도에 많

(「겨울에 자라는 동심」, 「유년시절의 체험으로 국토를 껴안고」, 「버들개지 밑으로 물이 흐르면」, 「어린 조카의 죽음과 내 시의 출발」, 「태안사에서 가거도까지」)

은 영향을 준 것으로 보인다. 남을 먼저 생각했던 그의 인간적인 면모가 지금도 회자되고 있기 때문이다.[28]

그가 방학을 제일 싫어했던 이유는 책을 볼 수가 없다는 데 있었다. 책을 돌려볼 차례가 되면 밤새워 통째로 외워버리거나, 책을 읽고 싶어서 누나나 형의 교과서를 읽기도 했다는 것 등을 종합해보면 그가 얼마나 독서를 좋아했는지를 알 수 있다. 그는 당시의 명문이었던 광주서중에 입학하였고 수학과 과학을 특히 잘했으며 미술반에서도 활동했다. 그러나 군인이 되고자 하는 꿈을 가지고 1959년 광주서중을 졸업한 뒤 광주고에 입학한다.[29] 당시 광주고는 사관학교 합격률이 높은 학교였다. 광주고 재학시절 훗날 그의 삶에 있어 서로에게 선의의 경쟁자가 되었던 박석무를 만나게 된다.[30] 이후 둘은 암울한 시대에 민주화를 위한 평생 동지가 된다.

2) 역사의식의 형성기

광주고 재학시절, 그에게 어린 조카의 죽음은 충격이었고 운명을 바꾼 계기가 된다. 한집에 살던 조카가 시름시름 앓다가 치료 한 번 받아보지 못하고 세상을 떠나자 그는 수업에 들어가지 않고

---

28) 신경림, 「크고 다감한 시, 남성적이면서 섬세한 조태일 」, 『시인을 찾아서』 2, 우리교육, 2002.

29) 조태일은 광주고등학교에 1959년에 입학하여 1962년에 졸업하였다. 그러나 장석주 (『20세기 한국문학의 탐험』4, 시공사, 2000, 134쪽.)와 이근배 (「문학동네에 살고 지고」, <중앙일보> 2003. 3. 24)에는 '전남고졸업'으로 잘못 표기하고 있다.

30) 박석무, 「곰과 죽형인 태일이」, 『자유가 시인더러』발문, 창작과비평사, 1987.

학교 교정의 아카시아 숲31)에 누워 생각에 잠긴다. 그때 조카의
영혼이 나타나 "삼촌은 시인이 되라"는 음성을 듣게 되면서 시인
이 되기로 결심한다. 그때부터 조태일은 문학에 관련된 책들을 독
파하기 시작한다. 하루에 한 권씩 동서양의 고전을 읽어 나가고
시집들을 외우다시피 할 정도로 시작을 향한 열정을 불태우느라
공부는 뒷전이었다.32)

　고등학교 2학년 때 일어난 4·19학생혁명은 조태일의 정신에 큰
영향을 미치게 된다. 광주고 학생들은 경찰의 저지선을 뚫고 시내
를 향해 구호를 외치며 시위에 참여하게 된다. 경찰에 쫓기다 남
의 집으로 뛰어들어 장독대를 깨뜨렸어도 주인이 숨겨주어 목숨을
건졌던 그에게 4·19는 또 하나의 슬픔이 되고 만다. 동생도 4·19
에 참가하였는데 4·19 직후에 행방불명되었기 때문이다.33) 유년
과 청소년기에 겪은 역사적 사건들은 후에 시정신의 기저를 형성
하게 한 요인으로 작용한다.

　그는 방학이 되면 친구들과 전국 무전여행을 다녔다. 제주도 한
라산을 오르면서 잡았던 매미들을 한 마리씩 날려주었던 기억은
후에 「매미」 연작의 소재가 되었다. 한라산의 백록담에 오른 후에
조태일이 처음으로 쓴 시는 「백록담」이라는 시조이고, 이후 두 번
째 쓴 시가 「다시 鋪道에서」인데, 고등학교 3학년 때 <진남일보>

---

31) 현재 광주고 교정에는 건물의 신축으로 면적이 줄기는 했지만 아카시아 숲이 남아
　　있다. 광주고 오덕렬 교장은 "아마도 광주고에서 문인이 많이 나온 것은 저 아카시아
　　숲이 있었기 때문인 것 같다. 나도 광주고를 나왔는데 아카시아 숲에 관한 추억이 많
　　다"고 하였다. 현재 광주고는 도서관 2층에 광고문학관을 2007년 5월 30일 개관하여
　　광주고 출신 문인들의 작품을 전시하고 있다.(2007. 6. 15)

32) 조태일, 「어린 조카의 죽음과 시의 출발」, 『시인은 밤에도 눈을 감지 못한다』, 나남
　　출판, 1996. 53 - 54쪽.

33) 조태일, 「그날의 함성, 내가 겪은 4·19」, 위의 책, 나남출판, 1996. 202 - 205쪽.

신춘문예에 당선되었다[34]고 기록하고 있다.

1962년 경희대에 진학[35]하고 나서 문학적 스승들을 만나게 되는데 조병화, 황순원, 김광섭, 주요섭, 양주동, 김진수 선생이 그들이다. 선배에는 이성부, 김제현, 전상국, 김용성이 있었고 조세희와 조해일은 국문과 동기생들이다. 특히 김광섭과 조병화는 지대한 영향을 끼친 스승들이다.

김광섭은 조태일에게 시인의 태도와 자세[36], 그리고 시정신에 깊은 영향을 끼치게 된다.[37] 조병화는 조태일이 "나의 영원한 스승"이라 말하곤 했는데, 「아침船舶」으로 신춘문예에 등단했을 때 "손을 이끌고 조영식 총장님을 찾아뵙고 설립 장학금을 받게 해 무사

---

34) 조태일, 위의 글, 나남출판, 55쪽. <전남일보> 신춘문예에 당선되었다는 것은 잘못된 것으로 뒤에 3장에 자세히 기술되어 있다.

35) 조태일, 앞의 글, 나남출판, 1996. 55쪽.
조태일은 군인이 되겠다는 걸 포기하고 수업시간에도 문학 관련 책들을 읽었기 때문에 학업성적은 꼴찌에서 두 번째였다. 그렇기 때문에 학력고사 원서는 절대 원서를 써줄 수 없다는 것이 선생님의 입장이었다. 합격률이 떨어져 학교 체면이 깎인다는 것이 이유였다. 그러나 조태일은 끝까지 우겨서 꼭 합격할 자신이 있으니 원서를 써달라고 졸라서 시험을 치른 결과 좋은 성적을 받아 대학에 진학하게 된다.

36) 조태일, 「시인의 삶과 민족-이산 김광섭 시인의 경우」, 『고여 있는 詩와 움직이는 詩』, 전예원, 1980. 13-36쪽.
"투철한 민족적 양심과 혼을 지닌 죄아닌 죄를 쓰고 일제 암흑기에는 4년 가까운 세월을 민족의 양심과 혼을 때려 잡는 치욕의 도살장인 감옥에서 보냈으며 해방이 되자 건국대열에 잠시 끼어서 조그마한 힘이나마 보태 나라다운 나라를 이룩하고자 했는가 하면, 각종 문화단체나 각종 언론기관에서 중책을 맡아 이 나라 문화발전이나 언론창달에 이바지 하려 했으며 대학에서는 그의 천직인 문학을 강의하면서 후진 양성에 온 정열을 다 기울이기도 했다.(중략)노년에는 고혈압으로 쓰러져 10년이란 긴 세월을 병과 함께 지내면서도 오히려 병을 미워하지 않는다는 달관한 철인적 의지로 왕성한 시작활동을 벌임으로써, 오히려 사회는 병들었지만 시인은 병들지 않는다는 확고한 신념을 보여주었던 시인"으로 평가하는 것에도 드러난다.

37) 조태일, 「怡山 金珖燮 詩人과 나」, 앞의 책, 나남출판, 1985. 246-247쪽.
당시 경희대는 문화상 제도가 있어서 문학작품에 공모하여 '양'급만 받으면 1년 학비를 면제 받는 특전이 있었는데, 가난한 유학생인 조태일은 졸업할 때까지 학비를 면제받는 '우'급을 받는다. 경희대 개교 이래 '우'급 받은 문인은 없었다고 하는데 조태일은 당시 다른 장학금을 받고 있어서 다른 사람에게 양보했다고 한 걸 보면 김광섭과 조태일은 서로를 알아봤던 것이다.

히 대학 4년을 마치도록 해주신 은인"이었다. 또한 조병화의 부지런함은 조태일에게 소중한 재산[38]이 되었고 어느 유파에도 속하지 않은 그를 평생 스승으로 모신다.

그가 대학 2학년이던 1963년 겨울 <경향신문> 신춘문예에 하루만에 쓴 작품 3편을 마감시간을 넘겨서야 접수하였는데, 그것이 1964년 1월 1일 경향신문 신춘문예 당선작이 된 「아침船舶」이다.[39] 「아침船舶」은 대학 2학년 말쯤인 1963년 가을에 쓴 시이다. 이 시를 쓴 배경에 대하여 그는 다음과 같이 말하고 있다.

> 4·19에 참가했기 때문에 도저히 5·16쿠테타를 인정할 수가 없었다. 이 5·16에 대한 부정은 꿈속에서 까지 이어졌다. 꿈결마다 가끔 나타나는 검은 안경을 낀 작달막한 그 사람, 그 사람 곁의 또 자그마한 사람들은 내 꿈자리를 수시로 설쳐댔다. 어떤 때는 반들반들한 윤기가 도는 돼지새끼들이 쫓겨와 내 품속을 파고들기도 했는데 그럴 때마다 검은 안경을 낀 그 사람들이 총부리를 겨누며 그 돼지새끼들을 내놓으라고 윽박지르고 쑤셔대고 얼러대기도 했다. 그럴 때면 돼지새끼들은 눈을 부릅뜬 채 돌돌돌 거리며 겁에 질린 채 나만 쳐다보기 일쑤였다. 꿈 중에서 제일 좋은 꿈은 역시 돼지꿈이라는 생각은 우리 민족의 오랜 믿음이었고 바람이었다. 꿈속에서였지만 몹시 안타까웠고 불안했다. 이 나라 이 민족이 평탄치 못하리라는 조짐으로 느꼈다. 이 꿈 속의 괴이하고 안타깝고 불안한 체험을 토대로 꽤 길게 「아침 船舶」을 썼다.[40]

조태일은「아침船舶」이 당선되어 습작시 10편도 안 되는 처지에

---

38) 조태일, 「어느 스승에 대한 추억」, 앞의 책, 나남출판, 1996, 42 - 45쪽.
"분초도 쉬지 않고 시를 쓰시거나 붓글씨를 쓰시거나 그림을 그리신다. 시간약속의 철저함이나 부지런함은 나의 선친 다음으로 선생님께 이어 받은 나의 소중한 재산이다"고 적고 있는데 실재로 조태일은 아무리 사소한 약속이라도 잊는 법이 없고 약속 시간을 철저히 지킨 것으로도 유명하다.

39) 조태일, 앞의 글, 앞의 글, 나남출판, 1996, 56쪽.

40) 조태일, 「꿈꾸고 나서 쓴 「아침선박」, 앞의 책, 나남출판, 1996, 92 - 93쪽.

문단에 등장하게 된다.[41] 조태일은 당선소감을 통해 "나는 이 방에 쓰러져 있는 언어들을 일으키려고 고생깨나 했는데 앞으로도 그럴 것이다"[42]고 시작활동에 대한 의지[43]를 드러낸다. 그리고 일간지 신춘문예 출신들이 모여 만든 '신춘시'동인에 가입해 작품을 발표해 나간다. 이 '신춘시'동인[44]은 1963년 4월 1일 발행된 1집을 시작으로 하여 19집까지 발행되었는데 조태일은 제4집부터(1964. 2. 20) 참여하게 된다.

등단 1년 후인 1965년 첫 시집인 『아침船舶』이 선명문화사에서 출판됨으로써 시작 여정의 첫발을 내딛게 된다. 첫 시집을 발간한 때는 조태일이 대학교 4학년이었다. 이 시집의 서문에서 조병화 시인은 조태일의 시를 "순수무한한 정신의 깊은 지하수 같은 맑은 개울이 흐르고 있다. 서정의 유역이라기보다 사색의 유역을 개성의 감염이 없이 흐르고 있는 영혼의 개울, 오히려 그것은 현대시의 자연을 흐르고 있는 젊은이의 갈망의 하천일지도 모른다"고 평하고 있다. 젊은 조태일의 갈망, 그것은 시에 대한 열정이자 삶에 대한 열정이었다.

---

41) 조태일은 경향신문 외에 <서울신문> 신춘문예에 「다시 鋪道에서」, 「물동이 幻想」, 「골목回想」도 공모했지만 최종심까지 갔으나 당선은 되지 못했다. (<서울신문> 1964. 1. 1.참고) 이 작품들은 다른 지면들을 통해 발표된 뒤에 제1시집인 『아침船舶』에 실려 있다.

42) <경향신문>, 1964. 1. 8.

43) 조태일, <대학주보>, 1964. 1. 22.
"연소하여 두려움이 앞서나 기대에 어긋나지 않게 끝까지 노력하겠다. 가난 때문에 시작한 시를 앞으로도 그것의 형상화에 노력하는 반면에 고장건설의 내면화와 지적 서정주의를 펼쳐보겠다. 그리고 독자와 함께 호흡할 수 있는 참영역을 개척하겠다"

44) '신춘시'동인으로 강인섭, 권일송, 김원호, 김종철, 박봉우, 박이도, 박의양, 윤삼하, 이근배 등이 함께 했다. 동인지인 『新春詩』의 편집은 서로 번갈아가면서 맡았는데 7, 8집의 편집은 군대 가기 전에, 17, 18, 19집은 군대 다녀온 후에 조태일이 맡았다.

시를 향한 열정은 1966년 경희대학교를 졸업하고 ROTC 소위로 임관한 후에도 『新春詩』에 「나의 處女膜」과 「눈깔사탕」 연작시를 발표하는 등 쉬지 않고 계속된다. 1968년 육군 중위로 예편 후에는 「식칼論」 연작을 발표함으로써 시대와의 처절한 싸움을 선포함과 동시에 앞으로의 시세계를 예고했다. 제대한 후에는 광주에 고등학교 교사 자리가 났지만 그것을 접고 서울에서 시작활동을 계속하게 된다.[45] 서울로 올라간 그는 새로운 시운동을 전개하기 위해 『詩人』이라는 시전문 문예지를 창간[46]하여 주재함으로써 김지하, 김준태,[47] 양성우[48] 등 신예들을 배출하였다. 1969년 창간한 『詩

45) 조태일은 경희대 국문과 동기생인 임재훈에게 보낸 엽서에 "산골 光州에 고등학교 교편 자리가 있었음 올라와 버렸소. 취직도 하고 공부도 하고 작품도 써야겠소"라고 적고 있다. 이 엽서를 쓴 날은 1969. 5. 27이다.

46) 이 『詩人』지의 창간사나 마찬가지인 편저자의 말을 인용하면 다음과 같다.
"月刊詩誌 『詩人』은 詩와 詩人의 양심이며 얼굴이다. 더 뚜렷한 말로 하자면 모든 人間의 양심이며 얼굴이다. 新文學이라는 것이 있어 온지 반세기가 되는 동안, 시지 비슷한 것들이 더러 있어 왔다. 그것들은 그러나 약속이나 한 듯이 희미하게 쓰러져 갔다. 그 원인이 경제적인 여건에 더 많이 있는 것처럼 오해 되고 있지만, 양식이 있는 판단으로는, 그들 詩誌의 無性格과 그것을 주간해 온 몇 사람의 몇 푼 안되는 私的인 권위주의나 공리주의가 빚은 원인 말고도, 더 깊이 파고들어 가서, 詩人들 자신의 썩음에 있지 않았나 생각된다. 이런 요소들은 人間이 있는 곳엔 의례 뒤따르기 마련인 것으로, 그에 대한 無自覺을 自覺하고 그것을 이기는 곳에 詩誌의 진정한 번성이 있는 것이 아닐까? 참 어려운 일이겠지만 그 어려움을 극복하고 더 나아가서는 그 어려움을 불러들이면서 까지 싸우겠다는 용기와 실천만이 모든 안일주의를 추방하는 것이 아닐까? 하여, 지난날의 편파적이고, 근시안적인 얕은 태도를 무너뜨리고 정직한 詩와 詩人像을 한꺼번에 세울 수 있는 광장을 여기에 마련해 본 것이다. 뜨겁고 아픈 채찍도 정답게 여길 것이다."(『詩人』, 1969. 8,)
이 편저자가 조태일이었으므로 이 편저사의 말은 곧 조태일의 시와 시인으로서 가져야 할 정직함과 양심에 따른 행동과 실천적인 모습을 알 수 있게 한다. 이후 바람대로 『詩人』은 양심 있는 시인들을 배출할 수 있었고 정직한 시와 시인상을 세울 수 있었다.

47) 『詩人』은 1969년 11월호에 김준태의 「머슴」, 「詩作을 그렇게 하면 되나」, 「서울驛」, 「新金洙暎」, 「아메리카」, '지하'라는 이름으로 김지하의 「비」, 「황톳길」, 「가벼움」, 「녹두꽃」, 「들녘」을 실음으로써 한국현대시사에 빼놓을 수 없는 시인을 발굴해낸 문예지의 위상을 갖게 된다.

48) 양성우는 『詩人』 1970년 11월호에 「발상법」, 「증언」, 「광물성사랑」, 「혼교지곡」, 「장마」, 「귀뚜라미」를 발표하였다. 이 등단을 계기로 하여 조태일은 양성우의 시집 『겨울공화국』을 발행함으로써 결국 구속되는 사태로 까지 이어지고 시집이 몰수되기도 한다.

人』은 당국의 압력으로 폐간될 때까지 총 14권을 발간했다.[49] 이
『詩人』의 창간과 시인사의 경영은 "몸 주고 마음 바쳐 하나에서
열까지 혼자 좌우했던 이십 청춘의 열정을 순정의 등불처럼 불태
운 선업"[50]인데, 자비 출판을 원하는 시집이나 교지 등의 일감을
소개해 주는 조건으로 남일출판사에서 인쇄를 맡아준 것이었다. 조
태일에게는 원고 무료 청탁과 편집, 교정, 제작 등의 노고만이 줄
지어 있을 뿐이었다. 하지만 문단의 혁신이란 명제를 위해 헌신적
인 봉사를 아끼지 않은 것은 시인으로서의 사명이었다고 할 수 있
다. 이때가 1969년 3월 삼선개헌 직후였고, 이 『詩人』의 창간을
통해 실천적 지식인의 면모를 드러내게 된 것이다.

　김지하는 『詩人』에 시를 발표하게 된 경위를 다음과 말하고 있다.

> 조형(조동일)이 언젠가 내가 시를 발표하고 문단에 데뷔할 때가 되었다고
> 시고를 달라고 했다. 나도 그 까닭을 알고 '황톳길' '육십령' 등 6편인가
> 를 주었는데 그가 원고를 보낸 '창비'는 백낙청과 김수영의 감식을 거쳐
> 불가하다는 판정을 내린 결과 원고를 되돌려 왔다. 조형은 이것을 내내
> 민망해하고 미안해했다. 지난해던가 올해 초던가 듣자하니 백낙청 씨가
> 그때 내 시고를 퇴짜놓은 것은 자기 일생일대의 실수라고 어디에 썼다고
> 한다. 조금 우습다.[51]
>
> (김현)은 자기 입맛에 안 맞아도 가능하면 도움을 주려 했으니 그와 나는
> 같은 전라도 목포출신이었기 때문도 있겠으나 덕으로 따진다면 나의 덕
> 성이라기보다는 그의 덕성일 것이다. 왜냐하면 '창비'에서 퇴짜놓은 그
> 시편들이 김현의 비공식적 추천으로 조태일 시인의 검토를 거쳐 당시의

---

49) 『詩人』은 1969년 8월 창간하여 1970년 11월호까지 발간된 월간시지이다. 중간에 발
　　간해놓고 세상에 내놓지 못한 1970년 6월호와 7월호가 결호가 됨으로써 총 14권이
　　발간되었는데 당국의 압력으로 강제 폐간 되었다.
50) 이문구, 「흙의 웃음과 고집불통의 시인」, 『가거도』 발문, 1983. 136쪽.
51) 김지하, 「조동일」, 『월간중앙』, 2002. 8, 424쪽.

시전문지 '시인(詩人)'에 거듭 2회에 걸쳐 발표됨으로써 늦으막이 1969년도에 내가 문단에 나왔기 때문이다.[52]

학생시절에는 순전히 조동일 학형 때문에 6-7편을 조형 편으로 '창비'에 보냈다가 퇴짜맞은 이후 시인이 될지도 모른다는 자그마한 생각이나마 아예 접어버렸다. (중략) 아침 일찍 일어나「황톳길」과 함께 서너 편의 서정시를 원고지에 정서한 뒤 문리대 불문과 조교실로 김현을 찾아갔다. 조연현이니 서정주니 그 무슨 케케묵은 추천 제도나 신문의 신춘문예를 통하지 않고 직접 진출할 수 없겠는가 물었다. 두 가지 대답이었다. 자기는 시의 내용을 잘 모르겠지만 '황톳길'등의 형식이 철저한 민요풍을 타고 있어 그 점에 미덕이 있다고 생각한다는 것과 이런 시라면 시인 조태일이 운영하는 시 전문지 '시인'을 통해 등단하는 게 좋겠다고, 자기가 조시인에게 추천해주겠으니 염려 말고 청진동에 있는 사무실에 원고를 갖다 주라고 …… 그랬다. 그날로 나는 조태일 시인을 만났고 원고를 읽어본 뒤 내게 새삼 더운 악수를 청하며 곧 싣겠다고 약속했다. (중략) 그러매 생각건대 김현도 김현이지만 조태일 시인은 내게 있어 한 사람의 대장이다. 그가 나를 등단시켰으니 ……[53]

이런 김지하의 회고는 민족문학 진영의 등단 코스인『창작과비평』에서도 알아보지 못했던 김지하의 시에 대해 조태일이 그 가능성을 한눈에 알아봤음을 증명하는 것이다. 신인을 발굴하고 새로운 시전문지를 만들어가는 조태일의 하루하루는 그것 자체로 신나는 일이었고 즐거운 나날이었다[54]고 할 수 있다.『詩人』을 창간할 때의 바람대로 새로운 시와 시인상을 구축하게 되었기 때문이다. "『詩人』지를 편집하면서도 돌아가는 시국에 관심을 갖지 않을 수 없었다. 양심적인 시인이나 양심적인 정직한 시들이 그리웠다"[55]고 한

---

52) 김지하,「김현」, 위의 책, 2002. 8. 425쪽.

53) 김지하,「등단」, 앞의 책, 2002. 10. 402-403쪽.

54) 미망인 진정순, 인터뷰, 2007. 7. 29
"『시인』지를 내놓고 반응이 오자 정말 미친 사람처럼 그것에 매달렸다. 신이 나서 어쩔 줄 몰랐다"고 회고했다.

조태일의 언급은 역사의식과 시의식의 향방을 가늠할 수 있게 한다. "『詩人』지의 문학적 성격과 조태일 개인의 성품이 일치"하고, "내 시보다 내중적이고 건강하고 씩씩하다"는 김지하의 발언[56]은 인간 조태일의 대쪽같은 성격을 말하는 것이자 시정신을 의미한 것이다.

그 무렵 그는 한 지인의 소개로 만나 사귀어 오던 당시 국민학교 교사인 진정순과 1969년 12월 3일 결혼하여 서울 홍은동 산 1번지 김관식 시인의 집에서 신혼생활을 시작한다.[57] 그 집은 그가 사글세 방 한 칸을 빌려 자취하던 방이었다. 김관식 시인의 집은 대문도 없이 육모정이란 정자를 지어놓고 술만 마셔대던 그와 처지가 엇비슷한 시인들, 한겨울에 내복도 입지 못하고 여름옷을 걸치고 찾아온 천상병, 심히 다리를 절면서 가파른 고개를 올라서 찾아온 구자운과 박봉우, 그리고 돈벌이도 하지 못한 채 바지런히 돌아다니던 조그만 키의 신경림 등이 자주 드나들던 일종의 사랑방이었다. 조태일이 "이 무렵을 평생 잊을 수가 없을 것 같다"[58]고 한 것을 보면 그가 이들과 교유하며 문학의 깊이를 더했던 것으로 추정된다.

1970년 제2시집 『식칼論』을 시인사에서 발간한다. 『식칼論』은 역사적 현실에 가차없는 비판의 칼날을 들이댐으로써 이른바 1970년대 참여시의 서막을 열었다고 할 수 있다.[59] 1970년대는 제3공

---

55) 조태일, 「태안사에서 가거도까지」, 앞의 책, 나남출판, 1996, 65쪽.
56) 김지하, 「죽형 조태일 시인 추모 다큐」, MBC, 2005. 9. 2.방영
57) 미망인 진정순, 인터뷰, 2007. 9. 9.
   "당시에 남편은 고등학교 교사 자격증이 있으니까 고등학교 선생님을 하면서 편안하게 살았으면 좋겠다고 생각했다. 그런데 남편은 그렇지 않았다."
58) 조태일, 위의 글, 앞의 책, 나남출판, 1996. 66쪽.

화국의 집권 장기화를 위한 음모가 유신체제를 통해 강화되면서 모든 것이 자유롭지 못한 독재의 시대였다. 문인들은 당시 김동리가 이끌고 이문구가 편집장을 맡고 있던 문예지『월간문학』의 청진동 편집실에 매일 모여 시대와 역사, 그리고 문학을 논하다 <자유실천문인협의회>를 결성하였는데, 조태일 역시 여기에 주도적으로 참여하게 된다.[60] 1972년 3월에는 결혼 3년 만에 장남 '천중'이 태어나고 1973년 11월에 딸 '현정'이 태어난다. 같은 해에 창제인쇄공사[61]에 입사하고 덕성여대에도 출강하게 된다.

조태일은『식칼論』이후「국토」연작시를 기획하여 문예지를 비롯한 여러 지면에 발표함으로써 문단의 주목을 받게 되는데, 이에 대한 구체적인 기록은 당시의 신문에 실린 월평이나 시평들을 보

---

59) 김정환,「32년 전에-조태일 시집 식칼론」,『시네21』, 한겨레신문사, 2002. 136쪽. 『식칼論』에 대해 김정환은 다음과 같이 말하고 있다. "이 시집의 문패는 한마디로 놀랍다. 편집은 장차 민중시학을 보편적 예술미학 이상으로 승화하게 될 이성부가 맡았고 교정은 장차 민중문학에 가장 정교하고 치열한, 그리고 엄정한 이론틀을 제시하게 될 염무웅이 맡았고, 장정은 60년대 문학의 감수성에 도시적 혁명을 몰고 왔던 소설가 김승옥이 맡았다. 1970년 10월10일 인쇄, 1970년 10월15일 발행이니 노동자 전태일이 분신자살하기 1달 전이고 조태일이 발행하던『詩人』이 김지하와 양성우, 그리고 김준태 등 70년대를 밝힐 시인들을 등단시키던 즈음이고 한정판 200부 제작비 1천원이라 했으니 민음사가 '오늘의 시인총서'를 만들면서 시인들에게 인세를 주기 몇 년 전이다." 고 적고 있다.

60) 자유실천문인협의회는 1974년 11월 18일 창립하여 유신독재체재와 맞서게 된다. 자유실천문인협의회는 김정한, 김병걸, 김규동, 이호철, 고은, 천승세, 구중서, 신경림, 백낙청, 황명걸, 문병란, 송기숙, 문순태, 소내일, 김지하, 염무웅, 박태순, 이문구, 황석영, 현기영, 조세희, 윤흥길, 정희성, 양성우, 송기원, 이시영 등 문인 101명이 참여하여 결성한다. 대표간사는 고은, 간사에는 신경림, 염무웅, 박태순, 황석영, 조해일이었다. 이 결성과 더불어「문학인 101인 선언」을 발표하고 결의한다. 자유실천문인협의회는 1987년 민족문학작가회의로 바뀌었다.

61) 미망인 진정순, 인터뷰, 2007. 7. 29
이 창제인쇄공사는『창작과비평』,『대화』를 찍어내던 인쇄소였다. 이 창제인쇄공사는 백낙청이 경영하고 있었다. 백낙청은 이 창제인쇄공사를 조태일에게 인쇄 기계값만 받고 무상으로 넘겼다. 당시 기계값은 부인 진정순이 같이 근무하는 교사들과 2년 동안 계를 부어 갚았다고 한다. 부인 진정순은 백낙청이 고마웠다고 회고했다.

면 알 수 있다. 「국토」 연작들을 모아 시집 『國土』가 발간되지만 긴급조치 9호로 판매금지 당하게 된다. 조태일은 민중에게서 가장 중요하고 소중한 가치는 '국토'라고 여긴다. '국토'는 민중의 삶의 토대이자 생존권이며, 민중의 존엄성이 바로 '국토'에서 나온다고 봤기 때문이다. 이는 『國土』 시집을 낼 무렵의 관심사에도 잘 나타나 있다.[62] 인간정신을 중시하던 그 시절 조태일의 인간적인 면모[63]는 가장이 전사하거나 투옥된 가정을 돕는 행위를 통해 드러난다. 이런 모습은 자유를 위한 투쟁에서 민중에게 요구되는 구체적이 과제[64]까지 실천하고 행동하는 시인이라는 걸 말해준다.

『國土』는 일본에서 1978년 7월 한국현대시선 일어판 시리즈로 번역되어 이화서방에서 간행되기도 하였다. 한국에서는 판매금지당한 『國土』가 일본에서 판매되는 일이 벌어지던 시대가 바로 우리의 역사적인 현실이었다.[65] 1976년 8월에는 막내아들 형준이 태어남으로써 조태일은 3남매의 아버지이자 한집안의 가장이었지만 가

---

62) 조태일, 앞의 글, 『고여 있는 시와 움직이는 시』, 전예원, 1980. 241쪽.
"우리현실은 분단의 현실입니다. 분단 속에서 살면서 분단을 의식하지 않으면 통일을 꿈꿀 수 없습니다. 우리 현실은 급격한 산업사회의 구조로 변혁되고 있습니다. 이 산업사회의 모순을 의식하지 않고는 인간정신의 발굴을 꿈꿀 수 없습니다. 우리 현실은 빈부격차가 심화되어가고 있습니다. 빈부격차의 현실에 살면서 이의 폐해를 의식하지 않는다면 민주사회의 우애와 평등을 꿈꿀 수 없습니다. 우리 현실은 여사여사한 이유로 국민의 기본권이 상당량 유보되고 있습니다. 이 현실을 인식하지 않고는 폐쇄사회를 벗어날 수 없습니다. 국토를 쓸 무렵의 내 의식은 대충 이런 것들로 가득 차 있었습니다."

63) 조태일 시인의 인간적인 면모는 다음의 글에 잘 나타나 있다
신경림, 「조태일」, 『시인을 찾아서』2, 우리교육, 2002.
김준태, 「구산선문 동리산의 품성을 닮은 시인」, 『문예중앙』, 1999. 가을.

64) 프란츠 파농, 『대지의 저주받은 사람들』, 남경태 역, 그린비, 2004. 77쪽.

65) 「전화위복 누리는 해금도서」, <동아일보>, 1985. 7. 5. 참조
『國土』는 1985년 4월 14일 해금될 때까지 10년이 걸렸지만 해금 20일 만에 평균 2천부의 판매를 올릴 만큼 인기도서가 되기도 했다.

장의 위치보다는 대사회적인 불의에 항거하는 자리에 있었다.

　조태일은 고향을 떠난 지 30년이 되던 1977년 아내 진정순과 어린 3남매를 데리고 친구이자 동지인 박석무와 함께 전남 곡성군 죽곡면 원달리 태안사를 방문한다.66) 아버지가 유언으로 남긴 유지를 받든 것이다. 박석무는 "사전에 구체적인 약속도 없이 불현듯 찾아와 제 고집으로 우겨대며 태안사를 찾아가자는 것이었다. 그때 나는 빵잽이로서 유신치하의 나날은 바쁘지 않은 날이 없었는데 마음 약한 내가 못 이기듯 그를 따라나섰다"고 적고 있다. 그러면서 고향을 찾은 모습을 다음과 같이 그리고 있다.

> 허허로운 빈 산천으로 변한 태안사 앞 뜨락이 저의 귀빠진 곳이었다고 천방지축으로 날뛰던 모습은 그렇게 오래도록 지켜본 나로서도 처음 보는 일이었다. 신들린 사람처럼, 넋을 잃은 사람처럼 이리 번쩍 저리 번쩍 뛰면서 저의 집터와 저의 집 감나무가 섰던 자리를 찾노라고 이제는 황무지로 변하여 인간이 살았던 집이 있던 흔적이라고는 깡그리 없어진 황량한 언덕배기를 풀쩍풀쩍 뛰고 있지 않은가. 굼뜨고 침착해서 그런 모습은 상상조차 못할 곰 태일이가 하던 일로서는 너무 가당찮은 일이어서 나는 멀찍이 서서 히죽히죽 웃고만 있었다. (중략) 부언하자면 30년 만에 찾은 그의 고향이 얼마나 감격적이었는지 바위 하나, 나무 하나, 집 하나, 논배미 하나까지 모두 기억된다고 손으로 가리키며 지껄이고 온갖 너스레를 떨었으니, 무관한 내가 참으로 견디기 어렵던 '동행'이었음을 말하지 않을 수 없다67)

---

66) 삼십년을 떠돌다가 / 광주에 들러 / 친구 錫武를 차고 / 고향 찾아가는 길. // 가다 가다 더위에 지치고 / 몰아치는 어린 시절이 숨가빠서 / 옷 벗어 바위에 던지고 / 동리천에 뛰어들어 / 금새 얼어붙은 성년을 덜덜 떨며 / 머리 위로 구름 스치는 소리 / 물고기 맨살 간질이는 소리 듣는다. // 침묵으로 고향길 밟는 발바닥, / 어렸을 적 내 발가락 부딪쳐 피내던 / 돌부리 하나하나 떠올리며 / 대창 부딪치는 소리 꽃히는 소리 / 쓰러지는 비명소리 들으며 // 착한 짐승 거느리듯 / 친구 석무를 뒤에 거느리고 / 어른을 버리고, / 아장걸음으로 고향길 밟는다. ‒「同行」전문.(『창작과비평』, 1978, 겨울.)

67) 박석무,「곰과 竹兄인 泰一이」,『자유가 시인더러』발문, 창작과비평사, 1987. 165‒166쪽.

조태일에게 고향은 시의 근원이나 다름없다. 왜냐하면 "내 시는 고향으로부터 시작하여 고향에서 끝난다"는 발언에서 확인되듯이 그에게 고향은 남다른 의미를 지니고 있기 때문이다. 그의 시는 『아침船舶』에서부터 보이지 않게 고향을 잃은 아픔이 묻어 있었지만 "고향 방문을 계기로 고향에서의 체험을 담은 시와 고향을 향한 시들을 쓰겠다"[68]는 의지를 새롭게 드러낸다. 그리고 이후부터 실재로 고향에 관한 시들을 발표하기 시작한다.

고향을 방문한 후 1977년 6월 14일 그는 양성우가 구속된 것에 대한 항의라도 하듯이 양성우의 시집 『겨울공화국』을 발간한다.[69] 그리고 양성우의 시집을 발간했다는 이유를 들어 긴급조치 9호 위반으로 10월 29일 고은과 함께 구속된다. 당시 우리 문단의 상황은 국가권력의 잘못된 억압과 통제의 사슬을 벗어나기 위한 몸부림의 연속이었다. 이호철 등 문인 61명이 '개헌청원서명운동' 지지를 선언하자 '문인간첩단' 사건으로 구속시키고, 김지하는 민청학련사건으로 구속되었을 당시의 옥중수기를 <동아일보>에 게재했다는 이유로 다시 구속되었으며, 송기숙·백낙청·염무웅 등이 교수직에서 해직되는 등 문단은 최악의 상황으로 치닫고 있었다. 그런 시대적 상황 속에서 문학은 어떤 자리에 있어야 하는지에 대한 「오늘 나의 문학을 말한다」라는 제목의 강연은 그의 문학관을 잘

---

68) <전남매일>, 1977. 8. 1.
   "도회지 생활에 시달리다 보니 역시 그리운 게 고향이에요, 현재 고향은 비록 없어졌지만 유년기의 경험을 되살려 볼 수 있어 퍽 의의깊은 이번 고향여행이었읍니다."고 말하고 고향방문으로 잊었던 정감을 되찾았다는 그는 올라가는대로 고향을 소재로 시 10여편은 쓰겠다는 의욕을 보였다.
69) 양성우는 이미 「겨울공화국」이라는 시가 문제 되어 1974년 12월 광주중앙여고에서 이미 해직당한 상태였다. 「노예수첩」은 일본의 『世界』지 1977년 5월호에 발표되었다.

대변해준다.

어려운 시대일수록 시인뿐만 아니라 모든 지식인들은 침묵보다는 발언을
발언보다는 실천을 해야 합니다. 자기가 지니고 있는 양심을 자기가 알고
있는 상식만큼이라도 상식에 어긋남이 없이 실천하는 일이야말로 자신도
살고 남도 함께 사는 확인이 될 것입니다. 이것저것 계산하고 이 눈치 저
눈치 살피다가는 딱 한 번 세상에 태어나서 여러 번 죽는 꼴이 되고 맙
니다. (중략) 행동은 시의 시작이요 언어로서의 표현은 시의 완성단계라
고 말할 수 있으니까요. 시는 문학은 아니 모든 창조적 예술은 그 시대의
산물이라는 평범한 말이 있듯이 진정한 시인은 자신이 처해 있는 현실을
관망만 할 수 없고 더구나 자신의 안일만을 찾아 도피할 수는 없습니다.
방관자나 도피자는 창조자가 아니라 소비는 미덕이라는 시대에 걸맞은
소비자일 뿐입니다. 문학인은 그 시대의 핵심체인 민중과 함께 파헤쳐야
하고 함께 고발해야 하는 실천적이고 능동적인 민주시민으로부터 출발해
야 합니다.[70]

위의 인용문을 통해 조태일은 진정 민중과 함께하는 문학, 현실
을 외면하지 않는 행동하는 문학관을 지니고 있었다는 것을 알 수
있다. 말로만 하는 문학인의 자세가 아니라 행동하는 시인의 자리
에 그가 있었다. 그는 눈치 보지 않고 자신의 신념대로 밀고 나가
는 정직한 시인이었다.

그는 또다시 1979년 5월 한밤중에 자택 옥상에서 박정희 대통령
과 유신독재 체제를 신랄하게 비판한 연설을 했다는 이유로 구속
되어 29일 만에 석방되기도 한다. 그러면서도 그는 김지하, 송기숙
등이 구속되어 있을 때 한 번도 거르지 않고 법정에 나가 방청을
하는 의리와 지조를 지킨 것으로 유명하다.[71] 그래서 그를 '고집불

---

70) 조태일, 앞의 글, 전예원, 1980. 221 - 253쪽.
71) 「죽형 조태일 시인 추모 타큐」, 광주MBC, 2005. 9. 2.
    이돈명, "유신 규탄사건에 매일 조태일이 있었다."

통의 시인'이라 부르는 것이다.

　이처럼 초기에는 시세계를 가로지르는 역사적 현실과 그의 개인
사가 서로 일치하면서 역사의식을 형성하였다. 이승만 독재시대를
살면서 4·19혁명에 참여했고 뒤이어 5·16쿠데타를 겪었으며
6·3에 참여했고 유신과 긴급조치 시대를 겪으면서 온몸으로 맞섰
던 초기의 역사적 현실은 그대로 시로 형상화 되어 전복적 상상력
의 세계를 이루고 있다. 60년대와 70년대는 독재의 시대이자 유신
체제로 인하여 일체의 자유가 허락되지 않은 시대였지만, 허용되지
않은 자유를 찾기 위해 외쳤고 싸웠으며 체제를 전복하기 위해 정
면으로 도전한 시기였다.

3) 사회의식의 심화기

　1979년에 박정희 정권의 몰락과 함께 12·12구테타가 발생함으
로써 제2의 군사 독재를 위한 음모가 진행된다. 전국에 비상계엄
령이 선포되었지만 이른바 1980년 '서울의 봄'으로 불리는 민주화

진헌성, "아무리 바빠도 재판이 있을 때마다 빠짐없이 내려와서 방청을 하고 어머님,
형님이 계셔도 들리지 못하고 그날 왔다가 그날 올라간 동지애가 남달랐던 의리의
사나이였다."
송기숙, "1심과 2심을 걸치는 동안 6,7번의 공판에 한번도 안빠졌다. 광주로 청주로"
박석무, 「그리운 죽형 시인」, 『시인』1, 시인사, 2003. 131 – 132쪽.
"竹兄시인은 의로운 일에 그냥 보고 있지 않는 의리의 깊은 뜻을 알고 살았던 사람
이었다. 정의 위하다 피해를 입은 사람들을 그냥 두고 보지 않는 깊은 애정의 소유자
였다. 그와 가까이 지냈던 소설가 송기숙, 시인 김지하 양성우, 김남주 등의 감옥생활
에 연민의 정을 버리지 못하고 교도소에 면회를 가고 재판 때는 법정으로 달려가 방
청석에 앉았다. 이를 한번도 빠뜨리지 않았다. 나의 감옥생활에도 언제나 면회오고
책을 넣어주면서 정을 잊지 않았다"

의 여명기를 맞아 전국적으로 민중항쟁이 확산되기 시작하였다. 조태일은 그 즈음 평론집 『고여 있는 시와 움직이는 시』를 전예원에서 간행[72]했으나 판매금지를 당한다. 평론집에는 70년대의 시대적 상황 안에서 시와 문학이 어떤 역할을 해야 하는지에 대한 문학관이 반영되어 있을 뿐만 아니라 살아 움직이는 시, 곧 지배체제에 저항하는 시가 참다운 시임을 역설하는 시론들이 수록되어 있어 군부세력에게는 비수 같은 책이었다.

1980년 5월 18일 광주의 전남도청 앞 광장과 금남로 일대를 중심으로 본격적인 민중항쟁이 시작되었다. 군사독재의 연장을 막기 위한 몸부림이 전국 방방곡곡에서 일어났지만 '화려한 휴가'의 희생양이 된 곳이 바로 광주였다. 공수부대가 진압에 나섰고 시위대를 향하여 발포함으로써 많은 사상자가 발생하자 시민들이 무장하기에 이르렀다. 결국 시민과 학생들은 광주근교 지서의 무기고를 털어 무장을 하고 계엄군에 맞서기 위해 시민군을 조직하였지만 광주는 철저하게 고립되었고 폭도로 몰리게 되었다. 언론은 철저하게 광주의 소식을 외면하였고 불순분자들이 소란과 폭동을 일으킨 것으로 보도하였다. 양심과 자유를 외치는 목소리에 교수들과 문인들이 목소리를 보탬으로써 많은 양심 있는 지식인들은 구속되었고 민주화 운동에 참여했던 시민들은 죽음으로 맞섰다.

조태일은 과거의 역사적 체험과 현실적 체험에서 끌어낸 역사적 전망을 통해 과거의 결과가 현재이며, 현재의 결과가 미래라는 것을 보여주는 통찰력과 예지력을 5.18광주민주화운동 이전에 이미

---

72) 『고여 있는 시와 움직이는 시』의 출간년도는 조태일의 자술연보를 비롯한 많은 연구자들이 1981년 또는 1982년으로 기록하고 있지만 정확한 출간년도는 1980년이다.

시[73]를 통해 예견하고 있었다. 그는 1980년 7월에는 <자유실천문인협의회> 임시총회와 관련 계엄법 및 포고령 위반으로 신경림, 구중서 등과 함께 구속되어 보통군법회의와 고등군법회의에서 징역 2년 집행유예 3년을 선고받는다. 대법원에서도 원심대로 형이 확정되었으나 5개월의 수형생활 뒤 형 집행정지로 석방되었다.

1982년에 『아아! 내 나라』라는 항일 민족시선을 3년여에 걸친 자료수집 과정을 거쳐 간행[74]하여 항일 민족시에서 민족문학의 모태를 찾음으로써 시정신의 뿌리를 다시 확인하고자 한 것이다.

또한 그는 1980년 5·18광주민주화운동 이후 2년 동안 시를 쓰지 않았다.[75] 참혹한 역사 앞에서 어떤 목소리도 낼 수 없었던 것이다. 시대의 폭압에 침묵으로 대항하면서 올곧은 시정신을 지키기 위해 몸부림친 시간을 보낸 뒤 "노래는 희망이요, 절필은 절망일 뿐"이라며 다시 시를 쓰기 시작하였고, 70년 후반부터 80년 5월 이전에 발표한 시와 83년에 발표한 시들을 모아 1983년에 제4시

---

73) 그 문제의 「소식」이라는 시는 1976년 『월간중앙』 3월호에 발표되었다가 「겨울소식」이라는 제목으로 시집 『가거도』에 수록된다. "광주를 온몸에 흠뻑 적셔 / 터벅터벅 그 친구는 서울엘 와서 // 늘 외롭고 힘없는 내 손을 쥐고 / 눈과 손으로 광주를 건네주지만 // 내 허전한 마음까지 건네면 쓰나 / 내 찌든 몸까지 건네면 쓰나 // 찬바람 속에서 광주는 / 큰 애를 뺐다더라. // 찬눈에 덮여서도 무등산은 / 그렇게도 우람한 만삭이더라. // 광주를 온몸에 적셔서 / 서울의 내 곁에 사알짝 놓아두고 // 터벅터벅 / 서울을 / 떠나버리는 친구! - 「소식」 전문(『월간중앙』, 1976, 3.)

74) 조태일, 『아아! 내나라』, 시인사, 1982. 368-371쪽.
「항일민족시집을 편하면서」라는 후기에서 "항일민족시집은 말 그대로 일본의 침략에 대항하여 싸우는 과정에서 또 싸우기 위하여, 그리고 싸움의 결과로, 얻어진 언어의 징표를 통해 우리 민족의 숨결에 다가가고 싶은 의미에서 엮어진 것이다. (중략) 이 시집이 70년대부터 논의되어 온 우리의 민족문학의 모태를 찾는데 어떤 실마리가 될 수 있기를 은근히 기대하고 있다. 나는 우리 시대의 민족문학이 항일문학의 전통 속에 자리 잡아야 한다는 데에 전적인 동감을 표한다. 왜냐하면 일본을 거쳐 감염되어 온 서구문학이 한국문학의 동격으로 이해되는 한 우리 문학은 소위 '이식문학론'과 '전통단절론'으로부터 한 발자국도 벗어날 수 없기 때문이다."

75) 부록으로 첨부한 「시작품연표」에 잘 나타나 있다.

집 『가거도』를 8년 만에 창작과비평사에서 발간하였는데 또다시 판매금지조치를 당하게 된다. 이 판매금지조치는 군사정권이 두려워할 만큼 조태일의 시와 시론이 막강한 힘을 지니고 있었음을 역설적으로 보여주고 있는 것이라고 할 수 있다. 이 시집은 비판적 예리함의 힘을 튼튼하게 유지하면서 그 근거이자 지표가 되는 삶에로의 시적 전망을 보다 널리 열어 보인다. 억셈과 날카로움이 보다 넉넉한 삶의 감각과 서정성에 의해 떠받들어 올려지면서 우리시대의 삶을 비추는 시세계를 열고 있는 것이다.

조태일은 1970년에 강제 폐간되었던 『詩人』을 1983년 5월 복간하여 무크지로 발행한다. 1986년까지 4권을 발행했는데,[76] 이것은 문학이 시대를 외면하거나 민중을 외면해서는 안 된다는 문학운동가로서의 방법적 실천이었던 것이다. 『詩人』을 통해 새로운 시인들을 발굴하여 등단시키는 등 시대와 함께 하며 바른 목소리를 내야 한다는 조태일의 시정신은 변함없이 이어진다. 시대적인 아픔과 시련의 연속에도 굴하지 않은 대쪽같은 꿋꿋함이 있었다고 할 수 있다.

조태일은 군복무 중이던 당시 전역하면 대학원에 진학하여 깊이 있게 공부하고 싶다[77]고 소망했지만, 이 소망을 15년이 지난 후에서야 이뤄 1984년에 「김현승 시 연구」로 석사학위를 받고 단국대와 경희대에 출강하게 된다. 1985년에는 조태일의 문학선집 『戀歌』

---

76) 이 4권의 『詩人』은 『움직이는 시』(1983. 5.), 『민주·민중·운동·문학』(1984. 5.), 『제자리를 찾는 시』(1985. 9.), 『시인이여 시여』(1986. 8)라는 표제를 달고 조태일이 운영한 시인사에서 무크지로 간행되었다.

77) 경희대 동기인 임제훈에게 보낸 편지에 "제대하면 대학원에 가보고도 싶은 마음이 있으나 돈이 없어서 어떻게 될지 모르겠습니다. 이젠 좀더 착실하게 깊이 있는 공부를 해야겠습니다"라고 적고 있다. 군대에 있을 때 보낸 편지로 1968년 5월 1일 쓴 것이다. 공부를 계속하고 싶었으나 경제적인 사정으로 접을 수밖에 없었던 대학원 진학은 15년이 넘어서야 가능했다.

가 나남출판사에 간행된다. 『戀歌』에는 시선, 산문, 시론선이 함께 실려 있다.

중기 시세계를 관통하는 문학적 생애와 시대적 상황은 1960·70년대와는 사뭇 다르게 진행되어 왔다. 신군부의 등장으로 짓밟힌 민주화를 위한 몸부림이 전국에서 치열하게 전개되고 1980년 5·18 광주민주화운동이 그 정점에 있게 되면서 절필을 하였기 때문이다. 이후 신군부는 5공화국을 이끌면서 언론을 통폐합하고 검열을 강화하는 등 철저하게 입과 귀를 막는 독재를 강화하였다. 인권을 유린하고, 민중과 노동자들의 삶의 문제를 전면에 내세운 노동조합에 대한 탄압은 더욱 심해지게 되었다. 그러나 민주화를 위한 열망은 가속화 되었고 1987년에 전국에서 벌어진 6·10항쟁으로 민중 승리를 쟁취하게 된다.

1980년대는 자유를 향한 몸부림과 민주화를 향한 투쟁이 하루도 쉼 없이 전개되던 시기였다. 문학단체들도 쉼 없이 사회 모순과 독재정권에 대항하는 목소리를 냈다. 그는 언론 탄압에 항거하는 언론자유수호단체에 적극적으로 참여하고, 노동자들을 위한 노동인권 보장 투쟁, 구속 문인 석방을 위한 각종 시위현장 등에 빠진 적이 없었다. 그는 불의를 보면 참지 못하였으며, 정의의 자리에 문학이 있어야 바른 시정신이라는 정의로운 시인상을 스스로 구축한 시인이었다. 따라서 초기의 전복적 상상력은 이 시기에 들어 사회적 상상력으로 점차 심화되어 갔다.

시대 상황과 맞물려 <자유실천문인협의회>는 1987년 9월 1일자로 <민족문학작가회의>로 바뀌게 된다. 1987년 9월17일 명동 YWCA에서 창립총회를 개최하고 창립을 선언함으로써 공식적으로

<민족문학작가회의>가 된다.[78] <민족문학작가회의>는 <자유실
천문인협의회>의 목적을 그대로 계승 발전시킨다. 조태일은 <민
족문학작가회의>의 초대 상임이사를 맡아 단체의 기틀을 다지는
데 핵심적인 역할을 하게 된다.[79] 이때부터 대사회적인 목소리가
낮아지기는 하지만 그의 시는 살아있는 힘을 갖고 있었다.

바르고 정의로운 목소리들이 시대와의 처절한 싸움 끝에 이끌어
낸 1987년의 6·10항쟁은 한국 현대사에 새로운 전환기를 가져온
민중 승리의 역사적 사건이었다. 이런 역사적 체험들이 형상화된
시들을 모아 1987년 제5시집 『자유가 시인더러』를 창작과비평사
에서 간행한다. 이 시집에서부터 직설적이던 시들은 점차 자연을
표상하는 시들 뒤에 숨겨져 있게 된다. 시대적 아픔과 대결구도를
형성하고 있는 시들과 자연에 눈 돌리는 시가 공존하면서 시세계
의 변모를 예견하게 한다.

4) 생명의식의 확대기

서울에서 여러 대학에 출강하던 조태일은 1989년 광주대학교 조

---

78) 민족문학작가회의, 『민족문학회보』창간호, 1987. 12.
　　민족문학작가회의의 회장에는 김정한, 부회장에는 고은과 백낙청, 이사에는 구중서,
　　김규동, 김지하, 문병란, 이문구, 염무웅, 이철승, 임헌영, 양성우, 황석영 등이 맡았고
　　자유실천위원장은 고은이 맡았다. 부설기관으로 민족문학연구소를 두었는데 신경림이
　　소장을 맡았다.
79) 『죽형 조태일 시인 추모 다큐』, 광주MBC. 2005. 9. 2.
　　이시영, "민족문학작가회의 결성시 중원을 담당했다. 이문구, 조태일은 자금조달 담당
　　으로 아주 중요한 역할을 했다."

교수로 임용됨으로써 문학에 대한 열정에 불을 지폈던 광주로 돌아오게 된다. 청소년기를 보냈던 광주로 돌아온 것은 귀향이었다. 광주대학교에 재직하면서 문예창작과를 개설하여 학생들을 가르치기 시작하였고, 신춘문예 등을 통해 많은 신예들을 배출시켰다. 주말이면 서울을 오가야 하는 바쁜 생활 속에서도 시인으로서의 자세에 변함이 없었을 뿐만 아니라, 1991년에는 경희대 대학원에서 『김현승 시정신 연구』로 박사학위를 받는 등 창작과 이론을 겸하면서 부지런함과 끊임없는 노력으로 자신을 단련시킨다.

1991년 제6시집 『산속에서 꽃속에서』를 창작과비평사에서 간행한다. 이 시집부터는 주로 사회적인 문제보다는 자연의 문제로 시선을 돌리고 있다. "동리산 태안사에서 유년시절을 원 없이 체험했던 자연과의 어울림이 제 시의 원초적인 생명력을 불어 넣어주는 근원입니다."라고 한 자신의 말처럼 자연과 고향과 어머니는 그의 시적 근원이면서 또한 시대와 맞서는 힘이었다. 이 시집으로 조태일은 1991년 5월 2일 제1회 편운문학상80)을 수상한다. 그리고 1991년 12월 9일 제35회 전라남도 문화상 문학부문을 수상하는 영예까지 안는다. 그는 수상소감을 통해 "고향에 30년 만에 내려와 봉사하려 했더니 오히려 상을 받게 돼 뜻밖"이라고 하면서 "고향에서 받는 상이라 기쁘다"는 감정을 피력한 다음 "앞으로 전태일에서부터 80, 90년대 민주화 과정에서 분신한 박승희·김귀정까지 열사들의 이야기를 실명시 연작으로 엮어갈 계획"81)임을 피력했지만

---

80) 편운문학상은 편운 조병화 시인의 문학에 대한 순순하고 깊은 뜻에 의해 제정된 상으로 시와 시론 그리고 신인상으로 3개 부문의 상이 있다. 조태일은 제1회 편운문학상 시 부문 본상을 수상했다.

81) <무등일보>, 1991. 12. 3.

아쉽게도 작고할 때까지 그 약속은 지켜지지 못했다.

1992년에는 공저인 『문학의 이해』를 출간하고, 1993년 12월에는 "이 고장의 정서를 바탕으로 민족정서를 형상화하는데 크게 공헌했을 뿐만 아니라 86년부터 전남도문화상 심사위원과 각종 심사위원을 역임하면서 후진 양성에 전념 우리 고장 예술발전에 크게 공헌"한 점이 인정되어 성옥문화대상을 수상한다.[82] 그즈음 그의 시는 더욱 미학적으로 깊어지고 대사회적인 것에서 자연적인 것으로 눈을 돌리고 있었다. 1994년 조태일은 광주대학교 예술대학 초대 학장에 취임하여 1998년까지 역임하면서도 강의해온 내용들을 틈틈이 모아 보완한 시론집 『시창작을 위한 시론』을 나남출판사에서 간행한다.

또한 1995년에는 제7시집 『풀꽃은 꺾이지 않는다』를 창작과비평사에서 간행하고 그 시집으로 제10회 만해문학상을 수상한다.[83] 그는 수상소감을 통해 "문학적 업적도 변변치 못하고 실천면에서도 내세울 것이 거의 없는 내가 '만해' 선생 이름의 상을 받는다니 괴롭기도 하다. 그분의 족적에 그늘을 드리우지 않을까 괴롭다"고 말한 것을 보면 그의 인간 됨됨이와 겸손한 자세를 읽을 수 있다.

---

82) 성옥문화대상은 조선내화학공업(주) 사장 이훈동이 자신의 회갑(1977. 11. 19)을 기념하고 아울러 '기업이윤 사회 환원'이라는 이념을 구현하기 위하여 설립된 재단법인 성옥문화재단이 매년 예술, 교육, 효행, 체육 4개 분야의 수상자를 선정하여 시상하고 있다. 조태일은 예술분야의 대상을 수상하였다.

83) 『창작과비평』, 1995. 겨울, 436-438쪽.
만해문학상 심사경위를 보면 "그의 『국토』시집이 나오던 20년 전에 이미 수상후보로 떠올랐다. 그런데 긴급조치 9호에 의해 판매금지 되었고 긴급조치는 긴급조치 위반 사례를 언급하는 것조차 금지하는 기묘한 제도였다. 당시 정치적 태풍의 눈과도 같던 김지하는 물론이고 조태일 마저 아예 거론도 못하게 된 상황은 본지가 제2회를 끝으로 오랫동안 만해상 운영을 중단하는 직접적인 계기가 되었던 것이다. 조태일씨 자신은 그때의 좌절에도 불구하고 시인으로서의 정진을 계속 했고 민족문학운동에도 꾸준한 봉사를 아끼지 않았다"고 적고 있다.

이 시집에는 시인의 완숙한 세상보기에서 잉태된 시들이 실려 있는데, 자연 속에서 발견되는 민중의 저력과 아름다움을 노래한 시가 주조를 이루면서 자연에 귀의하는 시세계를 보이고 있다. 이 시기에 그는 정치적으로 지지하고 있었던 당의 노랫말을 쓰기도 했는데[84] 이는 그의 현실참여 의지에서 기인한 것으로 보인다.

1996년에는 그동안 발표했던 산문들을 모아 산문집 『시인은 밤에도 눈을 감지 못한다』를 나남출판사에서 출간한다. 1997년에는 경희대학교 국어국문학과 총동창회장에 피선되었으며, 구속 문인 석방을 위한 노력[85]도 멈추지 않고 계속 진행한다. 이는 시세계의 변화와는 무관하게 현실세계의 정치·사회적 부조리에 대한 비판적 태도를 견지하고 있었음을 의미한다. 뿐만 아니라 남북한 문인 및 문화교류를 위한 숨은 노력[86]도 게을리하지 않았다. 그리고 민족문학작가회의 부이사장에 피선됨으로써 그의 문학적 입지가 더욱 확고해졌다.

지역문단 활성화를 위해 시민들을 대상으로 시창작 강의를 하기도 하였고,[87] 소년·소녀 가장들에게 생활보조금과 장학금을 지급

---

84) 새정치국민회의의 노랫말이 그것이다. 당시 조태일은 새정치국민회의를 지지하고 있었던 듯 하다. 김대중이 대통령에 당선되어 취임식에도 초대를 받았기 때문이다. 다음은 새정치국민회의의 노랫말이다. "1.너와 나 정성으로 새싹이 나무되어 큰 숲을 이루듯 / 겨레의 뜻 한데 모아 민주완수 조국통일로 / 희망차게 웅비하여 민족번영 이룩하세 / (후렴) // 아! 우리의 이상 내일의 희망 새정치국민회의 / 새 각오 새 물결로 새 시대를 열어가는 새정치국민회의 / 온 누리 밝히는 햇불로 영원히 타오르리. // 어둔밤 지나면 눈부시고 찬란한 새아침 열리니 / 겨레의 슬기 다하여 자유평등 한뜻으로 / 보람차게 나아가서 국민복지 꽃피우세 // (후렴) // 3. 너와 나 함께 하나되어 달려온 이 길 / 보아 라 우리의 의지 푸른 물결로 파도치니 / 새 정치 큰 힘으로 인류 평화 앞당기세 // (후렴)"(1996. 1. 22. 완성)

85) 구속문인 석방을 촉구하기 위하여 조태일은 1997년 5월 국무총리였던 고건과 간담회를 가졌다.

86) 남북한 문인 및 문학교류를 위해 당시 통일부 장관이었던 강인덕 장관과 간담회를 갖기도 하였다.(1998. 5. 16).

하고 결연을 맺는 등 보이지 않는 나눔을 실천하기도 하였다.[88] 그 것은 시인 조태일보다 인간 조태일이 어떻게 삶을 살았는지를 잘 보여주는 것이다. 그러면서도 5·18광주민주화운동을 소재로 한 창작오페라 대본 「무등 둥둥」을 김준태와 함께 써서 무대에 올리 기도 한다.[89] 여전히 그에게 역사는 삶의 한가운데 있었던 것이다.

1999년 6월에는 마지막 시집 『혼자 타오르고 있었네』를 창작과 비평사에서 간행한다. 이 시집에 실린 조태일의 시는 우리말의 아름다움을 느낄 수 있게 할 뿐만 아니라, 작은 것 하나에서도 감동을 느끼는 어린이의 감수성으로 노래한다. 아름다운 생명들이 사랑의 하모니를 이루는 절대적 경지에 이른 시세계를 선보이고 있는 것이다. 그러나 '섬진강 여름 문화학교' 교장을 맡아 행사를 준비하던 중 간암이 발병했다는 사실을 알게 된다.[90] 그리고 투병 3개

---

87) 현대문화센타에서 시창작을 강의(1998. 6. 5 – 1999. 3. 2)하였고 불교문학강좌도 열었다.

88) 김준태, 앞의 글, 『시와 함께』, 1999, 봄, 20쪽.
"시인 조태일 학장은 학교 근처 조그만 임대아파트에서 살고 있는데 늘 학생들이 자 기집 '안방'처럼 드나든다. 언제 가도 밥을 먹을 수가 있다. 단 학생들의 경우엔 호주 머니에 돈이 있을 경우 더도 말고 덜도 말고 꼭 5백(500원)정도 (그 이상은 안된다.) 는 밥값으로 내놓고 가야 한다. 그럼 그 모은 돈을 모아 어디에 쓰느냐? 시인 조태일 학장은 그 모은 돈을 연말 불우이웃돕기나 장학금으로 내놓는다. 결코 많은 액수는 아니지만 연말이 되면 그 돈은 무려(?) 5,60만원이나 된다. 지난해 12월 말경엔 가난 한 소녀가장인 여고생들을 위해 딱 두 쪽으로 나누어 두 학생에게 장학금을 전달했 다. 물론 자신이 가르치는 문창과 학생들을 대동하고서"
김준태의 발언대로 1998년 장학금의 수혜자는 광주여상에 재학중이던 학생들이었음 을 확인하였다.

89) 오페라 「무등 둥둥」은 조태일과 김준태가 대본을 쓰고 김선철 광주대교수가 곡을 붙 여 1999년 5월18일부터 21일까지 광주문예예술회관 대극장에서 공연되었다. 5·18 을 주제로 한 최초의 오페라로 2막 7장으로 짜여져 있으며 이 오페라 안에는 5월과 관련된 시 30여 편이 들어 있다.

90) 진헌성, 앞의 글, 2003. 165 – 169쪽.
조태일이 처음으로 병을 알게 된 것도 진헌성의 어머님을 찾아뵙던 중 옆구리가 아 프다고 하니까 진헌성에게 진찰을 권유한다. 담도 질환에서 간종양이 된 악성임을 발 견하고 바로 서울의 병원에 입원하게 된다. 진헌성은 최초로 조태일의 병을 발견한 의사이자 시인이자 절친한 형이었다.

월 만인 1999년 9월 7일 급성간암으로 사망한다. 9월 9일 보관문화훈장이 추서되고 경기도 용인 공원묘지에 안장된다. 그는 이미 자신의 생애를 예감하고 있었는지 모른다. 시집 『식칼論』에 실린 「간추린 日記」가 그것을 말해 준다.[91]

후기 시세계 형성의 요인 중 생애 차원의 가장 핵심적인 변화를 고향으로의 귀향이라고 한다면, 시대적으로는 군부독재의 종식과 문민정부의 탄생이라 할 수 있다. 귀향은 유년기의 원체험을 회복하는 의미를 지니고 있다. 문민정부가 탄생함으로써 대한민국 정부수립이후 지속되고 반복되던 군부독재가 종식되기에 이르렀고, 이에 따라 조태일의 전복적이고 대사회적인 시세계 역시 생명의 소중함을 일깨우는 생태학적 상상력으로 확대되기에 이른다. 가시적으로 이루어진 민주화로 인해 역사적 상황과 민족·민중의 문제 천착했던 1980년대까지의 시세계가 모든 생명의 문제로 방향을 전환한 것이다.

2000년에 <조태일기념사업회>가 결성되어 2003년 9월 7일 <조태일기념문학관>이 문을 열었으며, 문학관 건립기념 전시회를 여는 등 추모사업을 활발히 진행하고 있다. 그가 태어난 전남 곡성

---

91) 이승만 할아버지 초상화에 / 누님이 바르는 연지를 찍어 발랐더니 / 새 색씨가 됐더라고 말하던 동무와, / 눈 내리는 영산강을 스케취한 것은 1950년 일이고. // 한라산 허리에 불붙던 素月의 진달래 꽃이며/한라산을 가벼운 날개만으로도 흥분시키던 매미를 잡으며 / 백록담에서 멱을 감은 것은 / 1960년 안개 속에서이고. // 두개골 속에서 귀신 옷갈아 입는 듯한/피리 소리가 늘 들려 자칭 낮도깨비라 하는 친구와 / 광화문 네거리를 가로지르던 것은 / 1961년 핏속에서이고. // 정사를 한 오빠와 아무개 여인의 시체 곁에서 / 사랑만세를 불렀더니 느닷없이 속이 후련한 / 웃음과 기침이 뛰쳐나와 얼떨떨 했다는 / 의사지망생인 여학생과 만난 것은 / 1964년 가을길 위에서이고. // 파랑색 바탕에 검은 글씨로 <詩>라고 쓴 동그라미 깃발을 / 광개토대왕비 곁에 나란히 꽂고 / 내 유서를 20년쯤 앞당겨 쓸 일은 / 1999년 9월9일 이전 일이고…… –「간추린 日記」전문(『新春詩』15, 1968).

군 죽곡면 원달리 태안사 부지 내에 건립된 기념문학관에는 육필 원고와 유품 및 시집을 전시하고 있으며, 유족이 기증한 해방 이후의 시집 2,000여 권도 함께 전시되어 있다. 그리고 문학관 개관에 맞춰 『詩人』이 재복간 되어[92] 반년간지로 2009년 6월 현재 10권까지 발행되었다.

조태일은 2003년 11월 14일 5·18광주민주화운동유공자[93]로 인정되어 2005년 5월 8일 광주민주화 열사들과 함께 국립 광주 5·18 묘역에 안장되었다.[94] 조태일의 시비는 2001년에 광주의 너릿재

---

92) 이도윤, 「죽형 조태일 시인 추모 다큐」, MBC, 2005. 9. 2.
"『詩人』지가 시단에 큰 획을 그은 시인을 배출했기 때문에 복간해서 가더라도 시인들을 발굴해서 『詩人』지의 명성을 이어나가고자 한다." 고 복간 이유를 밝히고 있다. 이도윤은 1985년 무크지로 복간된 『시인』 3집인 『제자리를 찾는 시』에 「달」 외 7편을 발표하면서 등단한 시인이기도 하다.

93) 김준태, 「구산선문, 동리산의 품성을 닮은 시인, 조태일」, 『광주문학지도』, 심미안, 2005. 176–177쪽. 참조.
「조태일 5·18유공자 신청서」에 첨부한 '인우보증서'는 한국 민주화운동에 대한 조태일의 공적을 요약한 문서이다. 다음은 그 전문이다.
" 상기 고 조태일은 전남 곡성군 태안사에서 출생하여 광주서중·광주고교 경희대학교(대학원박사)를 졸업하여 1964년 경향신문 신춘문예로 문단에 나온 이래 '문학과 실천적 행동'을 통해 이 땅의 민주주의를 위해 노력해온 사람으로 긴급조치가 천하를 울리던 1974년 자유실천문인협의회 창립 및 민주수호국민협의회 깊이 참여하는 것을 시작으로 하여 1977년 긴급조치9호로 시인 고은과 함께 투옥되었고 이어서 1979년에는 유신독재체제를 비판했다는 죄목(?)으로 연이어 투옥되었으며 특히 1980년 5월 '광주에서의 학살만행'의 조짐을 알아차리고 계엄해제를 촉구한 지식인 124명 서명에 참여함은 물론 동년 동월16일(1980. 5. 16) 서울 청진동 남산식당에서 계엄군부에 대한 성토 및 집회를 가진 것이 문제가 되어 동년 7월 5.17계엄법 및 포고령위반으로 구속되어 '광주학살'을 음모·감행한 신군부세력하의 보통군법회의와 고등군법회의에서 징역2년에 집행유예 3년의 선고가 내려져 수형생활을 계속하다가 '5·18민주화운동'의 승리와 함께 대통령 명령하에 국방부장관(주영복)의 사면을 받은 사람(문인)으로 생전에 고향(광주)사랑과 민주주의에 대한 투철한 정신의 발현 등은 분명히 이 땅의 민주주의 발전에 지대한 공헌이 많음으로 김준태 본인(시인, 현 조선대 초빙교수)은 쾌히 인우 보증을 하며 여기에 첨가하여 상기 '5·18예비검속 대상자로 투옥, 석방, 사면, 복권'된 조태일 시인은 예의 '5·18항쟁'으로 개인의 재산손실은 물론 건강상의 핍박을 엄청나게 받아왔음을 또한 인우보증하나이다. 2002년 2월 29일, 인우보증인 김준태"

94) 조태일은 생전에 "그때 죽은 사람도 있어. 내가 무슨 일을 했다고 유공자 신청을 해. 다시는 내 앞에서 그런 이야기 꺼내지도 말어"라고 유공자 신청을 거부했다. 그러나

공원에, 2005년에는 충남 홍성의 만해 민족시비공원에 세워져 있다. "신문에 기사 좀 나고 사진 나는 것 별것 아니다. 10년, 20년이 지나도 단 몇 편의 시를 찾는 사람이 있으면 그것이 제일"[95)이라고 생각한 인식론적인 태도가 그의 시정신이고 시고 삶이였다.

사후에 박석무 5·18기념문화재단 이사장과 김준태 시인 등 지인들이 사후 유공자 등록을 추진하였고 대전 정부문서보관소를 찾아 80년 당시의 재판기록 및 사면관련 문서를 찾아냄으로써 유공자로 인정되었다.

95) 김정환 「죽형 조태일 시인 추모 다큐」, MBC, 2005. 9. 2.방영.
_____, 앞의 글, 136쪽.

▌▌▌ 2. 원전 확정

원전을 확정하는 일은 작가와 작품의 특질과 의도에 대한 판단력이 필요한 작업이다. 이러한 작업은 본격적인 작품 연구에 앞서 수행해야 할 기본 절차 중의 하나이다. 연구 대상을 확정하고 그 대상의 순수성을 보장하는 일은 본격적인 연구의 성패를 가늠하는 중요한 작업의 성격을 갖기 때문이다.

원전을 확정하는 작업은 매우 비문학적인 것처럼 여겨질지도 모르지만 사실은 대단한 감식력, 비평적 안목이 요구되는 것이고 특히 그 작가·작품·시대성·장르적 특질 등에 대한 민감한 판단력을 필요로 한다.[96] 역사전기비평에 있어서 원전의 확정만큼 중요한 작업은 없다. 원전의 확정 없이는 본격적인 문학 연구가 이루어질 수 없기 때문이다. 잘못된 작품을 원전으로 확정할 경우 그 연구는 잘못된 결과를 가져오는 오류를 범하기 쉽다.

먼저 원전을 확정하기 위해 조태일의 시 텍스트 발표 양상을 살

---

96) 정규복, 「원전비평의 이론과 실재」, 『문예비평론』, 신동욱 편, 고려원, 1986. 12 – 18쪽.

펴보기로 한다. 어떤 형태로 발표되었는지를 살피는 것은 원전을 확정하는 데 있어 선행되어야 할 조건이기 때문이다.

1) 시 텍스트 발표 양상

(1) 제목이 바뀐 경우

조태일은 처음 발표할 당시의 제목을 그대로 쓰지 않고 바꾼 경우가 상당히 많다. 시의 제목이 바뀌었다는 것은 시가 개작된 것만큼 중요하다고 할 수 있다. 시집에 수록하는 과정에서 처음 발표했던 시 제목을 바꾼 경우가 98편이나 된다. 표로 정리하면 다음과 같다.

〈제목이 바뀐 경우〉

연번	변 경 전			변 경 후		
	최초 시 제목	발표지	발표년월	시집 시 제목	시집	발간년도
1	訪問記 – 지난겨울의 戀歌	대학주보	1963.10.3	訪問記 – 어느 겨울날의 戀歌	1	1965
2	나의 處女膜은(1)	신춘시5	1964.6.1	나의 處女膜은		1975
3	이야기	고황	1964.11.24	아침이야기	1	1965
4	煖爐會	신춘시	1964.2.20	煖爐會1	1	1965
5	煖爐會 – 겨울 연가	전남일보	1965.1.31	煖爐會2	1	1965
6	나의 處女膜은(2)	신춘시7	1966.1.15	나의 處女膜2	2	1970
7	나의 處女膜은(3)	신춘시8	1966.3.5	나의 處女膜3	2	1970
8	美人이야기	전남일보	1966.5.22	美人	2	1970
9	野戰國 딸기밭 이야기	문학통권7	1966.11	野戰國 딸기밭가의 이야기	3	1975

연번	변경전			변경후		
	최초 시 제목	발표지	발표년월	시집 시 제목	시집	발간년도
10	찬물을 마시면서	월간문학	1968.	대창, 탑골공원	2	1970
11	식칼論	신춘시16	1969.1	식칼論1	2	1970
12	國土1	월간중앙	1971.4	모기를 생각하며 - 國土·1	3	1975
13	내가 뿌리는 씨앗은	행복	1971.5.31	내가 뿌리는 씨앗은 - 國土·42	3	1975
14	國土2	창작과비평	1971.여름	꿈속에서보는 눈물 - 國土·2	3	1975
15	國土3	창작과비평	1971.여름	풀잎·돌멩이· - 國土·3	3	1975
16	國土4	창작과비평	1971.여름	발바닥 밑에 - 國土·4	3	1975
17	國土5	창작과비평	1971.여름	바람 - 國土·5	3	1975
18	가을	한독뉴스	1971.가을	가을 - 國土·32	3	1975
19	論介嬢	전남매일	1971.11.13	論介嬢 - 國土·6	3	1975
20	國土9	월간중앙	1972.3	호박꽃들을 보며 - 國土·9	3	1975
21	난들 어쩌란 말이냐, 난들	대학신문	1972.4.17	난들 어쩌란 말이냐 - 國土·12	3	1975
22	甕器店風景	독서	1975.6.18	甕器店風景 - 國土·8	3	1975
23	國土7	월간문학	1972.	흰뼈로 - 國土·7	3	1975
24	國土	한국일보	1972.6.25	물·바람·빛 - 國土·11	3	1975
25	國土10 - 思慕詞	풀과별	1972.	思慕詞 - 國土·10	3	1975
26	너만 하나냐 우리도 하나다	서울신문	1972.9.3	너만 하나냐 우리도 하나다 - 國土·13	3	1975
27	國土15	월간중앙	1972.10	석탄 - 國土·15	3	1975
28	國土 - 가을편시 -	한국일보	1972.11.17	가을편지 - 國土·17	3	1975
29	國土18	창작과비평	1972.겨울	산에서 - 國土·18	3	1975
30	國土19	창작과비평	1972.겨울	夕陽 - 國土·19	3	1975
31	國土20	창작과비평	1972.겨울	흐린날은 - 國土·20	3	1975
32	國土21	창작과비평	1972.겨울	눈보라치는날 - 國土·21	3	1975
33	國土22	창작과비평	1972.겨울	피 - 國土·22	3	1975
34	國土23	창작과비평	1972.겨울	목소리 - 國土·23	3	1975

연번	변 경 전			변 경 후		
	최초 시 제목	발표지	발표년월	시집 시 제목	시집	발간년도
35	國土16 - 요것이 사랑이다	신동아	1972.12	惡夢 - 國土·16	3	1975
36	國土	경향신문	1973.2.24	九萬里 - 國土·27	3	1975
37	國土24	월간중앙	1973.3	굼벵이 - 國土·24	3	1975
38	國土25	세대	1973.3	바람아내몸을 - 國土·25	3	1975
39	國土27	북한	1973.4	한 마리 짐승 - 國土·26	3	1975
40	國土27	한양	1973.6.7	풀어주는복소리 - 國土·28	3	1975
41	國土29	신동아	1973.12	빈집에황소가 - 國土·29	3	1975
42	國土28	한국문학	1973.12	베란다 위에서 - 國土·31	3	1975
43	얼굴 - 國土44	월간중앙	1975.2	얼굴 - 國土·45	3	1975
44	겨울 - 國土45	신동아	1975.2	겨울 - 國土·46	3	1975
45	눈물 - 國土46	세대	1975.2	눈물 - 國土·44	3	1975
46	소식	월간중앙	1976.3	겨울소식	4	1983
47	1980년에 마음을 열다	자유공론	1980.1	1980년대의 마음들	4	1983
48	답장	한국문학	1979.11	답장 - 어느 소설지망생에게	4	1983
49	함성	전매청	1979	돌멩이들의 꿈	4	1983
50	눈물	현대	1983.7	황금빛 눈물	5	1987
51	아우에게	현대	1984.5	아우 基善에게	5	1987
52	진월골의 언어들	개방대신문	1986	다오!다오!다오!	5	1987
53	雲住寺	경향신문	1988.2.1	雲住寺 - 國土69	6	1991
54	흰 눈들이 하는 말	1989.12.25	전남일보	흰 눈들이 하는 말 - 國土75	6	1991
55	하늘을 보며 땅을 보며	1988.2	새가정	하늘을 보며 땅을 보며 - 國土63	6	1991
56	나무들에게	1988.3	불교문학	나무들에게 - 國土59	6	1991
57	하늘은 만원이다	1988.6	신동아	하늘은 만원이다 - 國土72	6	1991
58	김수영	월간경향	1988.9	김수영 - 國土73	6	1991
59	저승분들게 - 國土49	창작과비평	1988.가을	저승분들께 - 國土50	6	1991

연번	변 경 전			변 경 후		
	최초 시 제목	발표지	발표년월	시집 시 제목	시집	발간년도
60	서울을 거닐며-國土50	창작과비평	1988.가을	서울을거닐며-國土49	6	1991
61	다리 밑의 왕자	한국문학	1988.9	다리 밑의 거지-國土56	6	1991
62	어둠속을 거닐며-國土66	사회비평	1988,창간호	어둠 속을 거닐며-國土67	6	1991
63	편지	여원	1988.9	편지-國土62		1991
64	넋이여,그나라의 무덤은 평안한가	새벽	1988.11	산꼭대기에올라-國土68	6	1991
65	무등산	예향	1989.1	무등산-國土78	6	1991
66	새벽길	문학사상	1989.1	새벽녘-國土70	6	1991
67	다시 사월에	?	1989.4	다시 사월에-國土74	6	1991
68	산 위에서	빛	1989.5	산위에서-國土77	6	1991
69	光州에 와서	광주일보	1989.5.13	광주에 와서-國土76	6	1991
70	유월이 오면	금호문화	1989.6	유월이 오면-國土79	6	1991
71	청산이 울거든	한국문학	1990.3 · 4	청산이 울거든-國土80	6	1991
72	봄을 맞으며	광주일보	1990.2.28	그래도 봄은 오는가	6	1991
73	겨울산	민족과 문학	1990.봄	반기는 산	6	1991
74	턱을 고이고 앉아	민족과문학	1990.봄	턱을 괴고 앉아	6	1991
75	진월골에서 성내운 선생님께	동지	1990.4	님의 두루마기	6	1991
76	홀로 있을 때-國土81	현대문학	1991.8	홀로 있을 때	7	1995
77	사투리 천지-국토82	현대문학	1991.8	사투리 천지	7	1995
78	달동네-국토83	현대문학	1991.8	달동네	7	1995
79	골목을 누비며-국토84	현대문학	1991.8	골목을 누비며	7	1995
80	내 몸이 흔들릴 때-국토85	현대문학	1991.8	내 몸이 흔들릴 때	7	1995
81	떠난 사람-국토86	사상문예운동	1991.가을	떠난 사람	7	1995
82	아침밥상머리에서-국토87	사상문예운동	1991.가을	아침 밥상머리에서	7	1995
83	석양아래서-국토90	사상문예운동	1991.가을	석양 아래서	7	1995

연번	변 경 전			변 경 후		
	최초 시 제목	발표지	발표년월	시집 시 제목	시집	발간년도
84	노래가 되었다 – 국토93	샘이깊은물	1991.10	노래가 되었다	7	1995
85	들판에 서서	무등일보	1992.2.11	봄맞이	7	1995
86	겨울풀꽃	민중문예	1992.	겨울꽃	7	1995
87	태안사 가는 길	민중문예	1992.	태안사 가는 길1	7	1995
88	고향소식	시사호남	1994.1	봄이 오는 소리	7	1995
89	태안사 가는길	창작과비평	1994.겨울	태안사 가는 길2	7	1995
90	매미	문학과창작	1995.12	매미4	8	1995
91	가을 햇빛	열린시	1997.10	가을3	8	1999
92	매미의 울음	열린시	1997.10	매미3	8	1999
93	가을	열린시	1997.10	가을2	8	1999
94	가을	실천문학	1997.10	가을1	8	1999
95	한라산 매미들, 지금도 궁금하다	작가	1998.여름	매미1	8	1999
96	매미들	솟대문학	1998.가을	매미2	8	1999
97	지렁이 예수	제주작가	1998.가을	지렁이 예수1	8	1999
98	새벽산보	시와 시학	1998.가을	이쪽과 저쪽	8	1999

위 표를 보면 제목이 같은 경우에는 시집에 수록하면서 연작번호를 부여하여 연작시의 효과를 노리고 있다. 그리고 같은 제목으로 발표되었다 하더라도 시집에 수록하면서 제목을 바꿈으로써 차별화하기도 하였다.

시집 『國土』에 수록하면서 제목이 바뀐 것은 모두 34편으로, 「국토」 연작 번호만 있던 시들에 구체적인 제목을 붙인 것들과 제목만 있었던 시들에 「국토」 연작 번호를 부여한 것들이다. 『國土』이후 다시 「국토」 연작시를 「나는 노래가 되었다 – 국토·93」까지 발표했지만 시집에 수록할 때는 「홀로 있을 때 – 국토·81」부터 「나는 노래가 되었다 – 국토·93」까지는 연작 번호를 삭제하였다. 따라서 「국토」연작은 『산속에서 꽃속에서』에 실린 「청산이 울거든 -國土·80」으로 끝이 난다.

「겨울산」은 같은 제목으로 3편이 발표되었으나 『민족과 문학』 (1990.봄)에 발표했던 작품만 「반기는 산」으로 제목이 바뀌었을 뿐 나머지는 그대로 「겨울산」으로 수록됨으로써 같은 시로 오인될 가능성을 안고 있다.

「매미」, 「매미의 울음」, 「한라산 매미들, 지금도 궁금하다」, 「매미들」은 시집에 수록하면서 연작 번호를 부여함으로써 「매미」 연작시가 된 경우이다. 이 '매미'는 고등학교 때 무전여행으로 한라산 백록담에 오르면서 잡았던 매미들에 대한 회상을 담고 있는 것들이다.

「가을햇빛」, 「가을」(『열린시』, 1997. 10), 「가을」(『실천문학』, 1997. 10)도 시집에 수록하면서는 「가을」 연작시가 된 것들이다. 같은 제목으로 발표된 「가을」은 시집에 연작 번호를 부여하여 혼란을 막음과 동시에 「가을」 연작시가 된 경우이다.

이상에서 살핀 것처럼 제목이 바뀐 텍스트는 시인 스스로 변경한 의도를 존중하여 바뀐 제목을 원전으로 삼는다.

(2) 제목이 같은 작품

조태일은 같은 제목의 시를 여러 편 발표했다는 점에서 특이하다. 연작시가 많은 점도 마찬가지이다. 그러나 연작시인 경우에는 번호가 있는 것이 대부분이고, 특히 「國土」 같은 경우에는 처음에는 번호만 있었지만 「國土·29」부터는 제목을 부여한 다음에 부제로 「국토」 연작의 번호를 달았다. 이를 통해 다른 작품과의 혼동을 없앴을 뿐만 아니라 한편의 「국토」 대서사시를 완성할 수 있었다.

같은 제목의 시로 발표되었다가 시집에 수록하는 과정에서 다른 제목으로 바뀐 경우가 있는 반면, 같은 제목으로 수록된 작품도 있었다. 같은 제목 다른 내용의 시, 그것은 연구자에게 한 작품으로 오인하게 할 가능성이 충분하다. 시집에 실린 제목이 같은 작품들은 다음과 같다.

〈제목이 같은 작품〉

연번	시 제목	발표년월	발표지	시집	제안
1	무지개	1986.1	샘터	5	무지개1
		1987.가을	문예중앙	6	무지개2
2	풍경	1983.겨울	문예중앙	5	풍경1
		?	?	8	풍경2
3	비 그친 뒤	1992.9	현대시학	7	비그친뒤1
		?	?	8	비그친뒤2
4	겨울산	1991.	시와시학	7	겨울산1
		1993.봄	작가세계	7	겨울산2
5	성에	1984.	외국문학	5	성에1
		1997. 3·4	작가	8	성에2

위 표를 보면 같은 제목의 시가 2편씩 존재한다. 특히 번호 4의 「겨울산」 같은 경우에는 시집 『풀꽃은 꺾이지 않는다』에 동시에 같은 제목으로 실려 있기 때문에 한 작품으로 오인할 가능성이 가장 많은 작품이다.

① 사람 동네 그리워 살냄새 그리워
　 흰 눈 뒤집어쓴 산들.
　 닫힌 문 앞까지 찾아와 큰절하는 침묵들,
　 내 마음 한 홉 주면
　 두어 섬지기로 쏟아붓는 너그러운 정.

　 새소리 풀잎 떠는 소리 데리고
　 우리를 맞아 산마루 높이 세워두고
　 팔다리 벌려 계곡을 거쳐
　 터벅터벅 예까지 뻗었다!

　 방구석 서랍 속에 말아둔 하얀 한지 풀어
　 얼굴 감싸고
　 아이 나는 부끄러워, 아니 나는 부끄러워.
　　　　　 -「겨울산」 전문 (『시와시학』, 1991. 창간호) (제안:「겨울산1」)

② 선운사를 거쳐
　 조계산을 넘어 송광사를 찾는다.

　 차가운 날씨가 좋아서
　 새들은 이 나무 저 나무 옮겨다니고

　 야트막한 산등성이를
　 아침 안개가 기어오른다.

　 눈이 안 덮인 산이지만
　 내 살결인 양 쓰다듬으며
　 안쓰러워라, 안쓰러워라,
　 눈을 감으며 산을 오른다.
　 눈을 감으며 산을 오른다.
　　　　　 -「겨울산」 전문 (『작가세계』, 1993. 봄) (제안:「겨울산2」)

　 위 두 시는 한 시집에 함께 실려 있다. 같은 제목의 시가 한 시
집에 같이 실린 경우는 극히 드문 일로 아마 조태일 본인도 그리
고 출판사에서도 몰랐던 것으로 추정된다. 만약 알았더라면 연작번

호를 부여했던지 제목을 바꿨을 것이다.

①은 『시와시학』에 발표된 작품으로 시집 『풀꽃은 꺾이지 않는다』에는 116쪽에 수록되어 있다. ②는 『작가세계』에 발표된 작품으로 시집 『풀꽃은 꺾이지 않는다』에는 57쪽에 수록되어 있다. 그래서 발표된 작품에 번호를 부여하여 혼란을 방지하고자 연작시의 형태로 번호를 부여하는 방법을 제안한다. ①은 「겨울산1」로, ②시는 나중에 발표되었기 때문에 「겨울산2」로 연번을 부여하고자 한다.

나머지는 시집이 다르기 때문에 오인할 가능성이 적다고 할지라도 연번을 부여할 것을 제안한다. 그렇게 되면 혼동을 방지할 수 있고 다른 연작시들처럼 그것이 갖고 있는 시인의 관심도를 보여줄 수 있을 것이기 때문이다.

앞에서 살핀 것처럼 시집에 수록된 연작시들의 경우 소재적인 것이 일치하면 다른 제목으로 발표되었을지라도 시집에 수록하면서 연작 번호를 부여하여 연작시가 된 경우가 많다. 그런 점에서 보더라도 연작 번호를 부여하는 것이 조태일의 시작 방법에도 어긋나지 않는 것이고 동시에 혼란과 오인을 방지할 수 있게 된다.

(3) 시집 미수록 작품

조태일의 시 중에는 시집에 수록되지 않은 작품도 상당수에 이른다. 신문이나 잡지에 실린 축시 중에 많은 시가 시집에 실려 있지 않다. 특히 마지막 시집인 『혼자 타오르고 있었네』를 발간한 후, 즉 1999년 6월 이후에 발표한 시들은 시집에 수록되어 있지 않다. 시집에 수록되어 있지 않아 연구에서 자칫 제외될 가능성이 많다. 그것을 방지하기 위하여 필자가 확인한 작품을 정리하고자 한다. 시집에 수록되지 않은 작품은 총 65편이다.

〈시집에 수록되지 않은 작품〉

시 제목	발표년월	발표지	비고
白鹿潭에서만 살아가는 하늘과 나	1961.	光高 11	발굴
가난 三	1962.5.23	대학주보	발굴
公主님들의 寢室	1964.2.15	전남매일신문	발굴
아아, 慶熙	1964.5.18	대학주보	
5月의 讚歌	1965.5.18	대학주보	
물로 칼을 베는 方法	1971.3	다리	
국토6	1971.여름	창작과비평	
서울하늘	1980.2	주부생활	
함춘원에 봄볕이	1980.	서울대학병원신문	
땅에서 뉘우치고 하늘이 알아	1987.7	교회와 세계	
이제부터 시작이다.	1987.11.12	성심대학보	
오직 하나인 민주주의여	1988.1.1	대학주보	
오, 광주여 무등이여	1988.5.16	세종대학보	
오월 그날을 다시 세우자	1988.5.17	외대학보	
신창골의 이야기	1988.10.28	순천향대	
불암산 자락에서	1988.	어의문화	
씨앗과 곰의 향연	1989.3.28	단대신문	
진월의 마음들	1989.8.21	광주대신문	
봄을 맞으며	1990.2.28	광주일보	
전국토에 오월이 오다	1990.5.14	총신대학보	
아으, 망월동에 살으리	1990.5.15	광주대신문	
이 땅에서 하늘 끝까지	1990.7.20	전남일보	
드넓은 광장이 되리라	1990.9	캠퍼스저널	
오늘 내가 한 일	1991.1.12	전남일보	
빛고을의 햇불잔치	1991.2.8	광주주간뉴스	
우리 칠천만의 가슴속에	1991.5.18	광주일보	
어느 노동자의 생각	1991.8	시세계	
누이를 위하여	1991.가을	사상문예운동	

시 제목	발표년월	발표지	비고
큰 누님 생각	1991.가을	사상문예운동	
적막강산 - 국토91	1991.가을	민족과문학	
보리밭·밀밭·목화밭 - 국토92	1991.가을	민족과문학	
너 크나큰 희망이여, 자유여, 진리여	1991.11.1	광주매일	
새해가 떠오른다.	1992.1	예향	
우리, 마음을 열어	1992.8	한사랑	
청정한 집에 사는 돈	1992.11·12	광주은행사보	
들꽃은 더욱 들꽃답게, 산은 더욱 산답게	1993.1.1	광주매일	
無等이여, 무등일보여	1993.10.10	무등일보	
청정하게 깨어 있어라	1994.5.15	전남도민신문	
오월동이 광주대학교여!	1994.5.16	광주대신문	
아아! 새해, 첫날, 아침햇살	1995.1.1	전남매일	
아무래도 나는 다시 태어나야겠다	1995.8.15	전남일보	
수수천만년 푸르러라 한결 같아라	1996.5.25	광남일보	
온누리, 빛누리에 가득 넘쳐라	1997.1.1	광주매일	
역사 앞에서, 열사 앞에서	1998.3.20	민주열사회보	
늘 밝고 맑은 눈빛처럼	1998.	박이도?	
가슴이 시리도록 푸르러라	1998.	목포대신문	
포철이여, 세계의 햇덩이로 치솟거라	1998.4.2	포스코신문	
그립습니다	1998.9	고경식?	
온세상 화안히 밝히는 꽃빛이거라	1999.2.22	광주대신문	
思父曲	1999.5	중앙일보	
어느 뻘밭 풍경	1999.여름	창작과비평	
소금밭을 지나며	1999.여름	창작과비평	
몸과 그림자	1999.여름	창작과비평	
탱자나무의 뜻	1999.여름	시세계	
구례군 산동마을의 산수유꽃	1999.여름	시세계	
무덤과 하늘	1999.여름	시와생명	
씨앗	1999.여름	시와생명	
산벚꽃	1999.여름	시와생명	
하늘	1999.9	현대시	
어느 바위	1999.9	현대시	
다시 보는 봄	1999.9	현대시	
희열	1999.가을	사람의 문학	
굴뚝새	1999.가을	사람의 문학	
아이가 되는 봄	1999.가을	사람의 문학	
당신들은 감옥에서 우리들은 밖에서			

위 표에 정리되지 않은 새로운 자료가 발굴되면 미수록 작품 수는 더 늘어날 수도 있을 것이다. 「白鹿潭에서만 살아가는 하늘과 나」는 조태일이 이를 기억하기위해 「처녀작」이라는 시를 남길 정도로 애착과 애정을 보인 작품이다. 조태일은 등단하기 전에 쓴 첫 작품을 찾고자 애쓰고 있다는 것을 산문을 통해 여러 차례에 걸쳐 말한 바 있다. 광주고의 교지에 투고를 해서 실렸다는 것과 고등학교 때 전국 무전여행 중 한라산 백록담에 다녀온 후에 썼다는 기록[97]을 토대로 하여 작품을 발굴하였다. 하지만 첫 작품이 시조라는 것은 일치하였으나 제목이 문제였다. 발굴한 시조의 제목은 「白鹿潭에서만 살아가는 하늘과 나」였기 때문이다. 조태일의 기록을 보면 광주고 교지에 실린 작품을 「白鹿潭」이라고 적고 있고, 친구인 박석무도 「백록담」으로 기억[98]하고 있다.

발굴한 시조 「白鹿潭에서만 살아가는 하늘과 나」 전문이다.

<一>
億劫을 祈禱로 누빈
淸雅한
하늘이여 -

暴彈마을을 돌아
太古를 찾은 오늘인가.
호올로
가꾸어 온 심장은

---

97) 조태일, 「어린 조카의 죽음과 시의 출발」, 앞의 책, 나남출판, 54 - 55쪽.
98) 박석무, 앞의 글, 『자유가 시인더러』, 창작과비평사, 1987, 162쪽.
"3학년 어느 날, 그의 시가 학교신문에 실려 있었다. 입학 당시부터 급우들은 모두 그의 별명을 '조시인' 이라 불러서 이름이야 벌써 얻은 시인인데, 참으로 시인이 되기는 꽤 늦은 편이었다. 「백록담」인가 하는 제목이었는데 그의 생김이나 몸매에는 걸맞지 않게 고운 시어들이어서 내가 깜짝 놀라며 칭찬해 준 기억이 있다."

이끼 푸러 原始롭다.

<二>
하늘땅
틈새서
한 생명 얻어 살아

思惟의 꽃잎마다
죽음 찾는 열아홉 해

오늘도
密林 헤쳐 온 마음
사랑이여! 외롭다.

<三>
沈默 고함 솟던 날
하늘 우러러 던진 맘……

지금껏 나와 하늘을
못내 부르는 鹿潭이여

잔물결 사이 마다에
純情이여 피었는가?

<四>
鹿潭 먼저 닮은
原色하늘 그 하늘은
나의 이
갈길을 막아
純情찬 눈빛으로

原始의
울음 일렁여
우리 같이 살잔다.

<五>
潭心 속으로
꽃구름 하늘 길을

내맘 록담에 취해
하늘을 따라 따라

이제야 우러러 가고프던 하늘
구름장군 되어 가다.

<六>
피빛 鄕愁의 길을
가슴으로 다듬으며

떠날줄 모르는 記憶은
사슴 울음 닮아 닮아

四季節
무덤 밖앗 世上을
셋이서 보는 오늘!

-「白鹿潭에서만 살아가는 하늘과 나」 전문[99]

위 시조 「白鹿潭에서만 살아가는 하늘과 나」는 조태일의 첫 작
품이고 단 한편의 시조이다. 원시성을 간직한 백록담의 풍경과 맑
은 하늘을 보며 고향에 대한 향수를 노래한 애상적이고 낭만적인
시조이다. 그러나 「처녀작」[100]에 드러나 있는 「백록담」과는 다른

---

99) 조태일, 『光高』11, 1961, 133 - 136쪽.

100) 나의 처녀작은 「백록담」 / 삼행짜리 시조풍의 / 이 처녀는 온데간데없다. // 일천구백육
십년 사월혁명 참가 후 / 무전여행중 제주도에 들러 / 삼성혈 들여다보고 / 관음사 일
박 후 개미목 거쳐 / 백록담 이르러/맑고 밝은 물로 낯바닥 씻고 / 뜨거웠던 사월의
마음 식히고 / 사월 함성 밝게 닦아 / 마음속에다 썼던 짧은 시, / 여행끝나고 / 이백자
원고지 한 장에다 / 써놓았던 삼행짜리 처녀 / 이 처녀는 지금 집 나간 지 오래다. //
백록담이 영원히 거기 있듯 / 이승의 내 마음속이나 / 저승의 내 마음속에 / 영원히 남
으리 / 나의 싱그러운 처녀, 처녀인 「백록담」 -「처녀작」전문(『혼자 타오르고 있었네』,
창작과비평, 1999.)

점이 있다. 3행짜리 시조가 아니라는 점이다. 그러나 앞에서 말한 바와 같이 4·19 직후 한라산 백록담에 올랐다가 썼다는 점과 시조라는 것이 일치하고 『광고』11 교지에 실었던 제목도 「白鹿潭에서만 살아가는 하늘과 나」가 아니라 「백록담」으로 기억하고 있다는 점에서 이 시조는 조태일의 처녀작임이 확실하다. 기억이란 필요한 부분만 재구성되기 때문이다.

「國土·6」101)경우에는 실수로 시집에서 누락된 것으로 보인다. 이 시는 「國土·2」, 「國土·3」, 「國土·4」, 「國土·5」와 함께 『창작과비평』(1971, 여름)에 함께 발표되었다. 시집 『국토』는 「國土」 연작으로 발표되었지만 시집에 수록할 때는 연번대로 수록한 것이 아니라 새로운 제목을 부여하고 「國土」의 연작 번호를 소제목으로 변경하여 수록하였다. 이 과정에서 「論介孃」(<전남매일>, 1971. 11. 13)으로 발표되었던 시에 「論介孃－國土·6」이라는 연번을 부여하면서 「國土·6」은 시집에 수록되지 못하고 만다. 「국토」연작으로 발표되지 않은 작품에도 「국토」 연번을 부여한 경우가 많다. 그러나 이 시가 연작으로 발표되었음에도 시집에 수록되지 못한 것은 연작 번호를 부여하고 수정하는 과정에서 실수로 누락된 것으로 추정된다.

「누이를 위하여」는 대구로 시집 간 지 20년 만에 서민아파트에

---

101) "이 고요하고 고요한 시간에도 / 나의 싸움은 끝나지 않는다. // 그러니 / 사람들은 제발 떠나가 주게, / 나로부터, / 내가 딛는 땅도 내가 받는 밥상도 / 제발 떠나가 주게. // 魂만 남고, 내 肉體도 / 내가 걸치는 옷도 땀도 때도 / 손톱도 발톱도 제발 떠나가 주게 // 山과 하늘이 마주 앉은 / 저 파아란 뜨락에, / 격렬하게 뿌릴 수 있는 씨앗이란 / 내 魂의 싸움이어라. // 나의 싸움은 / 일부러 죽는일, / 죽어서 다시 태어나는 일이어라. / 山과 하늘이 마주 앉는 / 저 파아란 뜨락에 / 팔다리 흔들며 태어나는 일이어라." ‒「국토6」전문 (『창작과비평』, 1971. 여름).

당첨되었는데 돈이 없어서 포기할까 말까 눈물 글썽이는 여동생이 안타까워 폭음했다는 내용의 시이고, 「큰 누님생각」은 방직공장의 직공을 비롯하여 매형의 뒷바라지를 위해 고생만 하다 세상을 떠난 누나에 대한 안타까움과 그리움을 담고 있는 시이다. 개인적인 가족사에 관한 시이기 때문에 시집에 수록하는 과정에서 배제한 것으로 추정된다.

마지막 시집인 『혼자 타오르고 있었네』를 발간한 후에 발표한 작품은 15편이다. 시집을 발간한 후 세상을 뜰 때까지 기간이 불과 3개월 정도밖에 되지 않아서 많은 작품을 발표하지는 않았다. 하지만 이 시들은 조태일의 후기시의 특징을 그대로 드러내고 있을 뿐만 아니라 가장 원숙함을 보여주던 때의 작품이기 때문에 중요하다. 이 시들은 달관의 경지에 이른 시인의 정신세계를 담아내고 있을 뿐만 아니라, 소소한 것 하나에서도 우주의 원리를 깨닫고 있음을 보여준다. 이 시들도 연구 대상에 포함하며 발표 원문을 원전으로 삼는다.

(4) 기념시 및 축시의 문제

조태일은 자신의 역사적 체험만큼이나 4·19와 관련한 기념시와 5·18기념시를 일간지와 대학의 학보에 꾸준히 실어왔다. 이 시들은 그의 현실을 바라보는 눈과 미래에의 당부와 희망이 주된 내용을 이루고 있다. 기념시들은 문학적으로 뛰어난 작품은 아니지만 시대성을 담아내고 있다는 점에서는 결코 간과할 수 없는 가치가 있다. 기념시와 축시의 목록은 다음과 같다.

<기념시 및 축시>

연번	시 제목	발표년월	발표지	시집	비고
1	아아, 慶熙	1964.5.18	대학주보	미수록	
2	5月의 讚歌	1965.5.18	대학주보	미수록	
3	펜 한자루로	1977.4.18	대학주보	4	
4	당신들은 地下에서 누워말한다.	1980.4.18	대학주보	4	
5	우리들의 肉魂은 잠들어 있습니다.	1983.4.18	대학주보	4	
6	젊은날의 일들	1983.9.30	향록학보	5	
7	미꾸라지도 뛰었었소	1984.4.18	숭전학보	5	
8	더도 말고 덜도 말고	1984.4.21	대학주보	5	
9	위하여, 위하여	1985.2.19	한신대학보	5	
10	흐느끼는 활자들	1985.6.1	서강학보	5	
11	땅에서 뉘우치고 하늘이 알아	1987.7	교회와 세계	미수록	
12	이제부터 시작이다.	1987.11.12	성심대학보	미수록	
13	오직 하나인 민주주의여	1988.1.1	대학주보	미수록	
14	오, 광주여 무등이여	1988.5.16	세종대학보	미수록	
15	오월 그날을 다시 세우자	1988.5.17	외대학보	미수록	
16	신창골의 이야기	1988.10.28	순천향대	미수록	
17	씨앗과 곰의 향연	1989.3.28	단대신문	미수록	
18	진월의 마음들	1989.8.21	광주대신문	미수록	
19	봄을 맞으며	1990.2.28	광주일보	6	
20	진월골에서 성내운 선생님께	1990.4.	광주대 신문	6	
21	전국토에 오월이 온다	1990.5.14	총신대학보	미수록	
22	아으, 망월동에 살으리	1990.5.15	광주대신문	미수록	
23	이 땅에서 하늘 끝까지	1990.7.20	전남일보	미수록	
24	드넓은 광장이 되리라	1990.9	캠퍼스저널	미수록	
25	빛고을의 횃불잔치	1991.2.8	광주주간뉴스	미수록	
26	진월골의 언어들	?	광주대신문	미수록	
27	우리 칠천만의 가슴속에	1991.5.18	광주일보	미수록	
28	너 크나큰 희망이여, 자유여, 진리여	1991.11.1	광주매일	미수록	
29	청정한 집에 사는 돈	1992.11·12	광주은행사보	미수록	

연번	시 제목	발표년월	발표지	시집	비고
30	들꽃은 더욱 들꽃답게, 산은 더욱 산답게	1993.1.1	광주매일	미수록	
32	청정하게 깨어 있어라	1994.5.15	전남도민신문	미수록	
33	오월동이 광주대학교여!	1994.5.16	광주대신문	미수록	
34	아아! 새해, 첫날, 아침햇살	1995.1.1	전남매일	미수록	
35	아무래도 나는 다시 태어 나야 겠다	1995.8.15	전남일보	미수록	
36	수수천만년 푸르러라 한결 같아라	1996.5.25	광남일보	미수록	
37	온누리, 빛누리에 가들 넘쳐라	1997.1.1	광주매일	미수록	
38	역사 앞에서, 열사 앞에서	1998.3.20	민주열사회보	미수록	
39	가슴이 시리도록 푸르러라	1998.	목포대신문	미수록	
40	포철이여, 세계의 햇덩이로 치솟거라	1998.4.2	포스코신문	미수록	
41	온세상 화안히 밝히는 꽃빛이거라	1999.2.22	광주대신문	미수록	

　　위 표에 드러나듯이 기념시와 축시들은 80년대와 90년대에 주로 씌어졌다. 그에게 있어서 60·70년대는 역사와 사회적인 모순을 어떻게 하면 해결할 수 있는가에 초점이 맞춰져 있던 시기였다. 당시의 조태일은 시와 정신과 육체가 한 몸이 되어 움직일 때였기 때문에 기념시를 쓴다든가 하는 여유를 가질 상황이 아니었던 것이다.

　　80년대의 경우에는 4·19와 5·18을 기념하는 시가 가장 많다.(부록의 기념시 및 축시 목록 참고) 이때는 5·18광주민주화운동을 정점으로 하여 대학생을 중심으로 전 국토에서 민주화를 향한 외침이 쉴 새 없이 이어지던 시기였다. 따라서 대학교에서 발행하는 신문을 중심으로 4·19와 5·18을 추모하고 기념하는 시들을 발표한 것이다. 70년대 후반부터 언론이 통폐합되면서 제 역할과 기능을 상실하였기 때문에 4·19를 기념하는 시를 일간지에 실을 수는 없었을 것이다.

80년대의 기념시와 축시들은 조태일의 시론을 반영하고 있는 시들이라고 할 수 있다. 90년대의 경우에는 대학의 신문이나 일간지의 창간을 기념하는 축시들이 주류를 이룬다. 이것은 80년대와는 달라진 상황을 보여주는 것인데 가시적으로는 민주화가 이루어진 시기이기 때문이라고 할 수 있다. 기념시들과 축시들을 간과해서는 안 되는 이유가 이것들을 통해 당대의 역사적인 흐름을 알 수 있을 뿐만 아니라 시대의 흐름을 담아내고 있기 때문이다.

(5) 제목만 존재하는 경우

조태일의 시집에 수록되지 않은 작품들 중 제목만 있고 시 원문이 확인되지 않고 있는 것은 5편이다. 표로 정리하면 다음과 같다.

〈제목만 존재하는 경우〉

연번	시 제목	발표년월	발표지	비고
1	비·바람·밤·사랑	1962.8.8	시와 음악으로의 엮은 한 여름밤의 초대, 주최: 재경·재광 문학동호인회, 장소: 카네기홀	시낭송
2	내일이면	1962.10.17	제2회 시화전, 주최: 경희대국어국문학회	시화전시
3	너의 이름 밑에 누워서	1962.12.28	送迎文學의 밤, 주최: 재경재광문학동호인회, 장소: 카네기홀	시낭송
4	아! 處女의 房은	1964.11.14	제 11회 문학의 밤, 장소: 아스토리아 호텔, 주최: 경희대국어국문학회	시낭송
5	戀歌2	1964.11.24	英文學의 밤, 주최: 경희대 영어영문학회, 장소: 시민회관 소강당.	시낭송

위 작품들은 경희대 재학 중에 있었던 각종 행사에서 발표했던

시들인데 문학의 밤 행사에서 낭송했던 시들과 시화전에 전시되었던 것들이다. 작품들이 존재한다는 근거는 문학의 밤 및 시화전의 안내장을 들 수 있다. 안내장에는 낭송했거나 전시되었던 시의 제목이 수록되어 있는데, 이 시들을 찾는 일이 앞으로의 과제이기도 하다.

이상의 시 텍스트 발표 양상을 토대로 하여 지금까지 확인된 조태일의 작품을 정리하면, 초기시 133편, 중기시 207편, 후기시 181편으로, 이 중 시집에 수록된 작품이 456편이고 시집 미수록 작품이 65편으로 총 521편으로 확인되고 있다.

2) 개작 현황과 원전 확정

(1) 전면적인 개작

조태일의 시에 대한 연구가 지금까지는 시집에 수록된 작품을 중심으로 이루어져 왔다. 그렇기 때문에 발표되었을 당시의 시가 어떻게 개작되어 시집에 수록되었는지 알 수 없었다. 본 논문에서는 이런 문제점을 해결하기 위해 개작의 정도에 따라 유형 분류하고 개작 과정을 보이고자 하였다. 개작 유형을 전면 개작된 경우와 부분 개작된 경우로 나누고, 표기체계의 변화에 따른 경우도 개작 과정에 포함시켜 논의할 것이다.

전면적인 개작이 이루어진 것은 10편이다. 표로 정리하면 다음과 같다.

〈전면개작〉

연번	최초 발표 시 제목	발표지	발표년월	개작 후 제목	수록시집
1	都市를 비워둔 市民들	대학주보	1962.5.23	都市를 비워둔 市民들	아침船舶
2	다시 鋪道에서	전남일보	1963.6.1	다시 포도에서	아침船舶
3	물동이 幻想	전남일보	1964.1.22	물동이 幻想	아침船舶
4	숲과 幻	경향신문	1964.3.24	숲과 幻	아침船舶
5	이야기	고황	1964.11	아침 이야기	아침船舶
6	아침戀歌	한양	1965.7	아침 戀歌	아침船舶
7	處女鬼神前上書	신춘시	1965.11	處女鬼神前上書	아침船舶
8	눈깔사탕2	경희문단	1966.	눈깔사탕2	식칼論
9	찬물을 마시면서	월간문학	1968.	대창, 탑골공원	식칼論
10	함성	전매청사보	1979	돌멩이들의 꿈	가거도

　이 경우는 처음 발표 당시의 흔적만 있을 뿐 대부분 많은 개작이 이루어짐으로써 원형을 찾기가 힘들어졌다. 전면적인 개작이 이루어진 것은 초기시에 집중되어 있다. 먼저 「都市를 비워둔 市民들」의 개작 과정을 살펴보기로 한다.

　(1)
가다 말고 ……
흔들리우고 싶었읍니다.

가령,
이렇게도 强烈히
비인 肉身의 現實.

無邊한 무덤에 목마름으로 하여 ……
沈默으로 모양없게 움추린 都市를
흔들어야 …… 했읍니다.

　(2)
어느날 부턴가

主人을 포식한 가지(枝)들은

銃聲으로만 노래할
故鄕없는 메아리여
메아리로만 열리게 할
祖上잃은 꽃망울을
우람히도 가꾸는 버릇에서

무질서한 軍靴가 남기고간 遺품으로 뽑은 機械의 發音들로
내 都市를 헐고 市民의 고막을 포장해도
이젠 理由있어

그 아래
차라리 하늘을 우럴어 메아리만 맴도는 市民의 땅에선
영영 해가 뜨지 않을 것 같아.
저만치서 머언 하늘에로 펴는 깃발에
조용히 抒情을 줍는
酒幕을 向해 ……

제 피를 꼬옥 꼭 씹던 詩人이며
그리고 女人
神의 무수한 鍾에

영 – 바람같은 자세로 따라 흐르고만 있는데
<그들에게 새벽은 없는가?>
<그들에게 새벽은 없는가?>
　　　　　　　　　　 –「都市를 비워둔 市民들」(대학주보, 1962. 5. 23)

<Ⅰ>
그 언저리를 돌아가다 문득, 흔들리고 싶었다.
강렬히 밀려 오는 빈 肉身속의 마지막 憧憬은,
남은 歲月을 위하여.
無邊한 무덤의 목마름으로 하여 分別이 늘어지고,
午後의 피로한 太陽아래, 누워버린 市民들은
午後의 무게로만 向方없이 휘어지는 낚싯대.
쓸쓸한 狂亂들은

故鄕을 버린 메아리를 부르고 있었다.
메아리로만 열려오는 그렇게 祖上 잃은
꽃망울을 우람히도 가꾸는 버릇에서
돌아 오지 않은 彈丸의 標的들 호올로 남은 그림자는
來日의 戰意에 까지 미칠까.

< Ⅱ >
都市를 헐고 우리들의 고막을 포장해도
이젠 이유있어
世代를 깨물며 죽어간 짐승들의, 열려 오는
始原에의 긴긴 목소리,
한줌의 決意는 하늘과 땅의, 表情 밖.
내일은 나래 잃은 집념으로 피어날까.
무덤위의 抒情이 꽃잎 같이,
마지막 피곤을 모르는 酒幕을 향하여
서서히 사랑을 줍고 있을 때,
悔恨마저 붉게 타오르고 있었다.
환히 밝아오고 있었다.

< Ⅲ >
제 피를 굳어진 意識과 思惟를,
꼭꼭 짓씹으며 서성이는 그들.
돌아갈까, 그냥 훌러 가 버릴까, 이 길을.
흐름을 계속하는 바람은 定着地點이 없다.
市民들의 目的은 가난한 世界를 同情하고,
슬픈 아우성을 꺼려하는데만 있었을까.
꽃이여,
꽃이여.
찢기어 진 오늘 안에 都市를 떠나,
우리들의 思惟는 오늘,
무엇을 향하여 오로지 붕괴하고 있을까,
저 언덕에 그지없이 서성이는 사람들.
다만 새벽이, 그들에게 새벽이 잠시,
까마득한 地坪의 눈물의 午後,
잿빛으로 뒤덮인 光輝.
아, 맑은 그리움이 피었다.
　　　　　　 －「都市를 비워둔 市民들」(『아침船舶』, 1965.)

두 시를 비교해보면 개작이 전면적으로 이루어졌음을 알 수가 있다. 전면적으로 개작한 이유는 습작기의 작품을 시집에 수록하기 위해서라고 할 수 있다. 개작을 함으로써 주제가 선명하게 부각되었고 시어들이 유기적으로 통합하여 계열체를 이룸으로써 시적 긴밀성을 확보하는 효과를 거두고 있다. 구성에 있어서도 행갈이와 연의 배치가 달라졌을 뿐만 아니라 물음표와 말줄임표를 삭제하고 '－다'로 종결함으로써 확신에 찬 어조로 바뀌었다. 습작기의 작품에 시어들을 가다듬고 좀 더 미학적인 가치를 부여하였다고 할 수 있다. 그렇다면 두 작품 중 어떤 작품을 원전으로 삼을 것인가가 문제인데, 두 작품은 전면 개작이 이루어졌기 때문에 상호 텍스트적으로는 밀접하지만 원전을 확정하는데 있어서는 서로 다른 작품으로 봐야 한다. 따라서 이 경우 서로 다른 2편의 원전 작품으로 확정한다.

「다시 鋪道에서」는 개작 과정을 살피기 전에 해결해야 할 점이 있다. 조태일의 문단 등단 과정에 관한 사항으로, <경향신문> 신춘문예 당선 이전에 <전남일보> 신춘문예에 「다시 鋪道에서」로 당선되었다는 것이 지금까지 기정사실로 여겨졌다는 점이다. 이는 조태일 연구자 대부분뿐만 아니라 조태일 본인도 잘못 알고 있었던 것이다. <전남일보> 신춘문예에 당선되었다는 기록은 조태일 본인이 작성한 자술 연보에서 비롯되었다. 그동안의 모든 연구자들이 자술 연보를 그대로 따라 인용하다 보니 그것이 사실로 인정되어 온 것이고, 당선 연도도 1962년으로 기록하고 있지만 이 역시 잘못된 사실이다.

1962년도에 발행된 <전남일보>에서는 조태일이 신춘문예에 당선되었다는 어떤 기사도 확인할 수 없었다. 1963년도에 발행된 신문

기사들을 찾다가 조태일에 관련한 신문기사를 확인할 수 있었다. 그것은 신춘문예가 아니었고, 「續刊 11周年記念 文藝作品公募」에 당선작이 없는 '가작 3석'이었다.[102] 그러므로 그동안 알려진 것처럼 1962년 '전남일보 신춘문예 당선'이 아니고 1963년 '「전남일보 續刊 11周年記念 文藝作品公募」 가작 입선'으로 바로 잡아야 한다.

또한 응모한 이름도 조태일이 아닌 '河村'이라는 필명이었다. '河村'이라는 필명과 함께 하단에 '본명 조태일'이라는 기록이 있다. 이후에는 '河村'이라는 필명으로 발표한 기록이 없기 때문에 <전남일보>에 응모할 당시에만 쓴 것으로 추정된다. 그리고 조태일의 자술 연보와 산문집에 실린 글에는 고등학교 3학년 때 써서 당선된 것으로 기록되어 있는데,[103] 이것도 '경희대학교 국어국문학과 2학년'으로 바로 잡는다. 가작 3석으로 입선된 「다시 鋪道에서」는 <전남일보> 1963년 5월 22일자 지면에 발표되었다. 발표당시의 원문을 그대로 옮겨보면 다음과 같다.

<1>
故鄕을 버리고
잠 깨인 可能이
혼자서, 흔들리는 秩序앞.

風景들은 季節에 기대어
부산히, 都市를
往來하면서.

---

102) 전남일보, 「續刊 11周年 文藝作品 懸賞 當選作 發表」, 1963. 4. 30.
103) 조태일, 앞의 글, 55쪽.
   "처음으로 「백록담」이란 시조를 학교교지에 투고했더니 실어주었다. 문학도 별 것 아니라고 생각했다. 두 번째 지은 시 「다시 鋪道에서」라는 시를 고3때 써서 전남일보 신춘문예에 투고했더니 당선작 없는 가작 1석으로 뽑혔다"

- 벙어리가 되는,
喊聲이며
背滅과 같이 謀叛이
잔칫집 손님처럼, 門前에
서성거려도.

그들은 다
하나만을
붙잡았다.

<2>
房을,
書齋를 누비던
思考의 변두리.

어둠이 내리는 肉體를 털고,
나의 勞動뒤에
살아 나는 記憶을
눕히면.

나의
성가신 智慧는
하늘을 기어올라.

- 하나를 붙잡았다.

<3>
時間 밖에서
나지막히 흐느끼는
太陽의 둘레에
悽絶히 걸려 있는
저 눈물을 ….

맨발의 鋪道에서
<옛날, 강이었을-숲이었을>

나는 鋪道의
아들.

나는 鋪道의 아들,
이 風景에 딩굴고 있는
機械와 資本의
急進속에,

오늘.
뿌려주고 싶다. 아아
思念의 맑은
窓가에.

　　　　　　　　 -「다시 鋪道에서」 전문 (전남일보, 1963. 5. 22)

　조태일의 초기시와 특별히 다른 점이 없는 시이다. 초기시 대부
분이 장시인 것도 일치하고, 시어들도 '時間', '季節', '肉體', '눈
물', '房' 등 초기시에 주로 보이는 것들이다. 그러나 이 시가 『아
침船舶』에 수록될 때는 전면적으로 개작되어 수록되었다.

고향을 찾아서
홀로 일어서는 秩序.
風景들은 季節에 기대어
부산히 都市를 내왕하면서
벙어리가 되는 삐에로가 되는,
여기는 어디일까.
너와 나의 營養이 脫營한 年代위에서
그들은 다만, 하나를 붙잡는다.
수다스런 房의 비뚤어진 書齋의,
변두리를 누비던 思考의 깊숙이,
어둠이 내리는 肉體를 털고
흩날리는 記憶을 눕히면,
나의 성가시고, 목마는 智慧는
하늘을 기어올라, 하나를 붙잡는다.

時間밖에서만 安住할 수 있고,
높이 높이서만 굽어볼 수 있던,
이제 나지막히 흐느끼는 太陽의,
둘레에 처절히 걸려있는 저 눈물을
一九六0年代의 피로한 아우성을.

맨발의, 모든 것이 뜨겁게 느껴오는
맨발의 鋪道에서
나는 鋪道의 아들,
나는 鋪道의 王子,

뿌려주고 싶다.
흔들어버리고 싶다.
故鄕을 찾아서 홀로 일어서는
秩序앞에,
내 이웃의 血脈에.

－「다시 鋪道에서」 전문 (『아침船舶』, 1965.)

　위 두 시는 서로 다른 작품으로 봐야할 것이다. 2연 5행 '목마
는'은 '목마른'의 오타로 보인다. '목마는'으로 봤을 경우에는 앞
행의 내용과 전혀 어울리지 않은 구절이 될 뿐만 아니라 '목마는'
으로 쓰고자 했을 경우에는 쉼표(,)로 처리해야 맞다. 또 바로 다음
구절이 '智慧는'인 것으로 봐서 지혜에 목마르다는 뜻일 것이기
때문에 '목마른'이 되어야 할 것이다. 이 작품은 이후 『國土』에 재
수록 되면서 또 한번 개작이 이루어진다. 특징적인 것은 쉼표나
마침표가 대부분 삭제되고 한자가 한글로 바뀐 것이다. 따라서 처
음 <전남일보>에 입선되었을 때의 작품과 『國土』에 수록된 작품
을 비교하면 전면적으로 개작되어 원형이 거의 사라진 작품이 된
다. 그러므로 위 두 작품은 서로 다른 텍스트로 확정한다.

「눈깔사탕2」는 맨 처음 『고황』(1965. 12.)에 발표되었다. 그러나 다시 『新春詩』10집(1966. 12.)에 수록하면서 1차로 개작된다. 그 다음 시집 『식칼論』(1970. 10.)에 재수록 된다.

어찌하여 어찌하여 살아오는
내 因緣의 지저분한 이랑에서
굴러다니는 한개의 눈깔사탕.
女子야, 女子야, 심심하겠다.
어서 어서 주워먹어라.
주워 먹고 建國을 해야지 建國을.
당신들과 나의 歲月도 아닌
다만 他人들의 歲月 속을 굴러오너라
다 녹아졌네 다 녹아졌네 눈깔사탕은.
高句麗兵丁 들의 몇 천년 후를 내다보던
百濟 處女들의 몇 천년 후를 내다보던
눈알들이었을까. 나도 몰라.
가난 속을 가난 속을 굴러다니다가
아아. 가난해진 그 빛, 그 무게에
토끼地圖가 녹아 내리네.

토끼地圖 속에 번지는 晉聲 가까이,
나의 山河, 나의 言語는 누워있네.
女子야, 女子야, 심심하겠다.
어서 어서. 나의 山河 나의 言語를 주워 먹어라.
너의 뜨거운 母性으로 하여
어느 때도 보지 못했던 共和國을 잉태해야지.
그렇게만 된다면야 된다면야
나 願 없어 나 願 없어
내가 屍體로 돌아누울지라도,
내가 가진 것 言語 다 없어질지라도
나 願 없어 나 願 없어.

어찌하여 어찌하여 살아오는
내 因緣의 지저분한 이랑에서
굴러다니는 한개의 눈깔사탕.
　　　　　　　　－「눈깔사탕2」 전문 (『고황』 12호, 1965.)

어찌하여 어찌하여 살아오는
내 因襲의 지저분한 族譜에서
굴러다니는 몇 개의 눈깔사탕,
미쓰야, 미쓰야, 심심하겠다
어서 어서 줏어 먹어라.
줏어 먹고 건국을 해야지 건국을.

당신들과 나의 세월도 아닌
타인들의 세월 을 굴러다니느라
다 녹아났네, 다 녹아났네.
高句麗兵丁들의 천년 후를 내다보던
百濟處女들의 천년 후를 내다보던
눈망울이었을까 나도 몰라.

가난속을 한속을 굴러다니다가
아아 가난해진 눈빛이여 빛이여,
빗발속에 어른대는 지도,
지도 속에 번지는 산하여, 언어여.
미쓰야, 미쓰야, 억울하겠다
어서 어서 나의 산하 나의 언어의 빛깔을 줏어 먹어라.
어느 뜨거운 母性을 엮어 울을 치고
어느때도 보지 못했던 공화국을 잉태해야지.

어찌하여 어찌하여 또 살아갈
내 인습의 어지러운 족보에서
굴러다니는 몇 개의 눈깔사탕.

－「눈깔사탕2」 전문 (『식칼論』, 1970.)

　「눈깔사탕2」는 『新春詩』 10집에 수록될 때 이미 전면적인 개작
이 이루어진다. 주요 시어가 바뀌고 연의 구성이 달라졌을 뿐만 아
니라 시의 행을 대거 삭제함으로써 완성도를 높인 것이다. 그런데
『식칼論』에 수록하면서 2차 개작을 함으로써 한자가 한글로 바뀌
고 띄어쓰기에 변화가 있었을 뿐만 아니라 쉼표(,) 가 많아진 것이

특징이다. 이렇게 개작을 함으로써 시의 주제가 훨씬 선명해졌다.

그러나 『國土』에 「눈깔사탕2」라는 제목의 시가 수록되면서 원전 확정에 문제가 발생한다. 『國土』에는 「눈깔사탕2」, 「눈깔사탕3」, 「눈깔사탕4」가 연작으로 나란히 실려 있다. 문제는 분명히 「눈깔사탕2」로 발표되었고 시집 『식칼論』에도 「눈깔사탕2」였던 시가 『國土』에서는 제목만 「눈깔사탕2」일뿐 실제 실린 작품은 「눈깔사탕1」이라는 점이다. 이는 「눈깔사탕2」를 『國土』에 재수록하는 과정에서 발생한 착오로 추정된다. 그런데 이렇게 발생한 착오로 인하여 계속 문제가 된다. 왜냐하면 이후 발간된 조태일의 문학선집 『戀歌』(1985)뿐만 아니라 시선집 『다시 산하에게』(1991)에까지 이 오류가 반복되기 때문이다. 즉, 선집 『戀歌』에는 「눈깔사탕1」이라는 제목의 시에 실제로는 「눈깔사탕2」가 실려 있고, 『다시 산하에게』에는 「눈깔사탕2」의 제목에 「눈깔사탕1」의 시가 수록되어 있다.

결국 이러한 오류가 선집인 『戀歌』와 『다시 산하에게』를 발간하면서 시집 『아침船舶』이나 『식칼論』을 토대로 하지 않고 『國土』를 토대로 선했기 때문에 발생한 것이라는 추론이 가능하다. 따라서 「눈깔사탕1」은 『아침船舶』에 수록되어 있는 「눈깔사탕」으로, 「눈깔사탕2」는 『식칼論』에 실려 있는 「눈깔사탕2」로 바로 잡아 원전을 확정해야만 조태일 시의 작품 현황을 온전하게 파악할 수 있을 것이며, 앞으로의 연구에서도 혼란을 피할 수 있을 것이다. 이를 오류표로 정리하면 다음과 같다.

제목	첫 발표	수록시집	오 류		
			국토	연가	다시 산하에게
눈깔사탕1	?	아침선박	눈깔사탕2	눈깔사탕2	
눈깔사탕2	고황12,1965	식칼론		눈깔사탕1	눈깔사탕1
원전확정		0	X	X	X

「찬물을 마시면서」는 「대창」과 「탑골공원」으로 분화가 이루어진다. 「찬물을 마시면서」 안에 '대창'과 '탑골공원'이라는 소제목들이 붙어있어서 엄격히 말하면 원래부터 두 작품이었다고 말할 수 있다.[104] 한 제목 아래 있었던 작품이 두 편의 다른 제목으로 분화되었기 때문에 이는 전면적인 개작이 단행된 것으로 보고 분화된 두 작품을 원전으로 삼는다.

「함성」은 개작이 단행되면서 시의 제목도 「돌멩이들의 꿈」으로 바뀌었다.

> 4월엔 돌멩이들도 가슴을 펴며
> 눈을 뜨고 움직인다.
> 하늘을 날고 싶거나 혹은
> 아무 것에나 부딪치고 싶은 마음들.
>
> 가난한 사람이건 있는 사람이건
> 한번쯤 마음 설레이나니
> 드러누운 흙이건 물이건 바람이건

---

104) 박두진, 「서정의 한계와 시의 한계」, 『한국문학』, 1969.
"조태일 씨의 「찬물을 마시면서」는 대단히 치열한 시이다. <대창>과 <탑골공원>의 두 편으로 나뉘어져 있고, 그것이「찬물을 마시면서」라는 큰 제목으로 포괄될 수 있는 이유를 읽으면 알게 된다."고 하면서도 "<대창>은 치열하고 앳된 시가 피네, 불씨네, 개새끼네, 형제이네가 튀어나와 뒤섞여도 도통 상쾌하고 후련한 느낌, 읽으면서 하나도 걸리적거리는 것이 없다"고 평했으나, "<탑골공원>은 균형과 언어와 시 사이의 조화가 지나친 의욕으로 그 약점을 노정시킨다"고 평했다.

눈을 뜨고 소리지른다.

움추렸던 마음과 몸을 열어
답답한 주위를 뿌리치고 일어서서
어디론가 달려가는 아우성을 들으며
모두들 손을 잡고.

쑥냄새 진달래꽃 향기 자욱한
이 山川은 우리 것이로다.
일어서서 얻은 것은 자유요 평화요
영원을 향해 눈뜨는 사랑이니
슬픔을 넘어 눈에 어리는 내일이요
거듭 죽어 살아나는 영광이니
누웠던 돌멩이도
멈추었던 하늘도 바람도 물도
부산히들 소곤거리누나.

못다 핀 영혼을 대신해서
펄럭이는 깃발이 되고자.

-「함성」전문 (『전매청』, 1979.)

사월은 돌멩이들도 가슴을 펴
빛을 있는 대로 한껏 쏟아내지.

하늘을 날고 싶거나
아니면 그냥 아무것에나 부딪고 싶은 뜻일거야.

빛 바랜 돌멩이든
맵씨 있는 돌멩이든
한번쯤 마음 설레이나니,
평생 드러누운 흙이건
평생 잠잘 날 없는 바람이건
한번쯤 눈을 뜨나니,

슬픔 너머 내일 보이네,

죽음 너머 자유 보이네.

멈추었던 하늘도 바람도
쑥냄새, 진달래 향기 자욱한 땅도

덩실덩실 춤을 추나니
내 것일세
내 것일세.

- 「돌멩이들의 꿈」 전문 (『가거도』, 1983.)

　두 시를 비교해 보면 개작 과정에서 직설적인 시어가 더 부드러운 시어로 바뀌었고 운율이 살아나는 효과를 얻고 있다. 또한 시의 길이가 짧아짐에 따라서 시적 호흡도 짧아졌을 뿐만 아니라, 시행 반복의 구조를 보임으로써 주제가 선명하게 드러난다. 「돌멩이들의 꿈」은 『가거도』에는 미발표작으로 표기되어 있으나 이미 「함성」이라는 제목으로 발표되었다가 개작된 경우이다. 전면적으로 개작이 단행되다 보니 「함성」의 원형이 거의 남아있지 않게 되자 미발표작으로 표기했을 것으로 추정된다. 따라서 이 두 작품도 서로 다른 텍스트로 확정한다.

　이상으로 조태일의 시 중에서 전면적으로 개작된 경우들을 살펴보았다. 이처럼 전면 개작의 경우에는 해당 작품들을 모두 원전으로 인정하고자 한다. 거기에는 시인의 개작 의도가 적극적으로 개입되어있을 뿐만 아니라 그 시적 효과 역시 매우 달라지기 때문이다. 이러한 원전 확정 과정을 통해 연구의 대상을 정확하게 선정함으로써 조태일 시의 종합적이고 유의미한 특질을 밝힐 수 있을 것이다.

(2) 부분적인 개작

조태일의 시는 대부분 개작 과정을 거친다. 부분적으로 개작된 경우는 225편으로 시 전체의 절반 정도를 차지한다. 부분적으로 개작된 작품은 개작 정도에 따라 상·중·하로 나누고 표로 정리하면 다음과 같다.

〈부분개작〉

연번	최초 발표 시 제목	발표지	발표년월	시집 수록 제목	개작 정도
1	우울한 房	고황	1963.7.5	우울한 房	중
2	訪問記 – 지난 겨울의 戀歌	대학주보	1963.10.3	訪問記 – 어느 겨울날의 戀歌	중
3	나의 處女膜은(1)	신춘시 5집	1964.3.24	나의 處女膜은	중
4	演習 I	신춘시 5집	1964.6.1	演習 I	하
5	演習 II	신춘시 5집	1964.6.1	演習 II	중
6	서울의 街路樹는	한양	1964.6	서울의 街路樹는	하
7	煖爐會 – 겨울戀歌	전남일보	1965.1.31	煖爐會 II	상
8	가을 새가 그렸던 그림	문학춘추	1965.12	가을 새가 그렸던 그림	중
9	나의 處女膜은(2)	신춘시7집	1966.1.15	나의 處女膜2	중
10	이 가을에 가을 사람 들아	신춘시7집	1966.1.15	이 가을에 가을 사람 들아	하
11	나의 處女膜은(3)	신춘시	1966.3.5	나의 處女膜3	상
12	美人이야기	전남일보	1966.5.22	美人	중
13	눈깔사탕3	시문학	1966.4	눈깔사탕3	하
14	개구리와 把守兵	신춘시9집	1966.6.1	개구리와 把守兵	중

연번	최초 발표 시 제목	발표지	발표년월	시집 수록 제목	개작 정도
15	너의 눈앞에 서서	신춘시9집	1966.6.1	너의 눈앞에 서서	하
16	野戰國 딸기밭 이야기	문학	1966.11	野戰國 딸기밭 이야기	상
17	나의 處女膜4	신춘시11집	1967.4.2	나의 處女膜4	상
18	某處女 前上書	신동아	1964.7	某處女 前上書	하
19	왼손으로 女子를 생각하며	신춘시13집	1968.5.15	왼손으로 女子를 생각하며	중
20	간추린 日記	신춘시15집	1968.10.1	간추린 日記	중
21	필요한 피	월간문학	1969	필요한 피	하
22	文章	신춘시16집	1969.1	文章	중
23	독버섯	신춘시17집	1969.5.15	독버섯	중
24	뙤약볕이 참여하는 밥상 앞에서	신춘시17집	1969.5.15	뙤약볕이 참여하는 밥상 앞에서	중
25	强姦	신춘시17집	1969.5.15	强姦	하
26	回想으로 초대합니다.	신춘시17집	1969.5.15	回想으로 초대합니다.	중
27	식칼론3	신춘시18집	1969.11	식칼론3	중
28	참외	신춘시18집	1969.11	참외	하
29	된장	창작과비평	1969.여름	된장	하
30	한강	창작과비평	1969.여름	한강	중
31	송장	창작과비평	1969.여름	송장	하
32	보리밥	한국일보	1969.8.14	보리밥	하
33	털난 미꾸라지	동아일보	1969.10.18	털난 미꾸라지	하
34	홍은동의 뻐꾹새	월간중앙	1970.7	홍은동의 뻐꾹새	상
35	國土1	월간중앙	1971.4	모기를 생각하며 – 國土1	중
36	내가 뿌리는 씨앗은	행복	1971.5.31	내가 뿌리는 씨앗은 – 國土·42	하
37	國土2	창작과비평	1971.여름	꿈속에서 보는 눈물 – 國土·2	하
38	國土3	창작과비평	1971.여름	풀잎·돌멩이 – 國土·3	하
39	國土4	창작과비평	1971.여름	발바닥 밑에 – 國土·4	하
40	國土5	창작과비평	1971.여름	바람 – 國土·5	중
41	가을	한독뉴스	1971.가을	가을 – 國土·32	하
42	論介孃	전남매일	1971.11.13	論介孃 – 國土·6	중
43	國土9	월간중앙	1972.3	호박꽃을 보며 – 國土·9	상

연번	최초 발표 시 제목	발표지	발표년월	시집 수록 제목	개작 정도
44	난들 어쩌란 말이냐, 난들	대학신문	1972.4.17	난들 어쩌란 말이냐 – 國土·12	상
45	國土7	월간문학	1972.	흰뼈로 – 國土·7	상
46	國土10 – 思慕詞	풀과별	1972.	思慕詞 – 國土·10	중
47	國土	한국일보	1972.6.25	물·바람·빛 – 國土·11	하
48	너만 하나냐 우리도 하나다	서울신문	1972.9.3	너만 하나냐 우리도 하나다 – 國土·13	하
49	國土15	월간중앙	1972.10	석탄 – 國土15	하
50	國土 – 가을편지	한국일보	1972.11.17	가을편지 – 國土·17	중
51	國土18	창작과비평	1972.겨울	산에서 – 國土·18	중
52	國土19	창작과비평	1972.겨울	夕陽 – 國土·19	중
53	國土21	창작과비평	1972.겨울	눈보라치는 날 – 國土·21	하
54	國土22	창작과비평	1972.겨울	피 – 國土·22	하
55	國土16 – 요것이 사랑이다	신동아	1972.12	惡夢 – 國土·16	중
56	國土29	신동아	1973.12	빈집에 황소가 – 國土·29	하
57	國土27	한양	1973.6.7	풀어주는 목소리 – 國土28	하
58	國土28	한국문학	1973.12	베란다 위에서 – 國土·31	하
59	사투리 – 國土·37	세대	1974.7	사투리 – 國土·37	하
60	모래·별·바람 – 國土·39	경향신문	1974.	모래·별·바람 – 國土·39	하
61	그리움·아수라장 – 國土·47	한국문학	1975.5	그리움·아수라장 – 國土·47	하
62	오동도	월간독서	1975.5	오동도	상
63	偶話	외대학보	1975.10	偶話	상
64	황혼	세대	1976.3	황혼	상
65	공원	창작과비평	1976.봄	공원	중
66	빗속에서	창작과비평	1976.봄	빗속에서	중
67	어머니	창작과비평	1976.봄	어머니	하
68	소식	월간중앙	1976.3	겨울소식	하
69	통곡	씨올의 소리	1976.7	통곡	중
70	南陽灣의 별	대화	1976.12	南陽灣의 별	중
71	파도처럼	주간 시민	1977.3.28	파도처럼	중

연번	최초 발표 시 제목	발표지	발표년월	시집 수록 제목	개작 정도
72	펜 한자루로	대학주보	1977.4.18	펜 한자루로	하
73	진달래꽃 진달래꽃	영대신문	1977.4.20	진달래꽃 진달래꽃	하
74	뿌리꽃	교육춘추	1977.9	뿌리꽃	하
75	겨울새	세계의문학	1977.겨울	겨울새	하
76	어느 마을	세계의문학	1977.겨울	어느 마을	중
77	친구에게	세계의문학	1977.겨울	친구에게	중
78	불타는 마음들	월간중앙	1977.12	불타는 마음들	중
79	깃발	뿌리깊은나무	1978.1	깃발	하
80	눈보라	한국일보	1978.	눈보라	하
81	元達里의 아버지	창작과비평	1978.겨울	元達里의 아버지	하
82	친구들	창작과비평	1978.겨울	친구들	중
83	同行	창작과비평	1978.겨울	同行	하
84	꽃나무들	세계의문학	1979.가을	꽃나무들	하
85	이웃의 잠을 위하여	세계의문학	1979.가을	이웃의 잠을 위하여	중
86	소나기의 울음	세계의문학	1979.가을	소나기의 울음	하
87	꽃 앞에서	세계의문학	1979.가을	꽃 앞에서	중
88	가을 속에서	한국문학	1979.11	가을 속에서	하
89	詩를 생각하며	한국문학	1979.11	詩를 생각하며	하
90	답장	한국문학	1979.11	답장-어느 소설가 지망생에게	하
91	새벽에 일어나기	한국문학	1979.11	새벽에 일어나기	하
92	1980년에 마음 열다	자유공론	1980.1	1980년대의 마음들	중
93	다시 펜을 든다	시문학	1980.3	다시 펜을 든다	중
94	바위	창작과비평	1980.봄	바위	하
95	깨알들	창작과비평	1980.봄	깨알들	하
96	당신들은 地下에서 누워서 말한다.	대학주보	1980.4.18	당신들은 地下에서 누워서 말한다.	상
97	봄볕 속의 길	경향신문	1980.4	봄볕 속의 길	중
98	불의 노래	여원	1980.6	불의 노래	하
99	당신들의 넋은 깨어 있고 우리들의 肉魂은 잠들어 있습니다.	대학주보	1983.4.18	당신들의 넋은 깨어 있고 우리들의 肉魂은 잠들어 있습니다.	하
100	소리	지름길	1983.7	소리	하
101	눈물	현대	1983.7	황금빛 눈물	하
102	젊은날의 일들	향록학보	1983.9	젊은날의 일들	하
103	풍경	문예중앙	1983.겨울	풍경	하
104	눈물	세계의문학	1983.겨울	눈물	하

연번	최초 발표 시 제목	발표지	발표년월	시집 수록 제목	개작 정도
105	바람이 불어도	세계의문학	1983.겨울	바람이 불어도	하
106	하늘을 보며	세계의문학	1983.겨울	하늘을 보며	하
107	해빙	신동아	1984.3	해빙	하
108	우는 마음들	정경문화	1984.4	우는 마음들	하
109	미꾸라지도 뛰었었소	승전학보	1984.4.18	미꾸라지도 뛰었었소	하
110	아우에게	현대	1984.5	아우 基善에게	하
111	정처가 없다	시인2	1984.5.20	정처가 없다	하
112	神話	성균37	1984.	神話	하
113	戀歌	신동아	1984.11	戀歌	하
114	잡것들	외국문학	1984.겨울	잡것들	하
115	짝지어주기	17인신작시집	1984.	짝지어주기	하
116	順天으로 띄우는 편지	향림문학	1985.	順天으로 띄우는 편지	하
117	앞으로는 필요없을 시	고황	1985.	앞으로는 필요없을 시	하
118	파랑새	한국문학	1987.3	파랑새	하
119	자유가 시인더러	한국문학	1987.3	자유가 시인더러	중
120	깊은 잠	한국문학	1987.3	깊은 잠	하
121	겨울꽃	문학과비평	1987.봄	겨울꽃	중
122	날 부르거든	문학과비평	1987.봄	날 부르거든	하
123	풀잎처럼	가정조선	1987.4	풀잎처럼	하
124	꽃 속에서	효성	1987.6	꽃 속에서	중
125	무지개	문예중앙	1987.가을	무지개	중
126	산속에서	문예중앙	1987.가을	산속에서	하
127	길	문학사상	1987.11	길	하
128	누이동생	한국문학	1988.9	누이동생	하
129	풀씨에서 백두산까지	민족문학회보	1987.12	풀씨에서 백두산까지	하
130	연희동	사회비평	1988.	연희동	하
131	잠을 자다가	다리	1990.2	잠을 자다가	하
132	겨울산	민족과문학	1990.봄	반기는 산	하
133	턱을 고이고 앉아	민족과문학	1990.봄	턱을 괴고 앉아	하
134	새벽길	한국문학	1990.3	새벽길	하
135	마음을 열고	전망	1990.4	마음을 열고	하
136	無等에 올라	예향	1990.5	無等에 올라	하
137	모조리 望月洞	광주일보	1990.5	모조리 望月洞	하
138	지평선	동서문학	1990.11	지평선	하
139	청명한 날에	시세계	1991.	청명한 날에	하
140	밤중에 산에 올라서	여성포럼	1991.5	밤중에 산에 올라서	하

연번	최초 발표 시 제목	발표지	발표년월	시집 수록 제목	개작 정도
141	공중에 핀 꽃	문학정신	1991.5	공중에 핀 꽃	하
142	수평선	시와시학	1991.	수평선	하
143	단 한 방울의 눈물	시와시학	1991.	단 한 방울의 눈물	하
144	겨울산	시와시학	1991.	겨울산	하
145	들판에 서서	시와시학	1991.	봄맞이	하
146	홀로 있을 때	현대문학	1991.8	홀로 있을 때	하
147	내 몸이 흔들릴 때	현대문학	1991.8	내 몸이 흔들릴 때	하
148	석양 아래서	사상문예운동	1991.가을	석양 아래서	하
149	노래가 되었다	샘이깊은 물	1991.10	노래가 되었다	하
150	가을 자장가	월간중앙	1991.11	가을 자장가	하
151	봄맞이	무등일보	1992.2.11	봄맞이	하
152	봄비	금성	1992.3	봄비	중
153	풀꽃들과 바람들	실천문학	1992.여름	풀꽃들과 바람들	하
154	동백꽃	실천문학	1992.여름	동백꽃	하
155	노을속의 바람	세계의문학	1992.봄	노을속의 바람	하
156	겨울보리	세계의문학	1992.봄	겨울보리	중
157	풀벌레들의 노래	현대시학	1992.9	풀벌레들의 노래	중
158	비 그친 뒤	현대시학	1992.9	비 그친 뒤	하
159	대추들	현대시학	1992.9	대추들	중
160	꽃	현대시학	1992.9	꽃	하
161	봄이 온다	전남일보	1993.3.9	봄이 온다	하
162	환장하겠다, 이 봄!	한국일보	1993.3	환장하겠다, 이 봄!	중
163	어느 새색시 시인의 고민	작가세계	1993.봄	어느 새색시 시인의 고민	하
164	겨울산	작가세계	1993.봄	겨울산	하
165	겨울 솔방울	창작과비평	1993.봄	겨울 솔방울	하
166	대선이 끝나고	창작과비평	1993.봄	대선이 끝나고	하
167	소나기를 바라보며	한겨레신문	1993.7.13	소나기를 바라보며	하
168	서편제	문예중앙	1993.겨울	서편제	하
169	십자가만 보면	문예중앙	1993.겨울	십자가만 보면	하
170	산에 올라, 바다에 올라	문예중앙	1993.겨울	산에 올라, 바다에 올라	하
171	새벽 골목을 거닐며	시와사회	1993.겨울	새벽 골목을 거닐며	하
172	한낮, 논두렁 밭두렁을 거닐며	시와사회	1993.겨울	한낮, 논두렁 밭두렁을 거닐며	하
173	야밤, 갈대밭을 지나며	시와사회	1993.겨울	야밤, 갈대밭을 지나며	하

연번	최초 발표 시 제목	발표지	발표년월	시집 수록 제목	개작 정도
174	삼백, 예순, 다섯, 날	행복의 샘	1994.2	삼백, 예순, 다섯, 날	하
175	동리산에서	창작과비평	1994.겨울	동리산에서	하
176	가을날에	창작과비평	1994.겨울	가을날에	하
177	풀씨	민족예술	1994.	풀씨	하
178	겨울바다에서	민족예술	1994.	겨울바다에서	하
179	홍시들	민족예술	1994.	홍시들	하
180	영일만 토끼 꼬리에서	포항문학	1994.	영일만 토끼 꼬리에서	하
181	달빛	포항문학	1994.	달빛	하
182	고향소식	시사호남	1994.1	봄이 오는 소리	중
183	꽃들, 바람을 가지고 논다	현대시학	1994.2	꽃들, 바람을 가지고 논다	하
184	동백꽃 소식	현대시학	1994.2	동백꽃 소식	하
185	노을	공동선	1994.4	노을	하
186	다시 오월에	전남일보	1994.5	다시 오월에	중
187	황홀	예향	1994.10	황홀	하
188	그리운 쪽으로 고개를	작가	1995.	그리운 쪽으로 고개를	하
189	살사리꽃	창비문화	1995.11 · 12	살사리꽃	하
190	가을잠자리	한국문학	1995.겨울	가을잠자리	하
191	메뚜기	한국문학	1995.겨울	메뚜기	중
192	달빛과 누나	문학과창작	1995.12	달빛과 누나	하
193	매미	문학과창작	1995.12	매미4	중
194	또 동백꽃소식	문예중앙	1996.봄	또 동백꽃소식	하
195	부처님 손바닥에서	만해새얼	1996.여름	부처님 손바닥에서	중
196	들깻잎향기	여보세요	1996.7	들깻잎향기	중
197	禪墨堂	화전	1997	禪墨堂	중
198	도심에 내리는 눈을 보며	작가	1997.	도심에 내리는 눈을 보며	하
199	성에	작가	1997.3	성에	하
200	바람과 들꽃	열린시	1997.10	바람과 들꽃	상
201	매미의 울음	열린시	1997.10	매미3	중
202	가을	열린시	1997.10	가을2	중
203	눈길	포항문학	1997.	눈길	중
204	바람을 따라가 보니	실천문학	1997.겨울	바람을 따라가 보니	하
205	단풍	실천문학	1997.겨울	단풍	하
206	가을	실천문학	1997.겨울	가을1	하
207	산 속에서는	불교문예	1998.봄	산속에서는	중

연번	최초 발표 시 제목	발표지	발표년월	시집 수록 제목	개작 정도
208	소멸	불교문예	1998.봄	소멸	하
209	임진강가에서	시문학	1998.6	임진강가에서	중
210	봄빛	현대시학	1998.6	봄빛	하
211	백목련꽃	당대비평	1998.6	백목련꽃	하
212	부활절 전야	당대비평	1998.6	부활절 전야	하
213	소나무	작가	1998.여름	소나무	중
214	처녀작	작가	1998.여름	처녀작	하
215	한라산 매미들 지금도 궁금하다	작가	1998.여름	매미1	하
216	지렁이 예수	제주작가	1998.가을	지렁이 예수1	중
217	꽃들이 아문다	제주작가	1998.가을	꽃들이 아문다	하
218	새벽 가로등 불빛	시와 시학	1998.가을	새벽 가로등 불빛	하
219	새벽산보	시와 시학	1998.가을	이쪽과 저쪽	하
220	메아리	문예운동	1998.겨울	메아리	하
221	분꽃씨	문예운동	1998.겨울	분꽃씨	중
222	안방에서 고추 열리다	문예운동	1998.겨울	안방에서 고추 열리다	하
223	붉은 고추	문예운동	1998.겨울	붉은 고추	중
224	지렁이 예수2	문예운동	1998.겨울	지렁이 예수2	상
225	도토리들	경남문학	1999.봄	도토리들	중

　　이처럼 많은 작품에 개작을 단행한 것은 개작 과정을 거침으로써 시의 미학적 완결성을 높이고자 한 의도로 보인다. 발표 당시의 원문보다 개작되어 시집에 수록된 작품이 대체로 더 높은 시적 완성도를 보이고 있기 때문이다. 개작 작품에서는 직설적인 시어들의 교체가 많았고, 구절을 삭제하거나 행갈이를 새로 하는가 하면 연의 구성을 새로 하기도 하였다. 쉼표를 많이 삭제함으로써 개작 이전보다 훨씬 주제의 선명성이 두드러지기도 한다. 따라서 개작이 단행된 후의 작품을 원전으로 삼는 것이 타당하다고 판단된다. 개작을 했다는 것은 미의식의 반영이고 완전한 작품을 향한 시인의 의지의 투영이므로, 작품과 작가의 올바른 이해를 위해 개작 후의

완성된 작품을 원전으로 삼는 것이 타당할 것이다.

「美人이야기」의 경우에는 시집에 수록하기 전에 이미 한 번의 개작이 이루어진 상태로 재발표되는 과정을 거치는데, 시집에 수록하는 과정에서 다시 한 번의 개작이 있었다. 즉 <전남일보>(1966. 5. 22.)에 처음 발표하였다가 이를 개작하여 재발표한 지면은 『新春詩』10집(1966. 12.)이다. 이 때 개작과 함께 제목도 「美人」으로 변경하였다. 개작된 과정을 자세히 살피기 위해 발표된 순서대로 시를 옮겨본다.

어리고 답답한 經濟가 깔린
鋪道위를 사뿐 사뿐 발걸음도
가벼이 코리아의 美人들은
그 금은의 살결 그 독특한 線을
나부끼며
銀行窓口로 다투며 들어서 버렸네.

野蠻의 밀림속에서나 짐승스런 海邊에서나
神의 옷자락을 붙들고 거칠게
희랍의 美人들은 투쟁했었지.
피 흘려 智慧를 닦고 세월을 세우고.
피 묻은 화살로 헝클어진 머리를 빗으면서
藝術을 낳았었지. 時間을낳았었지.

商魂으로 들끓은 美人이여
코리아의 땅이여.
코리아의 紙幣는 美人으로 나오겠지.
바스트와 웨스트와 히프가 알맞게 어울려서 보기좋을 紙幣가 나오면
으흠, 으흠 찌뿌린 사내들, 찌뿌린 詩人이여,
그대의 호주머니 속, 그대의 손끝은
音聲좋은 속삭임, 부드러운 線으로 출렁일 것인가.
어리고 답답한 코리아의 紙幣여 美人이여.
　　　　　　　　　　　－「미인이야기」 전문 (<전남일보>, 1966. 5. 22)

저 어리고 답답한 경제가 깔린 鋪道위를
사뿐 사뿐 발걸음도 가벼이 우리의 美人들은
그 金銀의 살결 그 독특한 線을 나부끼며
銀行窓口로 다투며 들어서 가네.
野蠻의 밀림속에서나 짐승스런 海邊에서나
神 비슷한 옷자락이라도 붙들고 거칠게 투쟁하던 희랍의 美人들.
피흘려 智慧를 닦고 세월을 세우고
피묻은 화살로 헝클어진 머리를 빗으면서
藝術을 낳았었지, 時間들을 낳았었지.

商魂으로 들 꿇는 나의 땅이여 美人이여
나의 紙幣는 美人으로 나오겠지
바스트와 웨스트와 히프가 알맞게 어울려서 보기좋은 紙幣가 나오면
으흠, 으흠, 으흠, 찌뿌린 사내들 찌뿌린 詩人이여
그대의 호주머니속, 그대의 손끝은
音聲좋은 속삭임, 부드러운 線으로 출렁일것인가.
저 어리고 답답한 經濟가 깔린 鋪道위에서,
몇칸의 原稿紙위에서,

　　　　　　　　　　　　　-「美人」전문 (『신춘시』 10, 1966. 12)

　　위 두 시들을 비교해보면 어떤 개작 과정을 거쳤는지를 알 수
있다. 시집에 수록하는 과정에서 한자들은 한글로 바꿨고 띄어쓰기
가 많아졌다. 또한 3연이던 시가 4연으로 바뀌었다. 그리고 1연의
'금은의 살결'이 '눈요기 좋은 살결'로, 2연의 '時間들을 낳았었지'
가 '언어들을 낳았었지'로, 3연의 '商魂으로'가 '그러나 상혼으로'
로 시구가 바뀌었다. 결국 「美人이야기」는 「美人」으로 제목과 더
불어 2차에 걸친 개작이 단행됨으로써 좀 더 세련되게 다듬어진
것이다.
　　「개구리와 把守兵」도 2차에 걸친 개작 과정을 거쳐 시집에 수록된
경우이다. 『新春詩』 9집(1966. 6)에 처음 발표되었으나 <대학주

보>(1966. 11. 16)에 다시 발표하면서부터는 행갈이를 많이 하여 그 수가 많아진 것이 특징이다. 그러나 시집에 수록할 때는 앞서 많아진 행의 수 때문인지 4연이던 시를 7연으로 하여 연의 수를 늘림과 동시에, 처음 발표되던 당시의 설명적인 부분을 많이 삭제하고 호흡을 짧게 함으로써 운율이 살아나는 효과를 얻고 있다.

「論介孃」(<전남매일>, 1971. 11. 13)은 제목도 「論介孃－國土‧6」으로 바꾸어 시집 『國土』에 수록되었다. 시집에 수록하면서 개작을 하였는데 많은 부분에서 개작이 있었던 것은 아니다.

論介孃은 내 첫사랑,
論介孃을 만나러 뛰어들었다.
論介孃을 만나러 뛰어들었다.

초겨울 이른 새벽,
촉석루 밑 모래밭에다가
윗도리, 아랫도리, 팬티 다 벗어던지고,
내 첫사랑, 論介孃을 만나러
南江에 뛰어들었다.

論介孃은 탈없이 잘있었다.
내가 입맞춘 금가락지로 두손을 엮어 倭將을 부둥켜 안은채로
싸움은 끝나지 않고 숨결도 가빴다.
잘한다, 잘한다, 南江이 쪼개지도록 외치며
물속을 헤엄쳐 다니는데,
물고기란놈이 내 男根을 사알짝 건드렸다.
아마 그만 나가달라는 論介의 전갈인가부다.
내 초겨울 감기를 걱정했나부다.

사랑 論介孃을 그렇게 만나고 뛰어나왔다.
論介孃을 간신히 만나고 뛰어나왔다.

－「論介孃」 전문(<전남일보>, 1971. 11. 13)

論介양은 내 첫사랑
論介양을 만나러 뛰어들었다.

초겨울 이른 새벽
촉석루 밑 모래밭에다
윗도리, 아랫도리, 내의 다 벗어던지고
내 첫사랑 論介양을 만나러
남강에 뛰어들었다.

論介양은 탈없이 열렬했다.
내가 입맞춘 금가락지로 두 손을 엮어
倭將을 부둥켜 안은 채
싸움도 끝나지 않고 숨결도 가빴다.

잘한다, 잘한다, 남강이 쪼개지도록 외치며
논개양의 혼속을 헤엄쳐 다니는데,
물고기란 놈이 내 발가벗은 모을 사알짝 건드렸다.

아마 그만 나가달라는 論介양의 전갈인가부다.
내 초겨울 감기를 걱정했나부다.

첫사랑 論介양을 그렇게 만나고
뛰어나왔다.
論介양을 간신히 만나고 뛰어나왔다.

　　　　　　　　－「論介孃－國土・6」 전문 (『國土』, 1975.)

　　위 두 시를 비교해 보면 먼저 4연이 7연으로 늘어났고 행갈이가
달라졌음을 알 수 있다. 그리고 3행으로 구성되었던 1연은 "논개
양을 만나러 뛰어들었다"라는 1행이 삭제되면서 2행으로 줄었다.
또한 '팬티'가 '내의'로, '男根'이 '몸'으로 시어가 바뀌었는데 남
녀의 개인적인 사랑이야기를 역사적인 의미로 형상화시켰음을 알
수 있다.105)

「元達里의 아버지」는 30년 만에 고향을 방문한 후에 쓴 시로『창작과비평』(1978. 겨울)에 발표되었다. 개작 과정을 거쳐『가거도』에 수록되면서는 숫자가 한글로 바뀌고 띄어쓰기와 조사에 변화를 주었다. "8남매를 낳으시고"라는 구절이 시집에 수록되면서는 "칠남매를 낳으시고"로 바뀌었다. 그의 형제 관계를 말하는 것인데 이후로는 쭉 '칠남매'로 기록되고 있다. 그러나「내 풍요한 문학 행위의 출발점이며 귀착점」106)이라는 산문에는 다시 "8남매 중 네 번째로 태어났다"고 기록하고 있다. 그의 형 조기수 씨에게 확인한 바에 따르면 "내가 태일이보다 3살 위인데 7남매가 확실하다"고 하였지만 태어나자마자 죽은 동생이 있었기 때문에 태어난 순서에 따르면 8남매가 된다.107)

「고향소식」(『시사호남』, 1994. 1)은 곧바로 개작되어「봄이 오는 소리」(『현대시학』, 1994. 2)로 재발표되었다. 행의 변화나 연의 구성에는 변함이 없고 1연의 '태안사에'가 '태안사에 찾아오는'으로, '봄이 찾아오는' 이 '봄이 딛는'으로, 2연의 '은빛 몸'이 '은빛 비늘'로, 3연의 '달빛 함께'가 '달빛 어울어져 함께'로 '새싹이 돋아나는 곳'이 '새싹이 다투어 돋아나는'으로 각각 구절이 바뀌었을

---

105) 조태일,「나의 시적 소재에 대하여」, 앞의 책, 전예원, 1980.
"내가 대학 다닐 때 친하게 지내던 여자 친구가 진주출신이다. 그 때 그 사람 생각이 간절이 떠올라 1970년 10월 새벽에 남강에서 헤엄쳐 다닌 사건을 소재로 한 시이다. 개인의 사랑이 역사현장 남강에서 역사적 사랑으로 승화 된 것이다. 박제된 역사가 아니라 지금도 한창 살아서 진행 중인 역사의 소용돌이로 본 것이다 "

106) 조태일,「내 풍요한 문학 행위의 출발점이며 귀착점」,『행복이 가득한 집』, 별책부록, 1998. 7.

107) 조기수, 인터뷰, 2007. 9. 9.
조태일의 형 조기수의 증언을 그대로 정리하면 다음과 같다. "우리는 7남매가 확실하다. 8남매라는 기록은 잘못된 것이다. 태일이보다 내가 3살 위이다. 그렇기 때문에 내가 더 잘 안다. 태일이 바로 위가 나이고 내 위로는 누님 두 분이 계신데 모두 돌아가셨다. 두 분 다 태안사에 위폐가 모셔져 있다."

뿐이다. 2차 개작되어 시집에 수록될 때는 1연의 '태안사에 찾아오는'이 '태안사에'로 바뀌었고, 2연의 '光州'가 '광주'로 바뀌어 표기되어 있다. 3연의 1행과 2행 "낮이면 햇살이 찾아와 놀고 / 밤이면 별빛 달빛 어울어져 함께 자는 곳"은 삭제되고 '이젠'이 '지금'으로 바뀜으로써 개작 이전보다 훨씬 생명력이 살아 있는 시가 된다.

이상에서 대표적인 부분 개작의 경우를 살펴보았다. 이런 부분 개작의 경우, 원전을 확정함에 있어서 작품을 총체적으로 규명하기 위해 개작 후를 기준으로 삼았다. 작품 분석의 결과 개작 후의 작품이 형식적으로나 미학적으로 완결성을 갖고 있다고 판단되기 때문이다.

(3) 표기체계의 변화

조태일의 시는 발표 당시의 표기체계를 그대로 따르지 않고 한자를 한글로 또는 한글을 한자로 바꾼 경우와 띄어쓰기에 변화를 준 경우가 있는데, 이는 76편에 해당한다.

연번	시 제목	발표지	발표년월	바뀐 내용
1	간추린 풍경	신춘시17집	1969.5.15	時間 → 시간, 男女老少 → 남녀노소, 긇았나 → 긇았냐, 소나기 → 쏘내기
2	식칼론2	신춘시17집	1969.5.15	魂 → 혼
3	꽃밭세종로	신춘시17집	1969.5.15	國境 → 국경
4	식칼論4	신춘시19집	1969.12.1	自由 → 자유, 獨裁 → 독재, 한줄로 → 한 줄로, 여러번 → 여러 번, 땅위에 → 땅 위에
5	식칼論5	신동아	1970.5	땅속깊이 → 땅속 깊이, 情神 → 정신, 時間 → 시간
6	農酒	경향신문	1970.8.8	山脈 → 산맥, 北極 → 북극, 韓國 → 한국, 널려있는 → 널려 있는, 타는듯 → 타는 듯
7	쌀	예술계	1970.	北風 → 북풍, 南道平野 → 남도평야, 全神經 → 전신경, 萬人 → 만인,
8	젊은아지랑이	기러기	1970.	5月 → 오월
9	여자여,여자여	주부생활	1970.	勞動 → 노동, 天地 → 천지, 냄새나는 → 냄새나는
10	甕器店風景	독서신문	1972.6.18	世界의 → 세계의
11	國土25	세대	1973.3	언덕위에 → 언덕 위에, 몇 개인지 → 몇 개인지
12	國土27	북한	1973.4	血壓 → 혈압, 虛飢진 → 허기진
13	國土	경향신문	1973.4	九萬里 → 구만리, 鵬새 → 붕새, 드릴이있어 → 드릴이 있어
14	버려라 타령-國土30	월간중앙	1974.1	황소울음소리야 → 황소울음 소리야, 꺼져버려라 → 꺼져 버려라, 부숴버리기 전에 → 부셔 버리기 전에, 나원참각하야 → 나원 참여사각하야 → ,군세어버려라 → 군세어 버려라. 일어나버려라 → 일어나 버려라, 꼼지락거려버려라 → 꼼지락거려 버려라
15	우리네의 童貞-國土·33	창작과비평	1974.여름	동정 → 童貞
16	일편단심-國土36	창작과비평	1974.여름	쑤셔 버렸어 → 쑤셔버렸어
17	비내리는野山-國土36	한국문학	1974.7	野山 → 야산
18	가을·목소리·펜-國土·40	씨올의 소리	1974.9	절을 수가 → 적을 수가 ('절'은 오타로 보임)
19	달-國土·41	여성동아	1974	쓸어버리랴 → 쓸어 버리랴, 베버리랴 → 베 버리랴

연번	시 제목	발표지	발표년월	바뀐 내용
20	얼굴 - 國土 · 44	월간중앙	1975.2	무엇하랴. → 무엇하랴
21	소나기의魂 - 國土 · 38	동아일보	1975.2	충동질 하다가 → 충동질하다가
22	눈물	세대	1975.4	바위었다가 → 바위였다가
23	진달래꽃 진달래꽃	영대신문	1977.4.20	한편의 → 한 편의, 어찌된 → 어찌 된, 덩달아흔들리고 → 덩달아 흔들리고
24	친구야	시문학	1980.3	山川 → 산천
25	꽃사태	샘터	1983.10	고개들어 → 고개 들어
26	바위	문예중앙	1983.겨울	잘 하나 → 잘하나, 침묵 내기 → 침묵내기
27	더도말고 덜도 말고	대학주보	1984.4	피워 올리잔 → 피워올리잔, 행렬말씀이야 → 행렬 말씀이야.
28	단풍을 보면서	오늘의 책	1984.4	버티고서 → 버티고 서, 어린잎새 → 어린 잎새.
29	이상한 계절	기독교사상	1984.7	갈길을 → 갈 길을, 피워 올랐읍니다 → 피워올랐읍니다
30	어찌하오리까	교회와세계	1984.8	이땅의 → 이 땅의, 배고픔상으로나마 → 배고픔으로나마
31	마음	실천문학	1984.10	제몸 → 제 몸, 하늘너머 → 하늘 너머
32	밥상 앞에서	실천문학	1984.10	무릎 꿇고 → 무릎꿇고, 남도평야를 → 남도 평야를
33	첫눈	삼성	1984.11	누워있는 모든 것 → 누워 있는 모든 것
34	성에	외국문학	1984.겨울	집안 → 집 안, 할듯할듯 → 할 듯 할 듯
35	보리밭	외국문학	1984.겨울	까스라기같은 → 까스라기 같은, 푸른 하늘 → 푸른 하늘
36	和順赤壁歌	17인신작시집	1984	생긴대로 → 생긴 대로, 물 속에 → 물속에
37	시인의 어깨 너머에는	17인신작시집	1984	들러 온 → 들러온
38	나의 눈물 속에는	예향	1985.1	눈물속에는 → 눈물 속에는, 붙어있던 → 붙어 있던
39	타는 가슴으로	정경문화	1985.	새움 → 새 움, 불안해 하며 → 불안해하며
40	사랑	말과삶과자유	1985.	보아 가며 → 보아가며, 귀바퀴 → 귓바퀴
41	흐느끼는 활자들	서강학보	1985.6	거짓말 투성이 → 거짓말투성이, 어울어져서 → 어우러져서
42	백두산	주류	1986.	마주잡고 → 마주 잡고, 우리탓은 → 우리 탓은, 우럴어 → 우러러
43	아직 살아 있기에	성래운 선생회갑기념눈문집	1986.12.13	불러들일 거야 → 불러들일거야

연번	시 제목	발표지	발표년월	바뀐 내용
44	산행에서	동서문학	1987.1	그 때는 조용조용히 누워있을 것이 → 그때는 조용 조용히 누워 있을 것이
45	고개에서 배우다	변형이회갑기념	1987	山河 → 산하, 돌구리다 → 돌우리다
46	짧은 시	외국문학	1987	숨겼다 → 숨겼다?
47	시를 써서 무엇 하랴	외국문학	1987	선생 → 스승, 그의 제자인 → 제자인
48	谷城으로 띄우는 편지	농민신문	1987.5	사람들아 → 사람들, 계십니까? → 계시는지
49	雲住寺	경향신문	1988.2	情 → 정
50	김수영	월간경향	1988.9	큰 사랑되어 → 큰 사랑 되어
51	우리들의 노래	월간중앙	1988.9	가슴가슴 → 가슴 가슴, 할 일 → 할일
52	어머니의 처녀적	한국문학	1988.9	처녀적부터 → 처녀 적부터, 뽑아올리면 → 뽑아 올리면
53	산일	한국문학	1988.9	빈무덤 → 빈 무덤, 죄 짓지 → 죄짓지
54	깻잎쌈을 싸며	한국문학	1988.9	편한대로 → 편한 대로, 쌉쓰름 → 쌉싸롬
55	어둠속을 거닐며	사화비평창간호	1988	깜박여 주지않는 → 깜박여주지 않는
56	편지	여원	1988.9	허공속에서 → 허공 속에서
57	들판을거닐며	샘이 깊은 물	1988.9	놀 → 노을
58	무등산	예향	1989.1	안보여 → 안 보여, 어머니같은 → 어머니 같은
59	다시 사월에		1989	세월동안 → 세월 동안, 싸이는가 → 쌓이는가
60	산 위에서	빛	1989.5	안했을 때 → 안았을 때, 소리쳐 보지만 → 소리쳐보지만
61	光州에 와서	광주일보	1989.5	반짝이는광천동에도 → 반짝이는 광천동에도
62	구십년대식말	민족과 문학	1990.봄	잘 났어 → 잘났어, 왔구나 → 왔구랴
63	연날리기	창작과비평	1991.봄	칼끝같은 → 칼끝 같은
64	힘없는 시	신동아	1991.4	아니었는데…… → 아니었는데,
65	아침산보	문학정신	1991.5	쏟아 붓지만 → 쏟아붓지만
66	바위들이 함성을 내지른다면	시와 시학	1991.창간	몇 천만년이고 → 몇천만년이고, 터질 듯 터질듯한터질 듯, 터질 듯한
67	사투리천지	현대문학	1991.8	장마맞은 → 장마 맞은, 사투리 → 사투리여
68	떠난 사람	사상문예운동	1991.가을	꽃 피면 → 꽃피면, 몇 주먹 → 몇줌
69	아침 밥상머리에서	사상문예운동	1991.가을	밥상 머리에서도 → 밥상머리에서도

연번	시 제목	발표지	발표년월	바뀐 내용
70	홍성담의 판화	실천문학	1992.여름	자유롭다 → 자유롤 거야, 도려파며 → 도려 파며, 둥근달이 → 둥근 달이
71	해남 땅끝의 깻잎 향기	현대시학	1992.9	땅 끝은 → 땅끝은
72	청보리밭에서	창작과 비평	1993.봄	양지바른 → 양지 바른, 재미있던 시절 → 재밌던 시절
73	가을 앞에서	작가	1995.	마른 풀들이 → 마른풀들이
74	독도	현대	1996.7	짝 이뤄 난 바다 → 짝 이뤄 난바다, 갈매기 떼 → 갈매기떼, 수십 명의 → 수십명의, 바다 속에→바닷속에
75	눈사람이랑	포항문학	1997	해님 → 햇님, 울 엄마 → 울엄마
76	겨울길	현대문학	1998.1	숨 가뻐 → 숨가뻐

「농주」는 <경향신문>(1970. 8. 8)에 발표하였고, 『식칼론』에 수록하면서는 표기체계에 변화를 주고 있다. '山脈' '北極' '韓國'이 '산맥' '북극' '한국'으로 한자가 한글로 바뀌었고 '널려있는'이 '널려 있는'으로 '타는듯'이 '타는 듯'으로 띄어쓰기가 달라졌다. 이는 시적 효과를 위한 표기체계의 변화로 보이지는 않는다.

「가을·목소리·펜 – 국토·40」은 『씨올의 소리』(1974. 9)에 발표했는데 『國土』에 수록하면서 '절을 수가'를 '적을 수가'로 바꾸었다. 이것은 오타를 바로 잡은 것으로 보인다. 왜냐하면 바로 앞의 행과 구절이 '이 캄캄한 펜으로는 차마 차마'이기 때문에 '적을 수가' 없다가 되어야 의미에 맞기 때문이다.

「힘없는 시」는 『신동아』(1991. 4)에 발표했는데 『풀꽃은 꺾이지 않는다』에 수록하면서 "사로 잡는 시가 아니었는데……"를 "사로 잡는 시가 아니었는데,"로 바꾸었다. 말줄임표(……)대신 쉼표(,)로 바꾼 것이다. 의미구조가 바뀐 것은 아니지만 느낌에서 차이를 보인다.

　이상에서 살핀 것처럼 표기체계 변화의 경우에는 애초의 잘못된 맞춤법이나 띄어쓰기를 올바르게 바로잡고 한자를 우리 한글로 교체하였을 뿐 작품의 내용이나 형식에 변화를 주기 위한 것은 아니다. 따라서 표기체계가 변화된 것을 기준으로 원전을 확정하면서 연구대상으로 삼는다.

Ⅲ

시어 분석과 시세계 변모 양상

조태일의 문학적 생애는 당대의 사회적 변화에 조응하면서 전개되었다. 이 시기를 크게 초기, 중기, 후기로 구분하여 살필 수 있는데 간행된 시집 또한 이와 일치한다. 초기는 그의 등단부터 1970년대까지로 유신의 시기이다. 이 시기에 조태일은 전복적 상상력으로 유신독재에 저항한다. 중기인 1980년대는 신군부 독재의 시기로서 전복적 상상력이 심화되어 사회적 상상력으로 변전한다. 후기인 1990년대에 이르러 문민정부가 등장하면서 민주주의의 외형이 갖추어지는데, 그의 시는 초기와 중기의 역사·사회의식이 순치되면서 생태적 상상력의 시세계로 변모한다. 이를 간행된 시집으로 구분하면 다음과 같다.

<표 3-1> 시기별 시집

시 기	내 용
초기시	『아침선박』(1965), 『식칼론』(1970), 『국토』(1975)
중기시	『가거도』(1983), 『자유가 시인더러』(1988), 『산속에서 꽃속에서』(1991)
후기시	『풀꽃은 꺾이지 않는다』(1995), 『혼자 타오르고 있었네』(1999)

시를 구조화하는 요소들은 매우 다양하다. 그 중에서 시어는 주

제를 포괄할 뿐만 아니라 시정신을 드러내는 언어적 기표이다. 그러므로 시어를 분석하는 것은 시세계 전체를 조망하기위한 핵심 과제이다. 본 장에서는 다음과 같은 분석 층위에 따라 각 시기별 주요 시어와 그 지수를 조사, 분석함으로써 시적 상상력의 지평을 규명할 것이다.

첫째, 조태일의 시세계를 시기별로 나눈 주요 시어들을 조사 분석할 것이다. 분석된 시어들을 통해 유추할 수 있는 조태일의 시정신은 무엇이며 실재 작품에는 어떻게 형상화 되었는지를 살피고 시어들이 메시지를 효과적으로 드러내는 데 어떻게 기능하는지 검토하고자 한다.

둘째, 각 시기별 주요 시어들이 갖는 상징적 의미를 분석함으로써 시의 의미구조를 살필 것이다.

셋째, 조태일의 시가 사회적인 주제와 어떻게 관련되어 있는지도 분석해 볼 것이다. 이를 통해 사회참여의 주제와 시어가 어떤 상관성을 지니고 있는지도 알 수 있을 것이다.

이러한 과정에 따라 시세계를 고찰함에 있어 시어가 어떤 역할을 함으로써 시세계의 특징을 결정짓게 되었는지 유형별로 분류하고 분석하여 살필 것이다. 시세계의 특징을 결정짓는다고 보이는 시어를 의미의 중심축으로 하고 여기에 초점을 맞추어 시어 유형을 분류하였다. 첫째 시간과 공간을 나타내는 시어, 둘째 전쟁과 정치와 날씨를 나타내는 시어, 셋째는 여성과 눈물, 신체를 나타내는 시어로 분류하였다.

▌▌▌ 1. 전복적 상상력의 세계

1) 초기 시어 분석과 지수

앞서 제시한 시간, 공간, 전쟁과 정치적 상황, 날씨, 여성, 눈물 그리고 신체어를 기준으로 삼아 초기 시어의 양태를 조사하였다. 각각의 양상을 정리하면 다음과 같다.

시간의 시어는 조태일의 초기시에서 큰 비중을 차지하고 있다. '시간'이라는 시어가 특히 많은 지수를 보이고 있고, '하루'의 시간 중에서는 '아침'과 '밤'이 중요한 중심축을 이루고 있으며, '계절'을 나타내는 시간 중에서는 '가을'과 '겨울'이 의미의 중심을 형성하고 있다. 이 외 시간을 나타내는 다수의 시어는 특별한 의미라기보다는 배경이 되는 정도로만 쓰였기 때문에 제외하였다.

공간은 주로 폐쇄적인 '방'이 두드러지게 나타나고 있다. '방'과 같은 계열로 '주택'이나 '침실'이 있다. 그리고 폐쇄된 공간에서 열린 공간으로 나오는 '골목'을 거쳐 '국토'로 공간이 확대되어 '하늘' '산' '바다'로 나타나는데, 그것은 주로 시집『國土』에 이르러서이다. 다른 공간들도 나타나기는 하지만 중심축으로 의미화 되지 않아서 제외하였다.

둘째, 전쟁과 정치 현실을 반영하고 있는 시어들과 날씨를 나타내는 시어들을 조사하였다. 전쟁과 관련한 시어들은 적을 나타내는 시어들이 많았는데 '독' '총칼' 등 주로 무기들이 주류를 이루었고, 군대를 나타내는 시어들은 '군대' '병사' '병정' 등으로 조사되었다. 전쟁을 체감하는 시어들로는 '무덤' '국경선'의 계열로 정리할 수 있는데 그 밖에 의미화 되지 않거나 배경으로 쓰인 시어들은 모두 제외하였다. 정치 현실을 반영하고 있는 시어들로는 '민주'와 '독재'로 분류할 수 있는데 같은 계열을 거느리는 시어들도 상당히 많았지만 나머지 시어들은 일관되게 쓰이지 않아서 제외하였다. 날씨를 나타내고 있는 시어들은 '바람'과 '비'와 관련된 시어군으로 정리할 수 있는데 이 밖에 다른 날씨와 관련한 시어들은 제외하였다. 특별한 의미로 쓰이거나 중심축을 이루지 않기 때문이다.

셋째, 여성과 눈물, 신체를 나타내는 시어들을 조사하였다. 여성을 나타내는 시어들은 '처녀'와 '처녀막'이 많았으며 '여자'와 '여인'도 지수가 높게 나타났디. 나머지 시어들은 중요한 의미로 쓰이지 않아서 제외하였다. 눈물을 나타내는 시어는 '눈물'과 '울음' 등의 시어들이 주류를 이루고 있는데 정서적 상태를 나타내는 의미로 작용하고 있다. 신체를 나타내는 시어들은 신체의 주요 부위에 따라 시어군을 형성하고 있다. 주로 '목소리' '육체' '피'의 시어군이 의미를 형성하는 중심축으로 자리하고 있다. 제시하지 않은 다른 시어들은 크게 시에 의미로 작용하거나 중심적인 의미로 쓰이지 않아서 제외하였다.

이상의 기준에 따라 시어들을 정리하면 <표 3 - 2>와 같다.

〈표 3 - 2〉 초기시의 시어 분석표

분 류	시어(지수)
시간	계절: 계절(5), 봄(4), 여름(25), 가을(14), 겨울(15) 시간: 시간(43), 지금(5), 내일, 미래, 시대(4), 세내(2), 세월(13) 아침: 새벽(11), 아침(25) 밤: 저녁(3), 밤(32), 한밤중(2)
공간	방: 방(27), 주택(12), 침실(7) 골목: 골목(9), 귀퉁이(7), 비탈(7), 구석(5), 골짜기(3), 모퉁이(3), 어귀(3) 국토: 하늘(46), 벌판(10), 산(10), 바다(9), 들판
전쟁	적: 칼(19), 적(6), 죄(6), 총알(3), 탄환(3), 악마(2), 도둑(2), 거짓(2), 총칼(2), 총검 전투: 혁명(4), 전장(4), 전쟁(3), 투사, 투쟁, 전투 유골: 무덤(27), 죽음(26), 송장(5), 시체(5), 시신(2), 유골(2), 해골 군대: 병정(7), 군단(2), 병사(2), 군대, 군인, 군가 국경선: 국경선(3), 분계선, 휴전선, 철조망
정치	민주: 자유(14), 민주(6), 독립, 평화, 화해 독재: 독재(7), 야만(7), 반란(7), 법(3), 불신(3), 내란(3), 공화국(3), 불만(2), 범죄(2) 　　　　야합, 개헌, 분단, 폭력, 반역
날씨	비: 비(13), 번개(8), 구름(7), 천둥(7), 먹구름(4), 소나기(3), 벼락(3), 폭우(2) 　　빗줄기(2) 바람: 바람(62), 북풍(5), 폭풍(5)
여성	소녀 / 처녀: 처녀(15), 처녀막(14), 가시내(6), 미쓰야(4), 소녀(2), 순처녀(2) 누님 / 아내: 누님(8), 누나(2), 여자(16), 여인(16), 아내(11), 여편네(3) 어머니 / 할머니: 어머니(8), 어메(6), 어머님, 할머니
눈물	눈물: 눈물(50), 울다(110) * '울다'의 변형 모두 포함. 웃음: 웃음(4)
신체	목소리: 목소리(44), 소리(38), 아우성(21), 목(9), 기침(7), 함성(5), 모가지(5), 목구 　　　　멍(2), 환성, 환호 눈 / 귀: 머리(29), 귀(22), 눈(11), 눈빛(8), 눈깔(2) 입 / 코: 입(20), 이빨(10), 입술(10), 코(6), 턱(5), 아가리(2), 주둥아리 손 / 팔다리: 발(36), 손(21), 팔다리(13), 무릎(6), 팔뚝 알몸 / 살 / 뼈: 육체(22), 몸(31), 살(15), 몸뚱아리(7), 뼉따귀(9), 뼈(6), 온몸(6), 알몸 　　　　　　(4), 육신(3) 피: 피(53), 혈맥(3), 혈압(4), 체온(3)

위 표에서 알 수 있는 것처럼 초기시에서는 '시간'을 표상하는

시어가 많이 등장하며 지수도 높게 나타난다. '공간'은 주로 폐쇄적이고 닫힌 공간으로 의미화 되었다. '전쟁'과 '정치'를 나타내는 시어들은 시대와의 불화를 상징하고 있다. '눈물'을 표상하는 시어의 지수가 높고 '죽음' 표상의 시어가 다양하게 나타난 것은 이 때문일 것이다. 여성을 표상하는 시어군에서는 '처녀'와 '처녀막'이라는 시어가 특히 높은 지수를 보이고 있다.

2) 체제 극복의 시 – 시간과 공간

(1) 시 간

조태일의 초기시에서 '시간'은 43회의 높은 지수를 보이고 있다. 특히 시집 『아침船舶』에 실린 시 31편 가운데 '시간'이 들어 있는 시가 21편이나 차지한다. 시간과 관련된 시어가 작품 이해의 중요한 해석소로 작동하고 있음을 알 수 있다. 이 가운데 '봄', '여름', '가을', '겨울'은 계절의 시어군에, 그리고 '새벽'과 '아침'은 아침의 시어군에 해당한다. 또한 '저녁'과 '한밤중' '밤'은 밤의 시어군이다. 이러한 시간군을 조태일의 시 속에서 확인하면 다음과 같다.

> ① 친친 감겨오는 時間, 움직일 수 없는 肉體의 고요에서
> 그지없이 뜨거운 場所에서
> 벗어나라.
> ─「煖爐會1」 부분

② 時間을 걸치면서 당신은 脫營하고 있었지
　　나의 무덤속을, 쓸쓸했던 어느 겨울날.

-「演習1」 부분

③ 내 가슴 어느 한 복판을 지나서
　　내 핏줄을 따라온 時間.

-「門風紙와 나무와 나와」 부분

④ 스파이크에 묻어나는, 팔다리에 엉기는
　　慾望을 세우고, 時間을 밀치며 달린다.

-「訪問記-어느 겨울날의 연가」 부분

위 시들에는 모두 '시간'이라는 시어가 들어있을 뿐만 아니라 시마다 다른 의미를 내포하고 있다. ①은 시적 화자의 의지와 관계없이 존재를 규정하는 시간으로써 주체가 벗어나고 싶은 시간으로, ②에서는 쓸쓸하고 암울한 시간으로, ③에서는 체험과 존재의 역할을 따라온 역사적 시간으로, ④에서는 존재의 욕망을 가로막는 시간으로 의미화 되었다. 이 시간은 모두가 주체의 존재성을 붙들거나 방해하는 시간인 것이다. 그러나 시적 화자는 이 시간을 '벗어나야 할 시간'과 '암울한 시간'으로 인식하고 있다. 한편 '암울한 시간'은 다음처럼 '불꺼진' '젖어있는' 시간으로 나타난다.

불꺼진 時間 위에서, 이제 아픈 記憶을 쓰다듬는 나의 山河.
樹木들은 이파리에,
찢어진 地表를 펄럭이고 있지만,
피비린 골짜기마다, 젖어 있는 時間은 뒹굴고 있지만
선언을 다한 地上의 彈雨가 내리던
나의 조그만 山河여.

-「나의 山河에게」 부분

이 시에서 과거의 '불켜진' 시간은 현재의 '불꺼진' 시간으로 바뀐다. '불켜진' 시간이란, "동리산은 내 유년 최고의 놀이터"[108]라고 한 시인의 진술에 나타나듯이 고향에서 행복했던 시간이다. 이 행복한 시간은 여순사건 전의 민중의 생활 속에 잠재되어 있던 희망의 시간이다. 그러나 여순사건으로 고향을 상실하면서 '불꺼진' 시간 곧 슬픈 시간으로 추체험된다. 더 나아가 이 시간은 '겨울'이라는 계절의 시간으로 전환된다.[109]

① 발버둥치며 이 땅의 구석구석을
　　더운 가슴으로 더듬으며
　　이 겨울을 불집히며 기어다니리니

　　　　　　　　　　-「겨울에 쓴 自由序說-국토·43」부분

② 겨울의 언땅을 쑤시며
　　날개가 잘리운 나무들은
　　물길따라 땅속깊이 뿌리를 내리고

　　　　　　　　　　-「九萬里-國土·27」부분

①의 겨울은 발버둥치며 더운 가슴으로 녹여야 할 시간이지만 불켜진 시간을 회복하고자 하는 화자의 의지와 상반된 시간으로 존재한다. ②도 역시 주체의 뿌리를 보전하고 미래를 기다리는 시련의 시간으로 나타난다. 모든 존재와 세계 앞에 놓여 있는 '겨울'은 동토의 대상이면서 녹여야 할 당위성을 표상한 것이다.

---

108) 조태일, 앞의 글, 『행복이 가득한 집』별책부록, 1998. 7.

109) 물론 '계절'도 많은 지수를 보이고 있지만 특별한 의미라기보다는 단순한 시간 개념에 불과하여 논의에서 제외한다. '봄'과 '여름'은 배경으로 쓰이고 있어서 논의에서 제외한다.

얼어붙은 땅덩어리를
우리들의 피곤한 발바닥으로나마
포개지 않으려느냐.

얼어붙은 하늘을
우리들의 죄 많은 손바닥으로나마
어루만지지 않으려느냐.

얼어붙은 목소리를
우리들의 지친 아우성으로나마
풀어 보지 않으려느냐.

땅덩어리는 끝끝내 우리들의 것
하늘은 끝끝내 우리들의 것
목소리는 끝끝내 우리들의 것

발바닥 포개기 그리 죄스럽고
손바닥 어루만지기 그리 민망스럽고
목청 뽑기 그리 고달픈가.

-「겨울-國土·46」 전문

「겨울-국토·46」은 1975년 2월에 『신동아』에 발표되었다. 이 시기는 유신체제를 강화하기 위하여 긴급조치를 발동하였지만 반대 운동이 끊이지 않자 궁여지책으로 유신헌법의 찬반을 묻는 국민투표가 실시될 무렵이었다.[110] 시인은 이를 '얼어붙은 땅', '얼어붙은 하늘', '얼어붙은 목소리' 곧 '겨울'이라 명명함으로써 당대의 암울

---

110) 강만길, 『한국현대사』, 창작과비평사, 1994, 참고.
　　 박정희 정권은 유신헌법의 긴급조치 조항을 발동하여 헌법에 대한 부정·반대·비방행위와 개정·폐지의 주장, 그리고 발의·제안·청원 행위를 일체 금지하는 긴급조치 제1호를 시작으로 제9호까지를 선포했다. 긴급조치를 발동했음에도 불구하고 유신헌법 반대운동이 끊이지 않자 유신헌법의 찬반을 묻는 국민투표를 실시하여 79.8%의 투표율에 73·1%의 지지를 얻었다(1975.2.12). 이런 유신체제하의 역사적 현실을 '겨울'로 표상한 것이다.

한 시대적 상황을 형상화하고 있다. 그러나 이러한 겨울은 민중 공동체가 버릴 수 없는 '끝끝내 우리들의 것'이기 때문에, '죄스럽고 민망스럽고 고달플'지라도 얼어붙은 땅을 발바닥으로 녹이고, 얼어붙은 하늘은 손바닥으로 어루만져 녹이고, 억압에 맞서는 아우성으로 얼어붙은 목소리를 녹여야 한다고 웅변한다. 그리고 이 얼어붙은 목소리를 풀리게 하는 '아우성'은 가을의 이미지로 재창조된다.

① 문득 무등산을 생각하고
　가을 깊숙이 홀로 흩날리다 묻히는
　낙엽들을 참말로 부러워 하다가

　　　　　　　　　　　　－「가을편지－國土・17」부분

② 제 자리로 돌아가서는 허물없이
　만나고 소리치는
　저 나뭇잎들
　저 짐승들
　저 바람들
　저 소리들
　저 滋養分들
　아아, 저 풍요한 가을들

　　　　　　　　－「가을・목소리・펜 부분－國土・40」부분

①의 '가을'은 참말로 부러운 시간이고, ②의 '가을'은 모든 것이 제자리로 돌아가는 근원적 시산으로시의 가을이다. 또한 모든 것이 자기 목소리를 내면서 순리에 따라 제 자리로 돌아가길 바라는 시간으로 표상되고 있다.

누군들 감히 입을 열랴?
온갖 사물들은 제가끔 터질 듯 터질듯한

한덩어리의 영혼으로 영글었어라.

누군들 감히 아까와 하랴?
숨김없이 모두 드러내놓는 저 겸허한 빛을 향하여
우리들 눈빛이며 살빛도 바칠 일이어라.

누군들 감히 기도를 안하랴?
저 한량없이 깊고 다수운 사랑 앞에
아직 덜 익은 침묵일망정 던져볼 일이어라.

누군들 감히 입을 열랴?
누군들 감히 아까와 하랴?
누군들 감히 기도를 안하랴?

－「가을－國土·32」전문

위 시에서 가을은 '한덩어리의 영혼'이고 '겸허한 빛'이며 '깊고 다수운 사랑'으로 표상된다. 가을의 풍요로움을 예찬한 듯하면서도 '가을'을 향하여 입을 열어야 하고 아까워하지 않아야 하며 기도해야한다는 것을 당위로 내세우고 있다.

'가을'은 화자가 지향하는 시간으로, 앞에서 살핀 '겨울'과는 상반되는 시간이다. "당신은 나의 시이자 어머니"[111]라는 발언에도 드러나듯이 '가을'은 단순한 계절의 의미만 갖고 있는 것이 아니라 조태일 시인 자신이 지향하고 있는 세계인 것이다.

내가 자라는 동안에도 당신은 나에게 여러 가지 선물을 내려주셨습니다. 내가 뛰어놀던 뒷산이며 앞 들판이며 심지어는 마당어귀까지 그 살찐 멧돼지 새끼들이며 사슴, 노루 여우, 이리 떼들을 보내어 그 힘차고 평화스러운 율동을 배우게 했으며 앞 개울가에 하늘을 치솟는 밤나무들을 주시어 그 밑에서 소나기 쏟아지듯 떨어지는 알밤으로 하여금 뒷통수를 툭

---

111) 조태일, 「나의 시인 가을에게 －가을은 내 어머니」, 앞의 책, 전예원, 1980, 16쪽.

내민 내머리를 짜릿하게 두둘겨 주는 자극도 맛보게 했습니다. 그 뿐입니
까? 온 산에 접시만한 새빨간 접시감이며, 단풍이며 온갖 붉은 산열매를
열리게 하여 나로 하여금 원초적인 색채감각을 알게 하셨습니다. (중략)
이러한 나이기에 내가 이 세상을 떠나는 때도 당신 곁에 있을 때일 것입
니다. 될 수 있으면 많은 이웃들을 동원해서 말입니다.112)

이 글을 통해서도 확인된 것처럼 그가 지향하는 것은 본래적이
고 원초적이며 훼손되지 않은 세계이다. 그 세계는 '힘차고 평화'
롭다. '겨울'이 훼손된 시간이라면 '가을'은 원형의 시간이다.

개인존재가 겪는 체험과 인식의 표상으로서 '밤' 또한 중요한 시
어이다. '밤'이라는 시어도 32회의 지수를 보이고 있고 '한밤중'도
같은 계열의 시어군을 형성하고 있다. 그의 시에서는 '밤'은 죽음
과 절망의 시간이자 극복해야 할 시간으로 나타난다.

① 산자락 덮고 이 밤을 새울 풀잎들이 다스리는 고요,
헐렁이는 肉體들 사이, 빠져가는 時間들,
좀더 가까이서 무엇을 노래할 것인가.
우리는 항상 무덤위에 떠 있다.

 — 「七行詩抄」 부분

② 不寢番의 대검 끝에 걸려있는 故鄕은
내 슬픔, 내 祖國의 重量을 보듬고 있었을까.
밤이면 찾아오는 아가씨 小隊들!

 — 「여류軍隊」 부분

①의 '밤'은 죽음과 절망의 시간이며 ②의 '밤'은 고향과 조국을
보듬고 있는 괴로운 시간으로서 모두 극복되어야할 시간이라 할
수 있다.

---

112) 조태일, 앞의 글, 앞의 책, 전예원, 1980, 16쪽.

헤매임의 思辨의 나라에서
돌아와 본다.
불꺼진 火爐와 內容이 빈 술병,
가까이 누워있는 젊은 時間의 사나이.
이 사람이 나던가? 참말 나던가?

犯罪가 달리고,
사랑이 脫營한 그러나 無敵의 肉體를
누가 알어?

누가 알어?
내 밤의 흩날리는 機密을
함부로 떨고 있는 황홀한 無能의
밤에 흐느끼는 내 肉體를

－「밤에 흐느끼는 내 肉體를」 부분

위 시에서 '밤'은 조국의 현실에 직면하고 있으면서도 어찌할 수 없는 나의 무능함을 비추는 반성적 매개체이다. 화자는 '불꺼진 화로'와 '빈 술병'과 함께 방에 있다. '방'의 풍경은 쓸쓸하고 외롭다. 누워 있는 시적 화자인 '젊은 시간의 사나이'는 바로 시인 자신이다. '이 사람이 나던가?'라는 자문은 자신을 인정할 수 없는 비애를 나타내는 것이다.

시의 화자가 비애에 젖어 흐느끼는 시간인 '밤'을 극복해야 하는 것, 그것이 시적 화자의 시대적 당위성이다. 그의 내면에는 잃어버린 고향에 대한 추억과 가난, 그리고 암담한 역사적 현실이 자리하고 있다.

① 아침은 消耗를 거쳐 나온
事物들 사이에서 눈을 뜨고

－「아침이야기」 부분

② 까마귀 울음에 아침이 깨어 비척거리면,
　　　端坐한 물동이에서 祖國에 잠깬다.
　　　나의 寢室도 잠깬다.

－「아침 戀歌」 부분

　①은 소모의 밤을 거쳐 나온 시간으로 탄생과 회복의 아침 시간
이다. 이와 더불어 ②의 아침은 조국이 잠깨는 시간이자 깨우침의
시간이다. '아침'은 잠든 시간을 깨고 어두운 밤의 시간을 극복한
희망찬 시간이라 할 수 있다. 등단작인 「아침 船舶」에서부터 이러
한 시간 의식을 엿볼 수 있다.

　　＜Ⅰ＞
　　아침 바다는 叡智에 번뜩이는 눈을 뜨고
　　끈기의 저쪽을 달리면서

　　時代에 지치지 않고, 처절했던 同伴의 때에,
　　쓰러진 時間들을 하나씩 깨워 일으키고.
　　저, 넘쳐나는 地坪의 햇살을 보면
　　淸明한 날에 잠깨는 出港.

　　洗手를 일찍 끝낸 女人들은
　　탄생을 되풀이한 오랜 陣痛에
　　땀배인 內衣를 벗어 바다에 던지고,
　　파이프에 男子들은, 두고 온 年代를 열심히 피워 문다.

－「아침船舶」 부분

　위 시는 조태일이 대학교 2학년에 재학 중이던 1964년 <경향신
문> 신춘문예에 당선된 시이다. 시간을 나타내는 시어는 '아침'과
'새벽' '밤' '시대' '시간' '년대'들이다. '밤'을 지난 다음 '새벽'을
거쳐 '아침'은 온다. '새벽'은 맑고 순수한 시간이자 "꿈의 징검다

리를 건너가던"(「다시 산하에게」) 시간이며, '아침'은 하루를 시작하는 시간이다. '아침'을 맞이한 바다는 '시대'에 지치지 않을 뿐더러 쓰러진 '시간'을 일으켜 세워 출항을 준비하고 있다. '바다'는 생명력을 상징하므로 '아침'은 처절했던 시간과 쓰러진 시간을 딛고 일어서는 '희망'의 시간이다. 「아침船舶」은 조태일이 발견한 희망의 가능성을 예고한다.

『아침船舶』이 모호하고 관념적인 것은 당시 문단의 경향에서 영향을 받았기 때문인 것으로 보인다. 시를 쓰던 때의 역사적 현실은 5·16 쿠데타로 정권을 잡은 군부가 세력을 강화하기위한 온갖 음모를 진행하던 때였다. 시의 표면에는 역사적 현실이 드러나 있지 않고 다분히 모더니즘적인 경향과 낭만적인 경향을 보이고 있는 것처럼 보인다. 그러나 심층에는 역사적인 현실이 자리 잡고 있다.

물론 전적으로 참여시의 원형을 위한 준비라고 할 수는 없겠지만 등단 작품부터 시대를 향한 마음을 열어 놓고 있음을 보여주고 있다. 그것은 조태일의 다음 글에서도 확인된다.

나는 4·19에 참가했기 때문에 도저히 5·16을 인정할 수가 없었다. 이 5·16에 대한 부정은 꿈 속에서 까지 이어졌다. 꿈결마다 가끔 나타나는 검은 안경을 낀 작달막한 그 사람, 그 사람 곁의 또 자그마한 사람들은 내 꿈자리를 수시로 설쳐댔다. 어떤 때는 반들반들 윤기가 도는 돼지새끼들이 쫓겨와 내 품속을 파고들기도 했는데, 그럴 때마다 검은 안경을 낀 그 사람들이 총부리를 겨누며 그 돼지새끼들을 내놓으라고 윽박지르고 쑤셔대고 얼러대기도 했다. 그럴 때면 돼지새끼들은 눈을 부릅뜬 채 돌돌 돌 거리며 겁에 질린 채 나만 쳐다보기 일쑤였다. 꿈 중에서 제일 좋은 꿈은 역시 돼지꿈이라는 생각은 우리 민족의 오랜 믿음이었고 바람이었다. 꿈속에서였지만 몹시 안타까웠고 불안했다. 이 나라 이 민족이 평탄치 못하리라는 조짐으로 느꼈다. 이 꿈 속의 괴이하고 안타깝고 불안한 체험을 토대로 꽤 길게 「아침선박」을 썼다. (……) '3'은 제3공화국, '치

맛자락'은 정통성과 도덕성이 없는 규범, '식탁'은 불안, '선장'은 박정희,
'모국어'나 '나침반'은 국민의 의지, '지평'은 우리 민족이 다다라야 할
곳, '기'는 우리의 꿈 따위다.113)

이 글을 통해 쿠데타로 잡은 정권에 대한 저항의지로 쓴 시라는
것을 확인할 수 있다. 또한 빼앗긴 시간을 다시 찾고자 하는 '아
침'인 것도 확인된 셈이다. 이처럼 초기시에서 시간은 절망의 '밤'
을 극복하고 '새벽', '아침'의 희망찬 시간을 예비하고 있다. 희망
의 시간을 위해 그는 자신의 젊은 시간과 삶을 온몸으로 맞서는
자리에 세운다. 이상에서 살펴 본 초기시의 '시간' 의미체계를 도
해하면 다음과 같다.

시 간	과 거	현 재		미 래	
이 미 지	불켜진	불꺼진 젖은	**겨울** 차갑다 ─ 주변 얼어붙다 세계 **밤** 무기력 개인적 아픔을 존재 비추는 거울	아 침 새로운 깨달음	가 을 한덩어리로 영글다. 겸허하다 다습다.
의 미	희망	암울한 시대 (절망)		자각	원형(회복)

(2) 공 간

시의 공간이란 단지 물리적인 장소일 뿐만 아니라 "한 순간에
사물의 총체성을 드러내려는 시도"114)로서 그 안에서 주체의 형이

---

113) 조태일, 「꿈꾸고 나서 쓴 아침선박」, 앞의 책, 나남출판, 1996. 91 – 95쪽.

상학적 인식이 구체화된다. 시인이 가지는 "세계관이나 우주관과 밀접"[115]하게 관련되어 있는 것이다.

조태일의 초기시에서는 '방'과 '침실'이 자주 나타난다. '방'은 27회, '침실'은 12회의 지수를 나타내고 있다. 한편 '비탈'이나 '골목' '어귀' 등도 불안하고 구석진 공간으로 형상화된다. 초기시에서 '방'은 매우 높은 지수를 나타내고 있는데 그중에서도 특히 시집 『아침船舶』에 집중적으로 드러난다. 수록되어 있는 시가 총 31편인데 무려 21편에 달하는 시에 '방'이라는 시어가 쓰이고 있다.

> ① 수다스런 房의, 비뚤어진 書齋의,
> 　변두리를 누비던 思考의 깊숙이,
>
> 　　　　　　　　　　　　－「다시 鋪道에서」부분

> ② 책갈피에서 느닷없이 튀쳐 나오는
> 　허약한 내 방의 기별 없이 모이는
> 　그 연애가 별나고 하도 하도 신기해서,
>
> 　　　　　　　　　　　　－「가시내 幻影」부분

> ③ 誘拐된 時間의 어두운 房에서
> 　어린 知性은 흔들리고 있었는가.
>
> 　　　　　　　　　　　　－「斗衡이들」부분

> ④ 나는 내 방을 슬프게 장악하는 兵丁
> 　내 時間이 흔들리면, 처량하게 흔들리면,
> 　계절의 밑둥이에 앉아 있는 우울.
> 　내 손끝에서 열려오는 純眞의 房, 걸려 있는 내 집념.
>
> 　　　　　　　　　　　　－「演習 I」부분

---

114) 오세영, 「현대문학의 본질과 공간화 지향」, 『문학사상』, 1986. 4. 227쪽.
115) 백수인, 「오장환 시 연구」, 전북대박사논문, 1994. 88쪽.

위 시에서 ①의 '방'은 정리가 잘 되어 있지 않은 방으로서 안식의 공간이 아니라 불안의 공간이다. ②의 '방'은 허약한 관념 속에 갇혀 있는 자폐적인 공간이고 ③의 '방' 역시 시간을 빼앗겨버린 어두운 방이다. ④의 '방'도 슬픈 곳이고 닫힌 공간이기에 시적 화자인 '병정'은 우울하다. 닫힌 공간을 열고 나오는 방법이나 현실에 대응하는 방법을 구하지 못한 감상적인 자아의 모습을 하고 있다. 위 시 모두의 '방'에서 화자는 폐쇄적이고 자조적인 내면의 의식세계를 보여준다. 이는 "시적 자아가 당대의 현실을 아직 구체적으로 인식하지 못한"[116) 데서 발생하는 것이다. 우울함에 용해된 '병정'은 '처녀의 방'에서 (「연습Ⅲ」) '울 수밖에 없었던' 것이고 "친친 감겨오는 時間, 움직일 수 없는 肉體의 고요에서 / 그지없이 뜨거운 場所에서 벗어나라. / 벗어나라, 황홀한 爭鬪여."(「煖爐會Ⅰ」)라고 말하면서 자조적인 비애에 빠지고 만다.

<Ⅰ>
지치지 않고 安協도 멀리, 피를 쏟으며
가는 時間위에 우리를 눕혀
房을 살아라 한다.

神에게 誘拐된 방
東편의 창이 하나씩 닫혀지고 있을 때
脫營한 몇알 햇살은
窓 밖에서 서성인다.

쌓아 온 犯罪들 사이, 우울한 智慧
두고 간 發言들은 구석에서 일제히

---

116) 김경복, 「힘의 시, 생명의 노래 , 역사의 기록」, 『생태시와 넋의 언어』, 새미, 2003. 267쪽.

일어서며 충돌, 결국,
우리들 위에 쓰러진다. 쓰러진다.

어둠은 대낮을 재우고, 그늘이 늘어진
설합 속에 保留됐던 아우성, 그리고 눈부신 思考.
내 곁에서 나란히 잠을 찾을까?
市民은 각자 잠을 찾을까?

-「우울한 房」 부분

「우울한 房」은 조태일 초기시의 특성을 드러내면서 당대의 현실
에서 시적 자아가 어떻게 반응하고 있는지를 잘 보여주고 있는 시
이다. '주택(집)'은 "인간 최초의 세계이며 하나의 우주"117)로 주거
의 공간이며 안식의 공간이고 보호의 공간이다. 그 공간 안에 있
는 '방'이나 '침실'은 사랑을 나누는 관능의 장소이자 생성의 공간
이다. 또한 현실 삶의 실재 공간이고 자아의 정체성을 고민하는
사색의 장소이기도 하다.

이 시는 조태일이 등단하기 전에 1963년 7월 『고황』에 발표했
던 시이다. 아직은 습작기를 벗어나지 못했던 시절에 쓴 것으로,
시 속의 방은 "겨울이었는데 이층집의 방 한가운데에 연탄난로를
피우고 난방과 취사용 부엌을 겸하면서 방 둘레에는 뱅 둘러 소주
병이 쭉 이어져 있었"118)던, 그가 자취하던 방의 풍경을 그대로 옮
겨 놓은 듯하다.

'방'은 이미 '신에게 유괴'된 공간이다. 신에게 유괴된 방이기 때
문에 어떤 타협도 할 수 없다. 피를 쏟으며 그저 '가는 시간'에 몸
을 눕혀서 살아갈 수밖에 없는 곳이다. 쌓아온 범죄들 사이에서

117) 가스통 바슐라르, 『공간의 시학』, 민음사, 1990. 115쪽.
118) 박석무, 앞의 글, 『자유가 시인더러』, 창작과비평사, 1987. 163쪽.

'우울했던 지혜'와 그리고 두고 간 발언들이 '구석'에서 일제히 일어서는 것은 침묵을 털고 일어서는 것이다. 아직은 표층적으로 드러나지 않은 채 자의식 속에 머물러 있지만 보이지 않은 어떤 힘을 상징하고 있다. '설합' 속에 '보유된 아우성'과 '눈부신 사고'로 편안한 잠을 자는 안식처가 될 수 있을까? 라는 의문은 아직 확실한 안식처가 되고 있지 못함을 암시하고 있으며 안식처를 찾아야 함을 명시적으로 드러내고 있다.

이러한 점은 위 시의 생략된 다음 부분인 <Ⅱ>와 <Ⅲ>으로도 이어지는데, 창 밖에 서성이는 '햇살'이 서성이지 않고 방안으로 쏟아질 수 있는 '부끄러운 침실'의 시간을 살아야 하며, '주택'들 사이에서 결단을 내리고 길을 떠나야 하는 그런 '방'을 살아야 한다. 결국 이 시에서 '방'은 지극히 개인적인 공간이자 폐쇄된 곳이지만 또 당시의 시대상황을 상징하고 있기도 하다. 1960년대가 안으로 숨어들 수밖에 없었던 시대였기 때문에 결국 '방'은 제3공화국 체제 안에 갇혀 있는 상황을 예시하는 것이라고 할 수 있다. 그래서 '술잔'을 들고 처절한 시간을 보내고 있는 것이며 휴식과 안식의 기능을 상실해 버린 자폐적인 공간이 되고 있는 것이다.

첫 시집 『아침船舶』은 20대 초반의 젊은 관능과 에로티시즘의 세계에서 방황하는 내면의 세계를 외부의 세계에 투영[119]해 보려 했던 시의식을 그대로 드러내고 있다. 그러나 언제까지나 자조적이고 폐쇄적인 공간에 갇혀 있지는 않는다.

　　작은 試圖를 들고 들어 가

---

119) 조태일, 앞의 글, 『戀歌』, 나남출판, 1985. 105쪽.

반가운 房의 유순한 짐승 앞에 경건히 앉았다.

우리들의 行進은 한갓 침묵,
사이에 황홀히 미끄러져 내리고
황홀히 흩날리는 것이 있다. 너의 가파른 매니큐어의 비탈에서, 어깨너머에서
끝내 野合을 거부하는 늠름한 世代의 호흡들.

―「訪問記 ― 어느 겨울날의 戀歌」부분

위 시에서는 '방'이 더 이상 자폐적이고 폐쇄적이지만은 않다. '작은 시도'를 할 수 있는 '반가운 방'이기 때문이다. 편안한 안식의 공간은 아니지만 '반가운 방'이 되었다는 것은 시적 화자의 심리와 현실에 대응하는 시적 자세가 변화했다는 것을 의미한다.

현실의 상황을 직시하는 화자의 태도는 2연에서 더 확연히 드러난다. 방에 들어가는 우리들의 행진은 목소리로 표출되고 있지 못하고 아직은 '침묵' 속에 있다. 하지만 그 '행진'은 '야합'을 거부하는 '늠름한 세대의 호흡들'이다. 그것은 현실에 대한 통찰이다. 현실상황을 직시함으로써 내일을 준비하는 공간에서 변화가 일어난 것이고 '반가운 방'이 된 것이다. 그리고 그 '방'을 향해 가는 행진은 야합을 거부하는 혼자의 '호흡'이 아닌 여럿의 '호흡들'로 나타난다. 연대의 움직임을 드러내기 시작함을 보여주는 것이다.

皇帝는 피로한 눈을 뜨고
寢室의 女人을 찾아 서성이는 國民의
國民될 條件을 살피고 있다.
하나가 選擇되고 다수가 죽는,
빠르고 覇氣에 찬 전쟁이 끝나면
女人에게서 休息을 出發하는 國民들.

우리들은 女人에게서, 무덤에서 출발하고
住宅에서 출발한다.
흔들리는 食慾을 가지고 떠난다.
가지고 온 것은 草木에게나 줘야 하고
皇帝의 목덜미라도 잡아 흔들어야 하고
女人안에 진즉 무덤이라도 경건히 만들어 놓았어야 할 일이다.

-「住宅」 부분

위 시에서 '황제'는 제3공화국이라는 권력의 공간에서 무소불위의 힘을 행사하는 존재이다. 여기에 '여성'이 대응하고 있다. '여인'은 '무덤', '주택'과 등가의 의미망을 형성하고 있다. '여인'과 '무덤'과 '주택'은 원시적 순결함과 생명이 탄생하는 곳이다. 새로운 탄생을 위하여 '흔들리는 식욕'을 가지고 떠나지만 '초목'에게나 줘야 하는 것이 되고 그리고 '황제'의 목덜미라도 흔들어야 하는 것이 된다. '흔들리는 식욕'은 3공화국의 정체성에 대한 문제를 제기한 것이다. '여인'의 순결함 속에 '무덤'을 만들어 새로운 생명이 잉태할 수 있도록 준비해야 한다는 것이다. 새로운 세상을 향한 갈망이자 벗어나고자 하는 의지의 발현이다. 따라서 이 시에서 '주택'이 의미하는 바는 앞의 「訪問記」의 '방'처럼 국민들의 연대를 위한 공간이 되어가고 있음을 알 수 있다.

四月은 젊음 안에서 눈떴다.
가던 時間은 문득, 그들에게 指揮棒을 넘겼다.
골목에서 움추리던 自由,
가장 靜的인 곳에서 그들은 오늘을 잡았다.

-「四月의 메모」 부분

4·19는 젊은이들의 자유와 민주를 향한 열망의 표출이었다. 그

러나 5 · 16쿠데타 세력에게 젊은 사월은 짓밟혀 이제는 '골목'에서 움추릴 수밖에 없게 되었다. '골목'은 '방'이 이미지가 변형된 것이다. 그것은 가장 정적인 공간이 '골목'으로 형상화되고 있다는 데서 알 수 있다. 결국 '방'은 '주택'으로 '골목'으로 이미지의 변형을 시도함으로써 공간이 이동하고 있음을 보여준다. 이런 이미지의 변형을 통한 공간의 이동은 바로 현실을 바라보는 시적 화자의 태도가 변한 것이고 현실에 대한 대응으로 나타나게 된다.

시집 『식칼論』에서 현실은 더욱 구체화되어 나타나고 시적 화자 또한 그 현실에 적극적으로 대응하는 태도를 취한다.

> 누우런 주먹들이 운다.
> 불끈 쥐고 불끈 쥐고 사랑을 불끈 쥐고
> 어느 놈들은 벌판에 홀로 홀로 남아
> 어느 놈들은 청과물시장 멍석 위에서
> 불붙은 살빛 불붙은 서러운 마음씨 부비며
> 누우렇게 허옇게 운다.
>
> —「참외」부분

위 시는 민중들의 모습을 '참외'로 형상화 한 시[120]이자 소외되고 박탈당한 사람들에 대한 인식과 옹호의 시이다. 주먹을 불끈 쥐고 있는 참외가 머무는 공간은 '벌판'과 '청과물시장'이다. '골목'이 '벌판'으로 변형되어 확대됨으로써 시적 화자가 닫힌 공간에

---

120) 조태일, 앞의 책, 전예원, 252쪽.
　　조태일은 이 시에 대해서 이렇게 말하고 있다. "참외를 민중의 모습으로 쓴 시입니다. 인간의 본능 중에 참기 어려운 것이 식욕을 참는 일입니다. 억눌린 자의 식욕은 바로 저항욕입니다. 자유나 인권을 지키겠다는 저항권이야말로 인간 본연의 권리로써 국가권력이나 정치권력 이전에 있는 자연권입니다. 이 자연권이 억압당하고 있을 때 양심에 따라 저항하고 분노하는 것은 민중의 올바른 권리행사인 것입니다."

서 열린 공간으로 나온 것이다. '청과물시장'의 멍석 위에서 '누우렇게' 혹은 '허옇게' 배를 드러내놓고 있는 참외는 민중들의 삶의 모습이다. 노랑색 그대로 원색이 아닌 색깔이 바래서 '누우렇게' 변색되어 버린 '참외'를 통해 삶에 지쳐 버린 민중들의 고달픔을 적실하게 나타내고 있다. 동시에 군중적 저항의 영상을 힘차면서도 흥겨운 가락에 실어 표현하고 있다.

'참여시' '민중시'라는 명칭으로 불리는 우리시의 한 흐름에 진정한 내용을 부여하고 조태일의 이름으로 각인된 하나의 독자적인 전형을 창조"[121]한 이 시는 민족문학의 한 표본이다. 그리고 시대 상황 안에서 민족의 현실과 민중의 삶을 대변하는 시이기도 하다. '벌판'으로 나왔던 시의 공간은 '국토'로 확대되어 나타나게 된다. 국토는 구체적으로 '하늘'과 '땅' '바다'로 나타나고 있다.

발바닥이 다 닳아 새 살이 돋도록 우리는
우리의 땅을 밟을 수밖에 없는 일이다.

숨결이 다 타올라 새 숨결이 열리도록 우리는
우리의 하늘 밑을 서성일 수밖에 없는 일이다.

야윈 팔다리일망정 한껏 휘저어
슬픔도 기쁨도 한껏 가슴으로 맞대며 우리는
우리의 가락 속을 거닐 수밖에 없는 일이다.

버려진 땅에 돋아난 풀잎 하나에서부터
조용히 발버둥치는 돌멩이 하나에까지
이름도 없이 빈 벌판 빈하늘에 뿌려진
전 혼에까지 저 숨결에까지 닿도록

---

121) 염무웅, 「자유정신으로 이슬로 벼려진 칼빛 언어」, 『창작과비평』, 1999. 겨울. 216쪽.

우리는 우리의 삶을 불지필 일이다.
우리는 우리의 숨결을 보탤 일이다.

일렁이는 피와 다 닳아진 살결과
허연 뼈까지를 통째로 보탤 일이다.

-「國土序詩」 전문

「國土序詩」는 『國土』를 쓸 무렵의 의지와 시의식을 포괄하고 있는 시로서 「국토」연작시의 정서나 주제를 집약시켜서 쓴 시이며, 그 이전에 조태일의 시론이다.[122] "내 개인을 지키는 일도 중요하지만 개인을 연결하여 우리를 확인해보는 것도 중요한 임무이며 우리는 바로 역사의 실체이며 주체이며 문학의 주체이기 때문"에 자유·민주·헌법·노동·민중·언론 등 감당하기 어려운 공동체에 대한 관심이 「국토」 연작시로 표명된 것이다.

위 시는 우리가 국토인 '하늘'과 '바다'와 '땅'을 숨결이 다 닳도록 밟을 수밖에 없는 것이므로 우리의 숨결로 지켜야 함을 역설하고 있다. 국토 안에 '땅'과 '하늘'과 '바다' 그리고 '풀'과 '돌멩이'까지 숨결이 타오르도록 허연 뼈까지 통째로 보탤 것이라는 의지는 시적 주체가 '국토'라는 공간을 통해서 어떻게 삶을 살아가야 하는지에 대한 입장과 사유체계를 동시에 보여주고 있다. 그동안

---

122) 조태일, 「유년시절의 체험으로 국토를 껴안고」, 앞의 책, 나남출판, 1996. 62쪽.
"이 시는 시이기 이전에 내 시론이기도 하다. 이 땅에서 이 시대를 어떻게 살아내야 하는가란 문제는 결국 한 편의 시를 어떻게 써야하느냐 하는 문제와 맞물려 있는 것이다. 이때까지 체험의 결과로 빚어진 이 시의 호흡과 의미는 앞으로도 지속적으로 이끌어야 할 내 시의 세계인 것이며 내가 표현해야 할 애정의 세계인 것이다. 시인으로서 세계적인 시야를 확보하기 위해서는 지금 이 땅의 현실과 역사, 민족에 대해 끝없는 신뢰와 애정이 필요하다. 그렇게 하기 위해서는 그야말로 온몸으로 혼신의 힘을 쏟아 이 땅의 현실, 역사, 민족을 끌어안고 철저히 몸부림칠 수밖에 없는 일이다."

갇혀 있던 공간인 '방'이 '골목'과 '벌판'으로 변형되다가 '국토'로 확대된 것이다. 이로써 역사적 현실을 냉철하게 직시하고 온몸으로 국토를 껴안게 된다. '국토'는 조태일이 삶을 갈무리할 때까지 전체 시세계를 이끌어가는 힘이 된다.

이상에서 살핀 것처럼 초기시에서 시간이 미래를 준비하고 예비하는 '시간'으로써 '아침'이나 '가을'로 나타났다면, 공간은 비애와 자조적이던 '방'과 '주택'에서 벗어나 '골목'과 '벌판'으로 이동함으로써 '국토'까지 확대된다. 공간의 확대는 결국 시적 자아의 현실 인식태도에 변화가 있음을 의미한다. 조태일 초기시의 공간 의미를 도해하면 다음과 같다.

공간	닫힌공간		열린공간
이 미 지	방 어두운 수다스러운 유리된	골 목 움추리다 벌 판 홀 로	국 토 밟다 서성이다 거닐다 숨결 피, 살
의 미	내면의식 세계	(현실인식 태도)	목숨을 바쳐야 할 대상 (온 몸으로 껴안음)

3) 행동하는 시 - 전쟁과 정치와 날씨

(1) 전쟁과 정치

일제 식민치하에서 겪었던 공출, 여순사건으로 인한 좌우익의 치열한 대립, 그리고 한국현대사의 비극인 6·25전쟁과 자유를 향해 깃발을 휘날렸던 4·19의 체험, 그리고 5·16 쿠데타와 유신체제는 조태일의 개인사이면서 동시에 한국 현대사였기 때문에 그의 시는 불의에 저항적일 수밖에 없었다.

5·16쿠데타를 통한 권력의 억압적 지배는 경찰과 군인으로 대변되는 무력의 힘에서 나온 것이었다. 총검이라는 폭력의 힘으로 민중을 제압한 박정희 정권은 무소불위의 힘으로 양심을 가진 민중들과 바른 목소리를 내는 지식인을 감금하고 고문을 일삼았다. 이러한 상황 하에서 개인은 무기력한 존재에 불과했다. 자유로운 삶을 보장받을 수 없었고 개개인의 가치관이나 삶은 잠복되었다. 그러나 자신의 시에 행동하는 존재로 시인의 역할을 부여함으로써 조태일은 시대의 폭력 앞에 굴복하지 않았다.

> 문학인은 현실속의 모든 비리나 허위의식 같은 것을 없애고 보다 나은 미래를 창조하려는 의지의 창조인이고 권력은 될 수만 있으면 모든 의식을 잠재우고 있는 현실을 그대로 감추어 유지해나가려는 속성을 가지고 있기 때문입니다. 문학이 있는 한 양심이 있는 한 현실적 권력과 참 삶을 살려는 문학인 사이에 이런 마찰은 없어지지 않을 것입니다. 시인이나 지식인이나 혹은 평범한 사람들이나 간에 깨어있는 사람이라면, 시대를 아파하고 괴로워하면서 그 암흑 속에서 진실을 캐내려고 할 것이고 그 권력은 그 캐냄을 한사코 저지하려할 것입니다. 시인이 시대를 아파하고 괴로워 한다면 분명 그 시대는 병들어 있는 것입니다. 시인은 이 사회가 병들었다고 외치고, 권력은 이 사회가 성성한데 극소수의 불평분자들이 까분다고 몰아세웁니다.[123]

조태일은 "현실 속의 모든 비리나 허위의식"을 없애는 것이 문

---

123) 조태일, 「오늘 나의 문학을 말한다」, 앞의 책, 전예원, 1980. 227 – 234쪽.

학인의 자세이므로 양심이 문학의 척도이어야 함을 강조한다. 그의 초기시에는 이러한 시대의식으로 말미암아 파생된 시대와의 불화를 의미하는 시어가 지배적이다. 특히 '칼'은 19회로 가장 높은 지수를 보이고 있다.

　　창틈으로 당당히 걸어오는
　　햇빛으로 달구었어!
　　가장 타당한 말씀으로 벼리고요.

　　신라의 허황한 힘보다야 날카롭고
　　井邑詞의 몇 구절보다는 덜 애절한
　　너그럽기는 무등산 허리에 버금가고
　　위력은
　　세계지리부도 쯤은 한 칼이지요.

　　흐르는 피 앞에서는 묵묵하고
　　숨겨진 영양 앞에서는 날쌔지요.
　　秘藏하는 데 신경을 안 세워도 돼,
　　늘 본관의 심장 가까이 있고
　　늘 제군의 심장 가까이 있되
　　밝게만 밝게만 번뜩이면 돼요.
　　그의 적은
　　六法全書에 대부분 누워 있고……
　　아니오 아니오
　　유형무형의 전부요.

　　　　　　　　　　　　　　　　　　　－「식칼論 1」 전문

　이 시는 지배 욕망의 양가성에 내재하는 내적인 모순을 드러내기 위해 지배 권력의 의도를 해체하고 있는 시다. 사회와 역사와 문화의 세계가 "인간들 간의 경쟁과 이로 인한 죽음의 위협을 통해 인간의 생명이 끊임없이 인위적으로 훼손"[124]당하고 있음을 보여준다.

조태일이 문학운동가로서 면모를 갖추기 시작한 시기는 「식칼論」을 쓸 무렵이고 『詩人』을 창간하기 6개월 전이다. 새로운 시와 시인상을 구축하기 위한 준비기라고 할 수 있다. 이런 점에서 그의 시와 문학운동가로의 면모와 삶은 일치한다. 시인의 삶은 결국 시에 고스란히 담겨질 수밖에 없다는 점에서 조태일의 문학적 생애와 시는 따로 떼어놓고 논할 수 없음을 보여주고 있다. '식칼'을 들고 불의에 저항하고 권력을 향해 비수를 들이대는 것을 시작으로 "군부독재가 어떻게 당대의 민중을 억압하고 역사를 왜곡하는지를 지적하고 폭로하는 역사적 구체성"125)을 드러내고 있는 것이다. 그 '식칼'은 '당당한 햇빛'과 '타당한 말씀'으로 벼린 칼이다. 그 칼은 민중들의 힘이자 삶의 실체를 간직하고 있다. 뿐만 아니라 날카롭고 너그럽기까지 하다는 점에서 민중의 속성을 간직하고 있는 것이다. 그리고 늘 가까이에서 번뜩이고 있기 때문에 언제든지 대항할 수 있는 무기로서의 도구적 기능도 함께 갖고 있다.

군부독재의 핵심은 '육법전서'다. '육법전서'는 나라의 법과 질서와 규율을 표상하는 상징이며 국가권력의 심장부이다. 국가권력은 이 '육법전서'를 통해 체제에 대한 복종을 강요하며 복종하지 않을 때에는 가차없는 권력을 집행함으로써 힘을 과시한다. 그런 '육법전서'를 향해 '식칼'은 당당하고도 날카롭게 '유형무형의 전부'를 향해 칼날을 세움으로써 함부로 권력을 집행할 수 없음을 천명하고 있다.

---

124) 최진덕, 「생명과 죽음, 그리고 윤리; 노장과 유학의 사이」, 『생명사상과 윤리』, 정신문화연구원, 2004. 145쪽.

125) 김경복, 앞의 글, 새미, 2003. 267쪽.

너희의 녹슨 여러 칼을
꺾어버리며, 내 단 한칼은
후회함이 없을 앞선 심장 안에서
말을 갈고 자르고
그것의 땀도 갈고 자르며

늘 뜬 눈으로 있다.
그 날카로움으로 있다.
　　　　　　　　－「식칼론2－허약한 시인의 턱 밑에다가－」 부분

　그들은 시대적 현실을 외면하고 공동체적 삶의 진실을 파괴하는 존재라는 점에서 억압적이지만 '뼉따귀와 살도 없이 혼도 없이' '무적의 빛'과 '지혜의 빛'을 구분하지 못한 채 왜곡된 역사, 부패한 권력만을 쫓는 존재라는 점에서 기형적이다. 시적 화자는 이러한 기형적 존재에게 일침을 가하고 그들에게 독재의 틀을 버리고 민중의 역사적 현실 속으로 나아갈 것을 단호하게 요구하고 있다. 시적 화자에게 이때의 '식칼'은 현실 변혁을 위한 물리적 도구에 머물지 않으며 역사의 진보를 향해 나아가는 시대정신의 의미를 가지고 있다. 그러므로 식칼의 번쩍임은 그들의 마음을 '동등하게 울리게'하는 동시에 '정정당당하게 어디고 누구나 보이게' 확장되어 간다. 식칼에 담긴 이러한 역사적 소명의식과 의지는 암울한 시대를 극복해 나가고자 하는 시인의 강한 비판정신을 대변하고 있다.
　조태일이 정치적 억압을 비판하고 역사적 현실 속으로 나아갈 수 있었던 것은 민중을 발견하였기 때문이다. 민중의 발견은 '식칼'로 연결됨으로써 "사회의 닫힌 상징적 질서를 가로질러서 기호의 반역적 열림"126)으로 나아간다. 그런 점에서 조태일의 시어는

---

126) 레이먼 샐던, 『현대문학이론』, 현대문학이론연구회 역, 문학과지성사, 1990. 124쪽.

지배권력 이데올로기에서는 부정되고 있는 억압된 것들을 회복시키는 힘을 가지고 있다.

> 생각 같아서는 먼눈 썩은 가슴을 도려 파버리겠다마는,
> 당장에 우리나라 국어대사전 속의 <改憲>이란
> 글자까지도 도려 파버리겠다마는
> 눈 뜨고 가슴 열리게
> 먼눈 썩은 가슴들 앞에서
> 번뜩임으로 있겠다. 그 고요함으로 있겠다.
> 이 칼빛은 워낙 총명해서 워낙 관용스러워서
>
> ─「식칼론3 ─ 헌법을 위하여」부분

이 시는 1969년 11월 『新春詩』18호에 발표되었다. 3선 개헌안이 그해 9월14일에 가결되었으니 2개월 후이다. 3선 개헌으로 장기 집권을 도모하는 정권에 정면으로 대응하고 있다. '먼눈'과 '썩은 가슴'은 개헌에 암묵적으로 동조하거나 그 실체를 자각하지 못한 존재들이다. 시적 화자는 이 존재들의 침묵을 깨뜨리고 그들보다 앞장서서 그 실체를 폭로하고 저항하겠다는 치열함을 선언하고 있다. 그 치열함은 '번뜩임'과 '고요함'과 '관용'의 속성을 지닌다. 언제든지 도려낼 수 있는 힘이 잠복되어 있기 때문에 민중의 힘이 모아지면 그 체제도 결국 무너질 수밖에 없다는 것을 확신한다. 이 시는 "삼선개헌을 강력하게 규탄한 문건"[127]으로 민중적 힘의 선언문이라 할 수 있겠다.

> 만나지 않는 내 가슴과 너희들의
> 벼랑을 건너 뛰는 이 無敵의 칼빛은

---

127) 염무웅, 앞의 글, 1999. 215쪽.

나와 너희들의 가슴과 정신을
단 한 번에 꿰뚫어 한 줄로 꿰서 쓰려뜨렸다가
다시 일으키고, 쓰러뜨리고, 다시 일으키고
메마른 땅 위에 누운 나와 너희들의 國家 위에서
아직 오지 않은 미래를 끌어다 놓고
더욱 퍼런 빛을 사방에 쏟으면서
천둥보다 번개보다 더 신나게 운다.
독재보다도 더 매옵게 운다.

　　　　　　　　　　　　　　　　　　　　－「식칼론4」 부분

　위 시에 이르러 정치 사회적인 폭력의 실체를 강도 높게 비판하
면서 동시에 국가폭력에 대한 저항의 의지도 더욱 강화된다. 그래
서 '식칼'은 누구도 쓰러뜨릴 수 없는 '무적'의 칼빛으로 '독재'보
다도 더 센 힘을 갖게 된다. 이 시를 통해 조태일만큼 삶과 시의
일치를 추구하고 정의의 목소리를 확보한 시인도 드물다는 것을
확인할 수 있다. 그가 주장하였듯이 "어떤 부정적 논리나 자학적
취미의 산물일 수 없"[128]는 것이 곧 시정신이라는 점을 「식칼론」
에서 확인할 수 있다. 그의 시는 "발상자체가 혁명적"[129]일 뿐만
아니라 주제 또한 강도 높은 저항정신으로 일관하고 있다.
　한편 저항의 강도는 '죽음'을 두려워하지 않은 것으로도 나타난
다. 작품 속에서 '무덤'과 '죽다'의 시어가 의미 형성의 중심축을
이룬다는 점이 이를 대변한다.

　① 선량한 過誤가 누워 있는
　　忘却의 마을, 나의 무덤안
　　거친 視線들이 눈을 뜨는 時勢다.

---

128) 염무웅, <동아일보>, 1970. 4. 27.
129) 신경림, 앞의 글, 『시인을 찾아서』2, 우리교육, 2002. 133쪽.

끈기의 曲線은 소중한 당신과 나의
역시 선량한 장소에서 나붓기고 있었지.

- 「演習Ⅱ」 부분

② 망우리 근처 푸른하늘 밑의 풀잎들은
그렇게 푸르기만 하며
푸른하늘 밑의 황토들은
그렇게 붉기만 하며
푸른하늘 밑의 무덤들은
그렇게 고요히만 누웠냐

- 「푸른하늘과 붉은황토- 國土·34」 부분

시 ①에서 시적 화자가 잠든 '나의 무덤'은 '선량한 장소'이다. 그곳에서 "나는 성장하고 있으"며 자라고 있다. 죽음을 상징하는 무덤이 아니라 개인적인 내면의 공간이다. 시 ②에 등장하는 '망우리'는 4·19때 희생된 열사들이 잠들어 있는 묘역이다. "그 역사의 죽어버린 듯한 과거가 현재에도 살아 있고 미래에도 살아있을 것"[130]임을 망우리의 '무덤'을 통해서 보여준다. 역사가 되어버린 '무덤'의 고요함이 오히려 더 무섭게 다가와 현재의 답답함을 가중시킨다. 답답함이 폭발하면 엄청난 위력으로 '자유다 평등이다 인권이다 민주다 의무다 국민이다'고 소리칠 수 있지만 현실은 소리칠 수 없기 때문에 답답하기만 하다.[131] 지배 권력은 불평을 입 밖

---

130) 조태일, 앞의 글, 『고여 있는 시와 움직이는 시』, 전예원, 1980. 248쪽.
131) 조태일, 앞의 글, 『고여 있는 시와 움직이는 시』, 전예원, 1980. 248 - 249쪽.
조태일은 이 답답함을 고사를 통해 설명하고 있다 "옛날 주나라의 무왕이 옆의 은나라를 쳐들어갈 요량으로 정탐꾼을 보내 은나라의 분위기를 살펴오라고 했다. 돌아와 보고하기를 <어지러워져 있습니다.> <얼마만큼 어지럽더냐?><약한자들이 착한 사람들을 억누르고 잇읍니다><아직 멀었다> (중략)얼마쯤 지나또 정탐꾼을 보냈다. <몹시 어지러워 졌읍니다><얼마큼?><백성들이 불평을 입밖에 내지 못하도록 형벌로만 다스리고 있읍니다>하니 그때서야 무왕은 <그럼됐다>하고 쳐들어가서 손쉽게 은나라를 정복했다."

으로 낼 수 없는 시대야 말로 가장 쉽게 전복될 수 있다는 것을
알지 못하고 있다.

> 바람섞인 햇볕 속에서 반란이 울어 난다.
> 죽어갔던 이름이 우러나고 시간이 우러나고
> 내 하체를 공비처럼 괴롭히는
> 즈로스의 올모양 잘 짜여지고 매끄러운 저항의 비탈,
> 죽음은 어차피 순간이고 영원인 걸
> 서툰 언어를 끌고 서툰 길일망정
> 오르겠어 또 오르겠어.
>
> $\qquad\qquad\qquad$ -「나의 처녀막4」부분

  시적 화자는 반란을 꿈꾸고 죽어갔던 이름과 시간을 이끌어 '저
항의 비탈'에 서 있다. '순간이고 영원'인 '죽음'을 불사하는 저항
이다. 죽음이 '순간'이자 '영원'이라면 죽어서 영원히 사는 것을 선
택하겠다는 선언이고, '서툰 언어'인 '시'로써 '서툰 길'인 '저항의
길'을 쉬지 않고 오르겠다는 의지인 것이다. 그 길이 힘들어도 오
르고 또 오르겠다는 의지는 이후 시에서 더 적극적으로 구현된다.
의지는 '죽음'을 두려워하지 않고 시대의 양심으로 힘든 길을 걸어
가게 한다. 이는 타자에 대한 사랑이고 화자, 그리고 시인 자신에
대한 사랑이 없으면 불가능하다. 따라서 '죽음'을 상징하는 시어들
은 역사적 현실에 정면으로 대응하는 시대적 소명의식이라 할 수
있다. "자기가 지니고 있는 양심을 자기가 알고 있는 상식만큼이
라도 상식에 어긋남이 없이 실천하는 일이야말로 자신도 살고 남
도 함께 사는 확인이 될 것입니다. 이것저것 계산하고 이 눈치 저
눈치 살피다가는 딱 한번 세상에 태어나서 여러 번 죽는 꼴이 되

고 맙니다."132)라는 진술에서 알 수 있듯이 이는 죽음을 두려워하지 않는 시정신임을 알 수 있다.

정치를 나타내는 시어들은 '독재'와 '민주'의 계열로 정리할 수 있다. '독재' 계열로는 '독재'와 '반란'이 높은 지수를 보이고 있고 '민주' 계열로는 '자유'가 가장 높은 지수를 보이고 있다.

① <전장에까지 와서 우는 개구리는 사기꾼이다
　전장에까지 와서 피는 꽃은 사기꾼이다>
　색깔 고운 내의, 시퍼런 언어
　그 순수라 이름하는 독재를 벗으시오.

-「某處女前 上書」 부분

② 빙판같은 아스팔트의 뱃가죽에 배를 깔고
　일자로 슬금슬금 기다가 느닷없이
　∞자로 ∞자로 팔딱팔딱 뛰기도 하는
　저놈의 몸뚱아리는 미끄럽게 긴 독재

-「털난 미꾸라지」 부분

시 ①에서는 속임수를 쓰는 독재의 허상을 폭로하고 있다. '색깔 고운 내의'는 순수로 치장한 독재라는 것이다. 시 ②에서 매운바람이란 온몸을 울게 만드는 '미끄럽게도 긴 독재'의 시대를 뜻한다. 그 독재는 '간살스런 나무'와 '썩은 물 고인 웅덩이'가 생산한 악취 나는 부산물들이다. '슬그머니'와 '팔딱팔딱'은 독재의 모습을 그대로 형상한 것이자 독재의 일관성 없는 태도를 보여준 것이다. 순간을 모면하기 위한 교묘한 술수를 쳐서 도망친 '독재'는 제 살을 깎아 먹는 짐승에 불과한 존재이다. 제 살이나 야금야금 갉아

---

132) 조태일, 앞의 글,『고여 있는 시와 움직이는 시』, 전예원, 1980, 226쪽.

먹음으로써 독재는 결국 파멸하고 말 것이라는 역사인식은 그대로 적중한다. 3공화국의 독재는 남북의 분단 체제를 강화하는 것에서도 드러난다. 분단을 극복하기 위한 노력 대신 분단체제를 정권유지의 수단으로 이용함으로써 남과 북은 점점 더 적대적인 관계가 되고 만다. 반공이 국시인 시대가 도래하고 만 것이다. 그 반공이데올로기가 얼마나 가혹한 것인지 다음의 시에서 잘 알 수 있다.

> 타고난 시골솜씨 한철 만나셨나
> 山一番地에 오셔서
> 이불빨고 양말 빨고 콧수건 빨고
> 김치, 동침이, 고추장, 청국장 담그신다.
> 양념보다 맛있는 사투리로 담그신다.
> ─엄니, 엄니, 내려가실 때는요
> 비행기 태워드릴께.
> ─안탈란다, 안탈란다, 값도 비싸고
> 이북으로 끌고 가면 어쩌 게야?
>
> ─「어머님 곁에서」 부분

우리의 분단 현실이 어떻게 우리의 생활 속에 작동하고 있는지 어머니의 언사로 드러낸다. "안탈란다. 안탈란다. 값도 비싸고/ 이북으로 끌고가면 어쩌게야?"라는 이 구절 속에는 분단이 얼마나 우리의 현실 속에 깊숙이 침투했는가 그리고 얼마나 깊이 영향을 끼치고 있는가를 보여주고 있다. 어머니가 툭 던진 한 마디는 수천 수백 마디의 분단 현실을 말한 것보다 강력한 힘을 유발함과 동시에 분단을 체감하게 한다. 조태일 시의 동력은 이처럼 생활 속의 담론으로부터 그 힘을 얻는다. '김치, 동침이, 고추장, 청국장'을 담그는 지극히 평화롭고 일상적인 생활 속의 한 마디는[133] 분

단된 현실 속에서 민중들이 감당해야 했을 몫이 얼마나 조심스럽
고 힘겨웠는지를 말해 준다.

> 가령, 이런 2음절 말은 여러분도 싫을 것이옵니다.
>
> 붙으면 '분단'이 되오니 '분'과 '단'은 떨어져야 하옵니다.
> 붙으면 '전쟁'이 되오니 '전'과 '쟁'은 떨어져야 하옵니다.
> 붙으면 '폭력'이 되오니 '폭'과 '력'은 떨어져야 하옵니다.
> 붙으면 '독재'가 되오니 '독'과 '재'는 떨어져야 하옵니다.
> 붙으면 '타율'가 되오니 '타'와 '율'은 떨어져야 하옵니다.
> 붙으면 '식민'가 되오니 '식'과 '민'은 떨어져야 하옵니다.
>
> 그런데 이런 2음절 말을 여러분도 좋아 할 것이 옵니다.
>
> 떨어지면 '통일' 안되오니 '통'과 '일'은 붙어야 하옵니다.
> 떨어지면 '평화' 안되오니 '평'과 '화'는 붙어야 하옵니다.
> 떨어지면 '화해' 안되오니 '화'와 '해'는 붙어야 하옵니다.
> 떨어지면 '민주' 안되오니 '민'과 '주'는 붙어야 하옵니다.
> 떨어지면 '자율' 안되오니 '자'와 '율'은 붙어야 하옵니다.
> 떨어지면 '독립' 안되오니 '독'과 '립'은 붙어야 하옵니다.
>
> ─「이제야 깨달았다」 부분

이 시에서도 알 수 있듯이 '분단', '전쟁', '폭력', '독재', '타율',
'식민'은 권력의 지배를 상징하는 시어들이다. 한편 '통일' '평화'
'화해' '민주' '자율' '독립'이라는 시어는 민중의 역사성을 의미한
다. 이 두 가지의 담론은 '싫어한다'와 '좋아한다'는 소박한 인식태
도의 형식으로 제시되어 있다. 민중의 소망은 현란한 이데올로기가

---

133) 조태일, 앞의 글,『고여 있는 시와 움직이는 시』, 전예원, 1980. 248쪽.
   "평범한 일상 이야기 끝에 오고간 말 치고는 나의 가슴을 그렇게 크게 때릴 수가
   없었습니다. 우리는 늘 이런 불안의식 속에서 살고 있습니다. 이 불안의식이 우리의
   자유를 좀 먹고 있습니다. 이 불안의식을 해소하는 남북통일이 이룩된 후에 없어질
   것입니다."

아니라 생활상의 단순함 속에서 확인할 수 있다는 것이다.

이상의 시편에서 확인할 수 있는 것처럼 전쟁과 정치를 상징하는 시어들은 시대와의 불화를 구체화하기 위한 조태일의 담론이라 할 수 있다. 이러한 의미체계를 도해하면 다음과 같다.

전 쟁	전 쟁		정 치	
이 미 지	칼	날쌔다 번뜩이다 뜬눈 날카로움 고요함 운다	독재	색깔 고운 내의 시퍼런 언어 사기꾼 미꾸라지
	무덤	거친응시 고요하다 붉다	분단	이북으로 끌고 가다
	죽음	순간 영원		
의 미	정면도전 (전복시도)		극복해야 할 대상	

(2) 날 씨

초기시의 날씨와 관련된 시어에서 가장 많은 비중을 차지하는 것은 '바람'이다. '바람'은 62회에 걸쳐 나타나고 '북풍'과 '폭풍'도 각각 5회의 지수를 보이고 있다.

① 펄펄 살아서 푸른 하늘의 바람 속을
　울부짖으며 뛰어다니는 짓도 서러울진대
　거의 반죽음으로 바람 속을

바람에 끌려다니는 이웃들을 본다.

- 「호박꽃을 보며」 부분

② 심심한 판에 나아가 밀어 버릴까부다
　육자배기나 한 목청 뽑으면서
　우리 사이에 가로놓인
　그 바람이거나 목소리거나
　가령 휴전선 같은 거를
　나아가 밀어 버릴가부다.

- 「흰 뼈로」 부분

시 ①의 '바람'은 난폭한 바람이다. 난폭해서 '이웃들'을 거의 반죽음으로 몰아간다. 시 ②에서 '바람'과 '목소리'와 '휴전선'은 등가적이다. '난폭한 바람'은 '옹기점'의 옹기의 생명을 위협하는 존재(「甕器店 風景－國土・8」)가 되기도 하고 그 '멋모르는 마음들'을 '거의 반죽음'으로 끌려 다니게도 하고(「호박꽃을 보며－國土・9」) '고추가루 섞인' 매운바람으로 오관을 쩔쩔매게 하는 바람(「털난 미꾸라지」) 이 되기도 한다. '바람'은 '거의 반죽음'으로 살아야 하는 시대적 폭력과 억압을 상징하는 것이다.

우리들의 숨결이 그러하듯이
바람은 우리들이 보는 데서나 안 보는 데서나
四通五達한다.

햇빛이 그리워 목이 타면
아무데서나 부드럽게 솟았다간
아무런 敵意없이 서로 만나
어디 양지바른 지붕 위거나
산짐승들의 윤나는 털 위에서 同寢도 하다간

움직이는 것이 그리워 몸살나면

철새들의 날개쭉지에 붙기도 하고
韓國의 風向計에 와 닿기도 하고

아무데나 세워진 깃발을
원없이 원없이 흔들기도 한다.
우리들의 숨결이 그러하듯이
바람은 상냥함을 자랑하지만
난폭함을 자랑하기도 한다.

-「바람-國土5」 전문

　위 시는 사람과 바람의 유사성을 기반으로 의미를 형성하고 있
다. '우리들의 숨결이 그러하듯이' 바람도 또한 그러하다는 비유를
통해 바람과 인간의 자유는 동일하다는 것을 보여준다. '사통오달'
은 바람의 속성이며 바람의 상위인 공기는 인간의 '숨결'을 가능하
게 하는 것으로서 살아가는 데 없어서는 안 될 필수조건이다. 그
러나 다른 한편으로는 '난폭함을 자랑하기도'하는 이율배반적 존재
이다.

　'바람' 다음으로 많은 지수를 보이는 시어는 '비'와 관련된 시어
군으로 비(13), 구름(4), 먹구름(4), 천둥(7), 번개(8), 벼락(3), 소나기
(3), 폭우(2), 빗줄기(2)가 있다. '비'와 관련된 시어군은 비를 동반
하는 자연현상과 함께 제시된다.

　① 아무리 위에 있는 먹구름이라지만
　　천리대로만 내려주시압.
　　비만 퍼붓고 철 잃은 비만 퍼붓고
-「비내리는 野山-國土·36」 부분

　② 벼락 한 방이면 작살날 애들이
　　번개 한 방이면 눈멀 애들이

꼴도 좋게 육갑지랄들 한다, 어쩌고
한바탕 칭얼대가가 까무라치다가
-「소나기의 魂-國土 · 38」 부분

시 ①에서 '먹구름'은 '철 잃은 비'를 퍼붓기 위한 것이지만 천
리를 거스르지 않아야 함을 의미하는 것으로 시대를 의미하고 ②
의 '벼락'과 '번개'는 죽어서 '소나기'가 되어 결국 하나의 소리로
모아지기 위한 것들로서 시대와 맞서는 자세를 의미한다. 따라서
위의 시 ①과 ②는 시대상황을 암시하는 시어들임을 알 수 있다.

꿈과 현실은 항상 가깝게 있다.
손등에 없으면 손바닥에 있다.
그러므로 손등에 없거든 손등을 뒤집으라.
그러므로 손바닥에 없거든 손바닥을 뒤집으라.

번개는 꿈속에서만 치는 것이 아니다,
천둥은 꿈속에서만 우는 것이 아니다.
벼락은 꿈속에서만 치는 것이 아니다.
우박은 꿈속에서만 쏟아지는 것이 아니다.
(중략)
아내야 흐린 날은 서러운 살결이나
축축하게 부비다가
전류가 잘 통하는 피뢰침을
당나귀 귀처럼 머리 위에 꽂고
의좋은 꼭두각시처럼 춤을 추자
높은 데 아니면 벌판이라도 좋다.
피뢰침을 꽂고 춤을 추자.
-「흐린 날은-國土 20」 부분

「흐린 날-國土 · 20」은 '꿈'과 '현실'의 대립을 통해 꿈속의 일
이 현실 속에서 아주 쉽게 '손바닥' 뒤집듯이 일어나고 있음을 역

설적으로 보여주고 있다. '꿈'이 '현실'이 될 수 있고 '현실'도 '꿈'이 될 수 있듯이, '손바닥'이나 '손등'은 따로 존재하는 것이 아니다. 그러나 완전히 하나인 것도 아니다. 따로 존재할 수는 없지만 꿈은 꿈이고 현실은 현실이다. 현실을 제대로 인식하는 것은 손바닥과 손등을 뒤집는 일인데 그 순간의 역동성이 중요하게 작용한 "조태일의 전형적인 시"134)다.

손바닥 뒤집듯이 일어나는 '번개'와 '벼락' '천둥' '우박'이 쏟아지는 현실을 온몸으로 맞서고자 '피뢰침'을 꽂고 춤을 추는 시적 화자의 모습은 악몽의 현실에 대한 거부가 분명하게 드러난다. '꿈'이 아니라 '현실' 속에서 버젓이 일어나고 있는 사실을 날씨 현상을 통해 드러냄으로써 부조리에 순응할 수 없는 시대를 풍자한다.

> 눈보라가 치는 날은 술을 마시자
> 술을 마시되 체온을 생각해서 마시자
> 눈보라가 치는 날은 술을 마시자
> 술을 마시되 약간의 낭만을 위해서
> 국경선을 떠올리며 마시자.
> 눈보라가 치는 날은 술을 마시자
> 술을 마시되 실어증을 염려해서
> 두근거리는 가슴 열고 홀로라도
> 열심히 말을 하며 마시자.
> ―「눈 보라가 치는 날 ―國土·21」 부분

이 시는 제목에서부터 날씨가 명시적으로 드러나 있다. 왜 하필이면 '눈보라가 치는 날'에 '술을 마시자'고 권유하고 있는 것인지는 '눈'과 '바람'이 함께 하고 있다는 데서 알 수 있다. '눈보라가

---

134) 김영무, 「시의 언어와 삶의 언어」, 『창작과비평』, 1990, 여름.

치는 날'이 상징하는 것은 눈보라만큼이나 힘든 역사적 현실이다. 역사적 현실은 "국회를 해산하고 전국에 계엄령을 선포하여 모든 대학을 휴교시키고 신문·통신에 대한 사전 검열제를 실시하는 10월 유신을 단행했고 유신헌법을 만들었"[135])기 때문에 술을 마시지 않을 수 없는 상황이었다. 역사적 현실을 '눈보라 치는 날'로 위장하여 이미지의 선명성을 부각시키고 있다. '눈보라 치는 날'에는 술을 마셔서라도 '체온'을 지켜야 하고 '국경선'을 떠올려야하고 '말'을 해야 한다. '체온'과 '국경선'과 '말'은 등가물들이고 같은 의미소를 가진다.

삶을 위한 조건인 '체온'을 지키는 일과 하고 싶은 '말'은 해야 하는 갈망을 '국경선'과 동일시함으로써 '국경선'을 없애는 일도 우리 삶의 조건이 된다. 술을 마시면서도 '국경선'을 떠올리는 시적 화자는 그만큼 분단현실을 직시하고 있다는 것을 의미한다. 이는 '눈보라 치는 날'이 유신체제의 강화로 나타나고 있는 억압적 현실과 남북 분단 이데올로기의 대립 심화현상을 표상하는 것이다. 이처럼 날씨와 관련된 시어들은 어두운 현실을 반영하고 있고 시대를 상징하는 시어들임을 알 수 있었다. 초기시의 '날씨' 의미체계를 도해하면 다음과 같다.

---

135) 강만길, 앞의 책, 창작과비평사, 1994, 239쪽.

날씨	바람	비오는 밤	눈 오는 날
이미지	칼 반죽음 가로놓이다 맵다 난폭하다	먹구름 철 잃은 비 천둥번개 작날나다 눈멀다 육갑지랄하다 소나기 맞섬	눈보라 체온유지 말을하자 국경선을 떠올리자
의미	유신시대	시대상황	남북분단

4) 순결성 회복의 시 – 여성과 눈물, 그리고 신체

(1) 여 성

조태일의 초기시에서 여성을 나타내는 시어 가운데 '여자' '여
인' '처녀' '처녀막' 등이 높은 지수를 보이고 있다.

> ① 여자여, 여자여
> 그대 속엔 허름한 나만 보이고
> 내 속엔 빛나는 그대만 보이고
> 천지는 온통 거울이네.
>
> ―「여자여, 여자여」 부분

> ② 바람도 붉게 물드는 내 혈맥의 어귀에서
> 남자들은 눈깔사탕 빛깔의 속옷을 벗었다.

여자들은 눈깔사탕 빛깔의, 남자의 음성 빛깔의
붉은 스커트를 벗었다.

-「눈깔사탕3」부분

　시 ①에서 '여자'는 자기 존재를 들여다보는 하는 '거울'로, 그
리고 시 ②에서 '여자들'은 남자들과 대립을 이루는데 허위를 벗
어버리는 존재로 의미화 되고 있다. 여성은 자신 안에 생명의 원
천을 내재하고 있기 때문이다.

으하하하 핫, 으하하하 핫,
오른 손의 약속이 무너진다.
늙은 가죽의 늙은 음성의 아시아에서
북선땅의 여체의 바람이 분다.

바람이!
가장 끝의 발끝의 발톱 끝에서부터
가장 으뜸의 머리카락의 머리카락의 끝까지
여자야!
늠름하고 향기에 찬 시대의
털을 깎는 면도날이 풍부히 날뛴다.

너는 몇 개의 털을 보유하고 있냐.
너는 몇 개의 남편을 보유하고 있냐.
몇 개의 방편을 몇 개의 용맹을.

-「왼손으로 여자를 생각하며」부분

　위 시에서는 여체가 바람으로 의미화 되면서 그동안 순결함 때
문에 여성에게 쉽게 다가갈 수 없었다는 인식에 대항하고 있다.
시적 화자는 여성에게 가해졌던 폭력을 재현함으로써 여성의 지배
가 부당하다는 점과 전통적 가부장제의 사회구조 속에서는 표면화

되지 못했던 여성 담론을 드러내고 있다. 남성위주의 가부장적 담론이 성적 서열을 조장하였으며 그것이 곧 폭력이라는 점을 통찰하고 있는 것이다. 여성적 담론 가운데 '처녀'와 '처녀막'은 특히 높은 지수를 나타내고 있다.[136)]

① 아아 내 작은 한줌의 自由여, 民主여.
　나의 상한 處女膜近處에 웅성이는
　고달픈 아우성을 쫓기던 哭聲을 듣는가.
　무덤이 있다면, 당신들의 나의 處女膜이 다시 만들어지는
　무덤이 있다면
　나의 處女膜을 마지막, 무사통과하라
　저 안타까운 五月의 帝王을 굽어보라.
　나의 처녀막은 크게 울고 있어라.

－「나의 처녀막1」부분

② 쪼가리 쪼가리난 처녀막으로
　붉은 세월의 피의 꽃방석 만들어 깔고 앉아
　삐리 삐릴리, 삐리 삐리 삐릴리
　야만의 풀피리를 불고 있네만.
　쪼가리 쪼가리난 민주나 자유로
　붉은 세월의 피의 꽃방석 만들어 깔고 앉아
　삐리 삐릴리, 삐리 삐리 삐릴리
　야만의 풀피리를 불고 있네만,

－「나의 처녀막 2」부분

　'처녀막'은 여성의 원시적 순결성을 지시하는 기호이다. 시 ①의 화자는 '처녀막'을 공공연하게 거론함으로써 성을 탈신비화하고 남성 위주의 가부장적 담론에 대항한다. 또한 야만과 광기의 세력에 의해 '자유'와 '민주'가 유린당했음을 '파열된 처녀막'으로 고발하

---

136) '누님 / 아내', '어머니 / 할머니' 계열은 본 논의에서 제외한다.

고 있다.

시 ②에서는 순결한 성을 억압하는 사회 구조 속에서 타자로 존재할 수밖에 없는 여성의 성을 통해 억압과 착취에 정면으로 도전하고 지배와 종속의 관계를 청산하고자 시도한다. 당대 사회는 '야만의 시대'이다. 여기에서 '붉은 세월의 피의 꽃방석'이란 곧 권력의 야욕을 직설적으로 폭로하고 있는 것과 같다. '피의 꽃방석'을 깔고 앉아서 부는 피리 소리, 그 야만의 폭정에 민주와 자유가 쪼가리나 버린 것이다. 그는 「나의 처녀막」 연작시[137]를 통해 순결하고 신비하면서도 정결한 성인 여성의 '처녀막'을 난폭한 시대에 저항하는 소재로 채택함으로써 그들의 잔인함과 포악함을 폭로한다.

피묻은 피묻은 처녀막을 나붓끼며
아프고 피비린 냄새를 풍기며
광화문 네거리 한복판에
내가 섰다 내가 섰어

삼천만 개의 쌍눈을 번뜩이며

---

137) 조태일, 「내 시 제목들에 대하여」, 앞의 책, 전예원, 213‒214쪽.
　　"5년전 쯤의 일이다. 「나의 처녀막」은 이란 시를 모지에 발표했었다. 한 일주일쯤
　　됐을까, 어느 아가씨로부터 편지가 날아왔다. 내용인 즉, 시제목으로 보아서 귀하도
　　여성인 것 같은데 어찌 그런 망측하고 상스런 시를 써서 모든 여성으로 하여금 얼
　　굴을 찌푸리게 하느냐, 여성의 한 사람으로서 심히 부끄럽게 생각하며 귀하를 단호
　　히 저주한다. 따라서 앞으로는 그런 시를 절대로 쓰지 말 것을 당부한다. …… 어쩌
　　고 저쩌고 한 그 이름도 모를 여성으로부터 날아온 편지를 다 읽고 나는 뒤로 벌렁
　　넘어져 천장만 말꼼말꼼 쳐다보면서 빙그레 웃었다. (중략) 물론 처음에 「나의 총각
　　막」이라는 시를 쓰려했던 것인데 이「나의 총각막」이란 단어는 완전한 조어 이어서
　　그걸 피하고 그런 제목을 가지고 6번까지 썼던 것이다. 순결하고 또 정결하고 신비
　　하고 또 거룩하기까지 한 상징어로는 아무래도 그것 말고는 내 머리로 하여금 더
　　생각할 수가 없었던 것이다."
　　「나의 처녀막」 연작시는 모두 『新春詩』에 발표 되었다. 이 글에서 「나의 처녀막」을
　　6번까지 썼다고 했지만 「나의 처녀막」 연작은 4번까지만 발표되었을 뿐 5,6번은 발
　　표되지 않았다.

삼천만 개의 쌍귀를 세우고
삼천만 개의 가슴을 비벼 불꽃 튀는
불꽃튀는 단일화된 외침을 가지고
삼천만의 기념비처럼
내가 섰다. 내가 섰어.

-「나의 처녀막3」 부분

이 시에 오면 억압과 착취에 대한 도전과 지배 청산을 위한 시
도가 더욱 심화되고 구체화된다. 「나의 처녀막」 연작시에서 가장
처절하게 시대의 모습을 담아내고 있다. '피묻은 처녀막'을 들고
국가권력의 심장부 한복판에 '단일화된 외침'을 가지고 서 있다.
누가 나의 '형제'이고 나의 '적'인가를 당당히 밝히기를 요구하는
화자의 외침은 시대의 폭력에 대한 도전이자 적극적인 저항이다.
한편 지배를 정당화하는 과정에서 '참말'은 '거짓말'이 되고 '처녀
막 파열사'는 곧 지배자의 역사가 된다. 지배 정당화를 위한 힘의
권력은 '참말'일수록 더욱 '거짓말'이 되게 함으로써 '불통'이 되는
답답함을 호소할 수밖에 없다.[138] '각하'라는 호명, 그리고 '가서

---

138) 김수영은 「나의 처녀막3」은 미정리된 자아의 혼돈의 찌꺼기를 가지고 있으면서도
그 힘찬 발효의 톤을 높여서 호소력 있는 이미지의 윤곽을 잡은 점에서 주목할 만
하다고 하면서 다음과 같이 말하고 있다. " 어찌보면 '나르시시즘'에 빠질 위험성이
있는 성대의 과장이 눈살을 찌푸리게 하는 데도 있지만 파열된 처녀막'을 고함치면
서 파열되지 않은 저녀막의 순결이 밑바탕에 깔려있는 '처녀막'의 이미지가 은근한
호소력을 발휘하고 있는 점이 이 작품의 실력이다. 이 작품의 진정한 단점은 끝연의
'무서운 예언처럼 / 바리케이트를 바리케이트를 치자'의 '무서운 예언처럼'이다. 이
비유가 약하다. 이 허약한 비유 때문에 모처럼의 전체의 중후한 톤이 상당히 손해를
보고 있다" (김수영, 「지성의 가능성」, 『김수영전집』2, 민음사. 1981. 372쪽.) 또한
"조태일의 나의 처녀막 같은 작품이 무엇이 그렇게 좋아서 두둔을 하느냐고 평자를
비방하고 있는 젊은 패들이 있는 것을 알고 있는데, 평자가 이들을 격려하는 것은
이들은 투박하지만 거짓말은 안한다. 이 달의 작품만 보더라도 내가 보기에는 여기
에 언급되지 않은 대부분의 작품들이 적극적인 거짓말은 하고 있다." (「進度 없는
旣成들」, 『김수영전집』2, 민음사, 1981. 377쪽.)고 함으로써 조태일 시의 진실함을
높게 사고 있다.

뵙겠다'는 언명 속에는 비장한 각오가 숨겨져 있다.

'광화문 네거리'는 권력의 중심으로 그곳에 '내'가 서 있다. 삼천만 민중들의 '외침'을 단일한 외침으로 서 있는 '나'는 개인의 '나'가 아닌 완전한 타자가 되어 삼천만개의 눈과 귀와 가슴이 되어 있다. 그리고 더 이상은 찢기지 않겠다는 언술로 결연한 의지를 드러낸다.

> 강자도 아니면서
> 먼지가 바위를 뭉개니.
>
> 카시미롱 이불까지도
> 내 굶주린 배를 무겁게 올라타네.
>
> 안 비킬래? 안 비킬래!
>
> ―「강간」전문

위 시에서 '먼지'나 '카시미롱 이불'처럼 가볍고 보잘것없는 것은 바로 권력이고, '바위'와 '굶주린 배'는 육중한 힘을 가진 피지배자의 상징물이다. 화자는 '안 비킬래? 안 비킬래!'라는 호통의 발화를 통해 그 저항의 강도를 높이고 있다. 신체인 몸은 표면적으로 드러나 있지 않으나 주체가 호통치는 장면에서 권력에 대항하는 담론의 의미를 지니게 된다. '강간' 당한 사회, '처녀막이 파열'된 시대의 권력을 온몸으로 맞서고 있는 대항의 장소가 바로 여성의 몸이 되고 있다.[139) 초기시의 '여성' 의미체계를 도해하면 다음

---

139)「내고장 작가탐방」,『藝鄕』, 1985.9. 178쪽.
　　「나의 처녀막」,「강간」등의 제목이 원색적인 단어라는 질문에 대해 "우리가 그런
　　단어들을 너무 편협적으로 보아왔기 때문에 그럴 겁니다. 처녀막은 어떤 의미에서는
　　순수성을 이야기 하는 거예요."라고 대답하고 순수성을 파괴당한 것은 5·16에 의

과 같다.

여　성	여　성	
이 미 지	원 형 순 결 순 수	처녀막 쪼가리난 파열된 피묻은 아픈 피비린내 나는
의 미	순 결, 순 수	시대의 폭력

　'처녀'는 순결하고 순수함의 상징이고 '처녀막'은 그것의 원형이
라고 할 수 있다. 그래서 훼손당한 '처녀의 처녀막'을 다시 순수하
고 순결한 상태인 그대로 회복하고자 하는 것이고 원형을 회복하
고자 하는 의지로 이어진다. 그는 '고여 있는 시'는 죽은 시와 같
고 죽은 시는 시적인 가치가 없는 시로 본다. 조태일의 시들은 펄
펄 살아 움직이는 시들이다.140) 「식칼론」이나 「나의 처녀막」 그리
고 「국토」 등의 연작시들은 움직이는 시의 표본이라 할 수 있다.
연작시를 쓰는 목적은 "하나의 중심테마를 집중적으로 다루어감으
로써 시정신의 일관된 집중을 확보하고, 주제와 관련된 자신의 모
든 표현 역량을 지속적인 공간 속에 결집"141)시키기 위한 전략적
인 장치라 할 수 있다.

해서임도 밝히고 있다.
140) 움직이는 시는 조태일 시론의 핵심적인 개념으로 시와 삶을 동시에 이끄는 아픈 시
　　대를 이끄는 시를 움직이는 시라고 명명하고 있다.(「고여 있는 시와 움직이는 시」,
　　『고여 있는 시와 움직이는 시』, 전예원, 1980. 107－136쪽. 참고)
141) 이동순, 앞의 글, 『창작과비평』, 봄, 1996. 243－244쪽.

(2) 눈 물

    시어 분류표에서 알 수 있듯이 조태일의 시에서 많이 사용된 시어 중의 하나가 바로 이 '눈물'이라는 시어이다. 이 '눈물'의 지수는 무려 50회나 된다. 또한 '울다'의 시어군으로 묶일 수 있는 '울다'의 변형들의 지수도 110회나 된다. 이렇게 많은 빈도수를 보인 이유는 무엇이며 시어가 상징하는 의미는 무엇인지 살펴보자.

    ① 내 꿈속의 어떤 村落에서는
       헐벗은 눈물과 눈물들이
       소리없이 만나고 쉴새없이 부딪쳐서
       정처 없는 눈물들을 소생시킨다

                     -「꿈속에서 보는 눈물-國土·2」부분

    ② 누가 알어?
       일상을 사로잡는 육중한 가난에
       던져진 눈물을
       눈물에 스민 내란, 방정맞게 기어오는 고향을.

                     -「밤에 흐느끼는 내 肉體를」부분

    시 ①에서 내 꿈속의 '촌락'은 고향을 가리킨다. 이 고향은 눈물의 근원이다. 눈물은 소리 없이 흐르고 서로 만나면서 슬픔을 증폭시킨다. 시 ②에 드러난 눈물의 근원은 '육중한 가난'이지만 이 가난 안에는 고향에 대한 향수가 자리하고 있다. 고향을 떠났으되 가난의 무게는 일상의 비애로 점철된다. 이 시에는 표면적으로는 잘 드러나 보이지 않으나 유년의 기억이 고스란히 담겨 있다. 아무도 알 수 없는 내면에 '방정맞게 떠오른 고향'은 늘 눈물이다.

고향을 상실한 자, 고향을 잃어버린 자는 결국 고향을 전 생애 동안 온몸에 지니고 살아간다. 그 고향은 원초적 공간이자 이상향이며 어머니였기 때문이다. 동화의 주인공 되게 했던 동리산 태안사에 닥친 어린 성장을 흔들었던 '포성'은 어디를 향해 울릴지 모르는 공포였다. 여순사건으로 좌우익의 치열한 각축장이었던 고향의 동리산, 그 산은 결국 동화의 주인공이 뒹굴 수 없는 산, 상실된 공간이 되고 만다. 그 상실된 공간에 대한 그리움이 결국은 깊은 밤에 흐느끼게 한 것이다.

> 바람 속에 피는 슬픔이었다가
> 햇빛 속에 반짝이는 기쁨이었다가
>
> 바람이었다가 햇빛이었다가
> 슬픔이었다가 기쁨이었다가
> 땅속 깊이 흐르는 물이었다가
> 땅위로 솟아난 바위였다가
>
> 끝내 입을 여는 침묵이었다가
> 끝내 소리치는 말이었다가
>
> 나의 가장 소중한 생명으로 돌아오는
> 너의 가장 소중한 생명으로 돌아가는
>
> 오오 충만한 울음아
> 울음아.
>
> -「눈물-國土·44」 부분

위 시에서 '울음'은 시적 화자의 '가장 소중한 생명'이다. 가장 소중한 생명으로 돌아오고 돌아가게 하는 '울음'을 통해 흐르는 것이 눈물이다. '눈물'을 흘리고 나면 감정의 실체가 선명해 보이고, 카타르시를 느끼는 것은 인간의 가장 순수한 감정의 실체이기 때문이다. 그러므로 '가장 소중한 생명'이 될 수 있는 것이고 삶이 충만해 질 수 있는 것이다. '눈물'은 액체 중에 가장 연한 것이고 심리적으로는 슬픔이나 비애의 구체적 형상이다. 슬픔, 좌절, 절망, 이별 등의 상황에 닥쳤을 때 이 눈물은 내면적 성숙을 가져다준다. 눈물은 일상적이고 감상적 차원에서 쓰이는 다른 언어들보다 순화된 정서적 차원으로 나아가게 한다는 점에서 초기시의 눈물에는 향수가 짙게 드리워져 있다.

'눈물'은 감정의 가장 핵심에 놓여 있는 현상으로 슬플 때나 기쁠 때나 흘리게 된다. 이 '눈물'은 낭만적 기질을 가진 시인들에게서 주로 발견된다. '눈물'의 작용은 시인들이 겪지 않으면 안 되는 엄숙한 통과 과정으로 그는 이 '눈물'을 달고 살면서 기쁠 때나 슬플 때 언제나 눈물을 보인다. 사회의식을 다룬 작품뿐만 아니라 고향의식을 다룬 작품에서도 어김없이 '눈물'로 표출되어 "개인사와 민족사의 문제를 '눈물'로 통합"[142]하고 있다. '눈물'이 이렇게 시의 전면에 드러난 반면 '웃음'은 거의 찾아보기가 힘들다. 초기시의 역사적 현실이 암울했고 유년의 아픔이 함께 작동함으로써 울 수밖에 없음을 보여주고 있다. '눈물'의 의미체계를 도해하면 다음과 같다.

---

142) 이동순, 앞의 글, 『창작과 비평』, 1996. 봄.

눈 물	눈 물	울 다
이 미 지	눈물 촌 락 가 난 고 향	울음 소중한 생명
의 미	향수	내면의식

(3) 신 체

조태일의 시에는 신체와 관련한 시어가 큰 비중으로 자리하고
있다. 가장 많은 지수를 보인 것은 '피'였다. 그리고 이 '피'와 같
은 계열의 시어군으로 묶일 수 있는 것은 '혈맥'과 '혈압'이다.
'피'의 지수 빈도는 53회에 이르고 '혈맥'과 '혈압'은 각각 3회의
지수를 보이고 있다.

① 피의 미친 향기를 맡고
  무덤들도 언짢아서 모두 울먹거린다.

-「털」 부분

② 팍팍한 땅을 맨주먹으로 치고 찍으며
  땀나게 피나게 엎어져서
  얼굴이 닳도록 쓰리도록 부벼 보자구.

-「한강」 부분

③ 내 피는 한 번 쓰러지고 열 번 노하고
  열 번 깨달아 한 번의 필요한 피를 흘린다.

-「필요한 피」 부분

위 시들에는 모두 '피'라는 시어가 등장하고 있다. ①의 피는 독재에 희생당한 자를 의미하고 있으며 ②의 시에서 피는 앞으로 행할 결연한 의지를 상징하며 ③의 피는 자기희생을 각오하는 의미를 지닌다. 이 시들에서 '피'는 모두 자기희생의 각오로 의미화 되고 있다.

피야, 너는 쏟을수록 붉고
피야, 너는 쏟을수록 아름다우므로
내 너를 무덤까지는
데리고 갈 생각은 없다만,

너를 그냥은 빼앗기지 않겠다,
전엔 녹슬고 부러진 칼끝만 보아도
미리미리 쏟고 싶던 너였지만

피야, 이젠 그냥은 내보이지 않겠다,
피야, 이젠 그냥은 내놓지 않겠다,
피야, 이젠 그냥은 빼앗기지 않겠다.

－「피－國土・22」부분

'피'는 온몸을 돌아 생명을 살아 숨 쉬게 하는 동력이다. 그런데 이 시에서는 '피'를 의인화함으로써 결코 그냥은 뺏길 수 없는 존재의 가치를 가지게 된다. '피'는 바로 '목숨'이기 때문이다. '피'를 그냥 내놓지도 빼앗기지도 않겠다는 것은 바로 정면으로 맞서겠다는 것에 다름 아니다. 고로 '하찮은 바람에도 휘어지고 꺾이는' 몸뚱아리가 아닌 '피'를 다 바치는 한이 있더라도 결코 그냥은 뺏기지 않겠다고 선언함으로써 끝까지 맞서서 싸우겠다는 의지를 세우고 있다.

① 머리털이 잘리우고 귀가 잘리우고
　모가지가, 맙소사 모가지가 잘리우고

모든 것이 잘리우고
마침내 나는 긴긴 어둠으로 누웠네.

- 「夕陽 - 國土 · 19」 부분

② 누가 나더러 굼벵이라고만 하는가
밤마다 썩은 이엉속으로 기어들어
이젠 눈도 코도 입도 귀도 열어놓고

- 「굼벵이 - 국토 · 24」 부분

위 시들은 몸의 각 기관들을 시어로 채택하고 있다. ①에서는 '머리털' '귀' '모가지'가 잘렸다는 언술을 통해 긴 어둠의 시대를 드러낸다. ②의 굼벵이는 행동이 굼뜨기로 유명한 시인 자신을 상징하는 것이고 '썩은 이엉'인 정치적 현실에 '눈 · 코 · 입 · 귀'를 열어놓음으로써 온몸으로 시대에 맞서겠다는 의지를 드러내고 있다.

고집 말고는 자랑할 게 있어야지?
머리통이 가려우면 무수한 머리카락을
면도날로 새파랗게 밀어 버리고
발가락이 가려우면 열개의 발가락을 작두로 눌러 버렸어.
열개의 손가락도 눌러 버렸어.
뵈는 게 보이면 눈알을 파버리고
들리는 게 들리면 고막을 쑤셔버렸어
코를 잘라 버리고
입을 찢어 버렸어.
너무하시지 않느냐구?
이봐 뭐가 너무해?
내가 할 일은 아직도 많아!

나 같은 병신은 자손을 치지 않는 일
한번 미치니 꿈도 현실로 보이고
내가 할 일은 이 만신창이로

山川도 밀어버리고
내 고집 가꾸는 일
모두 모두 밀어 버리고
내 몰골만 세우는 일.

-「일편단심-국토·35」 부분

위 시에서는 신체의 모든 부위를 내놓는다. 신체의 모든 부위를
내놓고도 아직 '할 일이 많다'고 하는 화자의 언술은 결연하기까지
하다. '만신창이'의 몸이 되어도 변함없이 그대로 모든 것을 밀어
버리는 행위를 멈추지 않을 것임을 '몰골 세우는 일'로 나타내고
있다. 온몸을 바쳐 살다 보면 "눈 코 입 귀 살갗 등등이 / 다 병신
이 되겠"(「빈집에 황소가-國土·29」)지만 그것을 결코 쉬지 않겠
다는 것을 시의 제목인 '일편단심'으로 드러내고 있다. 몸을 무기
화해서라도 시대와 정면으로 대결할 것임을 거침없이 토로하고 있
는 것이다. 완강하고 집요하게 시대와의 싸움을 멈추지 않는 시적
자세는 "강골의 시인이자 동시에 반골의 시인"[143]으로 알려진 시
인의 시대정신과 무관하지 않을 것이다.

한편 '목소리'를 통해서도 시대적 현실을 의미화 하였다. '목소
리'와 관련된 시어 중에서 가장 많은 지수를 보인 것이 바로 '목소
리'이다. '목소리'의 지수는 44회나 되고 '소리'도 38회나 되며 '아
우성'도 21회나 된다.

① 들끓는 가마솥이 되더라
내가 날리는 목소리가 네 몸에 닿으면
네 몸은 곳곳을 부딪치는 함성이 되고

-「깃발이 되더라-國土·44」 부분

---

143) 염무웅, 「국토 발문」, 『國土』, 창작과비평사, 1975. 187쪽.

② 땅 위에 길게 꽂힌 깃발이 되고
　참 오랜만에 듣는 소문이 된다.
　믿어 의심치 못할 아우성이 된다.
　　　　　　　　　　　－「소나기의 魂－국토・38」 부분

위 시에서는 ①개인적인 목소리가 집단의 소리가 되어 '함성'이
된다. '나'의 목소리가 '네' 몸에 닿으면 '네 몸은 곳곳을 부딪치는
함성'으로 터지게 되고 ②에서는 '깃발'이 되고 '소문'이 되고 '아
우성'이 되는 것이다. '아우성'은 여럿이 함께 터트리는 '함성'과
함께 군중적이고 집단적인 움직임을 의미하는 것이다. 집단적인 움
직임은 개인의 각성이 실천으로 나아가고 있음을 보여준다.

　　山川은 변함이 없고
　　숨결 또한 끊어지지 안했는데
　　참말로 이상한 일이다.
　　입들은 벌리긴 벌리는데
　　그 폼만 보이고
　　목소리는 들리지 않는다.

　　목소리는 아예 목청에 가둬 뒀느냐,
　　山川에 잦아들었느냐,
　　내 귀가 멀어서
　　고막이 울지 못하느냐,

　　내 五官을 뒤집고 보아도
　　폼만 보이고 껍데기만 보이고
　　목소리를 만날 수 가 없구나.
　　　　　　　　　　　－「목소리－國土・23」 부분

위 시는 '목소리'를 통해서 마음껏 자유롭게 말할 수 없는 답답
함을 호소하고 있다. 왜 '목소리'를 잃어버렸는가는 드러나 있지

않다. 다만 자연물들인 '바람' '갈대' '돌멩이'들은 만나면 소리를 낸다는 것을 통해서 '우리들'은 만나도 소리를 낼 수가 없는 이상한 시대를 살고 있다는 것을 드러낸다. 그 이상한 시대란 바로 유신체제의 강화로 하고 싶은 말을 할 수 없었던 시대를 의미한다. 물론 행동하지 않는 의지와 말은 허구일 수밖에 없음을 반성케 하는 성찰적인 의미도 동시에 지닌다.

'산천'도 변함없는데, '숨결'도 끊기지 않았는데, '입'을 벌리긴 했는데, 목소리가 들리지 않는다. 살아 있어도 살아있는 것이 아니며 알맹이들은 보이지 않고 껍데기만 보이는 참말로 이상한 시대는 '잃어버린 목소리'를 찾아야 한다는 절박함으로 나타난다. 하고 싶은 말을 할 수 없었던 시대 앞에서 침묵하고 있는 이들에게 목청에 가두지 말고 목소리를 드높이라는 주문이기도 하다.

결국 이 시를 통해서 힘의 우위에 기반하여 지배 권력은 지적·도덕적 정당성을 이미 상실하고 있다는 것을 보여줄 뿐만 아니라 압도적인 지배 담론의 허구성을 폭로함으로써 침묵하고 있는 주변의 목소리를 복원하고자 한다.

> 답답한 목소리는 풀어야한다.
> 기필코 풀어야 한다.
> 조건 없이 풀어야 한다.
>
> 얽매인 목소리를
> 모든 만물의 눈에까지 훤히 보이도록
> 국토 위에 야생마처럼 풀어주어야 한다.
> ―「풀어주는 목소리―國土·28」 부분

자유가 없는 사회, 폭력과 폭압 때문에 말할 수 없는 사회라면 반드시 폭발하게 되어 있다. 이 얽매인 목소리를 푸는 주체는 '나'이다. 내가 풀어주는 목소리가 '만물에 닿아' '빛'으로 터지리라는 언술 속에서는 전사로서의 시적 자아가 서 있다. 불평이나 비판이 없는 사회는 살아 움직이는 사회가 아니라는 점을, 그리고 말할 자유가 없는 사회는 고여서 썩어가는 사회임을 말하는 것이다.

'답답한 목소리'가 전 국토를 휘감고 있던 때 외치는 함성은 이를 풀기 위해 나서는 지사적인 결단에서 시작된다. 그리하여 목소리조차 마음껏 낼 수 없었던 때 알맹이가 담긴 목소리를 냄으로써 저항의 정신을 드러낸다. 위의 시 「목소리 – 國土 · 23」와 「풀어주는 목소리 – 國土 · 28」은 "백성들이 불평을 입 밖에 내지 못하도록 형벌로만 다스린다"[144]는 관점에서 쓴 시들이다.

'답답한 목소리'를 풀어 '함성'과 '아우성' 되게 하는 것, 곧 억압당한 자유를 회복하는 것은 연대를 통해 가능하다. 이 연대는 살아 움직이는 사회를 향한 정도가 되어 '믿어 의심치 못할 아우성'을 만들어낸다. 초기시의 목소리는 개인적인 차원에서 시작하여 집단적인 연대로 승화된다.

신체를 형상화하는 시어들은 결국 온몸으로 국토를 껴안고 끝까지 사랑하겠다는 의시를 표명하는 것이면서 체제와 권력에 대한 저항 의지를 꺾지 않겠다는 선언으로 나타난다. 곧 온몸을 바치는 오체투지로 시대와 국토를 거슬러 오르는 시들인 셈이다. 초기시의 '신체' 의미체계를 도해하면 다음과 같다.

---

144) 조태일, 앞의 글, 『고여 있는 시와 움직이는 시』, 전예원, 1980, 249쪽.

신체	피	몸	목소리
이 미 지	피 촌 락 가 난 고 향	눈, 코, 입, 귀, 팔, 다리 잘리다 열다 병신 만신창이	목소리 깃발 소문 답답한 얽매인
의 미	목숨 (희생)	무기	억압당한 자유

　이상에서 살핀 초기시는 정치현실과 민족문제에 대해 정면으로 대응함으로써 체제를 전복하고자 한 '전복적 상상력의 시세계'라 할 수 있다. 불온한 시대와 처절한 싸움을 전개함으로써 억압적 현실로부터 자유와 공동체를 회복하려는 조태일의 목소리는 70년대 참여시의 한 전형으로 평가할 수 있을 것이다.

▐▌▐ 2. 사회적 상상력의 세계

1) 중기시의 시어 분석과 지수

조태일의 초기시가 시대와의 불화에서 비롯된 저항과 전복의 시가 주류를 이루고 있다면, 중기시에는 시대와의 불화와 함께 자연에 눈을 돌린 시가 공존한다. 앞 절에서 제시한 분석 층위에 따라 시기별 시어와 그 지수를 조사, 분석함으로써 시적 상상력의 지평을 규명할 것이다.

첫째, 시간과 공간을 나타내는 시어들의 양상을 조사하였다. 초기시에서 많은 비중을 차지하고 있었던 '시간'은 현저히 줄어들었다. 대신 '어제'와 '오늘'이라는 시어가 높은 지수를 보이고 있다. '하루'의 시어군 중에서는 '새벽'과 '아침'과 '밤'이 중심축을 이루고 있다. '계절'을 나타내는 시간 중에서는 '봄'과 '가을'이 의미를 형성하고 있다. 공간은 폐쇄적인 '방'의 지수는 눈에 띄게 줄었고

'방'과 같은 계열로 '집'이 있다. 그리고 폐쇄된 공간에서 열린 공간으로 나오는 '골목'은 지수가 더 높아졌고 '길'과 '거리'가 중심축에 자리한다. 그 과정을 거쳐 '국토'로 공간이 확대되어 '하늘' '산' '바다'로 나타난다. '하늘'과 '땅'이 그 중심축에 자리하고 있다. 다른 공간들도 나타나기는 하지만 중심축으로 의미화 되지 않은 것들은 제외하였다.

둘째, 전쟁과 정치 현실을 반영하고 있는 시어들과 날씨를 나타내는 시어들을 조사하였다. 전쟁을 나타내는 시어들은 적군을 나타내는 시어들이 많았는데 의미화 되지 않고 배경으로만 쓰인 시어들은 제외하였다. '적'을 나타내는 시어들은 '거짓' '거짓말' '총칼' 등 주로 무기들이 주류를 이루고, 군대를 나타내는 시어들은 '전쟁' '군단' '병졸' 등으로 조사되었다. 전쟁을 체감하는 시어들로는 '무덤' '국경선'의 계열로 정리할 수 있는데 그 밖에 의미화 되지 않거나 배경으로 쓰인 시어들은 모두 제외하였다. 정치 현실을 반영하고 있는 시어들로는 '민주'와 '독재'로 분류할 수 있는데 같은 계열을 거느리는 시어들도 상당히 많았지만 나머지 시어들은 일관되게 쓰이지 않아서 제외하였다. 날씨를 나타내고 있는 시어들은 '바람'의 시어군과 '비'와 관련된 시어군으로 정리할 수 있는데 이밖에 다른 날씨와 관련한 시어들은 제외하였다. 특별한 의미로 쓰이거나 중심축을 이루지 않기 때문이다.

셋째, 여성과 눈물, 죽음과 신체를 나타내는 시어들을 조사하였다. 여성을 나타내는 시어들은 크게 '소녀'에는 '처녀'를, '누님'에는 '아내'를, '어머니'에는 '할머니'를 나타내는 시어군으로 분류하였다. 여성을 나타내는 다른 시어들도 상당한 지수를 보이고 있으나 나머지 시어들은 중요한 의미로 쓰이지 않고 있어 제외하였다. 눈물을 나타내는 시어는 '눈물'과 '울음' 등의 시어들이 주류를 이루고 있고 초기시 전반에 나타나 정서적 상태를 나타내는 의미로 작용하고 있다. 신체를 나타내는 시어들은 신체의 주요 부위에 따라 시어군으로 정리하였다. 주로 '목소리' '육체'의 시어군이 의미를 형성하는 중심축으로 자리하고 있다. 제시하지 않은 다른 시어들은 크게 시에 의미로 작용하거나 중심적인 의미로 쓰이지 않아서 제외하였다. 이를 표로 정리하면 다음과 같다.

〈표 3 - 3〉 중기시의 시어 분석표

분 류	시어(빈도수)
시간	시간: 시간(11), 지금(20), 시대(11), 시절(3), 세월(22), 어제(7), 어젯밤(5), 오늘(35), 오늘밤(2), 내일(9), 모레(5) 하루: 신새벽(2), 새벽(21), 새벽녘(3), 아침(16), 대낮(5), 저녁(9), 밤(17), 밤새(7), 밤중(2), 하루(13), 종일(4), 온종일(3) 계절: 봄(24), 여름(9), 가을(20), 겨울(10)
공간	방: 방(8), 집(7), 오두막집(4) 골목: 길(44), 골목(20), 들판(14), 거리(10), 벌판(5), 구석(2) 국토: 하늘(127), 땅(84), 산(43), 세상(41), 지상(19), 강(15), 산천(13), 국토(11), 바다(9), 천지(7), 강산(6), 우주
전쟁	적: 적(10), 거짓(8), 죄(5), 원수(5), 총검(3), 총칼(3), 거짓말(2), 대창(2), 죽창(2), 무기, 총, 도둑, 폭탄 전투: 전쟁(4), 병졸(2), 군단 국경선: 분단(4), 휴전선(3), 철책, 휴전, 경계선, 분계선 삶: 삶(15), 목숨(7), 이승(5), 천국 죽음: 죽음(17), 무덤(16), 저승(8), 지옥(3), 공동묘지(2), 떼주검
정치	민주: 자유(21), 민주(11), 민주화(9), 통일(6), 평화(6), 정치(4), 법(4), 정의(4), 정치가(3), 해방(3), 자주(2), 반독재
정치	독재: 데모(5), 반민주(2), 침략군(2), 독재, 독재자(2), 진압(2), 폭력(2), 독재정치가, 폭력배, 폭력자, 계엄군, 공수부대, 최루탄, 성명서, 점령군, 수갑, 감옥, 감금, 선봉, 선언, 시민군
날씨	비: 구름(17), 소나기(7), 비(7), 안개(7), 폭우(5), 먹구름(4), 무지개(3), 번개(2), 비바람(2), 천둥(2), 비보라, 장마, 번개 눈: 눈(68), 눈보라(14), 첫눈(6), 폭설(2), 대설주의보 바람: 바람(55), 폭풍(4), 칼바람(3), 찬바람(2), 폭풍우, 폭풍한설

분 류	시어(빈도수)
여성	소녀 / 처녀: 계집(9), 처녀(4), 잡년(3), 딸년(2), 소녀, 이년, 딸 누님 / 아내: 누나(7), 누이(6), 여편네, 아내 어머니 / 할머니: 어머니(19), 어멈님(10), 에미(7), 할머니
눈물	눈물: 울다(146), 눈물(34), 흐느끼다(11), 피울음 웃음: 웃다(7)

신체	목소리: 말(92), 소리(91), 노래(31), 목(12), 함성(11), 아우성(9), 모가지(7), 만세소리
	    (5), 통곡(4), 외침(3), 메아리(2), 목구멍
	눈 / 귀: 머리(19), 눈(12), 귀(10), 눈망울(4), 귓가(3)
	입 / 코: 얼굴(24), 입(19), 입술(10), 이빨, 입부리
	손 / 팔 / 다리: 손(28), 발(9), 무릎(7), 다리(5), 발바닥(4), 팔다리(3), 발가락(3), 손가락
	알몸 / 살 / 뼈: 몸(75), 육신(10), 온몸(7), 육체(5), 살결(4), 살(4), 뼈(2), 맨몸, 알몸,
	    맨몸뚱아리, 뼈가슴, 뼈마디
	피: 피(4)

위 표에서 초기시와 달라진 시어들을 확인할 수 있다. 시간을 나타내는 시어와 지수는 현저히 줄었다. 공간은 폐쇄적이고도 닫힌 공간이 아니라 열린 공간으로 변모한 것이 특징적이다. 전쟁과 정치를 나타내는 시어들은 여전하나 초기시의 유신체제에서 사용하는 시어와는 다른 시어들의 다수 등장하고 있다. 그래서 '눈물'을 나타내는 시어의 지수는 훨씬 높은 지수를 보이고 삶과 죽음을 넘나드는 시어에도 많은 변화가 생겼다. 그리고 여성을 나타내는 시어가 초기시에 비해서 감소되었는데 '처녀'라는 시어 대신 '어머니'가 비중 있게 등장하고 있는 것이 특징이다. 이것은 시대와의 대결이 약화되기 시작했음을 말하는 것이다. 그러나 지속되는 시대와의 불화는 여전히 날씨로 상징되는 시어들로 나타난다.

2) 자연질서 회복의 시 - 시간과 공간

(1) 시 간

시어 분석표에서 알 수 있는 것처럼 '시간'이라는 시어는 초기시보다 현저히 줄어들었다. 대신 '오늘' 시어가 35회로 가장 높은 지수를 보이고 있다. 같은 시어군으로 '하루' '종일' '온종일' 등이 있으며 '오늘'의 시어군은 총 55회에 이른다.

> ① 절망을 노래하고파서
> 　오늘 버림을 당하고파서
> 　모든 것으로부터 자유롭고파서
> 　떠나자, 미련없이 떠나자.
> 　　　　　　　　　　　　　　　　　　　　-「정처가 없다」 부분

> ② 오늘 하루도 평탄치 못하겠구만.
> 　일찍 일어나 세수부터 정갈하게 하고
> 　구두끈도 단단히 동여매야겠구만.
> 　　　　　　　　　　　　　　　　　　　　-「자유가 시인더러」 부분

> ③ 오늘 이곳 저희들은
> 　오늘도 이냥저냥 지내면서
> 　부끄럼 하나만은 하늘만큼 키웠기에
> 　두서너 잎사귀로 어찌 가리리요.
> 　　　　　　　　　　　　　　　　　　　　-「저승분들께」 부분

위 시에서는 모두 '오늘'이라는 시어가 의미화 되고 있다. ①의 '오늘'은 구속된 시간에서 벗어나고 싶은 시간이고 ②의 '오늘'은

어제와 같은 여전한 대결의 시간이고 ③의 '오늘'은 부끄러운 시간을 의미한다. '오늘'은 모두 고통의 시간으로 의미화 되고 있음을 알 수 있다.

어제의 하늘은
낮이면 구름을 펼치든지 해를 띄웠다.
어제의 하늘은
밤이면 별을 뿌리든지 달을 띄웠다.

그런데 말이야
오늘의 하늘은 사람과는 별로 상관않는지
대변인들의 성명서나 마구 흩뿌려놓았다.

- 「하늘을 보며」 부분

위 시에서는 '어제'와 '오늘'이란 시어가 시 전체를 지배하고 있다. '어제'와 다른 '오늘'이라는 시간의 대비를 통해서 분명하게 달라진 현재를 보여준다. '어제'의 자연은 자연 그대로의 순환원리에 따라 '낮'이면 '구름'과 '해'를, '밤'이면 '별'과 '달'을 띄웠는데 '오늘'에 오면 상황은 달라진다. '오늘'에 이르러 상황이 더 좋아지지 않고 '사람'과 별로 상관하지 않으므로 자연 순환의 시간 원리에서 벗어난다. 이것은 인간 삶의 원리에서도 벗어났다는 것을 의미한다. 그래서 '어제의 하늘'은 사람과 함께한 하늘이었는데 '오늘의 하늘'은 자연의 원리를 따르지 않고 '대변인들의 성명서'나 마구 뿌리는 하늘로 나타난다. 다시 말해 '오늘의 하늘'은 정권의 '대변인들의 하늘'이 되어버린 현실을 의미한다. 그러므로 평화로운 시간이 아니라 고통의 시간일 것이고 반드시 벗어나야 하는 시간이다.

① 밤 풍경
　밤 사연
　한 올 한 올 짜내어서
　바람불면 무너진다
　슬픔으로 쌓은 공
　놓칠세라
　꼬옥꼬옥
　끼리끼리 얼싸안네

－「눈꽃」 부분

② 하늘은 떠도는 원혼들도 모아 품고
　넉넉함으로 그 한량없는 깊음으로
　밤이면 밤마다 서걱이는 풀잎과 함께

－「무등산」 부분

　시 ①에서 '밤'은 눈꽃을 피우기 위한 준비의 시간이다. 고난의 시간을 이겨낸 뒤에 피어난 꽃이기에 더 아름다울 수 있는 것이다. ②의 시에서 '밤'은 고요한 침잠의 세계가 아니다. 바람에 서걱이는 풀잎과 함께 '원혼'을 품고 '넉넉함'으로 세상살이는 견뎌내는 준비의 시간이다.

　　시인들은 밤에도 눈을 감지 못한다.
　　별들이며 풀잎들이며 구름들이 자지 않는 한
　　수많은 시인들은 이 어둠 속에서
　　잠을 잘 수가 있겠는가?
　　애미와 애비와 새끼들도 한통속이어서
　　별들과 풀잎들과 구름들과 시인들도
　　한통속이어서 끝끝내 이 어둠을 두고는
　　잠들지 못한다.

－「밤에 쓴 시」 부분

　위 시는 '밤'이라는 시간이 상징하는 의미가 명징하게 드러나 있

다. '밤'이라는 시간은 모두가 편안히 쉬는 안식의 시간이다. 그러
나 시인은 그 시간에도 잠을 잘 수가 없다. '별들'과 '풀잎들' '구
름들'이 잠을 자지 않기 때문이다. 수많은 '별들'과 '풀잎들'과 '구
름들'은 밤에도 눕기는커녕 밤새도록 몸을 뒤척이며 밤을 지키기
때문에 시인도 잠들지 못한다. 시인은 세상 모든 소리에 귀 기울
이고 모든 것에 세상 만물에 응시하고 있어야 하기에 밤에도 잠들
지 못하는 것이다. 시인은 시대를 내다보는 눈을 가지고 있어야
한다는 말과 같다. "이 세상을, 한 번만 태어나 떠나야 할 세상을
지금까지 과연 어떻게 생활해왔던가를 깊이 생각할수록 불면증은
더욱 깊어질 것이다. 그래서 이 불면증은 내일을 대비한 활력소가
될 것"[145]임을 알기에 잠들지 못하고 내일을 준비한다. 그 내일은
'새벽'이나 '아침'으로 나타난다.

① 문득 일어나 앉았다.
　달빛이 찾아와 끝끝내 나를 눕히지 않는다.
　내일 새벽은
　조금 어수선할 것도 같다.
　아니 조금은 태양도 늦게 떠오를 것 같다.
　　　　　　　　　　　　　　　　　－「달빛이 찾아와」 부분

② 서로 무사했는지 새벽에 일어나
　고함 지르며 골목골목을 뛰며
　아침 안부를 나누던 친구들.
　　　　　　　　　　　　　　　　　－「친구들」 부분

③ 나는 어디로 가는가.
　곤히 잠든 자식들과 아내를 두고

---

145) 조태일, 「시인은 밤에도 눈을 감지 못한다」. 앞의 책, 나남출판, 1996, 34쪽.

신새벽 나는 무엇을 만나러 가는가.

-「새벽녘」부분

　시 ①에서 '새벽'은 밤의 고통이 지속되는 시간이다. 시 ②에서 '새벽'은 밤의 고통 속에서 벗어나 안부를 확인할 수 있는 안도의 시간이며 시 ③의 '신새벽'은 누군가를 만나러 가는 의지의 시간이다. 시마다 '새벽'의 의미화 양상이 조금씩 다르게 나타나고 있지만 고통의 밤을 이겨내고 의지를 다지는 시간으로 정리된다.

우리들이 아는 사람들은 모두
황혼에 쓰러져서 새벽에 일어난다.
황혼과 새벽 사이의 긴긴 밤물결에 떠서

노를 저어라. 저어라 노를.
어둠을 사루어서 새벽을 만들자.

우리들이 아는 사람들은 모두
새벽에 일어나서 황혼에 쓰러진다.
새벽과 황혼 사이의 신나는 빛물결에 떠서
노를 저어라. 저어라 노를.
태양을 사루어서
더 큰 태양을 만들자.

-「새벽에 일어나기」전문

　'새벽'은 조태일이 항상 어김없이 일어나는 시간이기도 하다. 위 시는 '새벽'이라는 시간의 의미를 확실히 보여주고 있는 시이다. 1연에서 나타나는 '황혼'이 잠드는 시간이라고 본다면 '새벽'은 일어나는 시간이라고 할 수 있다. 황혼에서 새벽까지 '잠'을 자는 것이 보편적인 인간들의 일상이다. 2연에서는 부지런히 시간의 노를 저어야 맞이할 수 있는 시간이 '새벽'으로 의미화 되고 있다. 일상적으로 잠자고 일어나는 자연 질서에 순응하는 시간을 보내는 것이 아니라 '새벽'을 맞이하기 위한 쉼 없는 노력이 필요하고 '그냥 오는 새벽'이 아니라 밤새 노를 저어야만 오는 시간이다. 3연에서는 쉼 없이 노를 저어 '새벽'을 맞이하고 새벽에 떠오르는 '태양'을 만든다.

계절을 나타내는 시어를 통해서도 역사적인 상황과 삶의 자세를 표출하는데 '봄'과 '가을' '겨울'이 많은 지수를 보이고 있다.

> 살을 삶고 마음까지 푹푹 찌는 여름이온데
> 눈이 내립니다. 눈보라가 칩니다.
> 세월이 미쳐 사람이 보고파서 미쳐
> 제 갈 길을 찾지 못하온 것인지
> 사람이 미쳐 세월이 보고파서 미쳐
> 제 갈 길을 찾지 못하온 것인지
> 눈이 내립니다. 눈보라가 칩니다.
>
> ─「이상한 계절」 부분

위 시는 계절의 순환원리를 삶과 대비시키고 있다. 계절의 순환은 그 누구의 뜻대로 움직일 수 없는 자연의 섭리이다. 그런 자연의 순환원리가 깨진다면 온전한 삶을 영위할 수 없다. '여름'에 눈이 내리고 눈보라가 치는 것은 자연 질서의 파괴현상으로 '사람이 미쳐' 제 갈 길을 찾지 못하기 때문이다. 그 '미친 세월'은 제5공화국의 군사독재 아래 행해졌던 온갖 폭력에 대한 시대적인 아픔의 역사를 말하는 것이다. '미친 세월'에 붙어 살 수밖에 없는 현실은 '이상한 계절'로 표상되고 있다. '겨울'은 다음과 같이 의미화 된다.

① 친구야
　겨울이지만 지금 내 가슴이 더워서
　이 펜도 더워서 들끓구나.

- 「친구에게」 부분

② 결코 이 겨울을 피하지 않으리라
　결코 이땅을 피하지 않으리라.
　이곳 말고 갈 수 있는 땅이
　어디 있다더냐.

- 「꽃나무들」 부분

시 ①에서 화자가 체감하는 '겨울'은 단순히 계절이 아니라 이땅의 역사적 현실이다. 시 ②에서는 꽃나무의 절규를 통해 '겨울'을 결코 피하지 않고자 한다. 위의 시 모두에서 '겨울'은 결국 시대적 현실을 상징하고 있으며 극복해야 할 대상으로 의미화되고 있다.

악, 악, 악을 쓰면서
흔들리면서 흔들면서
겨울을 마구 토해내는 강산이로구나.
악, 악, 악을 쓰면서
흔들리면서, 흔들면서
무수한 꽃들이 핀다.

꽃샘바람이 차고 매울수록
그렇게 꽃나무들을
다투어 꽃망울을 터뜨리는구나.

- 「앞으로 필요 없을 시」 부분

위 시에서도 '겨울'은 냉혹한 시대적 현실을 의미한다. '악'을 쓰

면서 '겨울'을 토해내는 시대적 현실은 '꽃'이 상징하는 민주화와
자유를 방해하는 시간이다. 겨울은 '꽃샘바람'으로 차고 맵게 불지
만 '꽃망울'을 터뜨리기 위해 몸부림침으로써 꽃향기를 피워내는
'봄'은 올 수밖에 없다. 시대적 현실을 차갑고 매서운 '겨울'로 상
징함으로써 따스하고 꽃이 피는 '봄'은 기다리는 시간을 강조한다.

    ① 타는 가슴으로 문지르면
        어느덧 그들도 봄은 피워대누나.
        사랑아, 모든 이의 사랑아,
        타는 그리움아, 타는 그리움아.
                                           -「타는 가슴으로」부분

    ② 오는 봄은 오는 길이
        더디나 빠르나 서두르지 않고
        다만 당당하게 온다.
                                           -「그래도 봄은 오는」부분

    시 ①에서 '봄'은 모두가 애타게 기다리는 시간이다. 시 ②의
'봄'은 겨울을 이겨낸 당당한 시간으로 나타나고 있다. 따라서 위
의 두 시에 나타나는 '봄'은 겨울을 이겨낸 당당한 시간으로 의미
화 된다.

    소문은 봄이라 들리지만
    틀릴 때도 있단다.
    아직은 봄이 아니다.

    잘못 알고
    싸립문 빵긋 열고 나온
    어린것들아.

아직도
바람끝이
차고 매섭구나.
피려는 꽃봉오리도
다시 오므라들지 않느냐.

폭풍한설 몰아치면
오기는 꼭 오는
봄이란다.

들어가서 안 나오진 말고
옷을 더 껴입고 나오려무나
어린것들아.

-「봄소문」전문

시적 화자는 '봄'을 애타게 기다리고 있다. 1연에서 '봄'은 소문
의 봄이다. 아직 도래하지 않은 것이다. 2연에서는 봄이 찾아온 줄
알고 나선 어린 아이들에 대한 걱정이, 그리고 3연에서는 차고 매
서운 바람이 멈추지 않았음을, 4연에서는 '폭풍한설'의 겨울이 지
나면 꼭 '봄'이 온다는 것을 강조한다. 5연에서는 그때까지 '옷을
더 껴입고' 있어야 한다는 것을 가르치고 있다. 이 시는 1980년 『창
작과비평』 봄호에 발표된 시로 12·12 이후 혼란한 정국을 상징적
으로 의미화하고 있다고 보인다. '봄'으로 상징되는 '민주화'가 사
실상 오지 않았음을 의미화하고 있는 시라고 할 수 있다. 이른바
'서울의 봄'으로 불리는 민주화를 열망하는 시위가 전국적으로 확
산되는 시점에서 쓴 시이기 때문에 '봄'은 어린 것들인 민중들이
바라는 '민주화'의 상징일 수밖에 없다.

다음으로 20회의 지수를 보이고 있는 '가을'은 다음과 같이 의

미를 형성하고 있다.

① 너와 나 그렇게
　가을 아지랑이를 만들면서
　하늘로 솟아 아스라이 아른거리자.
　다시 돌아오는 날까지
　이 지상을 떠나서.

-「가을 속에서」 부분

② 낙엽과 내가 한몸으로 포옹할 때
　생활과 내가 그렇게 이별할 때
　가을은 인간을 정치를
　한 잎의 낙엽으로 만들었다.

-「낙엽 속에 묻히다-國土·66」 부분

③ 가을이다
　돌고 돌아 거침이 없는
　우리들의 삶이 끝날 듯
　되살아나는
　저기 저곳에다
　허름한 마음집이라도 한 채 지으리라.

-「지평선」 부분

　시 ①에서 '가을'은 자기 존재를 확인하는 시간이며, 시 ②의 '가을'은 모든 것이 제자리로 돌아가는 소멸의 시간, 그리고 시 ③의 '가을'은 소멸과 생명 잉태의 이중적인 시간을 나타내고 있다. 의미화 양상이 조금씩 다르게 나타나고 있지만 '가을'은 모든 것이 제자리로 돌아가는 시간으로 표상된다.

　나름대로의 길
　가을엔 나름대로 돌아가게 하라.

곱게 물든 단풍잎 사이로
가을바람 물들며 지나가듯
지상의 모든 것들 돌아가게 하라.

지난 여름엔 유난히도 슬펐어라
폭우와 태풍이 우리들에게 시련을 안겼어도
저 높푸른 하늘을 우러러보라
누가 저처럼 영롱한 구슬을 뿌렸는가.
누가 마음들을 모조리 쏟아 펼쳤는가.

가을에 헤어지지 말고 포옹하라.
열매들이 낙엽들이 나뭇가지를 떠남은
이별이 아니라 대지와의 만남이어라.
겨울과의 만남이어라.
봄을 잉태하기 위한 만남이어라.

나름대로의 길
가을엔 나름대로 떠나게 하라.
단풍물 온몸에 들이며
목소리까지도 마음까지도 물들이며
떠나게 하라.
다시 돌아오게, 돌아와 만나는 기쁨을 위해
우리 모두 돌아가고 떠나가고
다시 돌아오고 만나는 날까지
책장을 넘기거나, 그리운 이들에게
편지를 띄우거나
아예 눈을 감고 침묵을 하라.
자이여, 인간이여, 우리 모두여.

－「가을엔」 전문

    가을에는 모든 것이 제자리를 찾아 돌아가는 시간의 귀환의 세
계이다. 바람도 제자리로 돌아가듯이 지상의 모든 것들도 제자리로
돌아간다. '지난 여름'의 태풍과 폭우를 이겨낸 뒤의 가을 하늘의
풍경을 통해 고통의 시간 뒤에 오는 행복과 평화가 얼마나 큰 기

뺨일 수 있는지를 노래하고 있다. 모든 것이 제자리로 돌아가는 것은 겨울과 봄을 잉태하기 위해 새로운 만남을 준비하는 시간이다. 떠나는 시간과 돌아오는 시간의 이중적인 가을을 통하여 '자연'과 '인간'은 돌아와 만날 때까지 조용히 침묵하기를 바란다. '가을'은 소멸의 시간이자 새로운 만남을 위한 준비의 시간이고 생성의 시간이기 때문이다.

조태일은 가을을 "때가 되어 그 영광과 시련을 열매로 맺고 영글어 대지라는 품속으로 다시 돌아가는 귀수성의 세계"[146]라고 한 바 있다. 가을이 자연 질서의 순환 속에서 돌아오기 위해 되돌아가는 시간으로 이해하고 있는 것이다. 인간 삶도 순환하는 시간처럼 자연 질서를 거스르지 않아야 함을 의미하는 것이라고 할 수 있다. '가을'은 사회와 역사와의 관계를 상징하거나 의미화한 것이 아니라 자연 질서의 순환을 의미하고 있는 것으로 시세계가 변모하고 있음을 나타내는 지표가 된다고 할 수 있다.

이 중기시의 시간을 나타내는 '밤' '겨울'의 시어들은 대부분 역사적 상황과 밀접한 관련을 맺고 있었지만 '가을'은 자연 질서에 순응하고 따르면서 다시 돌아오기 위해 소멸하는 시간으로 의미화되었음을 알 수 있었다. 중기시의 '시간' 의미체계를 도해하면 다음과 같다.

---

146) 조태일, 「가을에 오시는 어머니」, 앞의 책, 나남출판, 1996. 23쪽.

시 간	과 거	현 재			미 래	
이미지	어 제 자연 순리	오 늘 부끄럽다 구속	밤 영혼을 부름 공을 쌓음	새 벽 고통의 지속 의지 안부확인	봄 기다림 당당한	가 을 소멸 잉태
의미	자연 질서	고통	미래를 준비할 심적행위	삶의 자세 준비	민주화 (기다림)	자연질서의 순환

(2) 공 간

시어 분석표에서 확인하였듯이 초기시에 비해 공간을 나타내는 시어들이 다양해졌다. 공간을 나타내는 시어가 증가하였다는 것은 그만큼 공간의 영역이 확장되었다는 것을 의미한다. 특이한 점은 '방'이라는 시어 지수가 현저하게 줄었다는 것이다. 특히 국토를 나타내는 '하늘'이 127회의 지수를, '땅'과 '길'이 각각 84회와 44회의 지수를 보이고 있다.

다투며 치장하는 단풍잎들 위로
높다라니 하늘하늘 하늘이 걸려 있고
가을 가슴 깊숙이 파고들며
온갖 잡새들 노래한다.
서로 견주며 여름을 노래한다.

쉴새없이 물은 흐르고
세월도 따라 흐른다.
고일 데 없어 마음도 넘쳐 흐를 때

생명을 지닌 모든 것들

생명을 버린 모든 것들

그 찬란한 외로움 끝에다가
포근한 겨울잠을 찾아
까슬한 오두막집을 짓는다.

노래하는 모든 것들 곁에다
잠자리를 찾는 모든 것들 곁에다
나도 노래하는 오두막집을 짓는다.
당신들도 당신들의 오두막집을 짓는다.

-「오두막집」 전문

　'집'은 '무덤'이나 '침묵'의 공간이 아니라 '하늘'은 높고 새들은
노래하고 쉴 새 없이 물이 흐르는 살아있는 '집'이다. 1연에서는
가을의 풍경을, 2연에서는 세월도 함께 흐르는 가을날의 평화로움
을, 3연에서는 포근한 겨울잠을 위한 '오두막집'을 짓는다. 4연에
서는 노래하는 모든 것들을 위해서 잠자리 찾는 모든 것들을 위해
서 따뜻하고 포근한 오두막집을 준비한다. 이 '오두막집'에는 높다
란 하늘과 새들이 있고, 쉼 없이 흐르는 물이 있으며 생명을 지닌
모든 것들이 있다. 그리하여 노래하는 모든 것들과 잠자리를 찾는
모든 것들을 위한 편안한 안식의 공간이 될 수 있게 된다. 이렇게
준비된 '오두막집'은 평화롭고 따스하며 사랑이 가득 넘치는 공간
으로써 모든 생명 있는 것들이 쉬는 안식처가 된다. 이것은 초기시
에서는 느낄 수 없었던 정감으로서 '집'의 원형이 구현되고 있다.

　① 이 마음 이 고개 열고 넘어
　　우리의 길 우리가 걸어
　　불타는 가슴 가슴 멀리 비추면

-「우리들의 노래-國土·53」 부분

② 그 소문이 그 소문인 숲을 헤치며
　이 거짓의 거리를
　이 분단의 거리를 뚜벅뚜벅 걷는다.
　　　　　　　　　　－「서울을 거닐며－國土49」부분

시 ①의 '길'과 '고개'는 열정적인 삶을 쟁취하는 도정이다. 시 ②에서 '거리'는 '거짓'과' 분단'의 현실을 의미한다. 위 두 시에서 '길'은 역사적인 상황에 대한 대응 자세와 역사적 현실을 의미하는 기표이다.

책들도 노트고 불태워버리고
다시 태어나는 순간으로
그 기분으로 그 첫울음으로
가렵니다, 떠나렵니다.
말리겠소? 말리겠소?
청청히 솟아 있는 대밭이건
묵묵히 앉아 있는　바윗길이건
철철이 흐르고 있는 강물길이건

어쩔 수 없지 않소
헛말만 떠도는 이곳보다야
훨씬 살아갈 맛이 나지 않겠소?
걸어서 걸어서
잠 이룰 때까지 뜬눈으로

　　　　　　　　　　　　　　　－「길」부분

살아가야 할 삶의 자세와 의지를 나타내고 있는 시이다. 지식의 상징인 '책'이나 '노트'도 불태워 버리고 다시 태어나는 기분으로 '대밭길'이건 '바윗길'이건 '강물길'이건 가겠다고 한다. '헛말'뿐인 곳보다 '살아갈 맛'나는 곳을 찾아 걸어가겠다고 함으로써, 다시 태어나겠다는 내면의지를 강화하고 그 길은 누구도 막을 수 없는 길임을 언명한다. 지사적인 면모를 보여주는 이 시는 고난의 길을 뜬 눈으로 가겠다는 의지를 표명함으로써 삶의 태도와 방법을 제시하고 있다.

길을 떠나 도착할 곳은 '헛말'만 떠도는 곳이 아니라 참말이 있는 곳이고 살맛 나는 곳이며 모두가 편안한 잠을 이룰 수 있는 곳이다. 헛말만 떠도는 곳이 어디인지는 명시적으로 드러나 있지 않지만 실재 살아가고 있는 시대적 현실을 암시한다고 할 수 있다. 민주화를 향한 몸부림이 지속되던 1987년에 발표되었기 때문에 그 길이 어떤 길임을 알 수 있다. 그 길을 걸어서 도착한 곳은 '땅'과 '하늘'로 표상되어 나타난다.

① 늘 이 땅을 굽어보아라
   밤낮없이 비어 있는 이 천당을 보아라
   채우는 일 재미있어
   들풀도 짐승들도 서로 섞여 춤추는도다.
   　　　　　　　　　－「하늘은 만원이다－國土·72」 부분

② 맨발로 땅을 디뎌보면 안다.
   우리네 땅심이 그러하듯
   우리네 꺾여진 허리
   뚜두둑 뚜두둑 뚝심으로 세우는구나.
   　　　　　　　　　－「들판을 지나며－國土·51」 부분

③ 결코 이 겨울을 피하지 않으리라
   결코 이땅을 피하지 않으리라.
   이곳 말고 갈 수 있는 땅이
   어디 있다더냐.
   　　　　　　　　　－「꽃나무들」 부분

시 ①에서 '하늘'은 만원이지만 '땅'은 비어 있어 들풀과 짐승들이 즐겁게 춤추는 '천당'이다. 시 ②의 '땅'은 끈질긴 생명을 의미한다. 반드시 통일은 이루겠다는 것이다. 시 ③에서는 추운 겨울의 '땅'을 결코 피하지 않겠다는 각오가 나타나 있다. 위 시편들의 '땅'은 국토나 역사적 현실을 의미한다. 그것은 때로 '하늘'로도 의미화 되고 있다.

　① 뿌리를 들어
　　우리들 하늘 가득
　　뿌리꽃을 피울 일이다.

－「뿌리꽃」 부분

　② 나는 옥상에 올라
　　사십평생의 말 다 뱉아버리고
　　하늘로 솟아
　　오천만개의 손을 잡으리라.

－「이웃의 잠을 위하여」 부분

　③ 천만인의 억만인의 하늘에다
　　저런 허상 하나 그려놓고
　　이렇게 시를 쓰는 것도 시인의 자유인 것을.

－「파랑새」 부분

시 ①에서 '하늘'은 이상향의 공간으로 표상되고, 시 ②에서는 죽어서라도 오천만의 손을 잡겠다는 의지의 공간으로 표상된다. ③의 시에서 '하늘'은 모두가 바라는 세상이다. 위 시 모두에서 '하늘'은 이상향의 공간으로 의미화 되고 있다.

나는 생각한다.
대낮에 살아 움직이는 모든 것들과
그들을 살게 한. 죽어서
그 자리에 박혀 있는 모든 것들을.

나는 생각한다
밤중에 살아 있는 별들과 달과
그들을 살게 한. 죽어서
캄캄히 걸려 있는 하늘을
지상에서 잠자는 모든 것들을.

나는 생각한다
대낮에 살게
죽어 캄캄한 밤하늘을
별빛과 달빛이 살게
저리 순하게 잠자는
지상의 모든 것들을.

나는 생각한다
내가 지금 저들처럼 살아보지도
죽어보지도 못했지만
마음만은 저들처럼이고자 ……
하늘을 보며 땅을 보며.

- 「하늘을 보며 땅을 보며」 전문

    시적 화자는 '하늘'과 '땅'을 보며 '하늘'과 '땅'이 주는 무한한 사랑을 생각한다. '대낮에 살게 / 죽어 캄캄한 밤하늘'과 '별빛'과 '달빛'을 위해 '순하게 잠자는 / 지상의 모든 것들'은 서로가 서로에게 향하는 무한한 사랑이자 배려이다. 1연에서는 살아있는 것은 죽은 것들이 있기 때문이라는 것을 생각하고, 2연에서는 '별들'을 위해 죽어 있는 '밤하늘'과 '지상의 모든 것'들을 생각하고, 3연에서는 '대낮'을 위해 죽어 있는 '밤하늘'과 '별'과 '달'을 위해 잠자는 '지상의 모든 것들'을 생각한다. 4연에서는 마음만은 '하늘'처럼 '땅'처럼 살아보고자 하는 의지를 드러내고 있다.

'하늘'과 '땅'은 서로를 위해 존재한다. 시의 화자도 자신을 되돌아보며 '땅'과 '하늘'처럼 타자를 위해 존재한다는 것을 깨닫고 있다. '하늘이 땅이고 땅이 곧 하늘'임을 말하는 것으로 서로에게 적대적인 관계가 아니라 서로를 향한 열려 있어야 한다는 것을 강조하고 있다.

한편 서로를 향한 열림은 '고향'을 상징하는 시어에서 좀 더 분명하게 나타난다.[147) 고향을 나타내는 다수의 시어는 시의 변모를 보여주는 것이기도 하다.

> 한 삼십년을 서울서 떠돌다가
> 뿌리를 거의 내리다가
> 일국의 시인이 교수가 되어서 광주에 왔다.
> 시를 쓰는 더운 가슴으로
> 시를 외쳐대는 꼿꼿한 몸으로
> 광주에 와서 먼저
> 무등산에 큰절을 올렸다.
> 망월동에 홀로 찾아가서 큰절을 올렸다.
> 금남로도 충장로도 유동도 계림동도
> 그 이름도 반짝이는 광천동에도
> 큰절을 한없이 올렸다.
> 당분간 술을 줄이며
> 큰절로써 나의 떠돌이를 청산하리다.
> 어린애 마음으로 꽃들을 사랑하고
> 청년의 마음으로 광주의 흙내음을 맡고

---

147) 고향을 나타내는 시어들이 그것을 증명한다. 고향을 나타내는 시어들은 다음과 같다.
<고향>: 고향(18), 곡성(14), 동리산(5), 태안사(3), 원달리(2), 동계초등학교, 동리천, 죽곡면(2), <광주>: 광주(28), 광주천(3), 광천동(4), 망월동(8), 계림동, 금남로, 무등산(9), 빛고을, 진월골(2), 충장로,)

중년의 마음으로 국토를 껴안고
쉬지 않는 노래로 모든 것을 사랑하리라.
광주에 와서.

-「光州에 와서」 전문

　이 시는 조태일이 서울 생활을 정리하고 광주에 있는 대학의 조교수로 임용된 뒤 고향으로 돌아온 소감을 술회한 것이다. '금남로'와 '충장로' '유동' '계림동'은 5 · 18광주민주화운동 치열하게 전개되었던 역사적 현장이다. 또한 '광천동'은 조태일 자신이 살았고 어머니와 형님이 살고 계신 곳이다. 그곳을 향해 올리는 큰절은 떠돌이 생활을 청산하는 의미를 지닌다. 아울러 그의 시세계가 변모하는 계기로 작용한다.

　이상에서 살핀 것처럼 중기시의 공간은 초기시의 폐쇄적이고 자폐적인 '방'이 사라지고 원형적인 휴식처인 '집'으로 나타난다. 또한 '길'을 경유하여 '땅'과 '하늘'이 주된 공간이 자리 잡고 있다. '가을'과 더불어 원초적인 공간인 '고향'을 지향하는 것은 시세계가 변모했음을 보여준다. 중기시의 '공간' 의미체계를 도해하면 다음과 같다.

공간	닫힌공간		열린공간	
이미지	집 침묵 무덤 오두막집 포근함 따뜻한	길	땅 천당 생명 추운 하늘 이상향 죽음 바라는 세상	고향 떠돌이 천산 거주공간 이동
의미	안식처	각오, 의지	현실의 극복	귀향

3) 무기의 시 - 전쟁과 정치와 날씨

(1) 전쟁과 정치

조태일의 시에는 당대의 사회적 현실과 분리될 수 없는 시어들이 지배적이다. 초기시에 줄어들기는 하였으나 중기시에서도 여전히 '전쟁'과 '정치'를 나타내는 시어들이 많이 등장하고 있다. 특히 초기시에서는 보이지 않던 시어들이 등장한 것은 특징적인 현상이다. 그 시어들로는 '계엄군' '공수부대' '성명서' '데모' '최루탄' 등이다. 또 초기시처럼 '죽음'을 나타내는 시어들은 여전히 지속되고 있다. '삶'을 나타내는 시어군은 지수가 27회이고 '죽음'을 나타내는 시어군의 빈도수는 46회로 '죽음' 시어군의 지수가 훨씬 더 높게 나타난다.

① 나는 왜 지금까지 몇 년을 광주에 들르지 못했는가?
　무서워서 무서워서?
　나의 역할을 나는 비굴하게
　서울서 포기하면서
　광주의 情까지도 멀리하면서
　나는 죽음을 향해 줄달음쳐왔다.
　　　　　　　　　　　　　　　　　　　-「光州」 부분

② 슬픔 너머 내일 보이네
　죽음 너머 자유 보이네
　멈추었던 하늘도 바람도
　쑥냄새, 진달래 향기 자욱한 땅도
　　　　　　　　　　　　　　　　　-「돌멩이들의 꿈」 부분

시 ①에서 화자는 '광주'에 들르지 못한 자괴감에 빠져 있다. '광주'는 단지 지명만을 의미하지 않는다. '광주'는 5·18광주민주화운동이 일어났던 곳이고 그에게는 고향이기 때문이다. 그렇기 때문에 방관자로 살아온 것에 대한 후회의 감정이 자신을 괴롭히고 그것은 '죽음'으로 표상되고 있다. 그러나 시에서처럼 묵인하고 수수방관했던 것이 아니다. 5·18광주민주화운동 당시 그는 계엄포고령 위반으로 구속되었고 2년간의 절필을 통해 침묵으로 저항했기 때문이다. 이 시가 발표된 것이 1987년으로 민주화 열기가 전국적으로 일어났던 때이니까 여전히 광주의 문제는 화두였다고 할 수 있다. 그래서인지 역할을 비굴하게 포기했다는 언술은 적극적인 주체가 되지 못한 것에 대한 아쉬움이자 부채의식이라고 할 수 있다. ②의 시에서 슬픔을 이기고 나면 기쁨의 내일을 만날 수 있듯이 '죽음'을 각오하면 양심의 '자유'를 누릴 수 있음을 의미한다. 목숨을 던져서라도 자유를 찾아야겠다는 의지를 보여준다. '죽음'을 통해서라도 찾아야 하는 것이 자유임을 다음의 시에서는 더 선명하게 드러난다.

시 쓰는 사람이 죽음을 생각하는 것은
감상일 수도 있다.
시 쓰는 사람이 삶을 생각하는 것은
언어도단일 수도 있다.

시인도 한 번 살고 한 번 죽는다.
죽음을 두려워하면
산다고 하지만 살아서
두 번이고 세 번이고 죽는다.

딱 한번 죽음이라야
그것이 삶이다.

죽음을 피하던 장사 어디 있던가.
책임 있는 죽음이든
책임 없는 죽음이든
죽는 죽음을 누가 말렷
살아나는 죽음을 우리는 보았던가.

나 한 사람의 죽음은
수천 사람의 소생일 수도 있거늘
나 한 사람의 삶은 너무 넓게 차지해서
수천 사람이 비좁아할 수 있거늘.

지금은 감상이든 언어도단이든
죽음을 한번쯤 생각해볼 때,
겨울이 더 깊이 오기 전에.

－「죽음」 전문

　제목부터 '죽음'인 이 시에는 시인의 자세와 사명감이 담겨 있다. 1연에서 화자는 시 쓰는 사람이 생각하는 죽음이란 '낭만'이고 삶은 '언어도단'이라고 한다. 시인의 죽음은 2연에서 드러나듯이 한 번 살고 한 번 죽지만 두려워하는 '죽음'이어서는 안 된다고 결연한 의지를 표명한다. 한 번 살고자 하면 살아서 여러 번 죽는 것임을, 시인은 목숨을 아까와 하지 않고 바른말을 해야 한다고 천명함으로써 시인은 시대를 이끄는 순교자이어야 한다는 시적 자세가 표상된 것이다. "요놈의 세상 끝까지 저항하겠소. 내가 못하면 자식새끼들에게까지 물려줄까하오"[148]에서 천명했듯이 시간이

---

148) 조태일이 임제훈에게 보낸 엽서에 있는 내용의 일부분이다. 쓴 날짜는 1968년 5월 26일이다.

지나도 바뀌지 않는 것이 그의 시정신임을 확인할 수 있다.

3연에서는 '딱 한번 죽는 것'이 바로 '삶'이라고 정의한다. 순교자적인 사명으로 '딱 한번' 죽으면 되는 것이 시인이기 때문에 그 죽음이 '수천사람을 살리는 길'이라면 죽음도 마다하지 않겠다고 선언하는 것이다. '딱 한번'의 '죽음'을 생각할 만큼 당대는 절박했다고 할 수 있다. 실제로 이 시는 1980년 5·18 광주민주화운동이 일어나기 직전에 발표된 시로서 '죽음'으로 시대와 맞서야 하는 것이 시인의 사명임을 천명하고 있다. "모름지기 시는 한 시대의 노래여야 하고 암흑을 꿰뚫고 솟아난 신명"[149]이어야 한다는 것을 보여주고 있는 것이다.

> ① 그날의 무덤은 그날의 세상은
>   홀로 홀로 밝혀 파도치듯 파도치듯
>   살아날 것이로되 살아날 것이로되.
>
> 　　　　　　　　　　　　　　　　－「파도처럼」 부분

> ② 봉곳이 솟아 있는
>   무덤, 무덤 곁을 지나
>   숲을 지나
>
> 　　　　　　　　　　　　　　　－「산 위에서 - 國土·77」 부분

시 ①에서 '무덤'은 4·19의 희생자들을 상징하지만 죽음의 공간을 넘어 정신으로 부활하는 의미로 제시되어 있다. 시 ②에서는 산에 오르는 길에 지나쳐온 무덤을 배경으로 설정하고 있다.

---

149) 조태일, 「짧은 시들의 향연」, 앞의 책, 1996, 나남출판, 120쪽.

그래서 우리들은 안다.
이승에서
독재자는 독재자의 모습으로 죽고
폭력자는 폭력자의 모습으로 죽고
평화주의자는 평화주의자의 모습으로 죽고
부자는 부자의 모습으로
빈자는 빈자의 모습으로
시인은 시인의 모습으로
이승에 정지된 육체를 두고
모두 함께 이승을 떠나는 시간

두려움과 함께 고통과 함께
기쁨과 함께 웃음도 함께
마주치는 저승의 초입은
서울의 러쉬아워와 같다는 것을

그런데 그런데
"넋이여, 그 나라의 무덤은 평안한가?"

ㅡ「산꼭대기에 올라」부분

위 시도 역시 앞의 시와 같은 맥락에서 이해할 수 있다. '독재자'와 '폭력자'는 그 모습으로 죽을 것이고 '평화주의자'도 그 모습으로 죽을 것이다. 이승에서 어떤 모습으로 살았든지 간에 죽음 앞에서는 다 같은 존재일 뿐이다. 다 같이 맞이하는 죽음 앞에서 '이승'에서 삶의 가치를 어디에 둘 것인가는 중요한 문제이다. 삶의 가치를 어디에 두고 사느냐는 양심의 문제이다. 결국 누구도 피할 수 없는 숙명 앞에서는 모두가 같은 존재일 뿐이기에 양심을 따르기를 바라는 심경의 토로라고 볼 수 있다.

'정지된 육체'가 그 '이승'을 떠나는 시간이 되면 '두려움' '고통' '기쁨' '웃음'과 마주치는 저승의 입구는 초만원을 이룬다. '육체'의 이승을 떠나 '넋'이 되니 평안한가라고 묻은 것은 역설이자 아이러니이다. 저승이 아무리 좋다 해도 이승만은 못하기 때문에 이승에서의 삶은 "나라 앞에서 초개처럼/하나뿐인 목숨까지 열어놓고"(「詩를 생각하며」) 순명하는 것은 자유를 찾는 것이고 양심을 세우는 것이라 할 수 있다. 중기시에서 '죽음'은 '딱 한번'의 죽음으로 수천 명을 살리는 순교자적인 사명의식이 짙게 깔려 있다. 이승과 저승이 구분되지 않은 시대였기 때문에 '죽음'을 두려워하지 않는 시정신이 있어야만 가능했던 시적 실천인 셈이다.

'국경선'의 시어로는 '휴전선'이 높은 지수를 보이고 있다. '분계선'이나 '분단' 역시 동일한 의미론적 계열을 놓인다.

> ① 꿈결마다 찾아드는 나의 땅 위에
> 군을 대로 굳어 있는
> 분계선을 차버린다.
> 휴전선을 뭉개버린다.
>
> > ―「꿈속에서」 부분

> ② 모든 경계선을 가차없이 지우며
> 마음과 마음 사이의 경계선까지도 지우며
> 내리고 또 내린다.
>
> > ―「흰눈들이 하는 말―國土·75」 부분

위 시들은 분단현실을 '국경선'으로 표상하고 있는 시들이다. ①의 시에서 휴전선은 통일을 가로 막고 있는 상징물로 의미화된다. ②의 시에서는 휴전선뿐만 아니라 마음과 마음 사이의 장벽을 표상하고 있다. 이 '국경선'은 서로와 서로를 가로 막고 있는 선으로 반드시 걷어내고 없애야 할 선이다. 전쟁으로 인해 생겨난 '휴전선'을 걷어내는 일은 곧 통일을 의미한다. 통일을 이루기 위해서는 서로 마음의 벽까지 지워야 함을 말하고 있다.

> 아무래도 우리는
> 짝짓는 데 나서야겠습니다.
>
> 마음 하나로
> 세상을 굴복시키기 어려울지라도
> 그 마음 하나
> 짝지어주고 싶은 그 마음 하나
> 갖기는 어렵지 않습니다.
> (중략)
> 여당과 야당이 짝지여 있는 것 말고
> 남자와 여자가 짝지여 있는 것 말고
> 옷과 살결이 짝지여 있는 것 말고
> 입술과 거짓말을 떼어내어
> 귀와 침묵을 떼어내어
> 국토와 휴전선을 떼어내어
>
> 이남과 이북을 짝지어주는 일 말입니다.
> 마음과 마음을 짝지어주는 일 말입니다.
> ─「짝지어주기」 부분

'휴전선'은 분단의 상징이자 이데올로기의 상징물이다. 국가 권력은 위기 때마다 분단에서 비롯된 이데올로기를 내세워 대립구도를 강화하고 악용해왔다. 그리하여 분단을 더욱 고칙회 시키려는 권력의 의도대로 남북의 대립은 심화되어온 것이 현실이었다. 따라서 분단의 장벽이자 이념의 장벽인 '휴전선'을 떼어내는 것은 '통일'로 가는 지름길이고 민족의 동질성을 회복하는 길이다. 모든 것이 짝을 이루고 있듯이 남과 북이 짝을 이루는 것은 자연스럽고 당연한 일임을 다른 여러 가지의 예를 통해서 보여줌으로써 '통일'은 당위적인 명제가 되는 것이다. 그러나 군부가 정권을 장악한 독재의 시대적 현실 앞에서 '통일'은 힘겨운 싸움이 될 수밖에 없는 것 또한 사실이다.

'독재'를 나타내고 있는 시어들은 살펴보면 시대 상황을 명시적으로 드러내는 시어들이 많음을 알 수 있다. '시민군' '계엄군' '공수부대' '진압' '점령군' '최루탄' '데모'는 초기시에서 확인되지 않고 있는 시어들이다.

> ① 어느덧 쌉싸롬 상긋한 향기가
>   오월의 시민군보다도 더 너그럽게 내 숙취를 털어낸다
>   오월의 계엄군보다도 더 무자비했던 내 생활을 내 생각들을.
>
>   －「깻잎쌈을 싸며－국토·58」 부분

> ② 가령 이런 짝지어주기는 어떨까요?
>   모래와 물을 짝지어주는 일 말입니다
>   바람과 나뭇잎을 짝지어주는 일 말입니다.
>   데모와 진압을 짝지어 주는 일 말입니다.
>
>   －「짝지어주기」 부분

시 ①에서 깻잎쌈은 '쌉싸롬하고 상긋한'[150] 맛을 자아낸다. '계엄군'에 저항했던 '시민군'의 생명의식이 깻임쌈의 향을 통해 연상되는 것이다. 시 ②에서는 '데모'와 '진압'이 떼어 놓을 수 없다는 것을 통해서 독재의 양태를 드러내고 있다. 이 양태들은 다음의 시에서는 더욱 극명하게 드러나고 있다.

---

150) '쌉싸롬'은 '쌉싸름하다'에서 만든 명사형 형용사로 조태일이 만든 조어중의 하나이다. 이렇게 조태일이 만든 조어는 조어표에 정리하여 부록에 첨부하였다. 조어표는 조태일이 생전에 작성해 놓은 것이다.

낙엽이 내린다.
공수부대의 베레모가 내린다.
대한민국의 연희동 위에
연희동의 골목 위에
연희궁의 지붕 위에 뜰 위에
캄캄한 둘만의 침실 위에

낙엽이 내린다.
오월의, 카알기의, 의령의, 제주도의,
아웅산의 떼주검들이 열사들이
눈 부릅뜨고 의문처럼
? ? ? ? ? ? ? ? ? ? ?처럼
낙하하는 낙하산처럼
당당히 내린다.

-「연희동-국토·65」전문

　'연희동'은 물론 군부독재자였던 전두환을 의미한다. '공수부대'
는 광주시민들을 학살했던 군인들로 광주 시민들을 폭도로 몰았던
자들이며 '5월'은 5·18광주민주화운동을, '카알기'는 카알기 폭파
사건을, '아웅산'은 전두환이 방문했다가 폭탄테러를 당했던 곳을
상징하는 시어들이다. 시어들이 암시하는 것은 많은 사람들이 죽음
을 야기했던 사건들이라는 점이다. "그 떼주검의 상처들을 그냥 덮
어두면 안 됩니다. 원인을 규명하고 책임을 물어 곪은 상처를 도
려내야 합니다. 그래야만이 새로운 역사가 우리 민족 앞에 펼쳐질
수 있어요. 시도 그 선(先)역사에 일조가 될 수 있어야 합니다"[151]
라는 발언은 권력을 향한 시인의 강도 높은 저항과 민족의 미래를
밝히는 등대지로서의 사명감이라고 할 수 있다. 의문부호(?)를 통
해 낙하산을 형상화함으로써 군권으로 장악한 권력이 행한 죽음의

---

151) 조태일, <시사토픽>, 1991. 7. 18.

실체를 보여주고 '연희동'을 '연희궁'이라 칭함으로써 그들의 공간이 독재권력의 산실임을 폭로하고 있다. 또한 "의문사도 많았고 '열사의 시대'라고 일컬을 만큼 50여 명 가까운 학생이나 노동자들이 분신, 투신, 할복사"[152]했던 시대를 적나라하게 풍자함으로써 "지배 권력이 추구하는 것은 피지배자와의 관계에서 얻는 심리적 만족"[153]에 불과함을 폭로하고 있다. 그들의 심리적 만족을 방해하고 대항하면서 민중들을 대변하는 것이 그가 갖고 있는 시인의 사명이었다고 할 수 있다. 그 사명은 '자유'를 통해 표상된다.

> 자유가 시인더러
> 시인이 자유더러
> 따귀를 올려치면서 탁탁탁 치면서
> 하는 소리 들어보게나.
>
> 아아, 저게 상징이구나 은유로구나
> 상상력이구나
> 아픔만 낳는 詩法이구나.
> 오늘 하루도 평탄치 못하겠구만.
> 일찍 일어나 세수부터 정갈하게 하고
> 구두끈도 단단히 동여매야겠구만.
>
> ―「자유가 시인더러」 전문

위 시는 소리의 자진모리의 빠른 장단으로 진행되는 일정한 장단에 따라 결정되는 독특한 음악적 효과를 통해 '시인'과 '자유'가 맞서 싸우는 소리를 형상화하고 있다. 소리는 동편제의 밝고 남성다운 기백의 가락으로 직조되면서 남성적인 목소리를 한층 강화하

---

152) 조태일, 「정치는 구호일 뿐인가」, 앞의 책, 나남출판, 1996. 200쪽.
153) 양석원, 「탈식민주의와 정신분석학」, 『탈식민주의 이론과 쟁점』, 문학과지성사, 2003. 62쪽.

고 있으며, 판소리의 형식적인 패러디를 통해 현실의 문제를 이면
적으로 들춰내고 있다.

'자유가 시인에게 / 따귀를 올려치는 것'은 시인으로서 사명을 다
하고 있는지에 대한 자기점검이며 자기비판이다. 자기비판을 통해
서 2연에서는 다시 마음을 다잡고 평탄치 못할 하루를 위해 '정갈
한 세수'와 '구두끈도 단단히' 동여맨다. 그가 생각한 시인의 사명
은 시대 앞에서 침묵이 아니라 당당한 목소리를 내는 자기 실천이
었던 것이다.

> 덕담보다 소중한 것? 악담.
> 통일보다 소중한 것? 분단.
> 정의보다 소중한 것? 불의.
> 자유보다 소중한 것? 감금.
>
> ―「턱을 괴고 앉아」 부분

이 시는 지워버리고 싶은 독재의 흔적들이 우리의 "일상적 의식
구조와 언어 행위 속에 너무나 깊이 침투"[154]되어 있는지를 보여
준다. 마치 반대말 맞추기라도 하는 것처럼 문답식으로 전개되고
있고 직설적인 어법으로 전개된다. 시대적으로 요구되는 낱말들을
먼저 물으면 시대가 처해있는 상황을 대답하는 식이다. 추구하고자
하는 세계와 극복되어야 하는 세계의 극명한 대립을 보여주는 전
략적 장치는 강력한 메시지를 갖게 된다. 민중들이 바라는 세계와
지배세력이 유지하고자 하는 세계를 '선/악'으로 대립시킴으로써
"계급성이 인간조건을 규정하는 배타적이고 결정적인 몫"[155]을 행

---

154) 이경원, 「아체베와 응구기;영어 제국주의와 탈식민 저항의 가능성」, 『안과 밖』,
    2002. 상반기. 81쪽.

사하고 있음을 보여준다.

① 책상을 손바닥으로 '탁'치니까
　　'억'하고 쓰러져 숨졌다?

　　종철아,
　　네가 모른다고 책상을 '탁'치니까
　　아저씨께선
　　'억'하고 쓰러져 운명하시고
　　너는 이렇게 살아 남았느냐?

-「짧은 시」 전문

② 민주정치와 독재정치가 뒤얽혀
　　싸우는 꼴 같기도 합니다.

　　거듭 태어나라, 태어나라
　　신께서 우시면서 간곡히 말씀하시는
　　간단하면서 단호한 어조 같기도 하죠.

　　탁!
　　억?
　　탁! 억? 탁! 억? 탁! 억? 탁! 억?

-「탁과 억 사이에서」 부분

위의 시 ①, ②는 박종철 고문사건을 희화한 시편들이다. '탁'과
'억'의 시어를 마치 당대의 가장 유명한 탁구 국가대표 선수였던
인물들이 탁구공을 치는 소리에 비유함으로써 고문으로 사망한 사
건의 잘못된 당국의 발표를 신랄하게 풍자하고 있다. 왜곡된 환경
에서 고통받는 인물을 통해서 잘못된 환경을 희화화하고 풍자하면
서 부정적 환경의 논리에 적극적으로 맞서기보다는 간접적으로 비

---

155) 유성호, 「동일성의 논리와 비극성의 미학」, 『문학인』, 2002. 가을, 43쪽.

판하고 있다. "역사의식·현실의식 또는 사회의식이 깔려"[156]있어
야 한다는 것이 그의 문학론이고 보면 이러한 비판정신은 "고통스
러운 상황을 견뎌내며 전복시키는 활력"[157]으로 작용한다.

    예언 한마디.
    "시대가 미쳤으니
    미친 사람 곧 눈을 감으리"

                                              -「구십년대식 말」부분

　한편 이 시에서는 예언의 형식을 빌어 직설적으로 '시대가 미쳤
다'고 말한다. 말할 자유도 제대로 갖지 못했던 시대를 '미쳤다'고
말할 수 있는 시인이 과연 얼마나 될지 알 수는 없다. 다만 삶과
죽음을 동일시한 시인만이 쓸 수 있는 시, 시와 삶과 말과 행동의
일치를 보여준 시인만이 쓸 수 있다는 것은 부인할 수 없을 것이다.
　그가 지향한 문학은 현실의 '있는 세계'에서 '있어야 할 세계'를
꿈꾸는 것이고, 민중에 대한 신뢰와 사랑을 지닌 문학이 바람직한
문학이며, 제3세계에 대한 자각이 있어야 하며, 통일 지향적인 문
학, 그리고 사람이 사람답게 사는 인간적·사회적·역사적인 참됨
을 추구하는 것이었다.[158] 따라서 현실에 순응하지도 도피하지도
않은 시적 태도를 견지해 올 수 있었던 것이다.
　초기시에서부터 중기시까지 그의 시어는 시대와 불화를 나타내
는 시어인 전쟁과 정치를 상징하는 시어가 가장 많았다. 역사적
상황에서 빚어지는 모순을 극복하기 위한 시정신과 삶의 자세가

---

156) 조태일, 「시인과 독자와의 대화」, 앞의 책, 나남출판, 151쪽.
157) 나병철, 『소설의 이해』, 문예출판사. 1998. 300쪽.
158) 조태일, 앞의 글, 앞의 책, 나남출판, 149 – 154쪽. 참조.

시대와 정면으로 맞서왔음을 보여주는 것이다. '전쟁'과 '정치'관련 시어의 의미체계를 도해하면 다음과 같다.

전 쟁	전 쟁		정 치		
이 미 지	거짓 죽음 국경선	길들여 지다 소문 분단 딱 한번 굳어 버린	시민군 – 너그러움 계엄군 – 무자비 데모 – 독재양태 공수부대 – 낙엽 낙하산	죽음 슬픔너머 죽음너머 평탄치 못한	탁 억 – 고문
의 미	마음과 마음		가해자	회복	시대의 폭력

(2) 날 씨

중기시에 들어서도 날씨와 관련된 시어의 사용은 여전히 빈번하다. 초기시와 같이 가장 많은 지수를 보이고 있는 시어는 '바람'으로 55회의 지수를 보이고 있다. '바람'이라는 시어군으로 묶을 수 있는 시어로는 '폭풍' '칼바람' '찬바람' 등이다. '바람'의 시어군은 총 64회로 날씨와 관련한 시어 중 단연 으뜸이다.

　① 칼끝 같은 바람에
　　오장육부가 다 드러난다 해도
　　다스운 눈동자 서로 포개며
　　연을 날리자

　　　　　　　　　　　　 -「연날리기」부분

② 이파리도 다 떨어졌는데
　바람은 아직도 불어올 것인가
　내 몸 홀로 세워 사시나무 떨 듯 미리 떨어본다.

　　　　　　　　　　　　　　　　　－「어느 마을」 부분

③ 바람이 불어
　깃발은 사방으로 휘날리고
　조그마한 소식에도 몸은 나부끼지만
　남쪽은 북쪽과
　서쪽은 동쪽과
　함께 어울리지 않고

　　　　　　　　　　　　　　　－「바람이 불어도」 부분

　시 ①에서 '바람'은 오장육부가 드러나도록 칼끝같이 매섭게 불어오고 있으며, 시 ②에서는 이파리도 다 떨어졌지만 여전히 멈추지 않고 있다. 한편 시 ③에서는 사방으로 휘날려 조그만 소식도 실어 날라 서로를 어울리게 하는 바람으로 의미화되고 있다. ①과 ②의 '바람'이 고통과 시련을 주는 부정적인 바람이라면 ③의 '바람'은 서로를 어울리게 하는 긍정의 바람이다. 시대상황을 드러내면서도 인식 태도에 따라 상반되게 달라질 수 있음을 알 수 있다. 이런 점에서 '바람'은 "한 지역에서 다른 지역으로 무엇을 전달한다는 매개로서의 의미를 띠게 되며 수신자와 피수신자의 내면에서 가시적 또는 비가시적으로 작동"[159]하고 있다.

　바람 같은 칼끝.
　바람 같은 창끝.

　머리 위로 날아 불 때

───────────────
159) 노용무, 「바람의 시인 – 조태일론」, 『작가연구』, 2004. 상반기, 248쪽.

몸을 낮추고.

발밑으로 기며 불 때
두 발 들어올리고,

책 갈피를 핥을 때
덮어버리고,

베갯버리 스칠 때
이불 속으로,

용용죽겠지
용용죽겠지.

-「바람」 전문

중기시의 '바람'이 어떤 바람인지를 명징하게 보여주는 시이다. '칼끝' '창끝'으로 표상되는 매서운 바람이다. 살기 위해서 그 바람을 피해야만 하는데 머리 위로 날아들면 몸을 숙이고 아래로 불면 두 발을 들고 책갈피를 핥으면 덮어버리고 베갯머리 스치면 이불 속으로 숨어버린다. '용용죽겠지'라는 언술에서 알 수 있는 것처럼 아무리 매서운 '바람'이라도 속수무책으로 당하지 않겠다는 민중의 기지를 풍자적으로 나타낸 것이다. '비'의 시어군으로는 '구름'이 17회의 지수를 보이고 있고, 같은 시어군으로는 '먹구름' '폭우' '번개' '우박' '천둥' '소나기' 등이 있다.

① 어쩐 일로
　헐벗은 우리의 사랑은 이리 더디 올꼬?
　어쩐 일로 검은 먹구름은
　한 세대를 저리 어둡게 할꼬?

-「타는 가슴으로」 부분

② 우리들의 어두운 가슴을 말끔히 닦아낼 일이다.
　우리들의 하늘을 수시로 뒤덮는
　먹구름을 말끔히 쓸어버릴 일이다.
　　　　　　　　　　　　　　　－「젊은 날의 일들」 부분

　시 ①에서 '먹구름'은 한 세대를 어둡게 하는 장벽으로, 그리고
시 ②에서는 하늘을 수시로 뒤덮는 존재이기 때문에 없애야 할 대
상으로 의미화 되고 있다. '눈'의 시어군에서는 '눈'이 가장 많은
지수를 보이고 '눈보라'와 '첫눈'이 그다음이다. 이외에도 날씨와
관련한 시어들이 다수 있으나 일관된 의미로 쓰이지 않아서 제외
하였다.

　① 눈보라치는 날이든
　　장마가 끊이지 않는 날이든
　　작은 몸들을 서로 부둥켜안고
　　지는 해 뜨는 달
　　가슴으로 받아 반짝이며
　　　　　　　　　　　　　　　－「깨알들」 부분

　② 서울 밖 교문리에서 출동한
　　눈보라는 침략군처럼
　　　　　　　　　　　　　　　－「눈보라 속의 좌담」 부분

　시 ①에서 눈보라는 힘겨운 고난을, 그리고 시 ②에서는 난폭한
침략군으로 표상된다. 날씨를 나타내는 다른 시어처럼 부정적인 의
미로 쓰이고 있음을 알 수 있다.

친구야,
폭우가 쏟아진다.
폭우 속으로 가자.

친구야,
폭설이 내린다.
폭설 속으로 가자.
친구야,
해가 뜬다.
햇빛 속으로 가자.

친구야,
산천이 퍼덕인다.
산천으로 스며들자.

―「친구야」 전문

　'먹구름'이나 '눈보라'처럼 '폭우'와 '폭설' 또한 부정적 의미로
쓰이고 있다. 당대의 암울한 현실을 간접화한 것이다. 1연에서는
'폭우'가 쏟아지면 피하지 말고 폭우 속으로, 2연에서는 '폭설'이
쏟아지면 폭설 속으로, 3연에서는 해가 뜨면 햇볕 속으로 가자고
'친구'에게 권유하고 있다. '친구'는 다중의 의미를 가지고 있는데
시대적 상황에서 본다면 '민중'을 표상한 것으로 보인다. 이처럼
날씨의 변화를 역사적 현실과 밀접하게 연결시켜 시대를 상징하고
있는 것은 특징적이다. '날씨'와 관련된 시어들의 의미체계를 도해
하면 다음과 같다.

날 씨	바 람	눈, 비	해
이 미 지	바람 칼끝같다 떨다 어울리지다	먹구름 어둡다 뒤덮다 먹구름 힘겹다 침략군	햇빛
의 미	시대상황	힘든 시대상황	희망하는 세계

4) 원형 회복의 시 - 여성과 눈물, 그리고 신체

(1) 여 성

중기시의 '여성' 시어군은 초기시에 비해 확연하게 줄어들었지만 시어의 층위는 다르다. '처녀'라는 시어가 줄어들었고 '처녀막'은 제시되지 않는다. 대신 '계집아이' '잡년'이나 '이년' 등 속어적 표현이 새롭게 쓰였다는 것이다.

함경도 계집이, 평안도 계집이, 황해도 계집이
강원도 계집이, 충청도 계집이, 경상도 계집이
전라도 계집이, 제주도 계집이
오오, 팔도 계집이 한 하늘 우러러
강강수월래 강강수월래 춤을 추다가 쓰러져
깃발로 된들 우리 슬퍼하지 않으리라.

－「백두산」 부분

이 시에서 가장 많이 쓰인 시어는 '계집'이다. '팔도 계집'을 모두 호명하고 있다. 이 '계집'과 대립하는 시어는 '님끼리'이다. '님끼리' 겨눈 총칼을 거두고 팔도를 대표하는 '계집들'이 한 하늘 아래서 '강강수월래'하면서 통일을 염원하는 노래를 하고 있음을 알 수 있다.

그런데 총칼을 겨누고 있는 자들을 '님'이라 존대하고 있는 반면, 사회적인 약자이자 여성인 '계집아이'는 민중을 표상하는 것으로 하대하고 있다. 하대를 함으로써 대립을 더욱 극명하게 하는 효과를 거두고 있다. '님'들은 이념의 벽에 갇혀 총칼을 겨누지만 약자인 민중은 이념보다는 마음으로 가슴으로 만나는 통일을 간절히 바란다는 것을 보여준다. 통일을 노래하다가 쓰러져 '깃발'이 될지라도 슬프지 않을 것이며 '풀 한 포기도 우리 한마음'임을 백두산은 '맑은 가슴'으로 '울음'으로 '침묵'으로도 알고 있다. 따라서 '계집'은 특정 여성을 가리킨다기보다는 민중을 의미한다고 할 수 있다. '계집'은 '누나'에서부터 출발했음을 다음 시는 잘 보여준다.

① 너희들은 누나를 누나라 부르고
　동생을 동생이라고 처음 부르던
　이땅을 부둥켜안고,

　　　　　　　　　　　　　　　　　　－「꽃나무들」 부분

② 어머니의 목쉰 소리를 포개어 그리고
　공장에 나간 어린 누나의 고운 얼굴을
　포개어 그리고
　신나게 지지배배 떠들던
　자기 반 아이들을 원없이 그리다가
　　　　　　　　　　　　　　　　　－「풍경」 부분 (제안: 「풍경1」)

시 ①에서 누나는 존재 자체이며, 시 ②에서의 누나는 어릴 적 공장에 다니던 고운 얼굴의 그리운 누나이다. 비록 같은 의미로 사용되지는 않았지만 시적 화자에게 있어서 '누나'는 항상 안쓰럽고 그리운 존재로 제시되고 있다.

> 나의 눈물 속에는
> 뽕나무밭 가에서 나부끼던
> 누나의 옷고름도 나부낍니다.
>
> 나의 눈물 속에는
> 초가집도, 죽창도 옛친구들의 허벅다리도
> 아아, 누나의 옷고름도
> 소리내어 울고 있습니다.
> 울음소리 서로 부딪혀서
> 한도 많은 남쪽을 향해
> 뚝뚝 떨어집니다.
>
> -「나의 눈물속에는」 부분

조태일이 고향 태안사에서 함께 했던 초가집이며 가족들과 친구들, 그리고 여순사건의 아픔이 눈물로 형상화되어 나타난다. 그리고 그 눈물 속에 있는 '누나'는 뽕나무 밭에서 나부끼던 '누나의 옷고름'으로 표상된다. 그에게 누나는 아픔이고 그리운 대상으로 형상화된다. 두 분의 누나가 젊은 나이에 모두 세상을 떠났고 누나들의 위패는 태안사에 모셔져 있기 때문에 '고향'과 '누나'는 그리운 대상이고 아픔으로 자리한다. 실재로 '누나'와 '누이'에 대한 애정이 그대로 드러나 있는데, 다분히 가족사의 시여서 비록 시집에 실리지는 않았지만 누나에 대한 그리움과 누이동생에 대한 안쓰러움을 표출하기도 했다.160)

한편 '누나'와 '누이'를 그리워했던 것처럼 '어머니'도 그리운 존재로 등장한다. '어머니'라는 시어가 '에미' '어머님'과 함께 많은 36회의 빈도수를 보인다는 점이다. 이것은 초기시와 달라진 경향이다.

　① 자욱한 안개가 눈을 비비며
　　 창을 핥으며 기어다닐 때
　　 광주의 어머니가 서울을 향해
　　 새벽 기침을 하시고,

－「새벽녘－國土·70」 부분

　② 무등산.
　　 무등산.
　　 그대는 어제도 오늘도 내일도
　　 이 세상의 사랑이고
　　 이 세상의 어머니임을.

－「무등산－國土·78」 부분

---

160) "누이를 위하여, / 울어보지 못한 남자는 남자가 아닐지어다. / 누이를 위하여, / 오줌 잘도 싸던 어린 시절 / 등에 업어보지 못한 남자는 오빠가 아닐지어다. // 대구로 시집 간 지 이십년이 넘어서 / 서민 아파트에 당첨되었다고 / 기뻐하면서 이내 돈 걱정을 털어놓는 누이야. // 시집갈 때 한푼도 못 도와준 / 대학 나온 오빠를 찾아와 / 아파트 당첨을 포기할까 말까 / 눈물 글썽이던 누이야. // 난생 처음 탄 조각 구름 편문문학상 상금 중 / 이백만원을 우체국 온라인으로 / 송금을 한 뒤 / 나는 너의 두세 살 적 모습을 끌어안고 / 저녁때 폭음을 했단다. / 너를 위하여, 이땅의 착한 누이들을 위하여." －「누이를 위하여」 전문 (『사상문예운동』, 1991. 가을.)
"내가 문학을 하게 된 동기는 / 큰누님의 둘째, 그러니까 어린 조카의 / 죽음 때문에, / 그 죽음을 이기기 위해서였다. // 큰누님은 방직공장 직공이었다. / 열 대여섯 살 때부터 / 광주로 대구로 서울로 인천으로 / 떠돌아다녔던 곡성 태안사 출신의 큰누님. // 시집가서 고시공부 하는 매형 뒷바라지에 / 온 정성 다쏟더니, 대여섯 번 낙방한 다음에도 / 은행 청소부로 일하며 몸을 돌보지 않던 큰 누님. // 아들 넷 이승에 남겨두고 / 쉰셋에 이 세상 떠나 / 저승에서도 오로지 열심이신 큰누님. // 큰놈이 사시에 합격해 연수원에서 / 연수하는 모습 보시는지 어쩌시는지 / 워낙 부지런해 조그만 일은 보지 못하시는 분 / 큰누님, 큰누님 생각에 / 태일이는 오늘도 몸과 마음을 삼갑니다."「큰누님 생각」,(『문예사상운동』, 1991. 가을.)

시 ①에서 서울에 있는 자식을 걱정하면서 하루를 시작하는 어머니의 한없는 사랑이 드러나 있다면 ②의 시에서는 무등산의 넉넉함이 어머니로 표상되고 있다. 어머니라는 존재는 모든 것을 안아 주는 존재이며 인간의 가장 원초적인 보호자이다. 그런 까닭에 '어머니'라는 시어 앞에서 시적 화자는 작아질 수밖에 없는 것이고 어린아이가 되는 것이다.

> 간밤에 큰비가 오면
> 어머니는 잠을 못 이뤘다
> 간밤에 큰 눈이 오면
> 어머니는 몸을 뒤척였다.
>
> 우리 칠남매의 꽁보리밥을
> 한 숟갈씩 공평하게 퍼서 아침이면
> 광천동 다리 밑의 그 거지를 찾았다.
>
> 수족을 잘 쓰지 못한 채
> 빼꼼한 눈만을 껌벅이는 그 왕자를
> 누가 버렸나 우리의 땅에서
> 생사공장에서 귀가할 때마다
> 누이동생 업고 마중가다가
> 나는 보았다.
>
> 어렵사리 들고 나온 번데기 한 움큼
> 그 왕자에게 주는 것을
> 걱정 많아 보이는 어머니의 전체를.
> ─「다리 밑의 왕자─國土·56」 전문

'어머니'가 어떤 존재였는가를 명시적으로 보여주고 있다. 자식들에게뿐만 아니라 '다리 밑의 거지'에게도 자상하고 너그러운 어머니이다. 1연에서는 '큰비'나 '큰눈'이 오면 밤잠을 설치는 어머니의 모습을 통해서 무한한 자비를 지닌 존재임을 알 수 있다. 2연에서는 자식들의 꽁보리밥에서 한 숟갈씩 퍼서 다리 밑의 거지에게 갖다 주는 어머니의 모습에서 세상의 모든 자식을 내 자식으로 껴안는 사랑을 엿볼 수 있다. 3연에서는 다리 밑의 거지의 생활과 실상을 묘사하고 있고, 4,5연에서는 누이동생을 업고 마중 나갔다가 몰래 가져온 번데기를 거지에게 나누어주면서 연민의 정을 표하는 어머니의 모습이 잘 나타나 있다. 이 시는 실재로 그가 어린 시절 보았던 어머니의 모습을 시적으로 형상화한 작품이기 때문에 어머니의 모습은 그의 의식 형성에 많은 영향을 미친 것으로 보인다. 어머니처럼 이웃의 어려움을 외면하지 않고 아픔을 같이했기 때문에 시대에 저항하고 목소리 높여 비판할 수 있었던 것이다.

　이상에서 살핀 것처럼 중기시에서도 '여성'을 나타내는 시어군이 더 많이 나타났고 시어도 다양해졌다. '처녀'대신 여성을 나타내는 '계집'이 그 자리를 차지하고 있어 시대와 불화가 완전히 해결되지 않았다는 보여준다. 그리고 '누나'는 늘 그리운 대상으로 의미화되었으며 '어머니'는 존재가 부각되면서 시의 세계가 변모하고 있음을 보여준다. 여성과 관련된 시어들의 의미체계를 도해하면 다음과 같다.

여성	계집	누나	어머니
이 미 지	계집 깃발	누나 처음 부르다 고운 얼굴 옷고름	어머니 새벽기침 무등산 세상의 사랑
의 미	민중	그리운 존재	무한한 사랑

(2) 눈 물

조태일의 시에는 '눈물'이나 '울음'의 시어가 빈번하다. 초기시에
서 보였던 눈물이 여전히 중기시에도 계속되고 있다. '눈물'은 지
수가 줄었지만 '울다'는 146회로 오히려 지수가 증가하였다는 것
을 알 수 있다. 또한 '흐느끼다'도 11회의 지수를 보이고 있다.

> ① 나도 울고
> 여러분도 울고
> 울음에 울음에 울고 울어서
> 전국은 지금 한창 눈물이고,
>
> ─「우는 마음들」부분
>
> ② 짐승보다 못하다면서 울고
> 눈물이 말랐다면서 울고
> 가면서 울고 오면서 울고
>
> ─「운다」부분
>
> ③ 방구석의 먼지들도 일제히 울고 있다.
> 우는 것은 우는 것은
> 슬퍼서가 아니라 억울해서일 게 분명타.
>
> ─「우는 풍경」부분

시적 화자는 시 ①에서 시대적으로 아픈 현실 앞에서, 시 ②에서
는 박탈된 존재감 때문에, 그리고 시 ③에서는 억울함 때문에 울
고 있다. 우는 행위를 통해서 나오는 '눈물'은 감정의 가장 순수한
형태이다. 이 순수한 감정의 눈물은 개인의 문제가 아니라 사회적
고민 때문이다. 불우한 역사 앞에서 무기력하기 때문일 것이다.

캄캄한 밤하늘
아래서
키 큰 전봇대는
몸을 숨기고
종일 울었다.

서울에서 부산까지
혹은 목포까지
이 시대를 달리면서
조심 조심 울었다.

들판을 달리다가
강을 뛰어넘다가
산등성이를 숨가쁘 오르다가
하늘더러 하늘이라 말하고
바람더러 바람이라 말하고
겨울더러 겨울이라 말하고
울음더러 울음이라 말하고

차가운 하늘
아래서
키 큰 전봇대는 몸으로 울었다.
휘잉휘잉 이 겨울을 울었다.

-「통곡」 전문

　시의 화자인 '키 큰 전봇대'는 '통곡'을 하고 있다. 그 '통곡'의
원인은 개인적인 아픔이나 슬픔이 아니다. '하늘'을 하늘이라 말할
수 없고 '바람'을 바람이라 말할 수 없고 '겨울'을 겨울이라 말할
수 없고 '울음'을 울음이라 할 수 없는 시대적 상황 때문이다. 그
렇기 때문에 '들판'을 지나 '강'을 지나 '산등성이'에 올라서야 '하
늘'을 하늘이라 말할 수 있고 '바람'을 바람이라 말할 수 있으며
'겨울'을 겨울이라 말할 수 있고 '울음'을 울음이라 할 수 있다. 그

'들판'과 '강'과 산등성이란 바로 아픈 시대를 상징하는 것이다.

이 '울음'은 가혹한 시기를 "꿋꿋하게 버티어나가는 모습을 당당하게 나타내 주는 광경"[161]이다. 또한 온전한 육체에서만 나오는 것으로서 뒤틀리고 억눌린 정서가 아니라 절실한 눈물을 흘릴 줄 아는 사람의 것이다. "세상을 굳게 사랑하고 미워하기도 하는 원리"[162]의 근간이기도 하다. 키 큰 전봇대 즉 시인은 '서서 서성거려도 도무지 오지 않는 / 소식' (「빗속에서」)을 만나기 위해 아픔을 견디며, 눈물로써 "홀로 명령하고 홀로 울부짖으며/홀로 고민하는" (「소나기의 울음」) 존재이다.

'눈물'과 '울음'은 강렬한 사회적인 상황에서 발생하는 눈물이기 때문에 울지 않을 수 없는 시대, 울 수밖에 없는 시대를 압축해서 보여준다. '눈물'은 가스통바슐라르가 말한 물, 불, 공기, 흙 4원소 중 '물'에 해당한다. 물은 때로는 상냥한 물이, 때로는 난폭한 물이 되기도 하는데 '눈물'은 상냥한 물이라고 할 수 있다. 이 상냥한 물은 맑은 물의 이미지이며 인간의 가장 순수한 결정체로 세상을 정화하고자 하는 의지이다. 즉 참여적 서정의 변모를 '눈물'을 통해 드러내고 있는 것이다. '눈물'과 관련된 시어들의 의미체계를 도해하면 다음과 같다.

---

161) 이동순, 앞의 글, 『창작과비평』, 봄, 1996, 243쪽.
162) 김우창, 「조태일의 현실적 낭만주의」, 『戀歌』, 1985. 422쪽.

눈물	울음	
이 미 지	통곡 시대 차가운 하늘 겨울	울음 한창 짐승보다 못한 억울하다
의 미	가혹한 시대를 버티는 자세	

(3) 신 체

　신체와 관련한 시어들은 초기시에서와 같이 다양하게 나타나고 있다. 그런데 가장 특징은 초기시에서는 '피'의 지수가 54회로 가장 높았는데 중기시에서는 '피'의 지수는 겨우 4회에 불과하다. 온몸을 살아 움직이게 하는 동력인 '피'대신 '몸'이 그 자리를 차지하게 된다. 중기시에 와서는 '몸'이 지수가 가장 높게 나타나고 있는 것이 특징적이다. '몸'은 75회의 빈도수를 나타내고 있고 '몸'과 같은 시어군으로는 '맨몸' '맨몸뚱아리' '알몸' '온몸' '육신' '육체' 등의 시어들이 있다.

　　① 마음들은 지금 버릇처럼 흐려서
　　　흐림에 흐림에 흐리고 흐려서
　　　몸들도 지금 한창 흐리고

　　　　　　　　　　　　　　　－「우는 마음들」 부분

　　② 풀벌레가 운다
　　　겨울 견디기가 겁이 나서
　　　몸들을 움츠리며 온종일 운다.

　　　　　　　　　　　　　　　－「초겨울」 부분

③ 알몸끼리만 어울리자.
　소리가 모여 정치를 낳고
　절망이 모여 사랑을 낳고
　버림이 모여 만남을 낳을 때까지.

- 「정처가 없다」 부분

시 ①의 '몸'은 감정의 상태를, 시 ②의 '몸'은 시대적 현실 앞에서 힘없는 존재에 불과하다는 것을, 그리고 시 ③의 '알몸'은 허위를 벗어버리고 몸의 본질을 자각하는 순수함을 드러내는 의미로 제시되었다. 특히 '알몸'은 '몸'보다 훨씬 더 순수한 상태를 지시하므로 시의 메시지 또한 강렬함을 지닌다.

천번 만번이라도
손목을 내밀마.
그 손목도 부족하다면
발목이라도 내밀마
모가지라도 내밀마
그 모가지도 약하다면
몸뚱어리째 내밀마
이 몸뚱어리 성한 데가 없어
옭아매지 못한다면
좋다, 좋다,
숨결이라도 내밀마.
터럭난 너의 손아귀 앞에
아아, 내 최후의 눈빛이라도
내밀마.

- 「수갑」 전문

'수갑'은 신체의 거동을 제약하는 강압적인 도구이다. 자유를 박탈당하는 것이다. 시적 화자는 '손목'으로 부족하면 '발목'을 내밀고 그것도 부족하면 '모가지'를, 더 나아가 '몸뚱어리째' 통째로,

'숨결' 곧 목숨이라도 내밀겠다는 결연한 의지를 표명한다. 죽음을 각오하고 '터럭난 손아귀'에게 저항하겠다는 항전의 표시이다.

억압의 시대일수록 신체에 가해지는 형벌은 더욱 가혹하다. 수많은 민주 인사들이 감금되었던 시기를 대변하는 이 시는 결국 수갑이 신체를 감금할 지라도 결코 꺾일 수 없음을 말하고 있다. 이 시는 "참여시에 가장 빈번히 보는 심상의 하나는 벌거벗은 몸, 알몸, 아무런 외적 보호 없이 상황에 부딪치는 육체의 심상"163)이라는 것과 동궤에 놓인다. 조태일이 머리나 손끝으로 시를 쓰는 것이 아니라 온몸으로 시를 쓰는 시인이라는 것을 보여주고 있다. "차갑고 어두운 살결을 열어 / 친구야 우리 서로 몸을 비비자"(「황혼」)와 "내 펜은 아직도 잠든 채 / 나부끼지 못하나"(「깃발」)등에서도 신체에 가해지는 일체의 억압과 형벌이 아무리 가혹할지라도 갈 길을 가야 한다는 것을 드러낸다. 그것은 "비양심적이지 않기 위해서 토해내는 것이며 굴절되지 않으려고 몸부림치는 가운데서 뿜어져 나오는 기"164)이며 '몸'을 최전선의 무기로 여기고 있다는 증거이다. 시인은 신체의 시어를 통해 감금과 형벌이 여전히 진행 중임을 암시하고 있다.

> 맨발로 땅을 디뎌보면 안다.
> 우리네 땅심이 그러하듯
> 우리네 꺾여진 허리
> 뚜두둑 뚜두둑 뚝심으로 세우는구나.

---

163) 김우창, 앞의 글, 420쪽.
164) 최하림, 「꿈틀거림의 세계」, 『심상』, 1983. 7. 75쪽.

어찌 한판 춤이 없으랴
얼싸절싸 구부러진 산천이 요동친다.
뼈마디 모두 세워 춤을 추자.
지평선이 없는 우리네 땅에서
주저할 것 없이 춤을 추자.

-「들판을 지나며-國土·51」 부분

위 시에 쓰인 의성어는 '뚜두둑 뚜두둑'으로 뼈에서 나는 소리를
형상화한 것이다. '뚜두둑 뚜두둑'은 굽은 허리를 바르게 펴는 소
리로 이 소리는 가로 놓인 허리를 바로 세우는 소리이다. 소리로
바로 세워지는 허리는 바로 '통일'이다. 뚝심으로 세워진 허리로
인해 구부러진 산천이 흥에 겨워 '얼싸절싸' 춤을 출 것이고 뼈마
디를 모두 세우게 되는 것이다. 그러나 그 뼈마디를 세우지 못하
면 발바닥 땅에 포개며 '흐느적 흐느적' 걸을 수밖에(「서울을 거닐
며-國土·49」) 없게 되고 '탁'하면 '억'하게 되고 '탁억탁억탁억
탁억'하게 되고(「탁과 억 사이에서」) 마는 것이다. 신체에 가해지
는 폭력의 가혹함을 느끼게 함으로써 머리나 손끝으로 시를 쓰는
것이 아니라 온몸으로 시를 쓴다는 것을 보여준다. 흉내 내는 말
을 그는 시적 표현으로 자주 쓰고 있음을 알 수 있다.[165]

---

165) 중기시에서 조사된 흉내내는 말늘은 나음과 같다.
(고래고래, 곱디곱게, 꺼이꺼이(3), 까실까실, 꼬불꼬불, 꼬옥꼬옥(3), 꿀꺽꿀꺽, 끼리
끼리(13), 누우런, 뉘엿뉘엿, 느릿느릿, 다롱다롱, 덜덜, 덩실덩실, 돌돌돌, 도란도란
(3), 두둥둥둥(2), 두런두런(3), 두리번, 두리둥실, 둥둥(2), 둥둥둥, 뚜버뚜벅(2), 뚜두
둑(2), 뚝뚝(3), 바삐바삐, 벌떡벌떡, 북적북적, 비틀비틀, 빼죽빼죽, 빵긋, 빼곰한, 빽
빽한, 뽕뽕뽕, 솔솔솔, 시끌시끌한, 싹싹, 쌉싸롬, 쏭쏭쏭, 아롱아롱(2), 아른아른, 아
슬아슬(2), 어슬렁어슬렁(2), 어정어정, 억(17), 억탁억탁억탁억탁(2), 얼싸절싸, 엉금엉
금, 와작와작, 와자지껄, 와자그르, 와글와글, 용용, 우와좌왕, 울긋불긋, 울멍울멍(5),
위태위태, 이글이글, 주렁주렁(3), 중얼중얼(3), 파릇파릇, 지지배배, 쩌렁쩌렁, 쩡쩡
(2), 쭈뼛주뼛, 처벅처벅, 치렁치렁, 탈탈탈, 탁탁탁, 펑펑, 펄펄, 푸석푸석, 푸릇푸릇,
핑그르르, 활짝, 휘잉휘잉, 하늘하늘, 후두둑, 흐느적흐느적, 흔들흔들)

목소리의 시어군으로는 '소리'의 지수가 44회에 달하고 '아우성'
'외침' '함성' 등도 나타나고 있다. 먼저 '소리'가 '함성'이나 '아우
성'과 함께 어떻게 의미화 되고 있는지 살펴보기로 한다.

　　① 소리들 분노한다.
　　　겨울되니
　　　부산했던 깃발 모두 내려지고
　　　펄럭이던 그 소리만
　　　세상에 가득 떠돌며 분노한다.

　　　　　　　　　　　　　　　　　　　- 「소리들 분노한다」 부분

　　② 흐느끼면서 다가오고
　　　차마 큰 소리는 못하고
　　　작은 소리들로 물러가는
　　　저것들을 들어보아라.

　　　　　　　　　　　　　　　　　　　- 「소리의 숲」 부분

　　위 ①의 시에서 소리는 귀를 통해 듣거나 입을 통해 말해지는
소리가 아니라 '민중'을 의미하고 있으며 ②의 시에서 소리는 모
두가 깨어 있어야 하는 '각성'을 의미한 것으로 보인다. '소리'가
시대와 관련한 의미를 지니고 있음을 알 수 있다.

　　티없이 꾸밈없이
　　정겹게 쏟았던
　　어릴 적 소리들은
　　지금은 어디쯤 살고 있는지,

　　이젠 성년의 안간힘 소리를 다 모아
　　소리내어 그 소리를 찾는다.
　　(중략)

피리 불면 피리소리 따라오고
악을 쓰면 분노로 찾아와

흐느끼며 매달리는 임.
눈물로 돌아와
아롱아롱 매달리는 임.

-「소리」 전문

　이 시에서 '소리'는 그리운 대상이다. 티 없고 꾸밈없었던 어릴
적 소리를 찾고 있다. 자연의 소리와 그 안에서 성장했던 유년시절
에 대한 그리움이다. 이 까닭에 소리는 '임'으로 표상된다. 시의 출
발이 고향이라고 했듯이 찾는 소리는 고향의 소리이고 원초적인 자
연의 소리이다. 모든 존재가 평화롭게 머무는 곳에서 자연스럽게 나
는 소리가 그리운 시대에 유년의 소리를 찾는 것은 당연한 것이다.
　자연의 소리를 그리워하는 것은 시대가 자연의 소리를 내지 못
하는 것과 연결된다. 순수하고 맑은소리를 내는 시대가 아니라 탁
한 소리만 난무하기 때문이다. 그래서 맑은소리를 지향하는 것이고
그 맑은소리를 모아서 하나의 거대한 '함성'이 될 수 있는 것이다.

　① 무슨 말인가를 할 듯 할 듯 하다가
　　 얼면서 끝내 입을 다문 채
　　 너 참말로 찬란하게 씌는구나.
　　 함성으로 살아 터지는구나.

-「성에」 부분(제안: 「성에1」)

　② 바람은 바람끼리 붙어서
　　 파도를 만들지만
　　 파도 또한 한덩어리가 되어
　　 산보다 큰 함성을 만든다.

-「끼리끼리」 부분

위 시들은 '함성'이라는 시어가 들어 있다. ①의 시에서는 하고 싶은 말이 모여서 터지는 함성이고 ②의 시에서는 끼리끼리 모여서 만드는 함성이다. ①과 ②는 모두 혼자서 내는 소리가 아닌 여럿이 함께 모여서 내는 소리인 '함성'이다.

> 풀잎처럼 서서
> 밤낮을 앉지도 않고
> 죽을 때까지 함성으로 서서
> 이 땅을 지켜서서
> 나 이렇게 꼿꼿이 서서
> 한번 아스라한 구름을 머리에 이고
> 못다 부른 노래 부르리라.
>
> — 「풀잎처럼」 부분

시적 화자의 갈망이 절창의 형식으로 제시되고 있다. 그 갈망은 목 놓아 노래를 부르는 것이다. 단순히 못다 부른 노래가 아니라 '이 땅'으로 명명되는 국토, 조국, 자유와 민주주의를 갈망하는 노래이다. 억압에 굴하지 않겠다는 시인의 의지와 소명의식이 나타나 있다.

> ① 아우야,
> 어느 해 사월에
> 변성기의 낮은 아우성을 보태더니
> 아우성이 멎고 아카시아꽃
> 흐드러지게 피어 흩날릴 때
> 티없이 맑은 미소를 흘리더니만
>
> — 「아우 기선에게」 부분
>
> ② 탱자나무 가시에 걸려
> 퍼덕이는 헝겊조각의 몸부림으로,

그 먼지들의 풀풀거리는 아우성으로
거부할 일이야.

-「선언」 부분

위의 시들은 '아우성'의 시어를 중심으로 직조되어 있다. 시 ①
에서는 4·19의 당시의 역사적 현장을 '아우성'으로 형상화하고
있으며 시 ②에서는 시대적 현실에 대한 저항의지가 몸부림치는
'아우성'으로 나타나 있다.

저 향기, 저 향기
코를 다시
코이게 하는.

저 무데기의 모습, 저 모습들!
눈을 다시
눈이게 하는.

저 아우성, 저 아우성!
입을 다시
입이게 하는.

저 소리없는 어울림, 저 어울림!
사람을 다시
사람이게 하는.

-「꽃 앞에서」 부분

꽃처럼 있는 그대로 서로에게 맡겨 어울림을 추구하는 시이다.
꽃의 아름다움처럼 세상의 모든 것들을 원래의 자리에 돌아가게
하고자 한다. 원래의 자리는 있는 그대로 서로를 인정하는 것이다.
'소리없는 아우성' 그것을 통해서 마음껏 호흡할 수 있고 볼 수 있

으며 말할 수 있다면, 사람이 원래의 사람일 수 있는 것이다. '꽃'을 통해 얻은 무욕의 삶을 말한다. 이는 앞의 시 「풀잎처럼」에서 죽을 때까지 '함성'으로 노래하겠다는 의지의 변형이라 할 수 있는데, 서로를 있는 그대로 인정한다면 바라는 대로 서로 부딪치지 않고 한데 어울릴 수 있음을 소망하고 있다. 소리가 모여 함성이 되고 함성이 모여 아우성이 된다면, 자연은 자연이 될 수 있고 사람은 사람일 수 있음을 잘 보여주고 있다. 그래서 '목소리' 시어군은 시대적인 상황을 은유하는 상징적인 의미로 작용하고 있다는 것을 알 수 있다. '몸'과 '목소리' 시어들의 의미체계를 도해하면 다음과 같다.

신체	몸	목소리
이 미 지	몸 흐리다 떠나다 움츠리다 어울리자	소리 → 분노 흐느끼다 울음 → 찬란하다 크다 아우성 → 소리없는 어울림
의 미	감금과 형벌의 시대	서로를 껴안음(인정)

▮▮▮ 3. 생태적 상상력의 세계

1) 후기시의 시어 분석과 지수

인간은 자연환경과 독립해서 존재하는 것이 아니라 자연 안에서 더불어 살아가는 존재이다. 인간이 곧 자연이고 자연이 곧 인간이라는 동양적 사유는 조태일의 후기시를 이루는 근간이다. 앞의 1절에서 제시한 기준대로 시어의 양태를 조사 정리하면 다음과 같다.

첫째, 시간과 공간을 나타내는 시어들이다. 시간의 시어는 초기, 중기와는 달리 많은 비중을 차지하지 않는다. 이 시어군으로 '오늘'과 '지금'이 높은 지수를 보인다. '하루'의 시간 중에는 '새벽'과 '밤'이 중요한 중심축을 이루고 있으며 '계절'을 나타내는 시간 중에서는 '봄'과 '가을'이 중심이다. 공간은 열린 공간이 변주되며 그 영역이 '우주'까지 확대되어 나타난다.

둘째, 전쟁과 정치 현실을 반영하고 있는 시어들과 날씨를 나타내는 시어들이다. 전쟁을 나타내는 시어들은 아군과 적군을 나타내는 시어들이 거의 사라졌다는 점이 특징적이다. '적'을 나타내는 시어들은 '총검'과 '총' 등에 불과하고 '전투'를 나타내는 시어들은 '군인' '군대' '병사' '병정' 등으로, 지수도 일회적이어서 의미화 되지 않고 있다. 다만 전쟁을 체감하는 시어들로 분류했던 '죽음'의 계열을 이루는 시어가 많아졌는데 이것은 전쟁의 결과가 아니라 의식의 변화를 나타내는 것이다. 이 시어들은 시세계의 변화를 추동하는 시어들이라고 할 수 있다. 정치 현실을 반영하고 있는 시어들로는 '민주'와 '독재'로 분류할 수 있는데 같은 계열을 거느리는 시어들도 대부분 사라졌다. 다만 시대상황을 대변하는 몇 개의 시어가 존재할 뿐이고 일관되게 쓰이거나 의미화 되지 않고 있는 것들이다. 날씨를 나타내고 있는 시어들은 '바람'의 시어군과 '비'와 '눈'의 시어군으로 정리할 수 있는데 이 밖에 다른 날씨와 관련한 시어들은 제외하였다. 특별한 의미로 쓰이거나 중심축을 이루지 않기 때문이다.

셋째, 여성과 눈물, 신체를 나타내는 시어들이다. 여성을 나타내는 시어들은 크게 '소녀'에는 '처녀'를 '누님'에는 '아내'를 '어머니'에는 '할머니'를 나타내는 시어군으로 분류하였다. 여성을 나타내는 다른 시어들도 상당한 변화를 보이고 있다. 눈물을 나타내는 시어는 '눈물'과 '울음' 등이 중심이다. 초기시부터 중기시까지 지수가 높았던 '눈물'은 후기시에 접어들면서 현저히 낮은 지수를 보이면서 약화되었다. 신체를 나타내는 시어들은 신체의 주요 부위에 따라 시어군으로 형성되었다. 주로 '목소리' '몸'의 시어군이 의미를 형성하는 중심축으로 자리하고 있다. 특히 '젖'이라는 시어가 새로 등장하면서 중심축을 이루고 있다는 점은 특징적인 현상이다. 이상의 기준에 의해 조사한 후기 시어들을 정리하면 <표 3 - 4> 와 같다.

〈표 3 - 4〉 후기시의 시어 분석표

분 류	시어(빈도수)
시간	시간: 지금(12), 오늘(11), 세월(5), 시간(4) 하루: 밤(14), 새벽(9), 신새벽(5), 아침(5), 해질녘(2), 저녁(4), 밤낮(6) 계절: 봄(17), 여름(2), 가을(10), 겨울(7), 계절(2)
공간	방: 집(10), 방(4) 골목: 길(18), 들판(14), 골목(9), 들녘(5), 벌판(5), 눈길(4), 길목(2) 국토: 하늘(57), 땅(26), 세상(25), 바다(22), 산(20), 지상(8), 고향(7) 태안사(8), 　　　동리산(6), 국토(3) 우주: 허공(7), 공중(5), 천지(4), 우주(3), 지구(2)
전쟁	적: 총검, 총 전투: 전쟁, 군단, 군인, 병사, 빨치산, 휴전선 삶: 이승(14), 삶(5), 탄생, 천국 죽음: 저승(17), 죽음(16), 무덤(5), 황천수(3), 황천길(2), 북망산천(2), 북망, 송장, 　　　지옥, 하늘나라, 하직, 임종, 공동묘지, 산송장, 백골, 상여, 상여가, 상여소리
정치	독재: 사투리(5), 대선(5), 감옥(4), 고문(4), 분신정국, 불꽃병, 타살정국, 정치 민주: 자유(8), 민주
날씨	비: 소나기(7), 구름(4), 우박(2), 먹구름, 장마 눈: 노을(16), 눈(9), 잔설(2), 눈보라, 눈발, 함박눈 바람: 바람(56), 찬바람(6), 비바람, 찬서리, 폭풍
여성	처녀: 처녀(13), 숫처녀(3), 계집애 누나: 누나(2), 아내(2) 어머니: 어머니(28), 어머님(5), 울엄마(4), 어미(3), 엄니
눈물	눈물: 울다(28), 눈물(19) 웃음: 미소(9), 웃다(6), 우유(2), 함박웃음
신체	목소리: 소리(18), 호통고개(6), 함성(6), 목소리(5), 쑥대머리, 아우성(2), 메아리 　　　　(2), 외침, 통곡 눈 / 귀: 눈(17), 귀(4), 등(4), 다리(3), 눈동자(2) 입 / 코: 머리(11), 숨결(9), 숨(5), 코(4), 입(2), 입술(2) 몸: 몸(42), 몸통(3), 몸짓(2), 몸뚱어리(4), 알몸(3), 육체(3), 허리(4) 손 / 팔 / 다리: 발(8), 손(8), 팔다리(7), 손바닥(6), 발바닥(3), 무릎 피: 젖(8), 피(5)

위 표에서는 중기시와 달라진 시어들을 확인 할 수 있는데, 우선 시간을 나타내는 시어가 줄었고 지수도 현저히 줄었다. 공간은 자연의 공간만이 아니라 삼라만상 우주까지 확대되었다는 것이 특징적이다. 특히 시대와의 불화를 나타내는 전쟁과 정치를 나타내는 시어들이 사라진 것이 후기시어의 가장 뚜렷한 변화이다. 그래서 '눈물'을 나타내는 시어의 빈도수가 현저하게 줄었고 '미소'라는 시어가 등장하고 있다. 삶과 죽음을 넘나드는 시어에도 많은 변화가 생겼다. 그리고 여성을 나타내는 시어가 급격히 감소되었는데 한 가지 특징적인 것은 초기시에 많이 씌였던 '처녀'라는 시어가 다시 등장한 것이다. 신체를 나타내는 시어에는 '젖'이라는 시어가 새로 등장하고 있는데 시인의 의식세계와 밀접한 관련을 맺고 있는 것이다. 중기시에서 보였던 시어와의 차이를 통해 후기시의 특징을 밝힐 수 있을 것이다.

2) 자연과 합일의 시 - 시간과 공간

(1) 시 간

'지금'과 '오늘'이라는 시어가 가장 많은 빈도수를 보이고 있다. '지금'은 12회의 지수를 보이고 있으며, '오늘'도 11회의 지수를 보이고 있다. 시간표상으로서의 '지금'과 '오늘'이 어떤 시간으로 의미화 되고 있는지 알아보기로 한다.

① 달빛이 서러워 오늘도
　텅 빈 보리밭에서 통곡하는
　종달새들은 안다.

-「달빛」 부분

② 오늘도
　임진강은 흐르고
　새떼들도 남북으로
　북남으로 흐른다.

-「임진강가에서」 부분

　위 시들에는 '오늘'이라는 시간이 자리하고 있다. 시 ①에서 종
달새는 어제와 다름없이 오늘도 울고 있다. '오늘'은 변화된 세계
가 아니라 정체된 시간의 연속일 따름이다. 시 ②에 제시된 '오늘'
도 시 ①과 마찬가지다. 남북으로 또는 북남으로 흐르는 새떼들의
삶은 달라지지 않는다. 단지 흘러갈 따름이다. ①과 ②의 시에서
'오늘'은 어제와 같은 의미의 시간인 '어제의 연속'이고 지속의 시
간이다.

이제는
사람들 가까운 데서 노래하지 않고
저 멀리,
하늘 끝과 땅 끝이 포개는 곳에서
노래한다.

금을 긋자
금을 긋자
사람들의 목소리와.

별밭 밑의 풀밭,
풀밭 밑의 찬란한 고요.

오늘도 한사코
지네들끼리만 몸 부비며
노래한다.

-「풀벌레들의 노래」 전문

위 시에서 '오늘'은 앞의 ①과 ②의 시에서와 같은 어제와 다름
없이 지속되고 있는 시간이다. 1연에서 '이제는'은 예전과 다른 시
간으로 '풀벌레들'과 '사람' 사이의 멀어진 거리와 단절을 나타낸
다. 자연은 인간과 멀리 떨어진 곳에서만 자유롭다는 것이다. 그래
서 '사람들의 목소리'와 금을 그어 단절을 명시한다. 멀어진 거리
때문에 '풀밭'과 '별밭'은 찬란할 수 있고 자기들끼리만 모여서 몸
을 부비고 노래할 수 있다. 이 사이에 인간이 끼어들면 풀밭과 별
밭은 찬란하게 서로 몸을 부비며 노래할 수가 없기 때문에 금을
긋고자 하는 것이다.

이 시에서 인간은 자연으로부터 철저하게 소외되고 있다. '오늘
도' '풀밭'과 '별밭'은 자기들끼리만 몸을 부비는 것이다. 인간과
자연의 소외를 드러내는 시간이 '오늘'로 명시되면서 무분별한 개
발이 가져오는 생태계의 파괴와 인간과 자연의 거리를 보여준다.

> 행동양식은 시대에 따라 다를 수밖에 없습니다. 지금은 군사독재시대와
> 는 다르다는 것을 먼저 인식해야 합니다. 달라진 시대 분위기에 맞는 새
> 로운 방법을 찾는 것은 당연한 일입니다. (중략)지금은 전 세계적인 생태
> 계 파괴 문제로 인류의 생존이 위태로운 상황입니다. 그 어느 때보다 자
> 연에 대한 재인식이 필요한 때입니다.[166]

위 글은 미래를 생각하고 자연과 인간의 공존을 위해서 인간의

---

166) 조태일, <경희대 대학원보>, 1996. 4. 2.

자연 지배적인 상상력을 거두어야 자연이 인간을 소외시키지 않을 것이라는 전언이다. 소외와 단절의 오늘을 극복해야 '새벽'과 '아침'을 맞이할 수 있다는 자연에 대한 재인식의 중요성을 보여준다. '아침' 시어군의 중심축은 '새벽'이다.

① 신새벽 먼동과 함께
　저녁 노을 타는 서산에 이르도록
　팔다리 휘저어
　종일토록 한 땅을 걸었다.

-「오늘 내가 한일」 부분

② 젖은 날개 몸통에 붙이고 몸통으로 오른다.
　오르다가 하늘이 캄캄하여 다시 내려와
　새벽 가로등 불빛을 보듬고
　그냥 뽀얀 불빛이 된다.

-「새벽 가로등 불빛」 부분

③ 도무지 알 길 없어
　신새벽부터 동무들 발자국 따라
　골목 골목을 누빈다.

-「골목을 누비며」 부분

위 시들은 '신새벽'이나 '새벽'이라는 시간이 등장하는 시들이다. 시 ①에서 '신새벽'은 하루의 시작을 의미한다. 시 ②에서는 '새벽'은 밤 다음에 오는 순환의 시간이고, 시 ③에서는 동무들 발자국을 따라 골목을 누비는 고통의 밤을 극복한 시간이다. 의미화되는 양상이 조금 다르기는 하지만 '신새벽'은 대체적으로 '밤을 극복한 시간'의 의미로 쓰이고 있다.

신새벽 문득 깨어나니
흰꽃들이 유리창에 어른거린다.

지난밤 창 밖의 고향에선
무슨무슨 사연들이 있었길래
이토록 허연 소문으로 피어났느냐

눈부신 창 밖이
보인다. 들린다.

어렸을 적 헤엄치며 놀았던
저 극락강이 얼다 얼다 열이 나 깨어져
성엣장들이 서로의 몸들을 어루만지며
하염없이 떠내려가는 모습이,
성엣장들이 몸들을 부딪치며
강 끝으로 끝으로 떠내려가는 소리가.

- 「성에」 전문 (제안: 「성에2」)

　　위 시는 '신새벽'에만 볼 수 있는 '성에'를 의미화하고 있다. '새
벽'이라는 시간은 순수한 시간이다. 밤사이의 소문을 들을 수 있는
시간이다. 해가 뜨기 전에만 볼 수 있는 '성에'가 유리창에 끼어
있는 모습은 '흰꽃'으로 형상화된다. 그 성에가 '지난밤' 고향의 사
연들과 소문을 전해주는 존재가 된다. 성에는 녹아가면서 '창'을
통해 열리는 고향의 모습과 소리를 들려준다.
　　유리창에 낀 '성에'가 고향의 소식을 전해주는 존재이고 '창'은
매개체 역할을 하고 있다. 중요한 것은 전해지는 시간이 '신새벽'
이라는 점이다. 신새벽은 잠에서 깨어난 시간인데 잠에서 깨자마자
고향 생각에 잠기는 것은 고향에서 체험했던 것들이 순수한 상태
로 다시 되살아난다는 것이다.

계절을 나타내는 시어로는 '계절'과 '봄' '여름' '가을' '겨울'의
시어가 있는데 지수는 총 38회에 이르고 있다. 이 시어들 중에서
'봄'과 '가을'이 계절의 중심축을 이루고 있다.[167]

> ① 봄이라는 계절은 하늘과
> 땅 사이에서 가장 진한
> 향기가 나는 방대한
> 한 권의
> 책.
>
> — 「봄」 부분

> ② 흙내음 물씬한 냉잇국 그리워,
> 환장하겠다, 이 봄!
> 환장하겠다, 이 봄!
>
> — 「환장하겠다, 이 봄!」 부분

> ③ 봄추위가 온다지만
> 봄은 봄이다 품은 자식 풀어놓자.
>
> — 「봄이 온다」 부분

시 ①에서 '봄'은 향기가 진한 한 권의 '책'으로, 그리고 시 ②
에서는 냉잇국에 대한 향수를 불러일으키고 매개체로, 시 ③에서
는 온갖 것들을 풀어놓는 존재로 의미화 된다. '봄'은 추운 겨울을
겪고 난 다음에 오는 계절이기 때문에 시련을 이겨낸 시간, 따스
함과 충만함으로 가득 찬 시간으로 인식되어 왔다.

> 어렸을 적,
> 발바닥을 포개며 뛰놀던

---

167) '여름'과 '겨울'은 주로 시의 배경으로 쓰이고 있어서 논의에서 제외하기로 한다.

원달리 동리산 태안사에
봄이 딛는 발자국 소리
여기까지 들려오네.

살얼음 밑에서 은빛 비늘 희살대며
봄기운에 흐물거리던 피라미떼들도
광주의 내 눈에 가득 넘치네.

지금 종달새 노래 그쳤어도
새싹이 다투어 돋아나는 곳,

그곳을 향해
모든 일 젖혀놓고 눈을 감네.

　　　　　　　　　　　　　　　 -「봄이 오는 소리」 전문

위의 시에서 '봄'은 단순히 계절의 의미만 내포하지 않는다. '어
렸을 적 태안사에서 들었던 소리'가 '봄이 오는 소리'이고 살얼음
밑에서도 '은빛 희살대며' 노닐던 '피라미떼들'의 소리로 어렸을
적 체험과 기억이 재생되고 있다. '모든 일 젖혀 놓고' 그 시절을
그리워할 수 있는 것은 '봄'이 시적 화자의 원형으로 각인되어 있
기 때문이다.

　가만히 앉아서 어린 시절의 봄을 회상하면서 '봄이 오는 소리'를
고향의 소리로 표상하는 것은 고향에 대한 진한 그리움이다. "온
몸뚱아리가 자궁"(「다시 보는 봄」, 『현대시』, 1999. 9)인 동리산
태안사는 그의 시를 탄생하게 한 곳이다. 그만큼 유년의 고향은
모든 일을 잊어버리게 하는 힘을 갖고 있다. 고향에의 깊은 사유
는 시를 지탱하는 힘이자 삶의 원초적인 에너지의 발원지인 셈이
다. 고향이라고 할 수 있는 광주에서조차도 동리산 태안사에 깊이

천착하는 것은 '발바닥 포개는 소리' 때문이며, '은빛 희살대는 피라미떼들'이 있기 때문이고, '새싹이 다투어 돋아나는 곳'이기 때문이다. 자연 그대로가 살아 숨쉬는 생명력의 원천이 바로 고향 동리산 '태안사의 봄'인 것이다. 태안사의 봄이 주는 생명력은 '가을'로 이어진다.

① 우리 단풍물 든 목소리로
　　자장, 자장, 자장가를 불러
　　모든 것 가을 품에 잠재우리

　　　　　　　　　　　　　　　　－「가을 자장가」 부분

② 여름의 허물인
　　이 가을은
　　밤낮을 안 가리고
　　나를 가비얍게 들어올리고 있다.
　　이 지구까지를
　　가비얍게 들어올리고 있다.

　　　　　　　　　　　　　　　　－「가을2」 부분

시 ①에서 '가을'은 모든 것을 품어 안아주는 어머니로, 시 ②에서는 육체와 정신을 초월한 시간으로 의미화 되고 있다. 후기시에 유독 '가을'을 소재로 한 시가 많은데, 조태일이 '가을'과 관련하여 쓴 다음 글에서 창작의 단초를 확인할 수 있다.

수많은 시인들이 당신을 노래하기에 인색하지 않았고, 앞으로도 인색하지 않을 것으로 확신하므로, 당신만이 간직한 그 높고 맑고 깊고 낭랑한 비밀이 한 가닥 두 가닥 벗겨져 버리지나 않나 해서 격에 안 어울리는 질투까지 품어 봅니다. 그러나 당신은 나의 시이자 어머니이므로 쉽게 저버리지 않을 것입니다.[168]

가을은 흔히 말하듯 입을 다무는 계절이 아니라 벌겋게 달아오른 목소리로 이웃들의 이름을 불러주며 서로 찾아주는 계절이다. 나에게 가을은 서로 찾아주는 계절이다. 나에게 가을은 시를 많이 쓰게 하고 지껄이게 하고 소원했던 삼라만상과 함께 어울리게 하는 성숙한 계절이다.[169]

필자는 가을을 이별이나 슬픔의 계절로 노래하지 않는다. 물과 바람과 인간이 아니, 삼라만상이 만나는 계절, 그리하여 자기 존재를 서로 확인하는 계절, 또 그리하여 개체들이 모여 전체와 하나가 되어 아낌없이 화합하는 계절로 본다. 그러기에 가을은 풍요롭다.[170]

위의 글에서 그가 '가을'을 어떻게 인식했는지를 잘 알 수 있다. '가을'은 시의 어머니였고, 삼라만상과 어울리게 하는 시간이자 전체와 하나 되는 계절인 것이다. 가을을 이렇게 인식하고 있기 때문에 시에 드러나는 '가을'도 그 인식에서 벗어나지 않는다.

이젠 그만 푸르러야겠다.
이젠 그만 서 있어야겠다.
마른풀들이 각각의 색깔로
눕고 사라지는 순간인데

나는 사라지는 법을 잊어버렸다.
나는 사라지는 법을 잊어버렸다.

높푸른 하늘 속으로 빨려가는 새.
물안개 어른거리는 꿈

나는 모든 것을 잊어버렸다.

−「가을 앞에서」전문

---

168) 조태일, 「가을은 내 시의 어머니」, 앞의 책, 나남출판, 1996. 26쪽.
169) 조태일, 「가을에 오시는 어머니」, 앞의 책, 나남출판, 1996, 25쪽.
170) 조태일, 「가을과 어머니와 나」, 앞의 책, 나남출판, 1996, 36쪽.

'가을'은 모든 것을 잊게 하는 시간이다. 푸르름도 잊고 모든 것이 원래의 자리로 돌아가는 시간 앞에서 인간의 존재는 더없이 작아진다. 각각의 색깔을 찾아 떠나는 순간, 하늘로 돌아가는 시간 속에서 '나'의 존재는 무의미하다. '가을'은 모든 것을 잊게 하는 순간이기 때문에 존재 자체의 의미보다 영혼과 만나게 하는 시간이다. 영혼과 만나는 시간을 '가을'로 표상함으로써 자기 존재를 확인하고 만나게 한다. 자기 존재와 만나 모든 것이 하나로 연결됨으로써 '가을'은 무아의 상태가 된다.

　그가 원초적인 생명을 간직하고 있는 시간을 '봄'으로 인식하고, 모든 삼라만상이 만나고 화합하는 시간으로는 '가을'을 인식한다는 점에서 '봄'과 '가을'은 동위적이다. '봄'은 만물을 탄생시키는 시간이고 '가을'은 모든 것이 만나는 시간으로써 생명의 층위에서 볼 때 동궤인 것이다.

　　아아, 눈감으리
　　까치밥으로 두어 개 남을 때까지
　　발가벗고 신방 차리는 소리.

　　청살문 닫아라
　　홍살문도 닫아라.
　　　　　　　　　　　　　　　　　　　　　－「홍시들」 전문

　'홍시'는 가을이 원숙해져야 나타난다. '홍시'는 얼굴을 붉히며 '신방'을 차리는 존재로 의미화 된다. 감나무에서 익어가는 대상에 지나지 않던 '홍시들'에게 숨결을 불어 넣어 하나의 생명체가 되게 하는 힘은 생명을 존중하는 태도에서만 나올 수 있다. 그 생명을 존중하는 태도는 새로운 생명을 잉태시키는 어머니, 가을이 된다. 생명에 대한 경외 없이 가을을 어머니로 인식하기 쉽지 않다. 그래서 '가을'이 되면 자연은 투사되는 대상으로만 존재하지 않는다. 대상이 그 자체로 대상인 것이 아니라 대상과 주체가 서로 동화됨으로써 너와 나의 구분이 없는 세계가 이룩된다. '시간'의 계열에 속한 시어들의 의미체계를 도해하면 다음과 같다.

시 간	현 재	미 래		
	오늘	신새벽	봄	가을
이미지	겨울 자연 순리	겨울 어루만지다 몸을 부딪다 보듬다 누비다 걸었다	봄 향기나는 환장하겠다 풀어 놓다 눈을 감네	가을 잠재우다 기비얇게
의미	단절 소외	순수한 상태 (고향)	생명력의 원천	무아인 상태, 어머니

(2) 공 간

초기시의 공간이 닫혀 있었다면 후기시의 공간은 주로 열린 공간으로 변화하고 있다. 공간을 나타내는 시어가 매우 다양해졌으며 범주도 '우주'까지 확장되고 있다. '방'이나 '집'같은 시어가 전혀 등장하지 않는 것은 아니지만 '외딴섬'에서부터 '우주'와 '허공'까지가 시의 공간이 되고 있다는 점이 후기시의 특징이다. 지수가 높은 '산'과 '하늘'을 중심축으로 하여 살펴보기로 한다.

① 산에 올라 가만히 살펴보면
  태산도 티끌들의 세상이더라.

                                          -「산에 올라, 바다에 나가」 부분

② 밟힐수록 힘이 솟는 우리들,
  타오르는 태양 아래서
  끼리끼리 그림자 만들어
  마침내 더불어 큰 산 이루었네.

                                          -「겨울 보리」 부분

③ 흐르는 계곡물에 아랫도리 식히며
  하늘 향해 용솟음치는 저것들은
  바람의 뼈인가
  뼈의 신음인가

  산. 산. 산.

                                          -「산」 부분

  시 ①에서 '산'은 모든 욕심이 사라지게 만드는 '무욕'의 원천이
다. 시 ②에서 '산'는 보리를 통해 강한 생명력을 상징하고 있다.
시 ③에서 '산'은 '인간 존재'와 동일한 존재이다. 시에서 알 수
있는 것처럼 조태일의 후기시에는 '산'이 시의 소재가 된 작품이
다수이다. '거시기 산악회'를 통해 매주 등산을 했기 때문이기도
하지만 기실 태생지였던 동리산이 근원이라고 할 수 있다.

  날이 샐 무렵
  어둠 더불어 빨치산들이 산으로 오른 뒤,
  골짜기 대밭에서
  죽순 서로 키재기하는 걸 보고
  나는 무럭무럭 자랐다.

  어린 짐승새끼

어미 잃고 집 잃어 울어쌀 때
동리산 품 같은 어머니 가슴 파고들며
속으로 꺼이꺼이 울며
나도 밤을 샜다.

홍시감 익어갈 때,
홍사초롱 수천 개씩 가지 휘어져라 매달릴 때,
아랫집 남순이랑 얼굴 붉히며
왼종일 가슴이 뛰었다.

그런데,
그 빨치산 다 어디 갔나
그 어린 짐승 자라서 어디 갔나
그 준순 자라서 어디 갔나
그 홍시 다 어디 갔나
그 남순이 어디 갔나.

－「동리산에서」 전문

　위 시는 시인이 태어나 자랐던 동리산이 소재이다. 1연, 2연, 3
연은 이상향의 공간으로서 시의 화자인 '나'는 대밭의 죽순과 또
동물들과 함께 자라며 친구들과 온종일 가슴 뛰는 고향 속에 존재
한다. 그러나 4연에는 상실된 아픔의 공간으로 자리한다.

　1연은 대밭에서 '죽순'과 같이 무럭무럭 자란 곳으로, 2연은 '어
미 잃은 짐승'을 돌보면서 같이 더불어 살았던 원시 공동체의 공
간으로, 3연은 '홍시감'에 왼종일 가슴이 뛴 친구들과 함께한 곳으
로 그려진다. 원시적인 순결한 공간에서의 티 없이 맑았던 동심이
그대로 녹아있다면, 4연에서는 이미 잃어버린 기억 속의 고향으로
자리한다. '동리산'은 자연물 그대로의 동리산과 고향을 의미하기
도 하고 자연물 그 자체가 아닌 기억 속의 공간을 의미하기도 한

다. 그에게 고향에서 추억과 경험은 초기부터 후기까지 시를 관통하는 동력이다. "슬플 때나 기쁠 때, 일이 잘 풀릴 때나 꼬일 때, 사는 것이 고통스럽다고 아니면 살만하다고 생각할 때, 무슨 일을 결행할 때나 포기할 때, 외로울 때나 번거로울 때"171) 습관처럼 눈을 감고 고향을 떠올리면서 시심을 표출하는 것이다. 그래서 '동리산'은 고향이고 원시적 순결함을 간직한 이상향이다.

> 산들과 잠시나마
> 고요히 지내려고
> 산에 오르면
>
> 산들은 저희들끼리
> 거대한 그림자를 만들어
> 한점 티끌도 안 보이게
> 나를 지운다.
>
> —「소멸」전문

화자는 '산'에 오르면 자기를 잊고 자연과 하나가 된다. 나를 잊어버릴 뿐만 아니라 산과 같아진다. 인간도 자연의 일부일 뿐임을 의미한다. 전통적인 세계에서 자연이 친화적이었던 것처럼 자연이 된다는 것은 철저하게 나를 버림으로써만 가능하다. 그리고 소멸한다는 것은 모든 것을 포용하는 것으로 "천지간에 있는 인간은 우주의 마음"172)으로 우리 모두가 대지에서 나온 하나의 몸으로 이루어져 있기 때문이라고 통찰한다. 각 부분은 "다른 모든 부분과 연관되어 있고 우리는 모두 전체의 일부, 즉 초자연의 일부인

---

171) 조태일, 「그리운 쪽으로 고개를」, 앞의 책, 나남출판, 1996, 172쪽.
172) 조태일, <교수신문>, 1995. 11. 20.

것"173)을 잘 보여주고 있다.

인간 존재가 초자연의 일부임은 '하늘'을 통해서도 드러난다. '하늘'은 초기와 중기시보다 낮은 지수를 보이기는 하지만 초기시부터 끊임없이 등장하는 시어이기도하다. 따라서 의미화 양상이 달라진 것은 물론이다.

① 홀로 바위처럼 이 땅에 박혀
　하늘이나 쳐다보면
　모여드는 풍경들이나 둘러보면
　모든 것이 내 눈 속에 들어
　차라리 풍년인걸.

　　　　　　　　　　　　　　　-「홀로 있을 때」 부분

② 엎어지고 뒤집히는
　바로 앞의 바다를 보면서
　나는 나의 뜨거운 가슴을
　하늘에 펼친다.

　　　　　　　　　　　　　　　-「바다」 부분

③ 그는 갇혀 있으므로 마음은 자유롤거야
　국토를 저벅저벅 거닐다가
　판화 새기듯 휴전선을 도려 파며
　걸개그림을 조선의 하늘에 걸고 있다.

　　　　　　　　　　　　　　　-「홍성담의 판화」 부분

위는 '하늘'이 소재인 시편들이다. 시 ①에서 '하늘'은 홀로 존재하는 시적 화자를 위로하는 대상으로, 시 ②에서는 엎어지고 뒤집히는 바다와 대립된 의미로, 그리고 시 ③에서는 당대의 현실을 성찰하는 매개체로 제시되어 있다. 세 편의 시에서 '하늘'은 개인

---

173) 라이얼 왓슨, 『초자연, 자연의 수수께끼를 푸는 열쇠』, 물병자리, 2002. 20 - 21쪽.

과 공동체의 소망을 집약하는 중심적인 의미로 나타나고 있다.

> 우람이 누워 있는 저 무등을
> 어린 풀들이 잔뿌리 발버둥치며
> 하늘로 하늘로 끌어올리며 숨가쁘다.
>
> 우람한 저 무등을
> 새들이 가녀린 날개에 품고
> 하늘로 하늘로 옮기려 가슴탄다.
>
> -「무등산」전문

이 시는 '무등산'을 묘사하고 있는 시이다. 여기에서 '무등산'은 '하늘'과 동일시되고 있다. 무등산을 하늘로 끌어올리는 존재는 '어린 풀들'과 '새들'이다. '어린 풀들'과 '새들'이 상징하는 것은 무등이 상징하는 것과 같은 평등한 세상을 꿈꾸는 존재들이다. 평등한 세상을 꿈꾸는 존재들이 누구에 의해서도 지배받지 않는 무등을 꿈꾸는 것은 '하늘'이 갖고 있는 이상향과 일치한다. 이 때문에 "노여움도, 기쁨도, 슬픔도 만드네 / 저 높고 저 넓은 / 마음"(「하늘」, 『현대시』, 1999. 9)으로 인식되는 것이다.

한편, 이 '하늘'은 '우주'의 관념으로 확장된다.

> 안간힘을 쓰며
> 찌푸린 하늘을
> 요동치는 우주를
> 떠받치고 있는
> 저 쬐그만 것들
>
> 작아서, 작아서
> 늘 아름다운 것들,

밑에서 밑에서
늘 서러운 것들,

-「이슬 곁에서」 전문

위 시에서 화자는 '이슬'이라는 작은 존재에서 우주를 발견하고 있다. 작아서 아름답고 밑에서 서러운 존재가 '하늘'과 '우주'까지 떠받치고 있다는 역발상은 그 자체가 시적 성취의 절정이다. "오늘도/ 이 처마/ 저 처마/ 밑을/ 오가는,/ 크기가 5cm쯤의/ 우주덩이"(「굴뚝새」, 1999.)에서도 확인되듯이 작고 여리고 소소한 존재에게도 온 우주가 담겨 있다는 깨달음은 생명에 대한 경이 없이는 불가능한 것이다.

생명은 반생명과의 대립할 때 선명하게 드러난다. 생명이 무엇이든 그것이 "기계적 현상으로 환원될 수 없는 일"[174]이기 때문이다. 인간의 본성에는 억압으로부터 벗어나 자존성을 회복하려는 의지와 생명의 본성에 대한 믿음이 존재한다. 유신체제와 국가권력이라는 힘의 논리에 대한 대항 이전에 자유에 대한 갈망이 있었다. 그에게 있어 자유의 문제는 생명의 문제였던 것이다. 살아있는 모든 것, 작고 작은 것에도 살아 숨 쉬는 생명이 있음을 그는 유년시절을 통해 일찍이 체득했다. 유년시절에 더불어 공동체를 이루었던 호랑이, 사슴, 늑대, 여우 등과 어울렸던 고향은 쫓기듯 떠나온 뒤에도 조태일 시의 정서를 이루어왔다.

초기에서부터 저항의 목소리를 드높였던 시에서도 역시 생명 공동체의 장이었던 유년의 기억은 늘 기저에 깔려 있는 시의 동력으로 작동했다. 그에게 유년의 고향은 단지 기억으로만 머물지 않는

---

174) 김상봉, 「칸트와 생명의 문제」, 『생명사상과 윤리』, 정신문화연구원, 2004. 92쪽.

다. 온갖 사물과 자연이 한데 어우러진 이상향의 공간이었다. 그러나 여순사건이 터지자 아름다운 생명 공동체였던 공간은 살육의 현장이 되었고 결국 떠나올 수밖에 없는 공간이 되었다. 자신이 고향을 상실한 이방인이 되었다는 것을 깨달았을 때, 그리고 자신이 이 땅 어딘가에서 태어났다는 것을 느꼈을 때 견딜 수 없는 아픔을 경험한다.[175]

이런 점에서 그에게 고향은 양가적인 공간이다. 생명공동체와 이상향인 동시에 상실과 아픔의 공간이다. 고향을 떠난 자만이 고향의 중요성을 깨닫게 된다는 점에서 아픔과 상실의 공간적인 의미보다는 이상향의 공간적인 의미가 더 깊이 자리할 것이다. 그러면서도 고향은 상실에서 창조의 공간으로 변모한다. 고향을 떠난 것은 존재와 고향, 자아와 영혼의 안식처 사이에 영원히 매울 수 없는 간극을 만들어 놓은 동시에 타자를 이해하고 새로운 창조의 세계로 안내하는 매개체이기도 하다.

그의 시가 현대사와 더불어 또 하나의 축을 이룬 것은 바로 고향이다. 조태일에게 고향은 특별한 의미를 지닌 공간이자 꼭 다시 돌아가야 할 공간이다. 원초적인 아름다움과 생명이 살아 숨 쉬는 곳, 그곳은 바로 대지이자 어머니이며, 더불어 살아가는 화합과 공동체의 장을 의미한다.

---

175) 김상률, 「탈식민 휴머니스트, 에드워드 사이드를 위하여」, 『에드워드 사이드 다시 읽기』, 김상률, 오길영 엮음, 책세상, 66쪽.

아무튼 동리산에서의 유년생활은 모든 것이 원초적인 삶, 바로 그것이었다. 진종일 동리산 기슭을 누비며 멧돼지, 노루, 늑대, 여우, 사슴 등과 어울려 지냈고 감, 밤, 머루, 다래, 칡 등으로 배를 채우며 유년을 보냈다. 어떤 때는 동무들과 어울렸고 어떤 때는 그 깊은 산골을 혼자 헤매면서 자연과 어울려 지냈다. (중략) 지금도 시를 쓰기 직전 한참동안 그 고향의 유년생활을 기억나는 대로 더듬다가 마음의 평정을 얻은 다음 시를 쓰는 것이 버릇처럼 되어 버렸다. 그러니까 유년시절에는 문학이란 것을 생각해 보지도 습작을 해보지도 못했지만 내 시의 원천은 이 유년생활의 자연 속에 고스란히 꿈틀거리고 있는 원초적 생명, 바로 그것이라 하겠다.176)

이 언급 속에서 그가 얼마나 고향을 그리워하고 동경했는지를 감지할 수 있다. 시를 쓰기 전에 유년시절의 고향을 더듬고 마음의 평정을 얻은 다음에야 시를 쓸 수 있었다는 사실은 상실과 아픔보다는 아름다운 기억, 유년시절의 이상향의 의미가 두드러진다고 할 수 있다. 그에게 고향은 마음을 다스리고 순화시키는 그리고 충만한 상태에 이르게 하는 곳이다. 고향은 '산'과 '하늘'과 '우주'가 만나는 공간인 것이다. 이러한 공간 시어의 의미체계를 도해하면 다음과 같다.

공간	열린 공간		
이미지	집 무욕 강한 생명력 인간존재 지운다	하늘 풍년 뜨거운 가슴 자유	우주 쬐그만 것들 서러운 것들
의미	무아	이상향	존재 자체, 고향

176) 조태일, 「어린 조카의 죽음과 시의 출발」, 앞의 책, 나남출판, 1996. 52쪽.

3) 생명의 시 - 전쟁과 정치와 날씨

(1) 전쟁과 정치

시대와의 불화를 나타내는 '전쟁'과 '정치'의 시어는 초기와 중기에 비해서 확연히 줄어들었다. 시대상황과 맞물린 것이기도 하지만 결정적인 것은 그가 추구하는 세계관이 달라졌기 때문이다. 가시적인 변화 뒤에 가려진 불화는 환경과 생명이라는 생태담론으로 나타난다.

> 아침부터 취했나
> 저녁 노을 불그스레 온 하늘 물들였다.
> 서러운 상여소리 저처럼 붉을까?
>
> 어화 넘자 어화 넘자
> 이 석양을 어서 넘자.
>
> 오늘도 할일 많아 종일토록 헤매다가
> 돌베개 베고
> 팔다리 땅에 뻗고
>
> 정치는 사라져라고
> 오뉴월 타살정국, 분신정국 사라져라고
>
> 어화 넘자 어화 넘어
> 이 석양을 어서 넘자.
>
> -「석양 아래서」전문

이 시에서 정치적인 탄압과 억압이 90년대에 들어서도 계속되고

있음을 알 수 있다. 시위대를 진압하는 과정에서 그리고 고문하는
과정에서 발생한 일련의 사망 사고와 온몸을 던져 저항해야 했던
당대의 현실을 '타살정국' '분신정국'이라는 시어를 통해 단적으로
보여주고 있다. 그러한 정치 상황을 '노을'을 통해 상징적으로 보
여주고 있다.

쑥들끼리 모여서
쑥세상을 이루었다.

모진 생명끼리 모여서
밟히면 밟힐수록
쑥덕쑥덕거리다가
쑥덜쑥덜거리다가
쑥얼쑥얼한다.

머언 머언 옛날, 옛적
쑥 한줌과 마늘 스무 개를 먹고
굴속에서 백일동안
햇빛 보지 않아
곰은 우리네 할머니가 되었다는
이야기가 햇빛에 반짝반짝
흐른다.

그 쑥밭에 누워
그 쑥내음에 취해
우리네 하늘을 쳐다본다.

-「쑥」 전문

'쑥'은 우리 산천의 어디나 지천으로 널려 있는 국화과의 풀이자
약초이기도 하다. '쑥'은 '마늘'이 단군신화에도 등장하는 데에서도
알 수 있듯이 우리 삶의 원형질로서 밟히면 밟힐수록 되살아나는

민중을 상징한다. 민중은 견딤으로 '쑥세상'인 민주의 시대를 연 것이다. 한편 '쑥덕쑥덕', '쑥덜쑥덜', '쑥얼쑥얼'과 같이 '쑥'의 음성을 흉내내어 변형함으로써 구어체적 민중담론을 환기시킨다. 후기시에서는 유독 의성어와 의태어의 사용이 빈번[177]한데 이로 인해 시의 운율이 살아있을 뿐만 아니라 우리말의 아름다움을 한껏 살려내고 있다. 이러한 화법은 초기와 중기의 정치적 시어와 직설적 화법이 줄어들고 있음을 보여주고 있는데 그의 시세계가 후기에 들어 변모하고 있음을 반증하는 사례다.

전쟁을 나타내는 시어의 유형 중에서 '삶'의 시어군은 34회, '죽음'의 시어군은 53회의 지수를 보임으로써 '삶'의 시어군보다 '죽음'의 시어군이 더 지수가 높게 나타난다. 또한 삶과 죽음을 '이승'과 '저승'으로 나타내는 시어들이 많아진 것이 특징이기도 하다.

① 저승이 따로 있나

---

177) <의성어>: 깔깔, 꺼욱꺼욱, 꺼이꺼이, 껄껄걸, 동동, 둥둥둥, 뙤뙤뙤, 매앰(4), 매앰맴(8), 매앰매앰매앰매앰,   맴맴맴맴맴(5), 미아암(3), 미아아암, 뽀드득(6), 사각사각, 소곤소곤(6), 쑥덜쑥덜, 쑥얼쑥얼, 쑥덕쑥덕, 애고애고, 어허야허, 어허어허(4), 어화(4), 푸득푸득 ,오매(2), 오오, 오오냐(6), 오오냐아(6), 오오냐아아(3), 에헤헤야, 우움머어(2), 헤헤헤야, 지이자앙보사알(2), 지이장보오살, 지장보오살, 후두둑후두둑(2), 콸콸콸,<의태어>: 가득가득, 가만가만, 가비얍게, 간질간질, 갈기갈기, 걸음걸음, 겨우겨우(2), 고루고루, 고마고만, 구석구석, 깜냥깜냥(2), 꼬불꼬불, 꼼지라꼼지락, 꼼짝달싹, 꽁꽁, 꿈틀꿈틀, 끼리끼리(2), 나리나리, 노릇노릇, 노릇바릇, 느릿느릿, 더욱더욱, 더듬더듬, 들낙날락, 매일매일, , 무럭무럭, 무슨무슨(3), 물물물물물물, 미움미움, 미워미워(2), 바싹바싹(4), 반짝반짝, 풀풀(2), 보송보송, 보일락말락, 빙빙, **빼빼**, 빙그레, 살살(2), 살포시, 서로서로, 쉬엄쉬엄, 쓰리쓰리, 어리디어린(2), 어서어서, 어질어질, 핑그르르(2),얼레얼레, 엉금엉금, 엎치락뒤치락(2), 오동포동, 오르락내리락, 오순도순, 오무작오무작(2), 오므락, 온데간데, 올망졸망, 요리조리, 우수수, 우중충(2), 울멍울멍, 웃샤아(2), 이글이글, 이리저리, 홀랑, 화알짝, 하늘하늘, 할깃할깃, 화르르(3), 자물자물, 자장자장, 저벅저벅(3), 잘근잘근, 잠잠, 조마조마, 조심조심, 조용조용, 졸졸, 주렁주렁(2), 주저리주저리, 지긋지긋, 희뜩희득, 질척질척, 조글조글, 쭈글쭈글, 총총총, 치러치렁, 캄캄(3), 컬컬, 터벅터벅(6),텅텅, 파릇파릇(2), 파르르, 팅팅, 팔짝팔짝, 홀쩍홀쩍, 획획획, 흘러흘러,

이승이 따로 있나
저승이 이승이고 이승이 저승인걸
슬퍼 말아라
우리 모두 산송장 아니더냐.

- 「내 몸이 흔들릴 때」 부분

② 누가 서녘 하늘에 불을 붙였나.
그래도 이승이 그리워
저승 가다가 불을 지폈냐.

- 「노을」 부분

위 두 시는 저승과 이승의 구별이 무의미하다는 걸 보여주고 있
다. ①이승이 저승이고 저승이 이승임을 의미하고 ②해 질 녘의
아름다운 '노을'도 '저승 가다'가 '이승이 그리워' 불을 지핀 것이
라고 본다. 이승과 저승이 따로 존재하는 것이 아니라는 인식은
삶과 죽음이 하나라는 생사일여(生死一如)라는 깨달음 없이는 불
가능한 것이다.

이승의
진달래꽃
한묶음 꺾어서
저승 앞에 놓았다.

어머님
편안하시죠?
오냐, 오냐,
편안타, 편안타.

- 「어머니를 찾아서」 전문

위 시 역시 이승과 저승이 동질적이라는 것을 잘 보여주는 시이
다. 이승의 꽃을 꺾어 무덤 앞에 엎드린 화자는 '이승'과 '저승'을

넘나들고 있다. '이승'이 '저승'이고 '저승'이 '이승'인 것을 일찍이 간파한 것은 유신시절의 시대와의 처절한 싸움에서 이미 시작되었다. 초기시에서는 목숨쯤은 아깝지 않다는 것이었다. 그런데 이 후 기시에서는 시대와의 처절한 싸움이 아니라 자연과의 합일을 꿈꾸는 저승과 이승의 거리 좁히기로 나타난다. 또한 욕심 없는 삶의 자세이자 시의 지향점이기도 하다. 그것은 다음의 시에서 극명하게 드러난다.

> 풀씨가 날아다니다 멈추는 곳
> 그곳이 나의 고향,
> 그곳에 묻히리.
>
> 햇볕 하염없이 뛰노는 언덕배기면 어떻고
> 소나기 쏜살같이 꽂히는 시냇가면 어떠리.
> 온갖 짐승 제멋에 뛰노는 산속이면 어떻고
> 노오란 미꾸라지 꾸물대는 진흙밭이면 어떠리.
>
> 풀씨가 날아다니다
> 멈출 곳 없어 언제까지나 떠다니는 길목,
> 그곳이면 어떠리.
> 그곳이 나의 고향,
> 그곳에 묻히리.

－「풀씨」 전문

'풀씨'가 날아다니다가 멈추는 곳은 고향이자 대지이다. 대지로 표상되는 자연은 모든 존재들을 살아 숨 쉬게 하는 지모신이다. 대지는 '풀씨'와 관계를 맺고 서로가 서로를 품에 안음으로써 생명 공동체를 실현한다. 인간이 대지의 정복자이거나 자연의 착취자가 아니라 대지와 하나로 결합된다.

북망산이 멀다더니 도청 밖이 북망이요
저승길이 멀다더니 금남로가 저승이요 충장로도 저승이네
저는 이 길 가지마는 잘 있소 광주여 무등산도 잘 있소
헤~헤 헤헤헤야 어~허 어허어허 어허야허

당신 두고 가는 이 몸 절통하고 분합니다.
황천수가 멀다더니 광주천이 황천수요 극락강도 황천수네
저는 이 길 가지마는 잘 있소 형제여 부모님도 안녕 안녕
에~혜 에혜혜야 어허어허 애고애고

저는 가요 당신 두고 저 세상에 저는 가요
팔뚝 같은 쇠사슬에 꽁꽁묶여 총검에 찢겨가며 저는 가요
상무대 철창으로 끌려가며 돌아보며 끌려가요
어~허 어허어허 아하아하 어허어허

한 손에 태극기 들고 또 한 손에 총을 들고
민주·평화·자유 찾아 북망산천 찾아가요 황천길 걸어가요
광주땅을 하직하고 무등산에 절을 하고
아~하 아하아하 아이아이 아이고 아이고

죽음은 단 한번이라 누가 이 길 좋다 할까
저는 기왕 가지마는 광주 무등 조국이여 자손만대 번영하소
헐벗은 이 옷을 주어 훈훈공덕 쌓으소서
배고픈 이 밥을 주어 지성공덕 쌓으소서
목마른 이 물을 주어 활인공덕 쌓으소서
묶인 이 풀어주어 훨훨세상 세우소서
헤~헤 아~하 어~허 애~고 애~고 애~고 애~고

－「광주 輓歌」전문

　　광주 5·18민주화운동을 형상화한 「광주 輓歌」는 오페라 『무등
둥둥』의 대본을 꾸미면서 쓴 시다. 만가는 죽은 자를 추모하는 노
래이다. 시적 화자는 5·18 민주화운동에서 희생당한 영령이다. 그
들은 죽어가는 순간에도 '광주 무등 조국이여 자손만대 번영'하길

바라고 헐벗고 굶주리고 목마르고 묶인 이들에게 참 삶을 살 수 있기를 바라고 있다. 이는 광주의 정신이자 그의 삶의 자세이고 시정신이라고 할 수 있다. 5·18당시 광주시민들이 그랬던 것처럼 욕심 없는 공동체를 이루고 사는 삶이야말로 바로 '훈훈공덕' '지성공덕' '활인공덕'을 쌓는 것이고 '훨훨세상'을 여는 것이다. '이승'과 '저승'은 초기의 '칼' '무덤' '독재' '분단'과 중기의 '거짓'과 '죽음', '자유'와 5·18과 동일한 계보에 속한다고 볼 수 있다. 후기시의 '전쟁'과 '정치' 시어의 의미체계를 도해하면 다음과 같다.

전쟁	삶	죽음
이 미 지	이승 = 저승 타살정국 분신정국 상여소리	저승 = 이승 북망산천 황천수 황천길
의미	시대상황	삶과 죽음의 초월(깨달음)

(2) 날씨

조태일의 시에서 날씨의 시어들은 대체적으로 시대상황과 밀접한 관련을 맺고 있다. 그러나 후기시에 들어서 날씨를 나타내는 시어들이 눈에 띄게 줄어들었다. 또한 '바람'을 제외한다면 '천둥'이나 '번개'처럼 갑작스런 날씨 변화를 나타내는 시어들은 사라지고 있다.

① 아빠꽃 엄마꽃 형꽃 누나꽃 따라
　아기꽃 동생꽃 쌍둥이꽃
　바람들을 잘도 가지고 논다.
　　　　　　　　　　－「꽃들, 바람을 가지고 논다」 부분

② 둘러보아라
　돌멩이들도 거대한 숲도 산도
　이 바람과 들꽃들의 향연 앞에서는
　속수무책으로 당하고 있는 것을.
　　　　　　　　　　－「바람과 들꽃」 부분

　시 ①에서는 '꽃'과 '바람'의 관계가 전복되어 있다. 일반적으로
바람이 꽃을 흔들지만 이 시에서는 꽃이 바람을 가지고 논다. '꽃'
은 수동적인 존재가 아니라 주체이다. 자신의 존재성을 자각하였기
에 주체성을 획득한 것이고, 주체로서의 꽃은 자유스럽다. 그러므
로 '바람'에 흔들리지 않고 오히려 바람을 가지고 놀 수 있는 것으
로 인식한다. 여기에서 '가지고 논다'는 것은 조롱이나 장난이 아
니라 함께 어울려 살아가는 조화의 미학을 의미한다. 시 ②에서도
역시 '바람과 들꽃'은 상생의 미학을 공유하는 관계로 자리매김되
어 있다. '바람'이 시원하거나 '꽃'이 향기로워서 향연이 아니라 두
주체가 한 몸이 되어 상생의 관계를 유지하므로 향연이 가능하다.
이들 앞에서 강한 존재는 없다. 시적 화자는 '바람과 들꽃'이 어울
려 상생하는 조화의 미덕을 발견하였던 것이다.

　팔십평생 걸음 머추시고
　어머님! 쉬시는 곳,
　그곳에
　노오란 잔디,
　단풍 물든 햇볕,

먼저 온 바람들이
노닥거리고 있었네.

-「바람을 따라가 보니」 전문

위 시에서 '바람'은 어머니 무덤가에서 단풍든 햇볕보다 먼저 와
서 놀고 있다. 괴롭히고 힘들게 했던 바람이 아니라 함께 노닥거
리고 어울리는 바람이 되었다. 그래서 후기시의 바람은 초기시의
'바람'과는 다른 의미를 지니고 있다. 후기시의 '바람'은 함께 어울
리는 존재이며 동반자가 된다. 인간은 "이성에 의해 본원의 세계인
자연에서 분리되었고 타자가 됨으로써 자기 자신과 그리고 세계와
화해"[178]를 시도한다. 자연 혹은 세계와의 동일시를 추구하기에 이
른 것이다. 이처럼 후기시에서는 인간과 자연 혹은 주체와 타자가
분리되지 않은 자연으로서의 인간, 인간으로서의 자연의 모습이 여
실하게 나타난다.

'눈'을 나타내는 시어군으로 '눈'과 '잔설' 등의 시어가 높은 지
수를 차지하고 있다.

① 사람 동네 그리워 살냄새 그리워
　흰 눈 뒤집어쓴 산들.
　닫힌 문 앞까지 찾아와 큰절하는 침묵들,
　내 마음 한 홉 주면
　두어 섬지기로 손아붓는 너그러운 정.

-「겨울산」 부분 (제안:「겨울산1」)

② 눈이 안 덮인 산이지만
　내 살결인양 쓰다듬으며
　안쓰러워라, 안쓰러워라.

-「겨울산」 부분 (제안:「겨울산2」)

---

178) 옥타비오 파스, 『활과 리라』, 솔, 1998. 45쪽.

③ 눈길을 걸으면
　　뽀드득 소곤소곤
　　뽀드득 소곤소곤

-「눈길」부분

　①의 시에서 '눈'은 사람 냄새와 살 냄새를 그리워하는 '정'을 듬뿍 주는 존재로 나타나고 ②의 시에서 '눈'은 살결을 덮어주는 존재로 형상화되고 있다. ③의 시에서 눈은 길을 덮은 존재를 의미한다. 어린이의 눈으로 세상을 바라보는 화자의 시선은 정겹고 아름답다. 발자국 소리일 뿐인 '뽀드득'이 마치 '눈'과 '어린 아이들'이 숨바꼭질이라도 하는 것처럼 효과를 자아낸다. 위 시들에서 '눈'은 따스한 사랑을 간직한 순수한 존재로 의미화 되고 있다.

　　눈사람이랑 놀아야지
　　햇님이 오기 전에
　　울엄마가 오기 전에
　　어서어서 놀아야지.

　　햇님이 오면은
　　눈사람은 물이 되어
　　숙제하러 집으러 가야하고
　　울엄마가 오면은
　　나는 피아노 치러 학원으로 가야 해

　　햇님은 미워미워
　　울엄마도 미워미워

　　햇님이 오기 전에
　　울엄마가 오기 전에
　　눈사람이랑 놀아야지

-「눈사람이랑」전문

조태일에게 있어서 '눈'은 시대적인 폭압이었다. 그러나 후기에 이르러 '눈'은 어린이들에게 기쁨을 전해주는 존재로 발견되었고, 동심의 시상으로 전개된다. 이 시는 "마당의 이곳저곳을 뛰어다니다가 오줌발에 김을 모락모락 내며 녹아 들어가는 눈의 모양이나 돌담장 틈새로 삐죽하게 나와 있는 쥐의 꼬리를 보는 일이 얼마나 신기했으며 하루 진종일 동무들과 놀 일은 생각하는 것"179)만으로도 좋아했던 시인의 어린 시절과 깊이 연관되어 있다. 그동안 초기와 중기시에서 '흐린 날씨'와 '추운 겨울'을 통해서 시대적 현실을 형상화했던 것과는 대조적으로 활달한 동심의 시상으로 변모하고 있음을 알 수 있다. "다시 한 번 훼손된 자연을 재발견해보고 싶었다"180)고 한 것에서도 그 의미를 다시 확인할 수 있다. 날씨와 관련된 시어의 의미구조화 과정을 도해하면 다음과 같다.

날 씨	바 람	눈
이 미 지	바람 가지고 놀다 속수무책 당하다	눈 정 내살결 유년의 놀이
의 미	인간과 자연의 어울림	자연과 인간의 합일

---

179) 조태일, 「겨울에 자라는 동심」, 앞의 책, 나남출판, 1996. 15쪽.
180) 송광룡, 「태안사 가는 길」, 『금호문화』, 1996. 9.

4) 모성 회귀의 시 - 여성과 눈물, 그리고 신체

(1) 여 성

초기시에 두드러졌던 여성 관련 시어들이 중기에서는 줄어들었다가 후기시에 다시 나타난다. 그중에서 특히 '처녀'라는 시어의 재등장은 눈여겨볼 만하다. 때 묻지 않은 순수함을 찾는 시인의 의식은 마지막 후기시가 지향하고자하는 세계였음을 알 수 있게 한다.

> ① 어느해 여름
> 처녓적 삼밭머리 뽕나무밭
> 산꿩소리 그리워서
> 삼베옷 명주꽃신 신고 누워서
> 달빛 같은 처녀 몸으로
>
> -「달빛과 누나」 부분

> ② 그 마음씨 곱고 고맙지만
> 처녀여, 오동도 동백꽃섬
> 한 귀퉁이에 통째로 떨어져 있는
> 한송이 동백의 열정도
> 나에겐 과하지.
>
> -「동백꽃 소식」 부분

시 ①에서 '처녀'는 달빛에도 울멍일 만큼 순수했던 모습을 간직하고 있는 누나이다. 시 ②에서 '처녀'는 구체적으로 시인이 되고자 하는 순수한 모습의 여성이다. '처녀'가 초기시에서는 시대적

인 약자로서 찢겨지고 파열당한 대상이었지만 후기시에서 순수함
그 자체로 형상화되었다.

나의 처녀작은
삼행짜리 시조풍의
이 처녀는 온데간데없다.

일천구백육십년 사월혁명 참가후
무전여행중 제주도에 들러
삼성혈 들여다보고
관음사 일박 후 개미목 거쳐
백록담 이르러
맑고 밝은 물로 낯바닥 씻고
뜨거웠던 사월의 마음 식히고
사월 함성 맑게 닦아
마음속에다 썼던 짧은 시,
여행끝나고
이백자 원고지 한 장에다
써놓았던 삼행짜리 처녀
이 처녀는 지금 집 나간지 오래다.

백록담이 영원히 거기 있듯
이승의 내 마음속이나
저승의 내 마음속에
영원히 남으리
나의 싱그러운 처녀, 처녀인 「백록담」

－「처녀작」 전문

위 시는 앞의 원전확정에서 밝혔듯이 '처녀작'이란 『광고』11(1961)
에 실려 있는 「白鹿潭에서만 살아가는 하늘과 나」를 지칭한다[181].

---

181) 앞에서 밝혔듯이 이 시조는 「白鹿潭에서만 살아가는 하늘과 나」로 광주고등학교
　　 교지인 『광고』 11에서 발굴하였다. 그러나 조태일은 이 작품의 존재를 확인하지 못
　　 한 채 사망했다.

무전여행 중에 들른 한라산 백록담에 올랐다가 쓴 첫 작품이기 때문에 그에게 의미는 남다르다고 할 수 있다. 시인이 되고자 했던 고등학교 시절의 예민한 감수성을 자극했던 여행의 추억은 평생의 소중한 추억으로 간직되어 시집에는 고등학교 때 했던 무전여행중의 경험담이 여러 편에 걸쳐 시화되었다.[182]

처음으로 쓴 작품에 대한 애착을 "이승의 마음 속이나 저승의 마음 속"에 영원히 남을 것이라는 구절로 드러낸다. 첫 작품이기 때문에 '처녀'라고 부르는 것에서 그 작품을 찾고자 했던 시인의 심정을 읽을 수 있고, 순수하고 때묻지 않은 것에 대한 희구와 갈망이라고 할 수 있다. 때묻지 않은 순수함과 순결한 원형의 시정신을 회복하고자 하는 것으로 '처녀'가 의미작용하고 있다. 이러한 때 묻지 않은 것과 순수에의 갈망은 '어머니'로 귀착된다.

> ① 오십이 넘은 둘째놈과
>   손주놈들이 늘 마음 안 놓이시는
>   어머니
>   우리들의 어머니.
>
>   　　　　　　　　　　　－「아침밥상머리에서」 부분
>
> ② 꿈이 아니네
>   어머님 같은 벌판을 거닐며
>   이제 숨가빴던 노래도
>   녹아 흐르는 노을 속을 부는 바람을 본다.
>
>   　　　　　　　　　　　－「노을 속의 바람」 부분
>
> ③ 부르면
>   눈물 먼저 나는 어머니!
>
>   　　　　　　　　　　　－「부활절 전야」 부분

---

182) 대표적인 것이 「매미」 연작시이다.

①의 시에서는 오십이 다된 자식과 손주들 걱정에 맘을 놓지 못하는 어머니의 모습을 통해서 어머니의 끝없는 자식 사랑을 의미화하고 있으며, ②의 시에서는 생물학적인 어머니가 아니라 '벌판'이라는 자연으로 의미화 되었다. ③의 시에서는 부르면 눈물부터 나는 존재인 그리운 어머니이다. 위 시 모두에서 나타나는 '어머니'는 그리운 존재이자 지향하고자 하는 세계를 의미하고 있다.

> 산자락 아래
> 순하게 순하게 엎드린 마을의 등허리를
> 언제까지나 토닥거리며 서 있는 동구나무
> 우리 어머니들이 서 계신 뒷모습을
> 오래 오래도록 보아서
> 어머니를 꼬옥 닮은 동구나무.
>
>   -「동구나무」전문

위 시에서는 '동구나무'를 어머니로 은유하고 있다. 산자락 아래에 마을을 항상 토닥이는 것은 동구나무이다. 항상 자식들의 등을 토닥이고 바라보는 어머니를 동구나무가 대신하고 있다. 자연과 어머니의 사랑이 등치 되어 있다. 후기시의 여러 시편들에서 확인되는 것처럼 '어머니'는 이제 더 이상 낳아주고 길러주신 분이 아니다. '어머니'는 가족들의 구심점이자 '안'과 '밖'의 경계이면서 동시에 자연과 인간을 연결하는 통로이다. 온갖 우주만물 삼라만상, 대자연이 바로 '어머니'로 형상화되어 의미의 중심축을 이룬다. 그러므로 '처녀'는 '누나' 또는 '어머니'이고 '어머니'는 생물학적인 어머니면서 동시에 대자연을 상징하고 있음을 알 수 있다. 여성 관련 시어들의 의미구조화 과정을 도해하면 다음과 같다.

여 성	처 녀	어머니
이 미 지	처녀 달빛 마음씨 곱다 싱그러운	어머니 자식걱정 벌판 눈물
의 미	순수함과 순결의 원형	사랑 - 대자연의 귀환

조태일은 흔히 웅혼한 남성적인 목소리의 소유자라고 불린다. 그러나 후기시에서는 웅혼한 남성적인 목소리 안에 내장된 여성의 목소리가 그 남성의 목소리를 대신한다. 초기시에서 여성을 통해 파괴적이고 야만적인 시대를 고발했다면, 후기시에서는 자연과 대지로 상징되는 '어머니'의 사랑이 지배적이다. 이는 끊임없이 여성의 목소리를 통해 시대를 견인하고 남성 속에 간직된 여성성으로서 시대를 통찰했기에 가능한 것이었다.

(2) 눈 물

후기시에서는 '눈물'의 시어군을 형성하고 있는 시어의 빈도수가 현저히 줄어든다. '눈물'19회, '울다' 28회로 총 빈도수가 47회에 불과하고 반면에 '웃음'을 나타내는 시어는 '미소' '웃다' '웃음' '함박웃음' 등 총 18회의 빈도수를 보인다. 중기시에 비해서 훨씬 많아진 것이다.

① 여름 빗속에서 칭얼대는

아이들을 걸리며 혹은 업으며
태안사를 찾았을 때
눈물이 피잉 돌았다.

-「태안사 가는 길1」 부분

② 어린 짐승새끼
어미잃고 집 잃어 밤새 울어쌀 때
동리산 품 같은 어머니 가슴 파고들며
속으로 꺼이꺼이 울며
나도 밤을 샜다.

-「동리산에서」 부분

③ 나의 눈물 속에는
초가집도, 죽창도 옛친구들의 허벅다리도
아아, 누나의 옷고름도
소리내어 울고 있습니다.

-「나의 눈물 속에는」 부분

시 ①에서 화자는 고향을 다시 찾으면서 기쁨과 슬픔의 눈물을 흘린다. 시 ②에서는 어미 잃은 짐승들의 새끼를 생각하면서 운다. 시 ③의 눈물은 유년시절이 근원이다. 화자에게 있어서 고향은 유년시절의 추억이 배태된 곳이면서 생명력의 원천으로서, 각박한 세상사를 위로하고 새로운 자아로 다시 태어나도록 추동한다. 그럼에도 불구하고 원초적인 공간에서 강제적으로 분리되었던 외상으로 말미암아 고향은 눈물의 공간으로 자리하게 된 것이다.

단 한방울의 눈물은
내 유년시절 즐겨 옷 벗던 실개천이었다가
들판을 굽이치는 강물이었다가
바다였다가,

그 아무도 모를 일,
가뭄에 목타는 모든 풍경들 위에 쏟아지는
소나기가 되어
지쳐 누워 있는 산들을 일으키다가
엎어진 들판을 다시 뒤집다가

어느날 밤은
캄캄한 숲들과 함께 울음바다로 출렁이다가
다시 내 눈에 잠시 들어 쉬다가

깨어나라 깨어나 걸어라,
내 발등을 찍는 도끼였다가
빌고 비는 손바닥에 땀으로 솟았다가
천지를 뒤덮는 연기였다가,
아스라이 스러지는
마지막 별빛이었다가

오늘도 함박눈으로 내린다.
잠이 없어 뒤척이는 세상의
자장가로 내린다.

                          -「단 한방울의 눈물」 전문

이 시에서는 '눈물'의 변용과정을 엿볼 수 있다. 우선 '단 한방
울'이었던 '눈물'은 '실개천' '강물' '바다' '소나기' '연기' '별빛'
'함박눈'으로 시상이 확장된다. 더 나아가 더 넓은 공간인 하늘로
올라가 '가뭄의 소나기'가 되기도 하고 "잠이 없어 뒤척이는 세상
의 자장가"인 '함박눈'으로 순환한다. '단 한방울의 눈물'은 이처럼
작고 여린 것, 가냘프고 소외된 것들에 대하여 따뜻한 연민의 시
선을 보낸다. "불쌍하고 가엾게 생각하는 연민의 과정에는 반드시
눈물이 수반"[183]되고 있음을 알 수 있다. '눈물의 시인'임을 일찍

---

183) 이동순, 앞의 글, 『창작과 비평』, 1996, 봄, 237쪽.

부터 간파했던 김화영은 "조태일은 보기 드문-아이러니컬하게도
-눈물의 시인"184)이라고 지적한 바 있다. 조태일은 눈물의 시인
이며 그 눈물에 생명을 불어넣는 인정미의 시인인 것이다.

초기, 중기시와는 달리 후기시에 들면서 조태일의 눈물은 한탄
과 원망, 분노에서 웃음의 시학으로 다시 태어난다. 특히 '미소'는
9회의 지수를 보이고 있다.

① 발가벗겨지는 나무들은
    메마른 가지손을 흔들어주고
    부처님들의 빙그레 미소들은
    이 산 저 산에 바쁘다.

    -「산 속에서는」 부분

② 아하,
    부처님도 만족스러운가
    손바닥
    오무렸다 폈다
    부산한 낮거리들과
    부처님 미소가
    한덩어리로 어우러져 낮거리 한창이다.

    -「부처님 손바닥에서」 부분

조태일의 시에서 발견할 수 있는 미소의 시학은 일차적으로 부
처님의 형상으로부터 시작된다. 시인 자신의 태생부터 불가와 깊은
인연을 맺고 있기 때문이겠지만 부처의 '빙그레 미소'는 개인사의
영역을 넘어 보편성을 획득하고 있다. 시 ①에서 부처는 헐벗은
나무에게 미소를 보내고 있으며, 시 ②에서 부처의 미소는 중생들
의 예배와 겹치면서 연민과 자비의 화엄 세계를 형성하고 있다.

184) 김화영, 「식칼과 눈물의 시학」, 『서울평론』, 1975. 6. 50쪽.

나는 결과부좌를 틀고 앉아
부처님과 미소짓기 시합을 한다.

고요함의 극치지만
미소들이 풀풀풀 날아다니다 멈추는 곳
내 유년의 발걸음들도 멈추는 곳,

이곳에 내리는 눈도 미소다
이곳에 내리는 비도 미소다
이곳에 내리는 햇살도 미소다

고개 숙인 부처님과
고개 든 나는
미소로 만나
미소로 헤어진다.

- 「고개숙인 부처」 전문

법당은 항상 고요와 침묵과 묵상이 함께하는 공간이다. 법당은
'미소'들이 날아다니다 멈추는 곳이고 '유년'도 멈추는 곳이다. 그
의 행복했던 유년이 고스란히 다시 되살아나는 순간은 부처와 마
주 앉아 있는 시간이다. 법당의 고요함 속에서는 모든 것이 있는
그대로 미소가 된다. 모든 것이 미소가 됨으로써 그동안 수없이
흘렸던 눈물은 더 이상 흘리지 않아도 되고 시대의 아픔이었던
'눈'과 '비'도 모두 미소가 되고 있는 것이다. 초기와 중기까지
'눈'과 '비'와 '눈물'은 시대를 상징하는 시어들이었는데 후기에서
는 미소가 되고 있다. 부처님은 고개를 숙여서 자신을 낮추고 나
는 고개를 들어 부처에게 향함으로써 '부처'와 '나'는 동일시된다.
부처와의 동일시를 '미소'로 압축하여 보여줌으로써 부처 안으로
귀의했음을 의미한다. 부처와 미소 짓기 시합은 누가 누구를 이기

기 위한 것이 아니라 서로에 대한 확인과 믿음을 의미하는 것이다. 부처와 '미소짓기'와 함께 불교와 관련한 다수의 시어들[185]은 그가 유년을 회복함과 아울러 그의 정신의 원형이었던 불교의 세계로 귀의하였음을 보여준다. '눈물'과 '웃음'의 의미체계를 도해하면 다음과 같다.

눈 물	눈 물	웃 음
이미지	눈물 태안사 실개천 강물 울음바다 울음 동리산 집 잃다 초가집 죽향 친구	미소 부처 낮거리 만나다
의미	향수와 소외된 것에 대한 연민	유년회복, 불교귀의

(3) 신 체

'몸'의 시어군은 여전히 중기시처럼 지수가 높게 나타나고 있다. '알몸' '육체' '몸통'은 지수가 각 3회, '몸'의 지수는 42회에 이른다.

   ① 휘어진 세상
     휘어진 몸을 가까스로 견디며

---

185) 부처님(8), 부처(2), 염불소리(2), 극락, 금강문, 동자승, 목탁소리, 반야교, 삼라만상, 삼천대천
세계, 연등, 정심교, 일주문, 중생, 지성공덕, 지장보살, 찰나, 청화스님, 활인공덕, 훈훈공덕, 관
음사, 선운사, 선묵당, 송광사,

흐느끼고 있다.

-「겨울꽃」부분

② 알몸으로 천번이고 만번이고
   세상을 껴안는다.

-「봄비」부분

③ 살도 피도 뼈도 다 바치기 위해
   이승 땅 저승 땅 가리지 않고
   갈대밭을 지나며 맨살로 지나며
   마음과 몸까지 모두 벗어두고

-「야밤, 갈대밭을 지나며」부분

시 ①에서 제시된 '휘어진 세상'과 '휘어진 몸'은 바르지 못한 세상과 바르지 못한 정신을 의미한다. 또한 시 ②에서 '알몸'은 물욕이 거세된 본연의 자연성을 뜻한다. 시 ③에서 '몸'은 이승과 저승을 망라한 모든 것이다. 정신이 육화된 존재로서의 '몸'인 것이다.

단풍들은
일제히 손을 들어
제 몸처럼 뜨거운 노을을 가리키고 있네.

도대체 무슨 사연이냐고 묻는 나에게
단풍들은 대답하네
이런 것이 삶이라고
그냥 이렇게 화르르 사는 일이 삶이라고.

-「단풍」전문

위 시는 '붉은 노을'과 '붉은 단풍'으로 인간이 지향해야 할 삶의 태도를 비유하고 있다. 노을이나 단풍이 제 몸을 사르는 것처럼 인간도 제 몸을 뜨겁게 달구며 살아가야 삶의 참된 가치를 체현할 수 있다는 것이다. 중기시까지 '몸'은 육탄전을 방불케 하는 무기로써 기능하였다. 그러나 후기시에 오면 "나무들, 풀들, 숲들의 그림자들 / 제 주인 몸속으로 들어가 / 한몸 된다"(「몸과 그림자」, 『창작과비평』, 1999. 여름)에서처럼 자연과 하나가 되어 세상의 만물과 어울리는 몸으로 바뀐다. 시대상의 담론으로부터 우주 생태적 원리의 담론으로 변화한 것이다.

목소리의 시어 또한 초기시와 중기시에 비해서 현저히 줄어들었다는 것을 알 수 있다. 초기시와 중기시의 '목소리'는 시대와의 불화에서 비롯된 것들이어서 '통곡'과 '아우성'의 지수가 높았으나 후기시에서는 눈에 띄게 줄어들었다. 대신 '소리'가 18회의 높은 지수를 보이면서 중심축으로 의미화 되고 있다.

① 내 소리 이제 이 산천에 묻고
　또다른 소리 찾아
　이 몸 이 산천 저 산천 떠돌리라

－「서편제」부분

② 어린날
　고향 가득히
　쏟아지던 달빛, 별빛들과
　다투며 떨어지던 알밤들.
　그 소리들,
　어린 짐승들의 숨소리들.

－「그리운 쪽으로 고개를」부분

③ 물속 깊이 고기떼 가슴
　두근거리는 소리 들리고,
　조개들도 입을 악물었다.

－「겨울바다에서」부분

위의 시는 '소리'를 의미화 한 시편들이다. '소리'는 시 ①에서 산천으로 스며들어 또 다른 소리를 배태한다. 소리의 정서적 역동성을 엿볼 수 있다. 또한 시 ②에서는 고향의 원초적인 소리로 되살아나며, 시 ③에서는 겨울바다의 고요함과 생명력을 암시하는 소리로 제시된다. 모두 자연의 숨소리가 음원으로 작동하고 있음을 발견하고 있는 것이다. 초기와 중기시에서 '소리'가 사람과 사람, 사회와 역사의 팽팽한 긴장감으로 정서화 하였다면 후기시에 들어 자연의 원형적 삶을 소리로 드러내고 있다. 또한 '소리'는 '메아리'의 방식으로 구체화된다.

내 어렸을 적
산 속에서 길을 잃고
엄마야! 엄마야! 엄마야!
울부짖던 그 소리

왼갖 산짐승들 놀라게 하며
왼갖 나뭇잎들 흔들며 나아가던
그 정처없이 무서웠던 소리

건너 산
바윗벼랑에 부딪쳐
어엄마아야아~ 어엄마아야아 · 어엄마아야아 ·
되돌아오던 그 소리

지금껏 내 귓바퀴에서 서성이며 살다가
이제야 어머님 무덤가에 사시사철 맴돌며 산다.
엄마야, 엄마야, 엄마야,
오냐, 오냐, 오냐……

－「메아리」 전문

산속에서 울부짖으며 불렀던 '엄마야'는 '산짐승'과 '나뭇잎'을 놀라게 했던 소리이다. 산을 울리고 다시 되돌아와 고요한 정적을 깨뜨리는 '메아리'는 '어머니'의 존재를 그리워하는 소리이다. 이것이 가능한 것은 자연과 인간의 합일성을 일찍이 체득했기 때문일 것이다. 소리는 이제는 '나'를 떠나 '어머님 무덤가'에 머무르면서 '나'와 '엄마'의 거리를 없애주고 있다. 삶과 죽음의 거리가 없어지고 자연과 인간의 경계가 없어지는 순간이다.

중기시까지는 시대의 아픔에 처절하게 반항하는 목소리였다면 후기시에 이르러 원형인 자연의 소리에 귀를 기울임으로써 자연으로 귀의한다. 한편 모든 자연이 '젖'으로 의미화 되고 있음을 주목할 필요가 있다.

① 어미가 바알간 젖꼭지를
　이열횡대로 드러내 놓고
　비스듬히 누워 있다.

　　　　　　　　　　　　　　　　　　-「희열」 부분(1999.)

② 가을 햇빛은 모두
　어김없이 궁핍한 농촌의
　과일나무에 몰려 퍼질러 앉아서
　살 오르는 과일들에게
　부산하게 찬란한 젖을 물리고 있다.

　　　　　　　　　　　　　　　　　　-「가을3」 부분

포유류는 '젖'을 무는 행위에서부터 생명을 이어나간다. 모든 생명체도 마찬가지겠지만 젖을 무는 순간은 열락의 시간이다. 어미나 자식 모두 마찬가지라 할 수 있다. 시 ①에서는 이러한 행위가 '희열'로 나타나 있다. 또한 시 ②에서는 가을햇빛을 '젖'으로 상징화함으로써 가을의 생명력과 생명의 존귀함을 의미화 한다.

> 가만가만
> 들어 보아라
> 사방천지가
> 봄빛을
> 짜내는
> 찬란한
> 젖꼭지다.
>
> 저 젖꼭지들의
> 수작 앞에서
> 그 누가
> 감히
> 어른일 수 있으랴.

-「아이가 되는 봄」 전문(1999.)

'젖'은 태어나자마자 찾게 되는 가장 적극적인 본능적 행위의 대상이다. '젖'은 어머니로부터 나온다. 사방천지가 '젖'을 짜내는 어머니로 형상화되고 있는 것은 바로 대자연이다. 풍부한 젖을 준비하여 먹이는 것은 자식에게 어미가 행하는 가장 충만한 사랑의 행위이다. 그것 앞에서는 누구도 어른일 수 없는 어린 아이 같은 작은 존재일 뿐이기 때문에 대자연의 찬란함 앞에 숙연해지게 된다.

어머니가 자식을 위해 그렇듯이 대자연은 인간에게 '젖'을 물리는 어머니이고, 결국에는 인간이 돌아가야 할 곳도 바로 대자연의 품이다. 어머니는 대지이며 우주이며 최초이자 마지막의 삶을 마련해주는 곳이다. 그래서 모든 것들에게 '찬란한 젖꼭지'를 물릴 수 있는 것이다. '봄'은 삼라만상을 품에 안아 잠재우고 먹여주는 어머니인 셈이다. 생명에 대한 사랑과 경외 없이는 '봄'을 어머니로 인식하기 쉽지 않다. 생명은 생명 그 자체로 선이며 존중받아야 할 가치를 지니고 있다. 생명에 대한 경외는 "생명에 대한 하나의 관점 내지 태도로서 강조되는 것으로 도덕적이고자 하는 사람이 지녀야 할 인격적 품성과 자세"186)를 의미하는 것이다.

결국 후기시에서는 초기와 중기와는 달리 '소리' '몸' '젖'으로서 자연과 인간의 거리를 없앨 뿐만 아니라 합일의 경지를 보여준다. 인간은 생명의 어머니인 자연 안에서 자연과 더불어 살아야만 하는 존재임을 보여주고 있다. '신체'와 관련된 시어들의 의미체계를 도해하면 다음과 같다.

신체	소리	몸	젖
이미지	소리 묻다 알밤소리 짐승숨소리 두근거리는	몸 휘어지다 껴안다 다 바치다 뜨겁다	젖 가을햇빛 찬란한
의미	원초적인 소리	자연과 동일시	자연, 생명에 대한 사랑

이상에서 살핀 생태적 상상력의 세계는 시간이나 공간에서 비롯된 자연 질서의 순환원리에 따라 순응함으로써 인간과 자연의 단절에서 오는 인간 소외를 극복하고 조화롭고 자연스러운 생명의 상생을 노래하고 있다. 조태일은 자연의 질서를 있는 그대로 인정함으로써 자연과 인간의 총체적 교감을 형상화했던 것이다.

---

186) 유병열, 「생명문화와 환경1」『환경윤리이론, 생명사상과 윤리』, 한국정신문화연구원. 2004. 230쪽.

IV

조태일 시의 문학사적 위치와 의의

조태일은 1964년 <경향신문>에 「아침船舶」이 당선되어 등단함으로써 시단에 첫발을 내딛었다. 1965년 첫 시집 『아침船舶』을 출간하며 본격적인 작품 활동을 시작한 후, 정치적 모순과 사회현실에 꾸준하게 목소리를 낸 "강골의 시인이자 반골의 시인"[187]이고 "식칼과 눈물의 시인"[188]이다. 정치 현실에 대한 투철한 문학적 응전을 통해, 사회적 모순과 억압 속에서 고뇌하는 민중들의 삶과 민족에 대한 사랑을 잊지 않았던 "민족시인"[189]이기도 하였다.

그의 시가 보여주는 현실대응 양상은 자아형성 과정에서부터 시작된 것으로, 고향에서 겪은 일제의 식민체험과 좌우익이 치열하게 대립했던 여순사건이 그것이다. 여순사건으로 인한 고향상실의 아픔과 원형적 공간에 대한 지향은 초기에서부터 후기에 이르기까지 조태일 시의 근간을 이룬다. 광주로 피난 와서 겪은 6·25한국전쟁과 자유를 갈구했던 4·19 참여의 체험은 조태일로 하여금 5·16쿠데타와 유신체제를 인정할 수 없게 하였고, 이때부터 시대와의 길고 긴 싸움을 시작한 것이다.

---

187) 염무웅, 「발문」, 『國土』, 창작과 비평사, 1975, 187쪽.
188) 김화영, 앞의 글, 『서울평론』, 1975. 6.
189) 김준태, 앞의 글, 『문예중앙』, 1999. 겨울,

문학의 도구적 기능을 최대한 반영한 시들을 통해 유신정권의 허위와 야만을 폭로함으로써 이른바 70년대 참여시의 서막을 열었다는 점에 조태일 시의 첫 번째 문학사적 의의가 있다고 할 수 있다. 「식칼론」 연작과 「처녀막」 연작을 통해 체제 전복을 시도하고, 「국토」 연작에서는 통일 문제를 들고 나와 서슬 퍼런 유신독재의 반공이데올로기와 정면으로 대항한다. 「국토」 연작시가 시집 『國土』로 발간되자마자 판매금지를 당하는 어려움을 겪었고, 유신체제를 비판했다는 죄목으로 구속되기도 하였다. 그는 신체를 감금당한다고 해서 정신까지 감금당하는 것은 아니라는 것을 꾸준히 보여줌으로써 참여시 진영을 이끌어가는 핵심에 있었다. 뿐만 아니라 1980년 5·18광주민주화운동 당시 계엄법 위반으로 구속되었다 석방된 후 2년 동안 절필과 침묵으로 군사정권에 저항하며 올곧은 정신을 지켜냈고, 이후 5공화국 군사독재를 풍자하고 조롱하는 시들을 계속 발표하였다.

두 번째 문학사적 의의로는 조태일의 시가 90년대 민중적 서정시의 전범을 보여준다는 점이다. 그는 광주로 귀향한 후부터 참여시와 자연을 향한 시가 서로 공존하고 길항하는 시세계를 펼쳤다. 이 과정에서 그는 독보적인 민중적 서정시인으로 자리한다. 1987년 6·10항쟁의 의미가 민중 승리로 인식되면서부터 우리 문단은 새로운 문학적 현실에 직면해야 했다. 문학적 투쟁의 목표가 일거에 소멸돼버린 현실은 시인들에게 오히려 전혀 새로운 시적 지향을 모색할 것을 요구하게 되었다. 동시에 포스트모더니즘의 유입으로 인한 사회·문화적 풍조 역시 시의 방향성을 모호하게 만들었다. 저항시, 노동시 등 민중시계열이 쇠퇴하고 해체시, 도시적 감수성의 시, 사변적인 시 등이 범람하는 급격하고 비정상적인 전환기에 접어든 것이다. 이에 비추어 볼 때, 조태일은 문학적 본령을 견지하면서도 새 시대가 요구하는 건강한 전환을 이뤄낸 대표적 시인이라 할 수 있다. 그것이 바로 민중 삶의 문제와 자연을 매개한 민중적 서정시이다.

조태일은 후기시 전반을 자연의 이치에 대한 깨달음과 생명에 대한 경이로 채웠다. 자연에의 귀의는 곧 고향에로의 귀향이었으며, 이를 통해 삼라만상 우주와 일체를 이룸으로써 성속을 넘나드는 시 세계를 구축하게 된 것이다. 그는 "태어난 곡성 동리산 태안사에서 발원해 전 국토를 온몸으로 내달려 민족과 역사 앞에 서고자 하는 몸부림"을 자신의 시에 채워 왔다. 또한 "결코 짧지 않은 세월 시를 생각하며 시를 보듬고 살아왔지만 시는 점점 낯설고 두렵게"[190] 느껴질 정도로 시적 긴장을 늦추지 않고 시를 써왔다. 이러한 그의 자세야말로 "불필요한 것을 모두 걸러낸 과부족 없는 압축과 절제와 여백의 미"[191]가 돋보이는 시를 쓸 수 있게 한 동력이었던 것이다.

소소하고 작은 생명에 대한 경이와 애착을 70년대에는 유신독재와의 싸움을 통해서 민족과 민중으로 형상화했고, 80년대는 민주화를 위한 몸부림으로 형상화했다면, 90년대는 고향으로 형상화하였다고 할 수 있다. 따라서 조태일은 참여적 서정시인으로 문단활동기간을 한결같이 민족문제와 민중의 삶에 천착하였고, 생명을 소중히 하는 생태적 상상력의 시세계에까지 확장할 수 있었던 것이

---

190) 대한매일, 1999. 2. 12.
191) 유종호, 해설, 『혼자 타오르고 있었네』, 1999. 105쪽.

다. 조태일만큼 생애와 시와 시정신의 일치를 이룬 시인은 보기 드물다는 점에서 한국현대시사에 독보적인 지사적 서정시인으로 자리 매김 되어야 할 것이다.

그는 시인으로써 뿐만 아니라 문학운동가로서도 문학사에서 빼놓을 수 없는 독보적인 위치를 차지한다. 등단할 당시만 해도 모더니즘 경향이었던 시들을 발표하였고 첫 시집 『아침船舶』까지도 그러하였다. 그러던 그가 민족 문제와 민중에 눈뜸으로써 참여시의 서막을 열었지만, 참여적 서정시인으로만 머문 것이 아니라 문학운동가로서도 실천적 지식인의 면모를 드러낸다.

1969년 창간 주재한 『詩人』은 한국시사에서 빼놓을 수 없는 시 전문 문예지이다. 『詩人』의 창간은 새로운 시와 시인상을 구축하고자 한 새로운 문학운동이었다. 그가 원고의 모집과 편집, 그리고 인쇄까지 혼자 도맡아서 발행했다는 점만 보더라도 투철한 사명감 없이는 할 수 없는 일이었다. 당국의 압력으로 폐간되기까지 새로운 시와 시인상을 구축했다는 것은 배출한 시인들을 통해 확인할 수 있다.

70년대 「오적」을 발표하여 유신체제에 맞서며 대결구도의 한 정점을 차지한 김지하와 「참깨를 털면서」로 참여시 진영에 앞장선 김준태, 그리고 「겨울공화국」을 통하여 유신독재의 실체를 간파한 양성우를 배출시켰다는 것만으로도 『詩人』은 한국현대시사에서 독보적 문예지로서의 위상을 갖는다. 뿐만 아니라 참여시 진영의 핵심 이론가였던 염무웅이 『詩人』에 발표한 글 때문에 교수 임용을 취소당했었다는 점에서 보더라도 『詩人』이 당대 문학운동의 중심이었음을 증명한다. 유신체제가 끝난 후 강제 폐간되었던 『詩人』

을 다시 복간하기 위해 노력했지만 정부당국의 불허로 뜻을 이루지 못하였다. 그러다 1984년에 무크지로 복간함으로써 당시 주요 문예지 폐간으로 발표의 장이 없었던 지면을 확보하고 살아있는 정신으로 시대를 견인해나갔다.

또한 1974년에는 이문구 등 뜻을 같이하는 문인들과 <자유실천문인협의회>를 결성하여 민중문학운동을 주도하였다. 민족과 민중의 참된 삶을 위해 문학인들이 취해야 할 태도와 시대를 이겨나가는 방법적 실천을 모색해 나간 것이다. <자유실천문인협의회>를 통해 시인과 문학인들의 탄압에 적극적으로 목소리를 내면서 구속 문인들을 위한 석방 노력을 쉬지 않았을 뿐만 아니라 구속 문인들의 재판에도 빠짐없이 자리를 지켰다. <자유문인실천협의회>가 <민족문학작가회의>로 확대 개편될 때 부이사장까지 선출된 것은 문학운동가로서의 그의 위치를 짐작하게 한다.

그는 시인이자 문학운동가로만 머문 것이 아니다. 학자로서의 면모 또한 명실상부하게 보여주었다. 뒤늦게 시작한 학문적 열정으로 박사학위까지 취득하였고, 광주대학교에 문예창작과를 개설하여 후배 문인을 양성하는데도 힘써 한 해 가장 많은 신인을 배출하는 성과를 올리기도 하였다. 조태일은 시인으로, 문학운동가로, 학자로, 어느 것 하나 소홀함 없이 자리를 지켰던 실천적 지식인의 모범이자 전형이었다. 따라서 온몸으로 시대를 살았고 시를 썼으며 문학운동가로서의 사명을 잃지 않았던, 시와 삶이 일치를 이룬 대표적인 지사적 민족시인으로 자리매김 되어야 할 것이다.

V

결 론

본 연구의 목적은 조태일의 전 생애를 체계적으로 정리함과 아울러, 발표 원본과 시집을 실증적으로 고찰하여 원전을 확정하고 시세계를 규명하는 데 있었다. 이것은 기본적으로 조태일의 시 연구를 위한 체계적인 정리의 의미를 지닌 것이다. 그동안 조태일의 명성과 문학적인 위치에 비하여 그의 시에 대한 종합적인 연구가 거의 없었기 때문에 종합 연구의 시작이라는 의미도 함께 지닌다.

Ⅱ장에서는 조태일의 생애를 살피고 원본을 확정하였다. 이를 위해 조태일의 전 생애와 관련된 자료를 수집하고 이를 체계적으로 정리하여 그의 문학적 생애를 재구성하였다. 이를 위해 유가족과 제자들의 인터뷰를 채록하였으며, 방송 자료 및 조태일 관련 기록들을 실증적으로 검토하여 객관성을 확보하였다. 이런 과정을 거쳐 그의 문학적 생애를 시기 구분함으로써 본격 연구의 토대를 마련하였다. 나아가 그의 시의식이 한국현대사의 역사적 상황 안에서 지속적으로 배양되고 배태되었다는 점, 또한 그가 현대시문학사를 이끈 시인이자 문학운동가이며 실천적 지식인으로서의 면모를 갖추고 있었다는 점을 확인하였다.

다음으로, 필자가 수집한 모든 시 텍스트에 대해 원전비평을 시도하여 연구 대상을 확정하였다. 발표 원문과 시집을 비교 및 대조하여 잘못된 오류들을 바로잡았고, 조태일의 시조「白鹿潭에서만 살아가는 하늘과 나」를 발굴하였다. 시집에 수록되지 않은 작품들을 찾아 목록화하여 이들 작품이 연구에서 제외되지 않도록 하였으며, 시의 제목이 바뀐 것들도 정리하여 혼란을 방지할 수 있도록 하였다. 제목이 같은 시들은 정리하여 한 작품이 아닌 것을 알게 하였고, 여기에 연작 번호를 부여하자는 제안을 하였다. 이런 과정을 거쳐 확인된 조태일의 작품 총수는 521편이었다. 이를 작품 연보로 작성하여 부록에 첨부하였다.

한편, 개작된 작품의 경우에는 시 텍스트의 발표 유형별로 개작 현황을 파악한 후 원전을 확정하였다. 개작 과정에 따라 전면적인 개작과 부분적인 개작, 그리고 표기체계의 변화로 나누어 그 통계 및 현황을 밝히고, 시인의 개작 의도와 시적 효과를 분석적으로 제시하였다. 전면적인 개작은 주로 초기시에 두드러지게 나타나며, 중기와 후기로 갈수록 부분 개작 위주로 변화함을 볼 수 있었다. 따라서 전면적인 개작이 단행된 작품들은 개작 전후의 작품을 모두 원전으로 삼았으며, 부분 개작인 경우와 표기체계가 변화된 경우는 개작 이후의 작품과 표기체계가 변화된 작품을 원전으로 확정하였다.

Ⅲ장에서는 조태일 시의 시어를 분석하고 그 지수 유형에 따라 시세계의 변모 양상을 밝혔다. 8권의 시집에 실린 작품 전체를 대상으로 시어를 분석하여 이를 시기별, 지수 유형별로 정리하였다. 그 결과, 같은 지수 유형에 속한 시어라도 시기에 따라 어휘 형태와 빈도가 달라졌음을 알 수 있었고, 이를 통해 시기별 시세계의 특성을 밝힐 수 있었다.

초기시는 전복적 상상력의 세계로, 정치 현실과 민족 문제에 대해 정면으로 대응함으로써 시를 통해 체제 전복을 시도하고자 하였다. 이 시기는 정치적 현실에 대해 비판의 칼날을 휘둘렀던 시기였기 때문에 직설적이고 대립적인 시어들이 높은 지수를 나타내고 있다. 따라서 억압적 현실에 대한 강한 목소리로 1970년대 참여시의 한 전형을 창조했다고 하겠다.

중기시는 사회적 상상력의 세계로, 초기시의 전복적 상상력이 약화되기는 했지만 여전히 역사와 시대에서 멀어지지 않은 채, 시의 핵심적인 힘을 시대로 향하고 있다. 시어의 변화가 다양하게 나타나고 있고 지수에도 큰 변화를 보인다. 1980년대의 치열했던 민주화운동과 더불어 시대를 견인하는 깨어 있는 시정신이 중기시에서도 변함없이 이어지고 있다.

후기시는 생태적 상상력의 세계로, 인간과 자연의 단절에서 오는 인간소외 현상을 극복하고 자연과 동일화를 이루려는 시가 주류를 이룬다. 또한 불교에 귀의하고자 한 시들을 통해서 유년을 회복하고 있다. 자연의 질서를 거스르지 않고, 있는 그대로 존재를 인정하며, 생태적 세계관에 입각하여 자연과 인간의 합일을 형상화하였다.

Ⅳ장에서는 조태일의 시사적 의의와 위치를 자리매김하였다. 조태일은 시인이자 문학운동가였으며 학자였다. 그가 유신정권의 허위와 야만을 폭로함으로써 이른바 70년대 참여시의 서막을 열었다는 점과, 90년대 민중적 서정시의 전범을 보여주었다는 점이 우리 현대시사상의 의의임을 밝혔다. 또한 시와 삶의 일치를 이루면서 한 시대를 뜨겁게 살다 간 지사적 민족시인의 자리에 위치함을 밝혔다.

참고문헌

〈기본자료〉

조태일, 『아침船舶』, 선명문화사, 1965.
_____, 『식칼論』, 시인사, 1970.
_____, 『國土』, 창작과비평사, 1975.
_____, 『가거도』, 창작과비평사, 1983.
_____, 『자유가 시인더러』, 창작과비평사, 1987.
_____, 『산 속에서 꽃 속에서』, 창작과비평사, 1991.
_____, 『풀꽃은 꺾이지 않는다』, 창작과비평사, 1995.
_____, 『혼자 타오르고 있었네』, 창작과비평사, 1999.
_____, 『고여있는 詩와 움직이는 詩』, 전예원, 1980.
_____, 『아아 내나라』, 시인사, 1982.
_____, 『戀歌』, 나남출판, 1985.
_____, 『다시 山河에게』, 미래사, 1991.
_____, 『시 창작을 위한 시론』, 나남출판, 1994.
_____, 『시인은 밤에도 눈을 감지 못한다』, 나남출판, 1996.
_____, 『알기 쉬운 시 창작 강의』, 나남출판, 1999.
_____, 『나는 노래가 되었다』, 신경림 편, 창작과비평사, 2004.

〈참고논저〉

가스통 바슐라르, 『물과 꿈』, 이가림 역, 문예출판사, 1980.

_____,『공기와 꿈』, 정영란 역, 이학사, 2000.

강상중,『오리엔탈리즘을 넘어서』, 이경덕·임성모역, 이산, 1997.

강형철,「자연을 보는 몇 개의 눈」,『녹색평론』, 1999. 12.

고정희,「인간회복과 민중시의 전개」,『기독교사상』, 1983. 8

고현철,『탈식민주의와 생태주의 시학』, 새미. 2005.

곽명숙,「1970년대 한국시에 나타난 민중의 의미화와 재현 양상」, 서울
　　　대대학원 박사논문, 2006.

구모룡,『한국 현대시와 패러디』, 현대미학사, 1996.

_____,『시의 옹호』, 천년의 시작, 2006.

구중서,『자연과 리얼리즘』, 태학사, 1993

권영민,『한국현대문학사』, 민음사, 1993.

김경복,「힘의 시, 생명의 노래, 역사의 기록」,『생태시와 넋의 언어』,
　　　새미, 2003.

_____,「생명의 힘, 생명의 역사:조태일 시의 의미」,『작가사회』, 2001.
　　　전반기.

김상률외,『에드워드사이드 다시읽기』, 책세상, 2006.

김수영,『김수영전집』2, 민음사, 1981.

김승희,『현대시 텍스트 읽기』, 태학사, 2001.

김영무,「시의 언어와 삶의 언어」,『창작과비평』, 1999. 여름.

김우창,「참여시와 현실적 낭만주의」,『시인의 보석』, 민음사, 1993.

김이구,「조태일론」,『시와사람』, 시와사람사, 1996.

김재홍,「삶의 평등, 시의 평등」,『문학사상』, 1995. 7.

_____,『한국 현대시의 사적 탐구』, 일지사, 1998.

김준오,『시론』, 삼지원, 1997.

김준태,「조태일 시인과의 대화」,『시와 함께』, 1999. 봄.

_____,「구산선문, 동리산의 품성을 닮은 시인, 조태일」,『광주문학지
　　　도』, 심미안, 2005.

_____,「구산선문, 동리산의 품성을 닮은 시인」,『문예중앙』, 1999. 겨울.

김지연,「한국 현대 생태주의 시 연구」, 제주대대학원 박사논문, 2003.

김지하,「조동일」,『월간중앙』, 2002. 8.

_____,「등단」,『월간중앙』, 2002. 10.

_____, 「복과 혁에 관하여」, 『시인』, 도서출판 시인, 2003.

김정환, 「32년 전에 - 조태일의 시집 식칼론」, 『씨네 21』, 한겨레신문사, 2002.

김현석, 「조태일 시 연구」, 경희대 교육대학원 석사논문, 2001.

김현승, 「60년대 시의 방향과 한계」, 『문학과지성』, 1970. 가을.

_____, 『김현승전집』2, 시인사, 1985.

김 현, 『상상력과 인간』, 문학과 지성사, 1991

김혜니, 『한국현대시문학사연구』, 국학자료원, 2002.

김화영, 「식칼과 눈물의 시학」, 『서울평론』, 1975. 6.

민경헌, 「조태일 시 연구」, 전북대대학원 석사논문, 2004.

미셸푸코, 『감시와 처벌』, 오생근 역, 나남출판, 1994.

_____, 『담론의 질서』, 이정우 역, 서강대학교출판부, 1998.

민현기, 『한국 현대시 연구』, 민음사, 1989.

박두진, 「서정의 한계와 시의 한계」, 『월간문학』, 1969.

박덕규, 「국토에서 나서 국토로 치솟고 국토로 스며들고」, 『시와반시』, 1999. 겨울.

박명용, 『한국시의 구도와 비평』, 국학자료원, 1996.

박몽구, 「탈식민주의 관점에서 본 조태일의 시세계」, 『현대문학이론연구』29, 현대문학 이론학회, 2006.

박태순, 『국토와 민중』, 한길사, 1983.

박석무, 「그리운 죽형 시인」, 『시인』1, 2003.

박현채, 『한국 자본주의와 민족운동』, 한길사 , 1984.

방인석, 「조태일 시 연구」, 경희대대학원 석사논문, 2001.

서동인, 「한국 현대시에 나타난 생명성 연구」, 성균관대대학원 박사논문,

서재영, 「선의 생태철학연구」, 동국대대학원 박사논문, 2004.

서준섭, 『1970년대 문학연구』, 문학과 비평연구회, 예하출판사, 1994.

손택수, 「대지의 향기, 꽃 속에서 터진말」, 『창작과비평』, 2005. 봄.

송기한, 「반란의 언어를 넘어 생명의 언어로:조태일론」, 『현대시』, 2006. 6.

송희복, 「생명력의 근원과 시적 감응」, 『창작과비평』, 1995. 가을.

신경림, 「크고 다감한 시, 남성적이면서 섬세한 조태일」, 『시인을 찾아서』2, 우리교육, 2002.

염무웅, 「자유정신으로 이슬로 버려진 칼빛언어」, 『창작과비평』, 1999. 겨울,

오세영, 『20세기 한국시 연구』, 새문사, 1989.

오세영 외, 『20세기 한국시의 사적 조명』, 한국현대시학회 편, 태학사, 2003.

오윤정, 「한국 현대 리얼리즘 시의 두 양상 연구」, 서강대대학원 박사
          논문, 2002.

유성호, 「조태일시연구」, 『청람어문교육』29, 청람어문교육학회, 2004.

_____, 「동일성의 논리와 비극성의 미학」, 『문학인』, 2002. 가을.

_____, 『한국 현대시의 형상과 논리』, 국학자료원, 1997.

_____, 『1960년대 문학연구』, 깊은샘, 1998.

이가림, 「야만적인 노여움의 시」, 『新春詩』17, 1969.

이동순(李東淳), 「조태일시정신 연구」, 단국대 교육대학원 석사논문, 2005.

이동순(李東洵), 「조태일론」, 『국어국문학 연구』24, 영남대 국문학과, 1996.

_____, 「눈물, 그 황홀한 범람의 시학」, 『창작과비평』, 창작과
          비평사, 1996. 봄.

이성부, 「조태일 생각, 그리고 시인지 생각」, 『시인』1, 2003.

이승하, 『한국현대시와 풍자의 미학』, 문예출판사, 1997.

_____, 『한국현대시문학사』, 소명출판, 2005.

이승훈, 『한국현대시론사』, 고려원, 1993.

이승훈편저, 『문학상징사전』, 고려원, 1995.

이오봉, 「조태일 시의 변모과정」, 고려대인문정보대학원 석사논문, 2004.

이주열, 「조태일의 국토에 나타난 이미지 양상연구」, 중앙대대학원 석
          사논문, 2000.

_____, 「한국 현대시의 해학성 연구」, 한국외국어대대학원 박사논문, 2004.

이은봉, 「조태일의 시세계: 자연, 고향, 사랑, 그리고 시」, 『진실의 시학』,
          태학사, 1998.

_____, 「조태일 시의 의식지향」, 『한국현대시인론』2, 최승호·박현수엮
          음, 다운샘, 2005.

이호철, 「거시기 산우회와 조태일형」, 『시인』1, 2003.

임규찬, 「20세기 한국과 리얼리즘의 공과」, 『문학평론』, 1999. 겨울,

임도한, 「한국 현대 생태시 연구」, 고려대대학원 박사, 1999.

임동확, 「넘을 수 없는 거대한 산 같은」, 『실천문학』, 1996. 봄.

장석주, 「조태일」, 『20세기 한국문학의 탐험』4, 시공사, 2000.

조석영, 「심층 생태주의 환경 윤리학에서 인간과 자연간의 관계에 관한 연구」, 서울대대학원 박사논문, 2005.

진헌성, 「고 조태일 시인의 그 뜨겁던 한여름 날의 꽃구름길을 찾아서」, 『시인』1, 시인, 2003.

최하림, 「꿈틀거림의 세계」, 『심상』, 1983. 7.

최현식, 「민족과 국토, 그리고 미」, 『한국문학이론과 비평』, 한국문학이론과비평학회, 2005.

프란츠 파농, 『검은 피부 하얀 가면』, 이석호 역, 인간사랑, 1998.

_____, 『대지의 저주받은 사람들』, 남경태 역, 그린비, 2004.

호미바바, 『문화의 위치』, 나병철 역, 소명출판, 2002.

부록: 1. 조태일 연보

(이 연보는 연구과정을 통해 확인된 사실을 토대로 하여 작성한 것이다.)

1941 9월 30일(음력8월 10일)전남 곡성군 죽곡면 원달 1리 동리산 태안사에서 대처승인부친 조봉호와 모친 신정임 사이에서 8남매 중 넷째로 태어남.

1947 동계초등학교에 입학했으나 1948년 여순사건을 만나 2학년 때 광주로 피난하여 정착한 곳은 광주시 서구 광천동 88번지임.

1950 수창초등학교 4학년 때 6·25가 일어나 3년간 휴학하다가 극락초등학교를 거쳐 다시 수창초등학교로 전학하여 1956년에 졸업.

1959 광주서중졸업

1962 광주고등학교졸업 (재학시 조카의 죽음을 계기가 되어 시인이 되기로 결심함)

1962 경희대 국어국문학과 입학

1963 4월 30일 경희대 2학년 재학시 <전남일보> '속간 11주년 기념 문예작품 공모'에 「다시 鋪道에서」로 가작 3석 당선 (필명: 河村)

1964 1월 1일 경희대 2학년 재학시 <경향신문> 신춘문예에 시 「아침船舶」으로 등단.

1965 제 1시집 『아침船舶』 선명문화사 간행.

1966 경희대 국어국문학과 졸업, 육군소위로 임관 (ROTC 4기)

1968 육군중위로 예편.

1969 8월 월간 시전문지 『詩人』 창간.

1969 12월 3일 초등학교 교사인 진정순과 결혼.

1970 제2시집 『식칼論』 시인사 간행.

1970 11월 월간 시전문지 『詩人』 강제 폐간.

1972 3월 14일 장남 천중 태어남.

1973 11월 18일 고명딸 현정 태어남.

1974 11월 18일 <자유실천문인협의회>를 창립, 간사직을 맡고 유
　　 신독재체재와 맞섬. 민주수호국민협의회 창설에 참여.

1975 제3시집 『國土』 창작과비평사 간행. 긴급조치 9호로 판매금
　　 지 당함.

1976 8월 28일 막내 형준 태어남.

1977 양성우 시집 『겨울공화국』 발간 사건으로 연루되어 긴급조치
　　 9호 위반으로 고은과 함께 투옥.

1979 5월 한밤중 옥상에서 박정희 대통령과 유신독재 체재를 신랄
　　 하게 비판한 연설을 했다는 이유로 투옥, 29일 만에 석방됨.

1980 계엄해제를 촉구한 지식인 124명 서명에 참여.

1980 평론집 『고여 있는 시와 움직이는 시』 전예원 간행, 판매금
　　 지 당함.

1980 7월 일어판 현대한국시인선 『국토』 梨花書房 간행.

1980 7월 <자유실천문인협의회> 임시총회와 관련 계엄법 및 포
　　 고령 위반으로 신경림, 구중서 등과 함께 구속되어 보통군법
　　 회의와 고등군법회의에서 징역 2년 집행유예 3년 선고받음.

대법원에서 원심대로 징역 2년 집행유예 3년 확정.

1982 편저 항일 민족시선 『아아 내나라』 시인사 간행.

1983 제4시집 『가거도』 창작과비평사 간행

1984 경희대 대학원 국어국문학과 졸업 「김현승 시 연구」 경희대, 단국대 출강

1985 문학선집 『戀歌』 나남출판사 간행

1987 제5시집 『자유가 시인더러』 창작과비평사 간행

1988 10월 48회 생일 기념으로 하버드대 출신 김혜인이 『國土』를 영역했으나 미간행. 순천향대 출강.

1989 광주대학교 조교수로 임용됨.

1991 경희대 대학원에서 「김현승 시정신 연구」로 문학박사학위 받음. 제6시집 『산속에서 꽃속에서』 창작과비평사 간행 제1회 편운문학상 수상

    한국 대표 시인 100인 선집 중 66권에 『다시 산하에게』 미래사 간행

1992 공저 『문학의 이해』 시인사 간행

    제35회 전남도문화상 문학부문 수상.

1993 성옥문화대상 예술부문 대상 수상.

1994 2월 민족문학작가회의 부회장 피선.

1994 3월 광주대학교 예술대학 초대 학장에 취임.

    이론서 『시창작을 위한 시론』 나남출판사 간행

1995 제7시집 『풀꽃은 꺾이지 않는다』 창작과비평사 간행

    제10회 만해문학상 수상.

1996 산문집 『시인은 밤에도 눈을 감지 못한다』 나남출판사 간행

1997 8월 경희대학교 국어국문학과 총동창회장 피선.

1998 민족문학작가회의 부이사장.

1999 오페라 대본 『무등 둥둥』을 김준태와 함께 씀.

1999 6월 『혼자 타오르고 있었네』 창작과비평사 간행.

1999 9월 7일 급성간암으로 사망.

1999 9월 9일 보관문화훈장 추서됨.

　　　 경기도 용인 공원묘지에 안장.

2000 조태일 기념사업회 결성.

2001 광주 너릿재 공원에 시비 「풀씨」 제막.

2003 9월 7일 조태일 시문학기념관 개관.

　　　 제자 이도윤이 『詩人』 복간.

2003 11월 14일 5·18광주민주유공자로 인정.

2005 5월 8일 국립 5·18묘역에 안장.

　　　 9월 다큐멘터리 <민족시인 조태일 – 자유정신으로 이슬로 벼려진 칼빛언어들>광주 MBC TV를 통해 방송됨.

　　　 10월 충남 홍성의 만해 민족시비공원에 시비 「풀씨」 제막.

2006 7월 19 – 30일 광주·전남 작가회의 주최로 '동리산 여름창작학교 죽형 조태일 문학축전'이 조태일 시문학기념관에서 열림

　　　 9월 9일 – 한국문학평화포럼 주최 '죽형 조태일 문학축전'이 조태일 시문학기념관에서 열림

2008 12월 광주·전남 작가회의 주최 '조태일 문학 축전'이 조태일 시문학기념관에서 열림

부록: 2. 시 작품 연표

시 작품 연표

시 제목	발표년월	발표지	시집	비고
白鹿潭에서만 살아가는 하늘과 나	1961.	光高 11	미수록	
都市를 비워둔 市民들	1962.5.23	대학주보	1	
가난 三	1963.4.2	대학주보	미수록	
다시 鋪道에서	1963.6.1	전남일보	1	
우울한 房	1963.7.5	高凰	1	
訪問記	1963.10.3	대학주보	1	
아침船舶	1964.1.1	경향신문	1	
물동이 幻想	1964.1.14	전남일보	1	
公主님들의 寢室	1964.2.15	전남매일신문	미수록	
煖爐會	1964.2.20	신춘시4	1	
밤에 흐느끼는 내 肉體를	1964.2.20	신춘시4	1	
골목有感	1964.2.20	신춘시4	1	
門風紙와 나무와 나와	1964.2.20	신춘시4	1	
숲과 幻	1964.3.24	경향신문	1	
아아, 慶熙	1964.5.18	대학주보	미수록	
나의 處女膜은(1)	1964.6.	신춘시5집	1	
演習 I	1964.6.	신춘시5집	1	
演習 II	1964.6.	신춘시5집	1	
서울의 街路樹는	1964.7.	한양	1	
아침戀歌	1964.7.	한양	1	
이야기	1964.11.24	고황	1	
煖爐會 －겨울戀歌－	1965.1.31.	전남일보	1	
5月의 讚歌	1965.5.18	대학주보	1	
處女鬼神前上書	1965.11.1	신춘시6집	1	
밤에 흐느끼는 내 肉體를			1	
다시 山河에게			1	
演習3			1	
여름 軍隊			1	
四月의 메모			1	
住宅			1	

시 제목	발표년월	발표지	시집	비고
가시내 幻影			1	
斗衡이들			1	
七行詩抄			1	
눈이 내리는 결에서			1	
대낮에 그린 그림			1	
講義室에서 얻은 이미지				
野蠻의 치맛자락에 매달려	1965.11.1	신춘시6집	2	
가을새가 그렸던 그림	1965.12	문학춘추	2	
나의 처녀막은2	1966.1.15	신춘시7집	2	
이 가을에 가을사람들아	1966.1.15	신춘시7집	2	
나의 처녀막은3	1966.3.5	신춘시8집	2	
눈깔사탕2	1966.	경희문단	2	
눈깔사탕3	1966.4	시문학	2	
美人이야기	1966.5.22	전남일보	2	
개구리와 把守兵	1966.6.1	신춘시9집	2	
너의 눈 앞에 서서	1966.6.1	신춘시9집	2	
野戰國 딸기밭 이야기	1966.11.	월간문학	2	
나의 處女膜4	1967.4.25	신춘시11집	2	
某處女前上書	1967.7	신동아	2	
왼손으로 女子를 생각하며	1968.5.15	신춘시13집	2	
눈깔사탕4	1968.8.1	신춘시14집	2	
간추린 日記	1968.10.1	신춘시15집	2	
文章	1969.1	신춘시16집	2	
식칼論	1969.1	신춘시16집	2	
간추린 풍경	1969.5.15	신춘시17집	2	
식칼론2	1969.5.15	신춘시17집	2	
독버섯	1969.5.15	신춘시17집	2	
뙤약볕이 참여하는 밥상앞에서	1969.5.15	신춘시17집	2	
꽃밭세종로	1969.5.15	신춘시17집	2	
强姦	1969.5.15	신춘시17집	2	
回想으로 초대합니다	1969.5.15	신춘시17집	2	
된장	1969.여름	창작과비평	2	
한강	1969.여름	창작과비평	2	
요강	1969.여름	창작과비평	2	
송장	1969.여름	창작과비평	2	
만난다	1969.여름	창작과비평	2	

시 제목	발표년월	발표지	시집	비고
찬물을 마시면서	1969.7	월간문학	2	
보리밥	1969.8.14	한국일보	2	
털난미꾸라지	1969.10.18	동아일보	2	
참외	1969.11	신춘시18집	2	
식칼론3	1969.11	신춘시18집	2	
식칼론4	1969.12.1	신춘시19집	2	
필요한 피	1970.1	월간문학	2	
식칼론5	1970.5	신동아	2	
홍은동의 뻐꾹새	1970.7	월간중앙	2	
農酒	1970.8.8	경향신문	2	
쌀	1970.	예술계	2	
젊은 아지랑이	1970.5	기러기	2	
여자여, 여자여	1970	주부생활	2	
털	1970.2	사상계	2	
空山明月	1970.12.26	한국일보	3	
어머님곁에서	1971.1.22	한국일보	3	
물로 칼을 베는 方法	1971.3	다리	미수록	
國土1	1971.4	월간중앙	3	
내가 뿌리는 씨앗은	1971.5.31	행복	3	
國土2	1971.여름	창작과비평	3	
國土3	1971.여름	창작과비평	3	
國土4	1971.여름	창작과비평	3	
國土5	1971.여름	창작과비평	3	
國土6	1971.여름	창작과비평	미수록	
가을	1971.가을	한독뉴스	3	
論介孃	1971.11.13	전남매일	3	
國土7	1972.1	월간문학	3	
國土9	1972.3	월간중앙	3	
난들 어쩌란 말이야, 난들	1972.4.17	대학신문	3	
甕器店風景	1972.6.18	독서	3	
國土10	1972.7	풀과별	3	
國土11	1972.6.25	한국일보	3	
國土14	1972	문학사상	3	
너만 하나냐 우리도 하나다	1972.9.3	서울신문	3	
國土15	1972.10	월간중앙	3	
國土 - 가을편지	1972.11.17	한국일보	3	

시 제목	발표년월	발표지	시집	비고
國土18	1972.겨울	창작과비평	3	
國土19	1972.겨울	창작과비평	3	
國土20	1972.겨울	창작과비평	3	
國土21	1972.겨울	창작과비평	3	
國土22	1972.겨울	창작과비평	3	
國土23	1972.겨울	창작과비평	3	
國土14	1972	문학사상	3	
國土16	1972.12	신동아	3	
國土24	1973.2	월간중앙	3	
國土26	1973.2.24	경향신문	3	
國土25	1973.3.	세대	3	
國土27	1973.4	경향신문	3	
國土28	1973.6 · 7	한양	3	
國土29	1973.12	신동아	3	
國土31	1973.12	한국문학	3	
버려라타령 - 國土30	1974.1	월간중앙	3	
우리네의 童貞	1974.여름	창작과비평	3	
푸른하늘과 붉은황토	1974.여름	창작과비평	3	
일편단심	1974.여름	창작과비평	3	
비내리는 野山	1974.7	한국문학	3	
사투리	1974.7	세대	3	
모래 · 별 · 바람	1974.	경향신문	3	
가을 · 목소리 · 펜	1974.9	씨알의 소리	3	
달	1974	여성동아	3	
얼굴	1975.2	월간중앙	3	
소나기의 魂	1975.2	동아일보	3	
겨울	1975.2	신동아	3	
눈물	1975.4	세대	3	
그리움 · 아수라장	1975.5	한국문학	3	
겨울에 쓴 自由序說	1975.	대학신문	3	
國土序詩	1975.5.25	국토	3	
오동도	1979.5	월간독서	4	
寓話	1975.10	외대학보	4	
황혼	1976.3	세대	4	
공원	1976.봄	창작과비평	4	
빗속에서	1976.봄	창작과비평	4	

시 제목	발표년월	발표지	시집	비고
어머니	1976.봄	창작과비평	4	
소식	1976.3	월간중앙	4	
대낮	1976.4	소년	4	동시
통곡	1976.7	씨알의 소리	4	
내가 아는 詩人 한 사람은	1976.겨울	세계의 문학	4	
그림자타령	1976.겨울	세계의 문학	4	
南陽灣의 별	1976.12	대화	4	
파도처럼	1977.3.28	주간 시민	4	
펜 한자루로	1977.4.18	대학주보	4	
진달래꽃진달래꽃	1977.4.20	영대신문	4	
아지랑이 사랑	1977.5	샘터	4	
뿌리꽃	1977.8	교육춘추	4	
겨울새	1977.겨울	세계의 문학	4	
어느마을	1977.겨울	세계의 문학	4	
친구에게	1977.겨울	세계의 문학	4	
불타는 마음들	1977.12	월간중앙	4	
깃발	1978.1	뿌리깊은 나무	4	
눈보라	1978.	한국일보	4	
元達里의 아버지	1978.겨울	창작과비평	4	
친구들	1978.겨울	창작과비평	4	
同行	1978.겨울	창작과비평	4	
소나기의 울음	1979.가을	세계의 문학	4	
꽃나무들	1979.가을	세계의 문학	4	
이웃의 잠을 위하여	1979.가을	세계의 문학	4	
꽃 앞에서	1979.가을	세계의 문학	4	
가을 속에서	1979.11	한국문학	4	
詩를 생각하며	1979.11	한국문학	4	
내 말의 행방	1979.11	한국문학	4	
답장	1979.11	한국문학	4	
새벽에 일어나기	1979.11	한국문학	4	
함성	1979	전매청	4	
1980년에 마음을 열다	1980.1	자유공론	4	
서울하늘	1980.2	주부생활	미수록	
함춘원에 봄볕이	1980.	서울대학병원신문	미수록	
친구야	1980.3	시문학	4	
다시 펜을 든다	1980.3	시문학	4	

시 제목	발표년월	발표지	시집	비고
죽음	1980.	실천문학1	4	
소리들 분노한다.	1980.	실천문학1	4	
바위	1980.봄	창작과비평	4	
깨알들	1980.봄	창작과비평	4	
詩人의 방랑	1980.봄	창작과비평	4	
봄소문	1980.봄	창작과비평	4	
당신들은 地下에서 누워서 말한다	1980.4.18	대학주보	4	
봄볕 속의 길	1980.4	경향신문	4	
그리움		엘레강스	4	
불의 노래	1980.6	여원	4	
原州의 달	1980.여름	문예중앙	4	
靑坡여 더 푸르러라	1982.10	숙대신보	4	
당신들의 넋은 깨어있고 우리들의 肉魂은 잠들어 있습니다.	1983.4.18	대학주보	4	
그리움	1983.5	가거도	4	
얼굴	1983.5	가거도	4	
바람	1983.5	가거도	4	
짱구타령	1983.5	가거도	4	
농부	1983.5	가거도	4	
눈꽃	1983.5	가거도	4	
가거도	1983.5	가거도	4	
눈물	1983.7	현대	5	
소리	1983.7.17	지름길	5	
젊음의 꿈, 知性의 낭만을 지키는 횃불이 되라	1983.9.30	향록학보	5	
꽃사태	1983.10	샘터	5	
풍경	1983.겨울	문예중앙	5	풍경1
바위	1983.겨울	문예중앙	5	
시인은	1983.겨울	문예중앙	5	
눈물	1983.겨울	세계의 문학	5	
바람이 불어도	1983.겨울	세계의 문학	5	
하늘을 보며	1983.겨울	세계의 문학	5	
해빙	1984.3	신동아	5	
우는 마음들	1984.4	정경문화	5	
미꾸라지도 뛰었었오	1984.4.18	숭전학보	5	

시 제목	발표년월	발표지	시집	비고
더도말고 덜도말고	1984.4.21	대학주보	5	
소리의 숲	1984.4	오늘의 책	5	
단풍을 보면서	1984.4	오늘의 책	5	
수갑	1984.4	오늘의 책	5	
아우에게	1984.5	현대	5	
정상을 향하여	1984.5	한국인	5	
운다	1984.5.20	시인2	5	
정처가 없다	1984.5.20	시인2	5	
눈망울	1984.5.20	시인2	5	
이제야 깨달았다	1984.5.20	시인2	5	
神話	1984.	성균37	5	
이상한 계절	1984.7	기독교사상	5	
어찌하오리까	1984.8	교회와 세계	5	
마음	1984.10	실천문학	5	
벌판	1984.10	실천문학	5	
꿈속에서	1984.10	실천문학	5	
밥상앞에서	1984.10	실천문학	5	
우느냐?	1984.10	실천문학	5	
첫눈	1984.11	삼성	5	
연가	1984.11	신동아	5	
성에	1984.겨울	외국문학	5	성에1
보리밭	1984.겨울	외국문학	5	
잡것들	1984.겨울	외국문학	5	
和順赤壁歌	1984.	17인신작시집	5	
짝지어주기	1984.	17인신작시집	5	
시인의 어깨 너머에는	1984.	17인신작시집	5	
꿈과 법	1984.	17인신작시집	5	
수수께끼	1984.	17인신작시집	5	
나의 눈물속에는	1985.1	예향	5	
위하여, 위하여	1985.2.19	한신대학보	5	
順天으로 띄우는 편지	1985.	향림문학	5	
타는 가슴으로	1985.3	정경문화	5	
사랑	1985.3.26	말과삶과자유	5	
불씨	1985.3.26	말과삶과자유	5	
앞으로는 필요없을 시	1985.	고황	5	
흐느끼는 활자들	1985.6.1	서강학보	5	

시 제목	발표년월	발표지	시집	비고
오로지 크게 울려라	1986.	대명2집	5	
무지개	1986.1	샘터	5	무지개1
진월골의 언어들	1986	개방대신문	5	
백두산	1986.8	주류	5	
아직 살아 있기에	1986.12.13	성래운선생회갑기념논문집	5	
산행에서	1987.1	동서문학	5	
날 부르거든	1987.1	문학과비평	6	
사랑을 찾아서			5	
떠나겠습니다			5	
片雲			5	
초겨울	1987.1	저푸른자유의 하늘	6	
光州	1987.1	저푸른자유의 하늘	6	
우는 풍경	1987.1	저푸른자유의 하늘	6	
달빛이 찾아와	1987.1.	저푸른자유의 하늘	6	
끼리끼리	1987.1.	저푸른자유의 하늘	6	
깊은 잠	1987.3.	한국문학	5	
자유가 시인더러	1987.3.	한국문학	5	
파랑새	1987.3.	한국문학	5	
밤에 쓴 시	1987.3	샘이깊은물	6	
겨울꽃	1987.봄	문학과비평	6	
고개에서 배우다	1987.봄	변형이박사회갑기념논문집	6	
짧은 시	1987.봄	외국문학	6	
시를 써서 무엇하랴	1987.봄	외국문학	6	
풀잎처럼	1987.4	가정조선	6	
谷城으로 띄우는 편지	1987.5.9	농민신문	6	
탁과 억 사이에서	1987.6	문학통신1호	6	
꽃속에서	1987.6	효성	6	
땅에서 뉘우치고 하늘이 알아	1987.7	교회와 세계	미수록	
빗속을 거닐며	1987.9	월간 경향	6	
무지개	1987.가을	문예중앙	6	무지개2
산속에서	1987.가을	문예중앙	6	
가을엔	1987.10	라미	6	
길	1987.11	문학사상	6	
이제부터 시작이다	1987.11.12	성심대학보	미수록	

시 제목	발표년월	발표지	시집	비고
풀씨에서 백두산까지	1987.12	민족문학회보	6	
오직 하나인 민주주의여	1988.1.1	대학주보	미수록	
雲住寺	1988.2.1	경향신문	6	
하늘을 보며 땅을 보며	1988.2.	새가정	6	
나무들에게	1988.3	불교문학	6	
오, 광주여 무등이여	1988.5.16	세종대학보	미수록	
오월 그날을 다시 세우자	1988.5.17	외대학보	미수록	
하늘은 만원이다.	1988.6	신동아	6	
김수영	1988.9	월간경향	6	
우리들의 노래	1988.9	월간중앙	6	
꼭 설명해야 알겠나?	1988.가을	창작과비평	6	
저승분들께	1988.가을	창작과비평	6	
서울을 거닐며	1988.가을	창작과비평	6	
들판을 지나며	1988.가을	창작과비평	6	
강가에서	1988.가을	창작과비평	6	
신창골의 이야기	1988.10.28	순천향대학보	미수록	
불암산 자락에서	1988.9	어의문화	미수록	
어머니의 처녀적	1988.9	한국문학	6	
누이동생	1988.9	한국문학	6	
다리밑의 거지	1988.9	한국문학	6	
산일	1988.9	한국문학	6	
깻잎쌈을 싸며	1988.9	한국문학	6	
연희동	1988.	사회비평	6	
어둠 속을 거닐며	1988.	사회비평	6	
편지	1988.9	여원	6	
들판을 거닐며	1988.9	샘이 깊은 물	6	
오두막집	1988.10	공작	6	
넋이여, 그나라의 무덤은 평안한가	1988.11	새벽	6	
무등산	1989.1	예향	6	
새벽길	1989.1	문학사상	6	
소문에 따르면	1989.1	여론시대	6	
씨앗과 곰의 향연	1989.3.28	단대신문	미수록	
다시 사월에	1989.4		6	
산 위에서	1989.5	빛	6	
光州에 와서	1989.5.13	광주일보	6	

시 제목	발표년월	발표지	시집	비고
유월이 오면	1989.6	금호문화	6	
진월의 마음들	1989.8.21	광주대신문	미수록	
흰 눈들이 하는 말	1989.12.25	전남일보	6	
잠을 자다가	1990.2	다리	6	
봄을 맞으며	1990.2.28	광주일보	미수록	
진월골에서 성내운 선생님께	1990.4	동지	6	
겨울산	1990.봄	민족과문학	6	
구십년대식 말	1990.봄	민족과문학	6	
턱을 고이고 앉아	1990.봄	민족과문학	6	
청산이 울거든	1990.3·4	한국문학	6	
새벽길	1990.3·4	한국문학	6	
마음을 열고	1990.4	전망	6	
無等에 올라	1990.5	예향	6	
모조리 望月洞	1990.5.17	광주일보	6	
전국토에 오월이 온다	1990.5.14	충신대학보	미수록	
아으, 망월동에 살으리	19905.15	광주대신문	미수록	
이 땅에서 하늘끝까지	1990.7.20	전남일보	미수록	
드넓은 광장이 되리라	1990.9	캠퍼스저널	미수록	
지평선	1990.11	동서문학	6	
쥐불놀이	1991.봄	창작과비평	6	
연날리기	1991.봄	창작과비평	6	
광주의 하늘			6	
낙엽 속에 묻히다			6	
소문에 따르면			6	
강가에서			6	
오늘 내가 한 일	1991.1.12	전남일보	미수록	
빛고을의 횃불잔치	1991.2.8	광주주간뉴스	미수록	
힘없는 詩	1991.4	신동아	7	
밤중에 산에 올라서	1991.5	여성포럼	7	
이슬처럼	1991.5	문학정신	7	
아침산보	1991.5	문학정신	7	
공중에 핀 꽃	1991.5	문학정신	7	
우리 칠천만의 가슴속에	1991.5.18	광주일보	미수록	
바위들이 함성을 내지른다면	1991.창간	시와시학	7	
수평선	1991.창간	시와시학	7	
단 한방울의 눈물	1991.창간	시와시학	7	

시 제목	발표년월	발표지	시집	비고
겨울산	1991.창간	시와시학	7	겨울산1
들판에 서서	1991.창간	시와시학	7	
홀로 있을때	1991.8	현대문학	7	
달동네	1991.8	현대문학	7	
골목을 누비며	1991.8	현대문학	7	
내 몸이 흔들릴 때	1991.8	현대문학	7	
사투리 천지	1991.8	현대문학	7	
청명한 날에	1991.8	시세계	7	
어느 노동자의 생각	1991.8	시세계	미수록	
떠난 사람	1991.가을	사상문예운동	7	
아침 밥상머리에서	1991.가을	사상문예운동	7	
누이를 위하여	1991.가을	사상문예운동	미수록	
큰누님생각	1991.가을	사상문예운동	미수록	
석양아래서	1991.가을	사상문예운동	7	
적막강산 - 國土 · 91	1991.가을	민족과문학	미수록	
보리밭 · 밀밭 · 목화밭 - 國土 · 92	1991.가을	민족과문학	미수록	
노래가 되었다 - 國土 · 93	1991.10	샘이 깊은 물	7	
가을 자장가	1991.11	월간중앙	7	
너 크나큰 희망이여, 자유여, 진리여	1991.11.1	광주매일	미수록	
새해가 떠오른다.	1992.1	예향	미수록	
들판에 서서	1992.2.11	무등일보	7	
바다	1992.	포항문학12	7	
꽃에게	1992.	포항문학12	7	
겨울풀꽃	1992.	민중문예	7	
어느날 내가	1992.	민중문예	7	
태안사 가는 길	1992.	민중문예	7	
봄비	1992.3	금성	7	
홍성담의 판화	1992.여름	실천문학	7	
풀꽃들과 바람들	1992.여름	실천문학	7	
동백꽃	1992.여름	실천문학	7	
노을 속의 바람	1992.봄	세계의 문학	7	
풀꽃은 꺾이지 않는다	1992.봄	세계의 문학	7	
겨울보리	1992.봄	세계의 문학	7	
우리, 마음을 열어	1992.8	한사랑	미수록	
풀벌레들의 노래	1992.9	현대시학	7	

시 제목	발표년월	발표지	시집	비고
비 그친 뒤	1992.9	현대시학	7	비그친뒤1
대추들	1992.9	현대시학	7	
해남 땅끝의 깻잎 향기	1992.9	현대시학	7	
꽃	1992.9	현대시학	7	
청정한 집에 사는 돈	1992.11.12	광주은행	미수록	
들꽃은 더욱 들꽃답게, 산은 더욱 산답게	1993.1.1	광주매일	미수록	
봄이 온다.	1993.3.9	전남일보	7	
환장하겠다, 이봄	1993.3.14	한국일보	7	
어느 새색시 시인의 고민	1993.봄	작가세계	7	
대선 이후	1993.봄	작가세계	7	
겨울산	1993.봄	작가세계	7	겨울산2
겨울 솔방울	1993.봄	창작과비평	7	
청보리밭에서	1993.봄	창작과비평	7	
대선이 끝나고	1993.봄	창작과비평	7	
꿈꾸는 꽃들	1993.	홈닥터	7	
소나기를 바라보며	1993.7.13	한겨레신문	7	
無等이여,무등일보여	1993.10.10	무등일보	미수록	
서편제	1993.겨울	문예중앙	7	
십자가만 보면	1993.겨울	문예중앙	7	
산에 올라, 바다에 나가	1993.겨울	문예중앙	7	
새벽, 골목을 거닐며	1993.겨울	시와 사회	7	
한낮, 밭두렁을 거닐며	1993.겨울	시와 사회	7	
야밤, 갈대밭을 지나며	1993.겨울	시와 사회	7	
풀씨	1994.	민족예술	7	
겨울바다에서	1994.	민족예술	7	
홍시들	1994.	민족예술	7	
영일만 토끼 꼬리에서	1994.	포항문학	7	
달빛	1994.	포항문학	7	
고향소식	1994.1	시사호남	7	
꽃들, 바람을 가지고 놀다.	1994.2	현대시학	7	
동백꽃 소식	1994.2	현대시학	7	
삼백, 예순, 다섯, 날	1994.2	행복의 샘	7	
노을	1994.4 · 5	공동선	7	
청청하게 깨어 있어라	1994.5.15	전남도민신문	미수록	
오월동이 광주대학교여!	1994.5.16	광주대신문	미수록	

시 제목	발표년월	발표지	시집	비고
다시 오월에	1994.5.17	전남일보	7	
황홀	1994.10	예향	7	
동리산에서	1994.겨울	창작과비평	7	
가을날에	1994.겨울	창작과비평	7	
태안사 가는 길	1994.겨울	창작과비평	7	
아아!새해,첫날,아침햇살	1995.1.1	전남매일	미수록	
여름날	1995.7	문학사상		
물을 노래함	1995.8	사회문화리뷰	7	
아무래도 나는 다시 태어나야겠다	1995.8.15	전남일보	미수록	
가을 앞에서	1995.	작가	7	
그리운 쪽으로 고개를	1995.	작가	7	
물과 함께			7	
살사리꽃	1995.11·12	창비문화	8	
가을 잠자리	1995.겨울	한국문학	8	
메뚜기	1995.겨울	한국문학	8	
달빛과 누나	1995.12	문학과창작	8	
매미	1995.12	문학과창작	8	
풀꽃들의 웃음	1996.봄	문예중앙	8	
또 동백꽃 소식	1996.봄	문예중앙	8	
수수천만년 푸르러라 한결 같아라	1996.5.25	광남일보	미수록	
부처님 손바닥에서	1996.여름	만해새얼	8	
쑥	1996.여름	동서문학	8	
어머니를 찾아서	1996.여름	동서문학	8	
봄	1996.여름	동서문학	8	
발견	1996.여름	동서문학	8	
소가죽북	1996.여름	동서문학	8	
벌거숭이	1996.여름	동서문학	8	
독도	1996.7	현대	8	
들깻잎 향기	1996.7	여보세요	8	
이슬 곁에서	1996.9	현대문학	8	
밤꽃들 때문에	1996.	현대시학	8	
한국산 흙	1996.	현대시학	8	
시골기차	1996.	현대시학	8	
온누리, 빛누리에 가득 넘쳐라	1997.1.1	광주매일	미수록	

시 제목	발표년월	발표지	시집	비고
도심에 내리는 눈을 보며	1997.3·4	작가	8	
성에	1997.3·4	작가	8	성에2
눈사람이랑	1997.	포항문학17	8	동시
눈길	1997.	포항문학17	8	동시
禪墨堂	1997.10	화전	8	
바람과 들꽃	1997.10	열린시	8	
가을햇빛	1997.10	열린시	8	
매미의 울음	1997.10	열린시	8	
동구나무	1997.10	열린시	8	
가을	1997.10	열린시	8	
바람을 따라가 보니	1997.겨울	실천문학	8	
단풍	1997.겨울	실천문학	8	
가을	1997.겨울	실천문학	8	
겨울길	1998.1	현대문학	8	
늘 밝고 맑은 눈빛처럼	1998.1.5	박이도??	미수록	
산 속에서는	1998.봄	불교문예	8	
소멸	1998.봄	불교문예	8	
역사 앞에서, 열사 앞에서	1998.3.20	민주열사회보	미수록	
포철이여, 세계의 햇덩이로 치솟거라	1998.4.2	포스코신문	미수록	
임진강가에서	1998.6	시문학	8	
봄빛	1998.6	현대시학	8	
꽃길따라	1998.6	현대시학	8	
백목련꽃	1998.6	당대비평	8	
부활절 전야	1998.6	당대비평	8	
연등	1998.6	당대비평	8	
소나무	1998.여름	작가	8	
처녀작	1998.여름	작가	8	
한라산 매미들, 지금도 궁금하다	1998.여름	작가	8	
가슴이 시리도록 푸르러라	1998.	목포대신문	미수록	
매미들	1998.가을	솟대문학	8	
지렁이 예수	1998.가을	제주작가	8	
꽃들이 아문다	1998.가을	제주작가	8	
새벽 가로등 불빛	1998.가을	시와 시학	8	
새벽산보	1998.가을	시와 시학	8	

시 제목	발표년월	발표지	시집	비고
무등산	1998.가을	시와 시학	8	
그립습니다.	1998.9	고경식??	미수록	
메아리	1998.겨울	문예운동	8	
분꽃씨	1998.겨울	문예운동	8	
안방에서 고추 열리다	1998.겨울	문예운동	8	
붉은 고추	1998.겨울	문예운동	8	
지렁이 예수 2	1998.겨울	문예운동	8	
온세상 화안히 밝히는 꽃빛이거라	1999.2.22	광주대신문	미수록	
비 그친 뒤			8	비그친뒤2
벌판으로 가자			8	
고개 숙인 부처			8	
광주輓歌	1999.5	무등둥둥	8	
思父曲	1999.5.	중앙일보	미수록	
엘레지			8	
산			8	
새			8	
풍경			8	풍경2
도토리들	1999.봄	경남문학	8	
어느 뻘밭 풍경	1999.여름	창작과비평	미수록	
소금밭을 지나며	1999.여름	창작과비평	미수록	
몸과 그림자	1999.여름	창작과비평	미수록	
탱자나무의 뜻	1999.여름	시세계	미수록	
구례군 산동마을의 산수유꽃	1999.여름	시세계	미수록	
무덤과 하늘	1999.여름	시와생명	미수록	
씨앗	1999.여름	시와생명	미수록	
산벚꽃	1999.여름	시와생명	미수록	
하늘	1999.9	현대시	미수록	
어느 바위	1999.9	현대시	미수록	
다시 보는 봄	1999.9	현대시	미수록	
희열	1999.가을	사람의 문학	미수록	
아이가 되는 봄	1999.가을	사람의 문학	미수록	
굴뚝새	1999.가을	사람의 문학	미수록	
당신들은 감옥에서 우리들은 밖에서			미수록	

* 1: 아침선박(1965), 2: 식칼론(1970), 3: 국토(1975), 4:가거도(1983), 5: 자유가 시인 더러(1988), 6: 산 속에서 꽃 속에서(1991), 7: 풀꽃은 꺾이지 않는다(1995), 8: 혼자 타오르고 있었네(1999).

부록 3. 산문 연표

시론 및 산문 연표

산 문 제 목	발 표 지	발표년월	비고
한국현대시와 시인의 사명	대학주보	1965.1.	
음주・끽연론	동서문화3권	1969.	
이 거룩한 雜談	월간문학	1969.4	
내 시의 題目들에 대하여	여성동아	1970.5	
고여 있는 詩와 움직이는 詩	창작과 비평	1970.여름	
천상병 시인에게	월간문학	1970.10	
友情과 自衛	월간문학	1970.10	
사나이로 태어나서	학원	1971.4	
民衆言語의 발견	창작과비평	1972.봄	
雜談, 그리고 또 雜談	월간문학	1972.6	
내 문패에의 집념		1972	
응어리진 詩魂	발상법 서문	1972.	
詩領域의 확대	문학사상	1972.12	
追憶의 바닷가	아리랑	1973.9.	
申東曄論	창작과비평	1973.가을	
民衆과 70年代詩의 한 主流	형성	1973.6권1호	
벨벳치마의 女先生님과	진주	1974.1	
치열한 庶民魂에의 발돋음	한국문학	1974.	
가을은 내 시의 어머니	샘터	1974.10	
鄕愁病的인 詩의 극복	창작과비평	1974.가을	
양성우, 그 몸부림의 시	겨울공화국 발문	1975.	
[국토]후기	국토	1975.	
돈,돈,돈… 이것이 젊은이의 우상인가	진주	1975.9	
김현승의 [마지막 지상에서]	마지막지상에서	1975	
박봉우의 [황지의 풀잎]		1976	
모래・별・바람・민중		1977	
愛憎		1977	
김준태의 참깨를 털면서	참깨를 털면서 발문	1977	
詩人의 삶과 民族	창작과비평	1977.가을	
오늘의 나의 文學을 말한다	화요문화강좌	1978.10	

산 문 제 목	발 표 지	발표년월	비고
怡山 金珖燮 詩人과 나		1979	
前職 詩人이란 괴로움		1982.	
버들개지 밑으로 물이 흐르면		1982.	
새해에 새로운 시	시문학	1984.1	
시, 리얼리즘 그리고 70년대의 시	숙대학보	1984.2.20	
유년기의 자전적 시론	연가	1985.	
'태안사'에서 '가거도'까지	안녕하십니까	1985.7	
<모처녀전상서>와 <원주의 달>	교보문고	1985.8.9	
억불산에서 띄우는 엽서	삶과 꿈	1986.9	
시인들은 밤에도 눈을 감지 못한다	여성자신	1987.	
시인과 독자와의 대화	민족문학교실	1987.	
이문구라는 사람	교보문고	1987.4.5	
침묵과 염불, 아버지와 나	예향	1988.4	
그 날의 함성, 내각 겪은 4·19	한국문학	1988.4	
국회의원은 이런 사람을 뽑아야한다	주부생활	1988.4	
가을에 오시는 어머니	안녕하십니까	1988.9	
모두에게 싫증 안 나는 시		1988.	
애처로운 아이들에게 만점을	해인	1988.10	
밀양문학 특집 지상좌담	밀양문학	1988.11	좌담
새로운 시의 시대를 기대하며	문학사상	1988.11	좌담
88 우리 문학 총평	현대문학	1988.12	좌담
복성거사와 일해거사		1989	
늦가을 단상		1989	
나가라 다 나가라		1989	
정치구호는 구호일 뿐인가		1989	
나의 새해설계	현대문학	1989.1	
언론인에게 바란다	한국문학	1989.1	
작품의 고향, 곡성	예향	1989.2	
짧은 詩들의 향연	금호문화	1989.8	
'농민의 땅'은 농민에게	금호문화	1989.9	
어린 조카의 죽음과 시의 출발	지방시대	1989.9	
여성문학의 지평이 보인다	금호문화	1989.10	
어머니 해방, 여성해방, 인간해방	금호문화	1989.11	
광주사람이 바라는 것	씨알의소리	1989.11.12	
5월로부터 시작된 光州文學	금호문화	1989.12	
시원하고도 섭섭한 마음	현대문학	1989.12	

산 문 제 목	발 표 지	발표년월	비고
저변으로 더욱 확산된 사회 근본적 변혁요구	예향	1989.12	좌담
시원하고도 섭섭한 마음	현대문학	1989.12	
유년시절의 체험으로 국토를 껴안고		1990	
소설가 임철우와 몇 마디		1990	좌담
전국적인 규모의 문예지로 성장	포항문학	1990.10	
겨울에 자라는 동심	예향	1990.11	
지방시대 남도 르네상스를 위하여		1991	좌담
어느 梁上君子의 쪽지	월간중앙	1991.2	
광주에 살면서	문학정신	1991.5	
시대와 이념을 넘어, 대중적 민족문학에로	금호문화	1991.5	좌담
나의 삶, 나의 예술	전남일보	1991.9.28	
윤동주론	학술논문집30(예술원)	1991.12	
체험속에서 국토를 온몸으로 껴안고	사람사는 이야기	1992.9	
체험과 시의 길 – 이재본의 시세계	현대시학	1992.11	
해남 땅끝의 깻잎향기	현대시학	1992.10	
진달래도 피면 무엇하리	시문학17권11호	1993	
이땅 모조리 망월동 아니냐		1993	
몸부림으로 피는 꽃의 눈물	너는 꽃이다	1993	
사투리와 韓國病	무등일보	1993.2.16	
편운 조병화 선생님께	시와시학	1993.봄	
오렌지족과 돈의 문화	무등일보	1993.3.10	
멋갈스런 삶과 멋갈없는 삶	화니	1993.4	
사월과 오월의 길목에 서서	무등일보	1993.4.28	
꿈꾸고 나서 쓴 '아침선박'	책과인생	1993.6	
삶의 모짊과 껴안음의 따뜻한 시	창작과비평	1995.봄	
서정은 살았는기 죽었는가	창작과비평	1995.여름	
성찰, 존재, 풍경을 위하여	창작과비평	1995.가을	
시를 찾아서, 시를 위하여	창작과비평	1995.겨울	
그리운 쪽으로 고개를	창작과비평	1995.겨울	
가을과 어머니와 나	기아구름사보	1995.	
열린 공간, 움직이는 서정, 친화력	신경림문학의세계	1995.	
어느 스승에 대한 추억	교육월보	1995.12	
단상	동서문학	1996.여름	
고향	MBC가이드	1996.9	*

산 문 제 목	발 표 지	발표년월	비고
신세대의 진정한 새로움을 위하여	화니	1997.1	
부부는 일심동체	광주매일	1997.7.1	콩트
구겨지고 흩어진 마음 저 달 보며 가다 듬자	전남일보	1997.9.14	
오월에 아버지, 어머니를 불러본다	금호문화	1998.5	
산문	대우문학아카데미	1998.7	
내 풍요한 문학 행위의 출발점이며 귀 착점	행복이 가득한 집 별책부록	1998.7	
풀씨의 마음이 내마음	여성불교	1998.10	
멧돼지가 마셔버린 폭포	광주일보	1998.10.26	
또 핵발전소라니!	광주일보	1998.11.23	
교원정년은 65세 이상으로	광주일보	1998.12.	
교편을 잡을 것인가, 놓을 것인가	광주일보	1999.1.18	
비엔날레, 빛날래? 빛바랠래?	광주일보	1999.2.	
살아있는 모든 것	광주일보	1999.3.22	
무등 둥둥	광주시보	1999.5.1	*
'빛소리'오페라단과 '무등 둥둥'	광주시보	1999.5	
어머니의 사랑은 끝이 없어라	국회보	1999.6	

부록 4. 조태일 개인 시어(조어)자료

* 퍼국퍼국: 뻐꾹뻐꾹. 못 쉰 소리로 우는 울음소리.

　　서대문구 홍은동 산 1번지의 뻐꾹새는 / 뻐꾹,뻐꾹, 뻐 뻐꾹 울어도 / 안풀
린 한인데 안 뒤집힌 산인데, / 퍼국, 퍼국,퍼 퍼국 목쉰 소리로 우네 울
어.(「홍은동의 뻐꾹새」, 『식칼論』, 24쪽.)

* ∞字로 ∞字로: 8자로8자로.(맨 땅에서 미꾸라지가 퍼덕거리
　　는 모습)

　　一자로 슬금슬금 기다가 느닷없이 / ∞字로 ∞字로 팔딱팔딱 뛰기도 하는 /
그놈의 몸뚱아리는 미끄럽게 긴 독재(「털난 미꾸라지」, 『식칼論』, 21쪽.)

* 뻑따귀: 뼈

　　뻑따귀와 혼이 한 함성으로 번지는 / 눈물의 정점, 정점 / 참말로 별일이
다.(「꿈속에서 보는 눈물」, 『國土』, 10쪽.)

* 두리두리: 크고 둥글게(두리의 첩어)

　　시퍼런 녹들을 두리두리 두르고 (「발가락 밑에」, 『國土』, 14쪽.)

* 살비듬: 몸의 살가죽에 생기는 잔비늘 같은 것

　　머리비듬아 일어나버려라 / 살비듬아 일어나버려라(「버려라 타령」, 『國土』,

64쪽.)

* 잠잠거리고: 아무 소리 없이 조용하고 잠연히.

　　하늘 위에는 가끔 / 연못 잠잠 거리고 (「대낮」, 『가거도』, 19쪽.)

* 삼삼거리고: 삼삼이다. 잊히지 않고 눈앞에 어른거리다.

　　연못 위에는 쉴새없이 / 잠자리 삼삼거리고(「대낮」, 『가거도』, 19쪽.)

* 울고부는: 울고불고 하는

　　멀건 강냉이죽을 얻어 마시려고 / 울고부는 누이동생을 등에 업고 발을
　　동동거리며 우리들은(「아우 기선에게」, 『자유가 시인더러』, 9쪽.)

* 돌뿌리: 돌의 뿌리(根) - 땅 속에 박힌 돌 아랫부분(돌부리의
　대칭어)

　　푸른 땅에 스며 / 돌뿌리를 돌고 돌아 / 땅속깊이 물을 만나 섞여 지내는지
　　(「소리」, 『자유가 시인더러』, 38쪽.)

* 눈물기둥: 곧게 떨어지는 눈물의 형상

　　울음으로 / 이 땅 위에 서 있는 것이어라 / 눈물기둥으로 서있는 것이어라
　　(「우는 마음들」, 『자유가 시인더러』, 41쪽.)

* 불비: 저주로서 쏟는 세찬 폭우(비가 오듯이 잇달아 떨어지는

많은 불덩이라는 뜻이 아님)

불비가 쏟아지겠다. / 하나님이 눈물을 뿌리며/금방 사람과 상관없이 오시
겠다.(「하늘을 보며」, 『자유가 시인더러』, 45쪽.)

* 그럴시고 그럴시고: 그렇고 말고 그렇고 말고

이꽃 저꽃도 함께 피어서 / 열매를 맺을지니 형제들이여 / 이것이 우리
의 할 일 아니더냐 / 그럴시고 그럴시고(「우리들의 노래」, 『산속에서
꽃속에서』, 51쪽.)

* 쌉싸롬: '쌉싸름하다'에서 만든 말로 명사형 형용사(쌉싸름하고)

어느덧 쌉싸롬 상긋한 향기 / 오월의 시민군 보다도 더 너그럽게 내 숙취
를 털어낸다(「깻잎쌈을 싸며」, 『 산속에서 꽃속에서』, 61쪽.)

* 푸르름: 푸르스름의 명사형

무슨 꿈을 이루려 / 푸르름으로만 있는가 / 서 있는 침묵이여 침묵들이여(「나
무들에게」, 『산속에서 꽃속에서』, 62쪽.)

* 비보라: 바람에 날리며 내리는 세찬 비

그대 사월 / 눈보라만큼 물보라만큼 비보라만큼 / 드세고 넉넉함이 한량없
던 사랑(「다시 사월에」, 『 산속에서 꽃속에서』, 94쪽.)

* 피보라: 총에 맞거나 칼에 찔려 튀면서 쏟아지는 피

꽃보라 피보라 함성보라 총칼보라 속에서 / 그대 태어나 이 강산에 스며들었나니(「다시 사월에」, 『산속에서 꽃속에서』, 95쪽.)

* 함성보라: 함성소리가 바람을 타서 더 크게 들림

꽃보라 피보라 함성보라 총칼보라 속에서 / 그대 태어나 이 강산에 스며들었나니(「다시 사월에」, 『산속에서 꽃속에서』, 95쪽.)

* 총칼보라: 백병전(육박전)때 무수히 움직이는 총칼

꽃보라 피보라 함성보라 총칼보라 속에서 / 그대 태어나 이 강산에 스며들었나니 (「다시 사월에」, 『산속에서 꽃속에서』, 95쪽.)

* 구시렁구시렁대며: 구시렁구시렁하며

흰눈들이 구시렁구시렁대며 내린다.(「흰눈들이 하는 말」, 『산속에서 꽃속에서』, 97쪽.)

* 아서라 아서라: 앗아라 앗아라(아랫사람에게 그리 말라고 금지시키며 타이르는 말)

아서라 아서라 / 울타리 태울라, 조상묘 태울라 / 더러 참견하는 어른들 앞을 지나며(「쥐불놀이」, 『산속에서 꽃속에서』, 133쪽.)

* 홍사초롱: 홍사등롱(청사초롱의 대칭으로 써본 시어)

빠알갛구려, 알알이 밝혔구려, / 청사초롱, 홍사초롱 (「홍시들」, 『풀꽃은 꺾이지 않는다』, 12쪽.)

* 청살문: 홍살문의 대칭으로 써본 시어임

　　청살문 달아라 / 홍살문 달아라 (「홍시들」, 『풀꽃은 꺾이지 않는다』, 12쪽.)

* 낮거리: 낮에 하는 짝짓기(성교)로서 풍매

　　들꽃과 바람들이 낮거리 하는 들판을 지나(「황홀」, 『풀꽃은 꺾이지 않는
　　다』, 10쪽.)

* 별무리: 별 언저리에 반짝반짝 들린 푸르스름한 기운(*달무리)

　　햇무리, 달무리, 별무리 속의 숨결이거나 / 숨결 속에 사는 오월의 죽음까
　　지(「다시 오월에」, 『풀꽃은 꺾이지 않는다』, 36쪽.)

* 햇무리: 해 언저리 둥그렇게 들린 붉으스름한 기운

　　햇무리, 달무리, 별무리 속의 숨결이거나 / 숨결 속에 사는 오월의 죽음까
　　지(「다시 오월에」, 『풀꽃은 꺾이지 않는다』, 36쪽.)

* 노릇파릇: 노릇노릇과 파릇파릇의 합성어로 노르스름하고 파
　　르스름하다.

　　봄꽃이 핀다 노릇파릇 물들자(「봄이 온다」, 『풀꽃은 꺾이지 않는다』, 51쪽.)

* 뙤뙤뙤: 말을 빠르게 하거나 잇달아 더듬다의 뙤뙤거리다를
　　명사화

따발총처럼 말이 빠르던 동무들/ 뙤 뙤 뙤 말을 더듬는 동무들을 위해서/ 종일 주먹밥을 나르던 일이 (「청보리밭에서」, 『풀꽃은 꺾이지 않는다』, 60쪽.)

* 불고집: 황소고집, 고집이 아주 셈

불고집 하나로도/ 이 어지러운 세상 거뜬히/버틸수 있겠다(「홀로 있을 때」, 『풀꽃은 꺾이지 않는다』, 93쪽.)

* 깡깡한: 단단한

깡깡한 전쟁/ 세상을 사로잡는 죄악의 천국(「힘없는 시」, 『풀꽃은 꺾이지 않는다』, 108쪽.)

* 희살대다: 흰빛으로 살랑거리다(희다와 살랑대다의 합성어)

살얼음 밑에서 은빛 비늘 희살대며/ 봄기운에 흐물거리던 피라미떼들도/ 광주의 내 눈에 가득 넘치네(「봄이 오는 소리」, 『풀꽃은 꺾이지 않는다』, 13쪽.)

* 살사리꽃: 코스모스

흰빛 분홍빛 자주빛/ 그리고 무슨무슨 빛깔꽃을/ 머리 꼭지에 이고 하늘 하늘/ 하늘 거리는 살사리꽃 (「살사리꽃」, 『혼자 타오르고 있었네』, 88쪽.)

* 꽃띠: 꽃이 만드는 띠(인간띠, 인간사슬할 때의 띠)

폭풍이라도 몰아쳐봐라/ 서로서로 어깨를 걸며/꽃띠 꽃띠 꽃띠 만들어 아우성치는 꽃띠꽃띠꽃띠꽃(「살사리꽃」, 『혼자 타오르고 있었네』, 88쪽.)

* 꽃동그라미: 꽃들이 만드는 동그라미(*물동그라미)

살살 바람이라도 불어 봐라 / 저 큰 키를 낮춰 꽃동그라미 그리며/그 바람
들 가지고 놀면서도(「살사리꽃」, 『혼자 타오르고 있었네』, 88쪽.)

* 이 조어자료는 조태일 시인이 생전에 작성해 놓은 것임.

이동순 ──────────────────────

▌약 력

　1968년 전남 담양 출생
　전남대 대학원 졸업(문학박사)
　현재 전남대, 조선대 출강

움직이는
시와 상상력

초판인쇄 | 2009년 8월 31일
초판발행 | 2009년 8월 31일

지은이 | 이동순
펴낸이 | 채종준
펴낸곳 | 한국학술정보㈜
주　소 | 경기도 파주시 교하읍 문발리 파주출판문화정보산업단지 513-5
전　화 | 031) 908-3181(대표)
팩　스 | 031) 908-3189
홈페이지 | http://www.kstudy.com
E-mail | 출판사업부　publish@kstudy.com

등　록 | 제일산-115호(2000. 6. 19)
가　격 | 28,000원

ISBN　978-89-268-0256-4 93810(Paper Book)
　　　　978-89-268-0257-1 98810(e-Book)